梁晓声文集·长篇小说 13

重塑保尔·柯察金

青岛出版社

献给所有曾"认识"保尔·柯察金的人们。

任何事物都必退归于历史；只有一种事物始终盘桓于现实，并导引我们作客观和公正的思考——那就是关于人性内容的诠释……

梁晓声

第一章

保尔·柯察金这一文学人物被尴尬地夹在阶级斗争的史页中了；冉阿让却穿过巴黎街头阶级对阶级浴血奋战的战场，从他所处的《悲惨世界》走到了二十一世纪，并始终受到我们今人的敬爱——这意味着：人性仁慈的美点尤其闪耀光辉……

一九八八年，大约四月里的一天，我接到了一次北京市内电话。对方是深圳万科影视公司的编辑宁静武。当时我不认识他。此前也从未与"万科"的人有过任何接触。

他说，"万科"决定将苏联的那一部著名的小说《钢铁是怎样炼成的》改编为二十集电视连续剧。并且，多方征求意见后，希望由我执笔……

"什么?!……"

我的第一个反应是以为自己听错了。虽然电话传音很清楚。虽然小宁说得相当明白。

我不禁反问："是乌克兰盲人作家奥斯特洛夫斯基那部小说么？"

他回答正是。

于是我一连串问了几个为什么——为什么会产生这样的策划？是

"上边"布置的制作任务？还是你们自己一厢情愿地想要挤上"献礼"快车？是经济利益的驱动还是心血来潮的好大喜功？出发点是配合政治思想宣传，还是企图制造热点话题，以抬高公司的知名度，以达到兼及广告之目的？……

总之我困惑多多。

小宁在电话那一端被我问得沉默良久。

我忽然意识到我问得很傻气——因为我们实际上已处在一个许多人对另外许多人做什么事不问为什么的时代。

小宁终于又开口了。

他说非是"上边"布置的什么制作任务。说与国庆"献礼"也没有丝毫关系。说影视公司嘛，总是要拍影视作品的呀！说他们认为，在中国，凭保尔·柯察金的知名度，重拍《钢铁是怎样炼成的》也许会有不低的收视率……

于是轮到我沉默了。

"希望您能答应……"

小宁说得很恳切。

但是我语调温和又坚决地回绝了：我颈椎病重，终日备受折磨，岂敢不自量力地改编二十集电视剧！我还非常想念老母亲，打算"回家看看"……

但却不愿使小宁这位编辑沮丧，最后又说："这无疑是非常奇特的策划。敢发奇特之想，亦属难能可贵。中国人一向的思维惰性，在于太循规蹈矩。我愿做些力所能及的纯粹的义务，比如帮助在北京乃至全国物色改编者，比如抽出些时间参加改编宗旨的讨论，比如抛砖引玉提供些情节发展的建议，比如请在京的苏俄文学专家们开几次必要的座谈会，听听他们的忠告……"

这些话，也是实话。是既说了，就要说到做到的。

从放下电话那一刻开始，保尔·柯察金便像一位久违了的、早已被记忆淡忘了的朋友，忽一日又有了关于他的最新的信息，便开始因他而陷入沉思了。

大约在小学三四年级的时候，亦即二十世纪六十年代初，我读过了，不，确切地说，是看过了《钢铁是怎样炼成的》——因为那是一本连环画。字很少，每页下方最多三行而已。是在小人书铺看的。

那时，肯定已有电影在中国放映了吧？我没看过，不敢断言。根据原著改编的电影《保尔·柯察金》，究竟是哪一年开始在中国放映的，我至今并不清楚地知道。

后来我又看过了另一本《钢铁是怎样炼成的》，仍是连环画。不同之处是，后一本的画页是蓝色的，是从黑白电影中按照情节发展的连贯性逐格拍下来，然后印刷到连环画上的。当年我们将那一类连环画叫"电影小人书"。我从那上边看到了电影中的保尔、冬妮娅、朱赫来、丽达、达雅、保尔的母亲以及哥哥，以及他的朋友谢寥沙……

"电影小人书"中的演员们，和绘画小人书中的绘画人物们，一个个竟那么地相像。几十年后我明白了，无论是当年小人书中的绘画人物们，还是当年电影中的演员们，皆忠实于原作插图中的人物。而在西方早期影视中，这一点几乎形成一条经验。既然先有文学作品，既然作为文学作品的欣赏受众，早已对插图中的人物形象全盘接受，先入为主地给予形象认可，那么后来的影视作品，便很关照很尊重受众的这一种仿佛稔熟的心理。八十年代初，在中国的电视里，播放过连续剧《大卫·科波菲尔》，看过的人如果对剧中的人物形象仍保留着记忆，那么如果再去翻一翻有人物插图的长篇小说，将肯定会承认，剧中人物形象几乎就是原著人物插图的翻版。同样典型的例子自然还有《约翰·克利斯朵夫》《堂·吉诃德》《牛虻》《悲惨世界》等等。

上初中后，哥哥借回家一本原著，我才终于有机会通读长篇小说《钢铁是怎样炼成的》。

而我看到电影《保尔·柯察金》，则是大学毕业分配到北影以后的事了。那时影协举办过一次苏联电影回顾展,我不但看到了一批八十年代的苏联电影,如《莫斯科不相信眼泪》《白比姆·黑耳朵》《两个人的车站》《战地浪漫曲》等,还看到了一批小时候没看过的、早期的、优秀的苏联电影,如《柯楚别依》《夏伯阳》《这里的黎明静悄悄》《第四十一个》等。因为《钢铁是怎样炼成的》这一本书的知名度,《保尔·柯察金》自然是回顾展中不可或缺的影片。也许,我所列举那些八十年代的苏联电影,出品年代会更早些,只不过我在八十年代才看到它们罢了……

绘画小人书看过了,电影小人书看过了,长篇原著读过了,电影也终于有幸欣赏到了,而且,在我中学时代的语文课本中,有篇课文便节选自原著——即保尔在对自己的人生感到极度悲观,手枪对准太阳穴打算自杀那一段。他关于人生意义的著名的内心独白,便是在那一种特殊情况之下产生的。

如此说来,我难道不可以认为,自己对于《钢铁是怎样炼成的》这一本书,对于保尔·柯察金这样一个文学人物了如指掌么?

许多中国人,在青年时期,也许没读过《静静的顿河》。但只要读过三本以上苏联小说的,谁没读过《钢铁是怎样炼成的》呢?在中国,奥斯特洛夫斯基,从前是比肖洛霍夫还著名的。他简直与高尔基齐名。保尔·柯察金这一文学人物的知名度,也几乎仅次于列宁、斯大林、卓娅和舒拉、加加林和巴甫洛夫……

保尔·柯察金无可争议地是许多中国青年的精神偶像。

即使如此著名的一部小说,即使如此著名的一个文学人物,即使我自认为从小对它和他了如指掌,熟知似友,但在一九八八年,我重新回想的时候,关于《钢铁是怎样炼成的》和保尔·柯察金,所记住的片段、情节和细节,大部分竟非是革命的事件和英雄的行为,而是人物较鲜明的文学个性,以及由那个性促成的爱情的发生,爱情的误解,爱情的遗憾结局。

我熟知保尔和冬妮娅之间的初恋正如我对自己的初恋一样记忆如

初,并且至今能像讲述自己的初恋一样详细道来。

我明了保尔和丽达之间的爱情的误解,正如我明了我自己所犯的类似的错误。它的实质是在爱情方面脆薄的自尊和使气任性。

达雅——这后来成为保尔妻子的姑娘,究竟是否因嫁给保尔而感到过幸福,我竟一点儿也说不上来。似乎,书中并没提供什么有价值的参考,使读者自己足以作出可靠的判断。

除了保尔和三位女性的爱,关于《钢铁是怎样炼成的》我还记住了些什么呢?

当然,还记住了保尔的疾恶如仇;记住了他对家乡火车站附近食堂里刷盘子的姑娘伏罗霞的同情;记住了他对以凌辱手下的姑娘们为快事的堂倌普罗霍尔的憎恨;记住了他与律师的纨绔子维克多之间打的那一架;记住了他偷德国人的手枪;记住了他勇救朱赫来的奋不顾身;记住了他因此而被关入牢房,同牢房的不幸姑娘赫里斯季娜怎样宁愿将自己的处女之身"赠"予他,而他怎样在那一时刻想到了冬妮娅,怎样克制了情欲的冲动……

保尔率领青年突击队员们抢修铁路的情节也是记忆深刻的。在电影中那情节被拍摄得艰苦卓绝,使我不禁联想到一九九八年我们中国抗洪救灾的兵……

再有,便是保尔后来全身瘫痪,双目失明,在达雅的协助之下,以难能可贵的毅力完成他人生的最后任务——将他的经历写成一本书了……

怎么?就记住了这些么?

是的,主要就记住了这些。

我所记住的这些内容,相信一切读过《钢铁是怎样炼成的》这一本书的人,差不多也全能记住的吧?

但同时我也清楚地记得,那是一部四十万字的长篇小说呀!它的内容显然应该比我所记住的更多也更丰富啊!还有些什么厚重的内容被

7

我的记忆忽略了呢?

我忍不住吸着一支烟凝思苦想。

烟,该死的烟!

我多次下决心戒烟,但每一次决心都以失败告终。在不少方面,我自认为是一个有毅力的人。而在戒烟这件事上,我对自己狠不起来。

尼古丁有时的确能使我日渐萎缩的思维得以舒展一下,也的确偶尔激活我早衰多皱的记忆。

于是我又想起了保尔戒烟的情节——在某次团的会议上,有名女团员当众批评保尔——团的组织一再号召男团员们戒烟,而你身为团委书记,自己为什么在公开场合大模大样地吸烟呢?

保尔一愣,随即掐灭自己正吸着的烟,郑重又平静地说——从今天起,不,从现在起,我宣布戒烟了。如果谁以后看到我又吸烟了,那么有理由像鄙视一个言行不一的家伙一样鄙视我……

在我所读过的一切文学作品中,《钢铁是怎样炼成的》中的这一情节,是独一无二的。因此,也几乎可以说是经典的。吸烟的男人肯定都能理解这一寻常情节的不寻常之处。它对于刻画人物性格,显然是平淡而又有分量的。

接着我又想起了保尔救安娜的情节——某夜保尔护送安娜回家,遭到两名歹徒的拦劫。保尔临危镇定,击毙了一名歹徒,但安娜却被另一名歹徒强奸了。安娜的未婚夫事后找到了保尔,急急切切地只问一点——安娜果真被强奸了么?

保尔反问——你究竟爱不爱她?

对方尴尬支吾,保尔愤然而去……

毕竟,当年读《钢铁是怎样炼成的》,只是初中生。刚开始懂爱,而几乎根本不懂性。或曰似懂非懂。故对于此情节也是似懂非懂。如今认真回忆才回忆起书中还有这么一处情节,很符合我这一代人的成长特征。

也回忆起了保尔在国际列车上"重逢"涅莉的情节。保尔的母亲当年给她家洗过衣服,保尔给她家挑过水。她自恃已加入波兰籍,而且已做贵妇,以非常刻毒的话羞辱保尔。只记得保尔回答得很精彩,却不记得他具体说了哪些话了……

两部分回忆加起来,难道就是四十万字的全部内容了么?

倘确乎如此,那么以上内容,不是都无遗漏地压缩在两类小人书里了么?不是都从容地表现在一部电影里了么?

那么还靠哪些内容充分地而不是虚涨地演绎出一部二十集的电视剧呢?

我对自己委婉的拒绝感到庆幸。

我的思想,也自然而然地漫延了开来,并渐渐形成了一种质疑。那就是——谁们看忠诚?谁们看爱情?

许多翻译界的前辈和文学界的前辈以及专门研究苏俄文学的学者们都知道,《钢铁是怎样炼成的》早在一九四二年就由上海新知书店出版了。是梅益先生据英译本翻译的。按时代推算,梅益先生亦当属前辈之人了。

一九四二年,中国自然仍在蒋介石政府的统治之下。

五十六年后的今天,我多想与梅益前辈取得联系,致信问他一些盘桓心中的困惑:

他当年决定进行翻译的初衷,主要是基于此书思想意义的革命性,还是看重它另有一番文学的价值?抑或两种初衷在他那儿是对等的,于是兼顾而为?

五十六年前它出版后曾引起过怎样的反响抑或轰动?是文学界的还是翻译界的或青年学生界的或大众间的?印了多少册?是一时的洛阳纸贵过还是近乎"阳春白雪"和者甚寡?是好评如潮还是备受冷落?

当年的蒋介石政府对于这一部"革命文学"是否视为异类?进而视为洪水猛兽?下达过什么严厉的禁令么?

梅益前辈受到过人身威胁么？被当局找过麻烦么？上过"黑名单"之类么？书店被警告过么？吊销过执照么？

一版后再版过么？

倘不曾再版过，那么是由于经济效益的亏损，还是遭到了当局的干涉？倘供不应求，接连再版，那么此书在哪一点上引发了读者的共鸣？是其无怨无悔的革命激情，还是其身残志不残的人生精神？抑或是别国情调的别种理念原则的爱情？

当年曾有热血青年读了《钢铁是怎样炼成的》以后，便毅然决然地投身于革命投奔延安么？

在当年，果然如此的话，是典型的个例，还是泛泛的普遍？

他们中后来一直无条件地，无保留地，忘我地忠诚于革命的人，其忠诚肯定是效仿保尔·柯察金的结果，还是渐渐被自己也渐渐被别人最终被时代总结为那样？

……

遗憾的是，难获梅益前辈的确切行止，联系不上。

在我的记忆中，梅益前辈似乎一直定居于上海。我也似乎在粉碎"四人帮"以后有幸得到过他的一本签了名的译作，并与这位前辈两次互致过书信。他赠我的译作是《钢铁就是这样炼成的》，奥斯特洛夫斯基夫人写的关于她丈夫的回忆录。

时隔二十余年，此书不知被我打入哪一包书捆中收藏起来了，一时难以找到验证之。

也许，赠我译作的并非梅益前辈，而是另一位译者——我对自己的记忆的无误实在不敢确定。

但是不管怎样，我最终想要说的意思是——即使《钢铁是怎样炼成的》早在一九四二年就深受广大中国读者尤其广大中国青年欢迎了，其广大的程度，比之中华人民共和国成立以后，比之五六十年代的中国青年，范围注定小得多吧？

一个毫无争议的事实是——中华人民共和国成立以后,对青年一代的革命思想教育成为中国最最重视、悠悠万事唯此为大的主流意识形态以后,《钢铁是怎样炼成的》这一部书,才在中国成为一切苏俄文学中发行量最高的书。不是唯一,也必是之一。

道理是那么简单——社会主义中国,需要一代又一代的中国青年,对党,对党的领袖,对国家,以及一切在国家利益的名义之下发动的国家行为,具有保尔·柯察金式的忠诚。那首先意味着丝毫也不产生怀疑,其次意味着丝毫也不犹豫,最后意味着无怨无悔的自豪感。

那么,社会主义苏联的这一部"革命文学",在社会主义中国,是否果然起到了它所期望的巨大的"革命思想教育"的作用呢?

另一个无可争议的事实是——果然。

倘不承认这样的事实,则我们简直无法解释——为什么我这一代人中,以及我的上一代上上一代人中,有不少人谈论起《钢铁是怎样炼成的》,都情不自禁地信誓旦旦地说——他们在青年时期乃至在整个人生过程中,其思想觉悟之所以那么热烈地积极地革命,是与保尔·柯察金这一榜样的激励分不开的。

正所谓榜样的力量是无穷的。

我觉得,我没有任何理由怀疑他们和她们的表白。

我承认,我相信。

我认为,其实谁也没什么非怀疑不可的必要。

但,在一部苏联"革命文学"的样板小说与几代中国读者的关系中,除了革命思想的给予与接受,难道再就没有吸引中国读者,尤其是几代中国青年读者的另外成分,不言而喻地烘托那一种"钢铁效应"了么?

我认为——当然有的!

那是什么呢?

那便是——如我前边所言,异国情调中革命背景下,一个男人和三位女性的爱情。确切地说,是一个男人少年时期特别专一的初恋;他青年时期在爱情方面所犯的无法弥补的，连自己也承认是"感到很可笑，不过更多的是遗憾"的错误；他全身瘫痪双目失明以后，靠了支持生命意志的最后一份爱情。而那与其说是爱情，毋宁说是友爱。因为那一种男女关系的首要意义，已经不是幸福的夫妻生活，而是相互鼓励着共同完成一项任务——她协助他写成一部书。

正是这一些内容，据我看来，才是当年在中国很持久的"保尔·柯察金"热的时代真相！

从书中只看到"革命思想教育"的能量的眼睛，对于书中的爱情片段仿佛是不屑一顾并且几乎是从来不置评说的。他们或她们谈论起此书，又仿佛政治思想工作者在进行一以贯之的政治思想教育。

他们或她们认为，读此书的人，尤其读此书的青年，只要领悟了忠诚的必要和必须，那就足够了。

而一代又一代读此书的人的眼睛，尤其是读此书的青年们的眼睛，从书中看到的除了钢铁一样坚定的忠诚以外，还有爱情的经验和教训。经验体现在丽达身上，教训体现在保尔身上。

现在，让我们再来冷静地而不是想当然地回顾一下"钢铁"现象的另一方面，即一九四九年至一九五九年整整十年间，中国长篇小说创作出版的情况。结果这一时期的文学史告诉我们，数年一部。在屈指可数的寥寥几部长篇小说中，有以爱情为题材或者仅仅为主线的吗？没有。那么，中短篇小说呢？也没有。电影呢？还没有。连在散文和诗歌中，爱情两个字也几乎是一直缺席的。而像《青春之歌》《红旗谱》这样大胆敢突破不成文禁区，整段整章地描写爱情的长篇小说，在我的记忆中，似乎都是此十年的最后一年一九五八年出版的。

只有歌曲例外。爱情的文艺空间差不多只剩下了歌曲。而且，只能在民歌和外国歌曲中相对自由地流行着。

在一个世界上人口最多青年也最多的国家里，在如此这般的文艺前提之下，一部苏联的革命小说恰逢其时地在中国出版了——它不但描写了建国后中国文学中几乎禁绝的爱情，而且还描写了十六七岁的少男少女之间单纯、热烈又有责任感的初恋——它怎么能不受到欢迎？

书中画在插页上的少年时期的保尔和冬妮娅，青年时期的保尔和丽达，又是那么英俊的少年，那么潇洒帅气的青年，和那么活泼可爱的少女，那么端庄美丽的姑娘！

尤其保尔和丽达在莫斯科团中央代表大会上不期而遇那一插页，保尔脸上充满了男性青年自信无比的阳刚之气，而丽达脸上则显示出超凡脱俗的，仿佛精神世界彻底净化了般的人格卓越的气质。

那等人物，那样的脸庞，那样的眼睛，那样的目光，说心里话，在我看来，只能书中有，只能画上有，再就只能在电影里靠一流的表演和一流的摄影水准加以强调性的体现了。

苏联的画家真是令人钦佩！

他们一经从文字中"接生"出那样的保尔，那样的冬妮娅，那样的丽达，保尔、冬妮娅和丽达，便似乎永远地当然地只能是那样的了。

他们高超地从文字中提炼出了某种看上去那么纯粹的精神，并使之百分之百地凝聚在他们所"接生"的人物的脸上和眼里。

此点也决定了——后来《保尔·柯察金》这一部电影中的保尔、冬妮娅和丽达，也只能而且必须相似于书中插页上的他们。

电影中青年时期的保尔，显然不如书中插页上的青年保尔那么英姿勃勃。他的脸瘦削、棱角分明，目光永远那么果敢坚定，又那么忧郁。但在精神面貌上，两个保尔是一脉相承的。在性格的外在表征上，也是形同拷贝的。

在我的记忆中，"钢铁"的热度在中国是一种两度递升的跨国文化现象。首先是小说的，形成于六十年代前；后来是电影的，递升于六十年代后。

六十年代后，爱情在中国文学的禁区开始有些松动。《红旗谱》中严运涛和春兰的爱情，江涛与严萍的爱情；《青春之歌》中林道静与余永泽

13

以及与革命者江华、卢嘉川的爱情,某种程度上给养了中国广大读书青年巴望领略爱情文学的饥渴。而且,仅从小说主人公的爱情经历和波折而言,我们从《青春之歌》中,看到了与《钢铁是怎样炼成的》非常相似的构思。

但在电影中,爱情依然姗姗来迟。一批优秀的,以爱情关系为主要内容,或为主要情节线索的中国电影,都是一九六〇年以后陆续问世的。如《阿诗玛》《五朵金花》《战火中的青春》《我们村里的年轻人》,以及电影《红旗谱》与《青春之歌》等。

在这些中国电影还来不及哺饲中国青年的“空档”期,《保尔·柯察金》又恰逢其时地出现在中国各大中小城市的几乎一切电影院里。电影使保尔,使冬妮娅和丽达这些文学形象熠熠生辉地活了,使拥抱和接吻具有了可视性,使爱情令坐在电影院里的中国青年怦然心动了。而那些拥抱和接吻的镜头,是连表现爱情的中国电影里都删除唯恐不干净不彻底的。

这里有文化传统的必然。但归根结底不是文化传统问题,而是文化审查尺度问题。须知就初恋和一切爱情的过程而言,拥抱和接吻是普遍内容。古今中外,莫不如此。

那么,现在我们终于也可以这样认为了——《钢铁是怎样炼成的》这一部苏联小说,和《保尔·柯察金》这一部苏联电影,它们在中国五六十年代的青年中曾引起过的近于发烧的热度,绝不仅仅是忠诚在中国的成功收获,未必不也是爱情在中国的走红。

谁有驳不倒的根据断言——在忠诚和爱情之间,当年中国青年的眼,从那书中那电影中看到的首先是忠诚?

谁有驳不倒的根据断言——当年的中国青年,或严谨一些说中国青年中的大多数,实际上不是将那样一部小说那样一部电影当成了准爱情小说和准爱情电影?

其后数日,我逢人便谈《钢铁是怎样炼成的》,我所听到的不尽相同,然而那么一致的话是非常耐人寻味的：

"结婚前我一直祈祷有一位冬妮娅那样的姑娘爱上我！"

"冬妮娅还救过保尔的命啊！保尔那样对待冬妮娅是不公正的！"

"也是妄自尊大的！"

"还是愚蠢的！"

"他对待丽达的态度也是妄自尊大和愚蠢的！"

"但他毕竟为一座城市全体居民的冬季取暖问题饱尝过艰苦，这一点是可敬的……"

"他双目失明全身瘫痪以后还能靠超人的毅力写成一部书，即使今天看来也依然是了不起的！"

男人们如是说。他们有的看过小说，有的看过电影，有的和我一样，小说、电影、小人书都看过。

"当年我好为冬妮娅不平！也为她委屈、伤心、落过泪！"

"我想替冬妮娅恨保尔，可又始终恨不起来。保尔后来那么不幸，怎么能恨得起来呢？"

"保尔的性格也特有魅力！起码有魅力之点！相当多青春期的女孩子喜欢他那一种性格的男青年，正直，爱憎分明，忧郁而又有点儿偏激，用今天的时髦说法，也是一类'酷'！"

"他的形象也很酷！高大，严肃，冷静。当年，电影中的保尔是我梦中情人！"

"我喜欢丽达胜过我喜欢冬妮娅！丽达多成熟啊！处理各种问题是成熟的，对待爱情尤其是成熟的！"

"对！她给保尔的信写得多好哇！"

"她的爱情观使我后来获益匪浅！"

女人们似乎比男人们还要坦率。

并且，有一位是记者的中年女士，当我面即刻脱口背出了丽达写给保尔的那封信中的一段："……我对生活的看法并不太拘泥于形式。在私人关系上,有的时候,当然非常少见,如果确实出于不寻常的,深沉的感情,是可以有例外的。你就可以得到这种例外。不过,我还是打消了偿还我们青春宿债的念头。我觉得,那样做不会给我们带来很大的愉快。保尔,你对自己不要那样苛刻。我们的生活里不仅有斗争,而且有美好感情带来的欢乐……"

她背时,我自己的记忆也渐渐变得清晰而透明。我也仿佛重新看到了小说中那一封信的字迹,于是和她一起背。

她说,她当年抄在日记里的,非是保尔那几句关于人生意义的名言,而是丽达这一封信。并且说,她当年班里的不少女同学,抄在日记里的都是丽达这一封信。还说,在她的爱情经历中,也曾有丽达和保尔那一种关系形成过。也是像丽达那样理性地处理的……

"万科"的小宁来找我之前,我到陕西去了一次。在火车上,我与对铺的一位乘客谈起了《钢铁是怎样炼成的》。他是一位年长我五六岁的建筑工程师。"文革"开始正读大学。他说《钢铁是怎样炼成的》确实对他的人生产生过很重要的也是很积极的影响。说他当然也将保尔那几句著名的话当作人生座右铭抄在过日记本上。

"不过",他又说,"我只抄了一半。就是前一半。"

于是他随口背出它:"人最宝贵的是生命。生命对于每个人只有一次。人的一生应当这样度过:回首往事,他不会因为虚度年华而悔恨,也不会因为卑鄙庸俗而羞愧……"

我接着背出了后一句:"临终之际,他能够说:'我的整个生命和全部精力,都献给了世界上最壮丽的事业——为解放全人类而斗争。'"

我问他为什么不在日记中抄下后一半?

他笑了。说是因为赌气。说当年他的大学里,展开人生意义的讨论。自然许多同学都联系保尔的话侃侃而谈,或洋洋洒洒地写心得体会文章。但是偏偏就他自己态度认真而又固执地认为——每个人当然都应该时时告诫和要求自己不虚度年华,也当然都应该时时告诫和要求自己不卑鄙庸俗。而且,人只要有这样的对自己的觉悟,又几乎是每个人都可以做到那样的。但绝非一切人都能做到,将自己的"整个生命和全部精力"都献给一种事业,无论那是对全人类多么伟大多么重要的事业。"整个""全部",用这样绝对的词来教诲普遍的芸芸众生,是不恰当的,也是夸张的。因为人的生命的两端,加起来至少有二十年是难有作为的,是需要在别人的照料之下才能生存的。即使中段的最有质量和能动性的生命,每天还要睡觉,吃饭,到了恋爱年龄要恋爱,到了结婚年龄要结婚。正常情况之下,接着做了父亲和母亲。于是上有老,下有小。于是有了纯粹个人的,与"解放全人类",甚至与为别人为社会服务丝毫也不相干的种种责任。世界上有几个人能不为这种纯粹个人的责任分割出一部分生命和精力? 既分割了,又怎么能算"整个"生命和"全部"精力? 那纯粹为了个人的责任而分割出去的生命和精力,总不能说是等于虚度年华和庸俗的吧? 为柴米油盐忙碌奔波不是虚度年华,眷顾亲情友情为爱情多思少眠陷于苦闷也不是庸俗。如果居然是,那么配是保尔的同志和战友的人,在世界上又会有几个呢?

他说得有些激动,仿佛又在和他当年的同学们进行辩论。他的话吸引了周围的人们,都聚拢来听。且都很同意他的话,或频频点头,或报以会心的微笑。

他替保尔感到遗憾似的说:"如果没有后一半就好了,如果没有后一半就好了。后边的话,使那名言成了脱离实际的豪言壮语!"

我问:"你当年就是这么固执己见的?"

他说:"是啊!"

我也理解地笑了。我明白眼前这位在车厢里结识的男人,和我自己有着相似的性格。此种性格决定了,我们一旦对某事进行思考,我们的思想方法就太过于认真了。而世界上许许多多的事,是根本经不起太认真地去思考分析的。而谁一旦那样,许许多多的事就在谁眼里显得荒谬了。其公认了的正确,就开始被谁的思考分析所颠覆了。包括某些名言也是这样。

我又问他当年固执己见的结果?

他挠挠头说——那当然是受到思想帮助啰。但他仍固执己见。他是来自农村的学生。他举他的父母他的祖父母他的所有乡亲为例,说他们一代代一辈辈都是在保尔看来可能碌碌无为的人。而谁若当着他的面指斥他们碌碌无为,那便等于是在侮辱他,也等于是在侮辱人民大众……

他说他拒绝批评帮助,赌气之下,用毛笔将保尔那几句话的前一半抄在纸上,贴于床头,以示思想上的坚持到底。

于是思想上的批评帮助升级为批判围攻。

于是大学团委和学生会,发动团员和各年级学生,一拨一拨地纷纷找他辩论。在宿舍里,食堂里,教室里,图书馆,乃至路上,他每每被围住不放。短则半个小时,长则一二小时。围辩几近于围剿,他陷于四面楚歌十面埋伏之境。有的同学还尖锐地指出——"整个生命和全部精力",特别符合毛主席为人民服务的思想。"整个"和"全部"就是"全心全意"的意思。从保尔的话里挑剔谬点,不是企图变相地反对毛泽东思想又是干什么?……

他终于心有余悸了。害怕极了。惶惶然写了一份公开检讨贴在板报栏才算谢罪了事。

"幸亏我出身好,要不,谁知道当年我会落个什么下场呢?……"

有别人问:"至今还耿耿于怀是吧?"

他笑了,又挠挠头说:"有点儿。同意我当年观点的请举手!"

于是周围所有的人都举起了手。

他表情严肃地对我说:"看,现在我代表多数了嘛!……"

有一位三十岁左右的小伙子用口哨吹起了《莫斯科郊外的晚上》。

不一会儿半节车厢的人都跟着哼唱了。

一部书,一首歌,即使纯粹是政治的产物,其对人的影响,真的会像政治人士们自以为的那么巨大吗?

为什么政治人士们在特别强调此点时,那么不遗余力又那么自信呢?

向他们解释清楚实际情况并非他们觉得的那样,为什么特别地困难呢?

正如我眼前的情形——二战早已在半个世纪前结束,"苏维埃共和国"也在十年前解体,人们刚刚率真地谈论过它的一位忠诚的阶级战士,一位获得过列宁奖章的英雄,还对他的名言提出了质疑——但这一切并不妨碍人们一起以愉快的、怀旧的心情哼唱《莫斯科郊外的晚上》……

为什么?

也许什么都不因为。

仅仅由于那是一首旋律好听的歌。仅仅由于那是一首他们和她们在少年时期青年时期经常唱的歌;仅仅由于它使他们和她们回忆起了自己是学生的岁月,回忆起了自己的初恋和爱情;仅仅由于大家都挺愉快,列车员服务态度好,车厢里干净,对每个人都是一次各方面满意的旅程……所以大家都想唱唱歌。

就这么回事。

我不禁陷入沉思。

我不禁想到了一个人。他叫吴亮。一位大约比我小十岁的上海的青年文学评论家。在九十年代以前,他对"新时期文学"的评论不仅使上海文学评论界令文坛瞩目,而且在全国也是独树一帜的,绝对一流的。可以这样说,他的每一篇文学评论都是"名优产品"。我与他没有私交,没有书信来往,只不过在某次会上见过他一面。我的任何一篇作品也没有被他评论过,甚至也没有幸运被他一语中的又含蓄犀利的批评的锋芒所触及过。但我却是心悦诚服的吴亮文章的喜读者。

恰恰是在一九八八年,他在《上海文学》发表了一篇社会学类的小文章《基层生活》。

我理解他所言之"基层生活",便是人民大众的生活。

他在文章中提出一种观念——某些事情在某些人士那儿是政治,在"基层"却只不过是生活的一项内容,一种色彩,甚至可能是一种时尚。而人民大众间具有某类特殊的本领和能力,他们消解强加给他们的政治意图,使之成为自己的生活可以包容的一项内容,那是比花刀厨子把菜蔬变成工艺品还善于还自然的。

当然以上这些文字非是他的文字,是我理解了以后用我的文字方式重新表述的。

基于以上观点,他认为穿中山装的人与之是否信仰"三民主义"无关;穿列宁装的青年不见得个个都是列宁主义的信徒;而喜欢穿"布拉基"的中国姑娘,当年不见得都是由于国际感情上特别的亲苏……

当年,团的会议多多,积极参加的男女青年,却可能因为那是交际的好方式;而结伴儿去上政治夜校,却可能是为了寻找到塞情书谈恋爱的机会……

我这里替他补充几个例子:

"文革"中,"三敬三祝"①在基层后来演变为游戏生活的乐子;"大批判"是由于当年的青年们精力过剩而几乎没有文体活动的开展;大红纸剪的花样翻新的"公"字和"忠"字,贴在墙上和窗上是美化家居的方式……

政治有政治之目的,基层有基层之法则。

那么,在一九八八年,当政治性的喝彩和掌声早已平息;当政治性的评论早已没了信誉,当政治从众心理早已荡然;当人们渐渐学会了以平常心和正常心读任何一部书;当阶级的"革命"已成往事和历史;当你我他她不再经常情愿或不那么情愿地呼喊"为解放全人类而斗争"的

---

① "文革"中的一种形式。每天早、中、晚三次集体立于"敬祝台"前,挥动毛主席语录,高呼"敬祝毛主席万寿无疆!""林副主席永远健康!"云云。

口号——在这样的情况下,还能从《钢铁是怎样炼成的》一书中另外发现或曰重新发现什么有意义有价值的内容? 如果将这些内容投放到"基层生活"中去,结果会怎样?

我想——这一点,注定了将是如何改编《钢铁是怎样炼成的》的首要问题。

虽然我不打算参与,但我有必要将我的思考和盘托出,告诉参与改编的人,也提醒万科影视公司对这一点进行冷静的研究……

从外地回到北京三四天后,小宁来儿童电影制片厂找到了我,并送我一部《钢铁是怎样炼成的》。

我当面谢过了"万科"方面对我的信任,也再次申明了我不能承担改编重任,甚至也不能参与改编的种种原因。在我,那非是推拒的借口,而是实际的情况。

我说,我对"万科"的感谢,也包含这样一点——那就是,倘没有"万科"方面对我的信任,我根本不会去想《钢铁是怎样炼成的》这样一部苏联小说曾在中国引起的影响,究竟是由哪几种因素促成的跨国文化现象? 以及对这一文化现象,我们从前是怎样看待的,现在又应该怎样看待等等。对于我这样一个爱胡思乱想的人,不管是什么人什么事,一旦激发了我思想的兴趣,我便由衷地感谢那人,感谢那事。思想着毕竟是愉快的。对于我,头脑被思想占据着,比被欲望占据着是自觉良好的状态。我真的感谢"万科"方面带给我这一愉快。感谢不应只表达在嘴上,要有行动。

我承诺我一定认认真真地重读《钢铁是怎样炼成的》,并一定将心得汇报给"万科"方面,以供别人改编时参考。

小宁说他已将我不能承担改编的情况向公司负责人汇报了。说公司也确实开始物色别的改编者。有人兴奋地表示了自信,但研究过原著后,却又茫然不知从何落笔。毕竟已有一部电影在中国久映不衰过,它基本上包容了原著的全部精华。也有人误以为我已先自答应了,表示极愿与我合作。并高姿态地表示以我为主,若发生了改编分歧,将与我的改编意图保持一致。当然还有人嗤之以鼻,认为是"马歇尔计划",是"永远的纸上谈兵",是"没正经事儿可干闲的"……

小宁向我转告了"万科"方面对我的三点希望:一、对承担独立改编仍做考虑。二、参与合作性改编。三、提供改编参考方案,积极参与改编讨论,协助组成改编者小组。

我亦再次申明,第一、二两点,请万勿继续对我抱有希望,以免贻误公司决策。而第三点,我则保证说到做到,也乐于尽此义务。

小宁送给我的,是漓江出版社一九九七年的版本。译者是黑龙江大学俄语系黄树南先生等十人。黄先生写的"后记"告诉我们,这个译本是在一九七六年由人民文学出版社首版的。是直接从俄文原著翻译过来的。黑龙江大学的俄语系是全国首屈一指的。这一时代的使命赋予黑大俄语系是理所当然又是责无旁贷的。一九七六年"文化大革命就是好"在中国唱得尤其响亮了,而"文革"气数将尽也是连傻瓜都几乎能看分明的了。

黄先生在"后记"中写到:"不仅国民经济到了崩溃的边缘,文化领域也同样一塌糊涂。书荒严重,大人小孩都无书可读。"

依我想来,在一九七六年,一部"修正主义国家"的小说在中国重新出版,只怕是要逐级申报逐级批示的吧?当年的文化部也主管出版界。那么,申报经文化部、中宣部甚而中央常委们,也是必定吧?

在人民文学出版社,动机显然是急无书可读的可怜的中国大人、青年少年和小孩们之所急。

在批准者们,着眼点显然是一本书中所弘扬的对革命的无限忠诚。

他们有他们的急需。

否则,难以解释——几乎天天都在向人民宣传加强"反修"意识,一切的苏联小说苏联电影都严禁出版严禁放映的情况之下,何以一部《钢铁是怎样炼成的》能大侥其幸?

难道苏联文学中的革命小说还少么？

难道苏联文学中的名著还少么？

但，虽属名著，非革命的，一九七六年的中国坚决说不。

虽属革命的，比如《青年近卫军》《母亲》《恰巴耶夫》《苦难的历程》《教育诗篇》等，但伤痕意味绵绵，弘扬革命激情不足，一九七六年的中国也说不。

一方面是精神饥饿嗷嗷待哺。

另一方面是要由"文革"的"文化"时代来进行严格的筛选，只给予某一种它认为中国人的精神倘需补充的单一"营养"的"精神压缩饼干"——或曰意识形态加工厂出产的"意识形态饼干"。

一部书，一部电影，一首歌，一幅画，在中国，在当年，一旦被中国的政治所青睐，它就像某些被中国的政治所抬举的人一样，部分地或者彻底地被异化了。

保尔·柯察金在中国从前和现在荣辱沉浮的过程，乃是文学在中国曾经历的悲哀。与《钢铁是怎样炼成的》今天被某些人嗤之以鼻不屑一顾相比，它昨天在中国的光芒四射未见得不也是悲哀。

依我想来，两种截然相反的境遇，对它都肯定是过分的。前一种过分是极其政治功利主义的，后一种过分是某些中国人矫枉过正的极其简单的激烈。

作为一部书，我觉得漓江出版社的版本的封面设计挺棒的。那由鲜红的军旗折叠成的战士的侧面头像，给人以视觉上的强烈的冲击，也给人以情绪上的昂扬的感奋。战士侧面头像的线条那么棱角分明，那么有力度。从额到鼻到口到唇到下巴，没有一处线条不是钢硬的。折出来的线条和画出来的线条看去就是不一样。战士的口张到了最大的程度，使人仿佛能听到惊天地泣鬼神的呐喊："乌拉！"……"冲啊！"……头像向上向下飞扬起来的边线，以及上下边线之间的折痕，似乎是雕刻效果的风速，似乎战士正迎着凛冽的风前仆后继。而竖立着的，带刺刀的步枪,它的有意为之的呆板,恰恰增强了战士侧面头像的猛烈动感……

我见过另一个版本的封面——骑在马上的保尔挥刀驰骋。

艺术的抽象效果的表现力,有时确实超过艺术的写实效果的表现力。

此一例也。

在黄先生的"译者前言"中,保尔那句名言被用黑体字排出。它有四字与我从前读到的不同。包含那四个字的从前的话是——"他不会因碌碌无为而懊悔";现在改成了"他不会因虚度年华而悔恨"。

人的一生碌碌无为的因素很多。有时是主观的,有时是客观的。有谁自甘于碌碌无为呢? 依我想来,导致人生碌碌无为的客观因素也许更多。再说,怎样又算有为呢? 倘轰轰烈烈叱咤风云才算有为,那么绝大多数之人回首往事岂不真的只有懊悔无穷的份儿了么?

"碌碌无为"四字未免太具有傲视绝大多数寻常人生的意味儿。

我不知按照俄文原意是"碌碌无为"译得更准确还是"虚度年华"译得更准确。

但我可以肯定地说,我中学时代的课文中便是"碌碌无为"四字。

我由此四字而对保尔那句名言产生的抵牾心理,也早在少年时代就有着了。在这一点上,少年时代的我,与我在火车上遇到那位工程师是一样的。

也许,恰恰是"碌碌无为"四个字更符合俄文原意吧? 也许,奥斯特洛夫斯基的头脑中,确乎存在轻蔑寻常人生的思想吧? 他不是对他的家乡舍佩托夫卡小镇上的居民的生活形态特别反感么? 他不是对他哥哥阿焦姆的寻常人的寻常人生,后来也刻意相讥么? 他甚至根本不尊敬他的嫂子,根本不喜欢哥哥的孩子。他认为他哥哥的生活"像甲虫掉在粪堆里,越陷越深"。

而这只不过因为,他"原来还想吸引他参加政治活动"的念头似乎落空了;只不过因为他娶了一个农家女,由铁路工人变成农民了!

可"她家是贫穷的农民"呀!

在保尔·柯察金,或进一步说,在奥斯特洛夫斯基的头脑中,是否除了政治和革命,除了为政治的激情和为革命的人生,其他一切激情都概属庸俗的激情,其他一切人的人生都概属"碌碌无为"的人生呢?

我非常不喜欢傲视绝大多数寻常人的寻常人生的名言。不管是保尔·柯察金的,还是奥斯特洛夫斯基的。越是名言越不喜欢。

顺便补充一句,我是中学生的时候也根本没抄过那句名言。我能背得一字不差,只不过因为那是语文老师的要求。

将"碌碌无为"四字改为"虚度年华",使那句名言平易多了。

"虚度年华"更是人生主观态度的结果。而且,只要是人,谁对人生缺少主观上进的态度,谁都难免是在"虚度年华"。

莫要"虚度年华"的告诫,尤其对青年人具有警醒的积极意义。因此而懊悔也是普遍之人的一种较普遍的懊悔。

为什么也将"懊悔"一词改变成了"悔恨"呢?

依我看来,"懊悔"一词的"懊"字,比"悔恨"一词的"恨"字,不是更多些欲说还休、此悔绵绵的意味儿么?

在我重读的几天里,关于《钢铁是怎样炼成的》的某些中国话题频入我耳。

首先是有人告诉我——北京的一些青年话剧人搬上舞台的同名话剧,反应毁誉参半。

我想这很正常。在一九八八年排演此剧,正如在一九八八年若排演苏联话剧《带枪的人》或中国六十年代的话剧《刘文学》一样,反应不那样倒不正常了。越是忠于原著,越会那样。越严肃,越似乎不严肃。不忠于原著,反应还会那样。来次时髦,黑色幽默一下,更会那样。

有人给我送来了一份刊物,其上登载了一篇抨击那一台话剧的文章。词语厉厉,愤慨之情流露字里行间。指责歪曲了原著,丑化了保尔。

我没看过那一台话剧,故难得文章要领。

接着,我自己闲读时,从一些报刊上发现如下标题的辩论:

《钢铁是怎样炼成的》是一部好书吗?

《钢铁是怎样炼成的》是一部坏书!

《钢铁是怎样炼成的》教我树立正确的人生观!

保尔,我永远爱你!

拒绝保尔!……

不一而足。

我从那些文章中,既看到了笔战双方的真实可信的坦率冲动,也窥透了文章背后报刊有意炒作的企图。

中国现在有许多严肃的话题有待讨论。

但可以公共讨论的话题毕竟有限。

故报刊捕捉到一个话题,往往像庸猫一下子逮住一只肥鼠了,不把"它"折腾得奄奄一息是绝不肯罢休的。

看过那些文章,我平静地想:

仍爱保尔的,只管爱将下去。

拒绝保尔的,也尽可以终生拒绝。

但关于一部书究竟是好书还是坏书,一字结论是大不可取的。

世界上有些文学作品,甚至可以扩大地说概及一切方面的书籍,自从它们问世那一天起就被公认是优秀的,经典的。它们现在仍是这样。它们将一直是优秀的,经典的。永远不会改变。

世界上有些文学作品和其他方面的书籍,一经问世就受到抨击和指责,甚至遭禁,但后来的时代给它们平了反,证明它们即使称不上是优秀的,经典的,但也不像当时被认为的,甚至被法律判定的是"坏"书。

左拉的某些作品的命运便是这样。

劳伦斯的《查泰莱夫人的情人》也是这样。

司汤达的《红与黑》、霍桑的《红字》、卢梭的《忏悔录》,梅里美的某些短篇,都有过类似的命运。

但它们在经历了当时来自社会某些阶层的诅咒和唾骂后,越来越成为它们的作者的文学荣耀。

有些书的好坏优劣,经过了跨世纪的争论,至今仍难以一字定评。

站在巴黎起义者们的感情和立场看,《双城记》似乎是"坏"书——因为它将起义者描写为群氓、暴徒、杀人不眨眼的凶残者。

但法国史学家们却并不都这么看,他们认为该书也较真实地记录了"革命"可歌可泣的另一面——阶级憎恨的血腥性和残酷性。

《法国革命史》在许多国家——当然包括苏联在内的国家是禁止翻译出版的。苏联的马克思主义历史学家们曾严厉地批判过它的"反动性"。因为它的作者对"革命"所持的立场,从根本上说是否定的。

但西方主流历史学派却一度对它倍加赞赏。因为它认真地探讨了"革命"或可避免的社会前提。

《水浒传》是中国古典名著。

但是许许多多西方读者不明白中国人为什么喜欢这一部书——因为它只不过描写了一批无法无天的"强盗",而且宣扬"造反有理","杀人有理"。

谁能特别自信地在"好""坏"二字之间对《金瓶梅》作一字定评?

谁能否认得了高尔基的文学成就?

但高尔基也和奥斯特洛夫斯基一样,为无产阶级革命写了一部长篇小说《母亲》。

如果说高尔基的《母亲》也许是遵革命之命的文学产物,那么车尔尼雪夫斯基可从来没做过无产阶级革命的座上客。但在他的《怎么办》里,也写到了一个早期改良主义革命家式的人物拉赫美托夫。

屠格涅夫的《父与子》中的儿子,俄国早期平民知识分子巴扎罗夫身上,也有某些模糊又矛盾的革命民主主义者的思想特征。

须知鲁迅先生也是同情革命并对中国革命者们的事业寄予厚望的。

革命毕竟曾是人类历史上极其重大的事件。其重大性绝不小于第一次、第二次世界大战。文学对这一事件不可能不予以关注予以反映予以记录。当历史风暴尘埃落定,无论是为革命呐喊的革命文学,抑或仇视革命的反革命文学,控诉革命的阶级伤痕文学,倘以公正的平静的眼去看待,必都有其从不同立场不同角度不同侧面解说和诠释历史的特定价值。

以往的时代不允许我们这样。

在以往的时代里,我们的眼我们的思想受时代的左右也做不到这样。

现在我们可以了。

这是我们的幸运。也是我们所读过的某些书的幸运。

清王朝说《荡寇志》好得很,它的问世得到清政府官员们的大力支持,一经成书,即受"当道诸公"盛赞,推崇为维系"世道人心"的宝著。连清政府的官员们从南京逃到苏州,也不忘将《荡寇志》的版片带了去。而太平军忠王李秀成攻下苏州,搜而焚之。到了建国以后,革命的主流文学评论家们,当然也一直视其为"反动"之书。

但是在一九八八年,中央电视台拍摄的电视连续剧《水浒》,却正是以《荡寇志》为结局的。

山东某大学教授代古人而抗议,认为歪曲了"梁山好汉",欲八方联络,筹资重拍,以正"农民起义"之垂史威名。

但史学界便有人指出:所谓"梁山好汉"们的"替天行道",实际上并不能算作"农民起义"。因为农民起义的矛头,一向直指朝廷。而宋江们却是只反贪官,不反圣上的。正如鲁迅先生说的:一受招安,便去帮朝廷镇压别的和自己一样被逼无奈的造反者了……

如果,我们搁开这一切政治性的评论;如果,我们以文学赏析的眼光看《水浒》,它是名著的价值是否会更加突出?如果,我们以文学创作普遍规律的见解思想看《荡寇志》,它严重脱离现实,不正视时代尖锐的阶级冲突,闭门造车以悦当局的文学企图,是否也会显示得相当分明?

这里有一个最最基本的观点——古今中外人民大众的一切造反、起义和革命的行为，从来不是人民大众的罪过，也从来不是他们的领袖们的罪过；而一向是，完全是，彻底地是逼他们那样的当局的罪过。造反也罢起义也罢革命也罢，那是要拎着自己的头颅干的事。是要随时准备坐牢准备流血牺牲准备肝脑涂地的。而这从来不是人民大众愿意的"游戏"，也从来不是他们的领袖天生热衷的"职业"。

农民的起义是这样，工人的革命也是这样；在中国的历史上是这样，在外国的历史上还是这样。此观点并不等同于一般的政治的观点。恰恰相反，它是一种客观公正的观点，因而是符合历史真实的观点，是超越阶级立场超越政治思维的观点。在中国的，苏联的，以及世界一切国家的历史中，皆记载了人民大众一次又一次的起义和革命。

倘历史中有起义和革命，文学中竟没有关于暴动关于革命的文学，那么，不言而喻人类的文学史该多么虚假。

列宁说："……这部书很有用，许多工人都是不自觉地，自发地参加革命运动的，现在他们读了《母亲》，会得到很大的益处。"

列宁说："这（指《怎么办》）才是教导人鼓舞人的真正的文学。""在它的影响下，成百上千的人成了革命家。"

列宁早已沉默。革命的岁月早已不在。一切关于革命的思想，早已被后来的思想者们一次次地细细地咀嚼过了。历史吐出的是渣滓，咽下去的是经验和教训。而那些经验和教训，对人类反省自身的社会法则和秩序是有益的。

高尔基的《母亲》不应仅仅因为列宁怎样评价过而被视为革命的书本式传单；《怎么办》尤其不应被今人简单地如此看待。

同样道理，《钢铁是怎样炼成的》今天仍值得我们细细咀嚼一番。

而谁咀嚼式地读这本书后，都会本能地吐出某部分书中的思想，同时也必会咽下和吸收一些成分。

倘有值得咽下和吸收的东西，一部书也就不"坏"了。

传说猫有九命。

我的阅读体会告诉我,优秀的书也像猫一样,有多重甚至九重魂魄。随着人类社会的变迁,它们的某几重魂魄风干了,尘飞了,死去了。如果它们作为书只有这样一重或几重魂魄,那么它们也只有死去了。如果它们剩下的几重魂魄依然熠烁,那么它们作为书便依然保持着自己的一份生命力,甚至会归于不朽。

《红楼梦》中永远也不会死的是爱情。

一百年后的中国人,肯定不再有兴趣谈论贾府的等级关系和阶级关系,而只为爱情伤感唏嘘,而只为某种繁华的没落惆怅。

以这样的阅读体会再看《钢铁是怎样炼成的》,便觉得它至今仍有——不是三重书魂,而是三组维系其书魂将死未死的血管仍有一定的韧性。那就是:特殊时代的爱情;革命背景下从乡村到小镇到大城市躁动不安的社会图画;人与自己厄运不妥协的,可悲又可敬的抗争。文学的血液在这样三组血管里仍可回流。好比只剩下了三条枝杈仍未枯脆的花株。倘予以侍弄,仍有望散紫翻红……

我想,这便是它的今天的中国改编者们应浓淡相宜地落笔发挥的地方吧?

至于一名典型的阶级的战士对革命的忠诚,在我的眼看来,乃是它所注定了要死去的那一重书魂。

保尔无怨无悔的革命性当然也是要着力表现的。但不再是为了继续弘扬他那一种忠诚,而是要尽量可信地告诉今人——在革命的时期,在革命的大背景下,在革命的队伍中和革命的漩涡里,人会变得怎样?以及为什么?

鲜血和牺牲、革命的暴烈、反革命分子的暗杀和恐怖手段、阶级对阶级的仇恨和报复……

亦应在改编中有客观的表现,而不应从改编的过程中用忌讳的橡皮任意擦去……

《钢铁是怎样炼成的》重读之后,仍觉它的前七章写得棒。

关于初恋,它写的一点儿也不比某些著名的小说写得差劲儿。比如歌德的《少年维特之烦恼》,比如屠格涅夫的《初恋》,比如与之异曲同工的《牛虻》……依我看来,保尔和冬妮娅的初恋,其实比亚瑟和琼玛之间的初恋写得好。起码不逊色。

七章之后仍有真实又真诚的感人之处,但也有些情节味同嚼蜡,令人无法读下去。如果别人对我没有要求,如果我自己不是承诺了那一要求,我便会放下不再读它。

那些地方是:与"托派"分子们辩论的情节;为了思想教育而不断召开的团的会议;那些动辄将别人们置于自己审视目光之下,严肃、严厉而又煞有介事小题大做的批评和批判——比如同志的妹妹出于亲昵而约之在星期六的晚上去打打扑克,他竟从单纯少女的身上看出了庸俗;比如年轻的车工弄断了一支钻头,他便似乎认为是什么新的动向,坚决地不给予承认错误的机会力主开除……

据我所知,奥斯特洛夫斯基本人并非工人的儿子。实际上他从小生活在一个较富裕的家庭。父亲是镇上经营有道的酒商。果真如此,那么他和冬妮娅的初恋,从家庭上看是门第相当的。中国早期一些介绍奥斯特洛夫斯基本人的小传,显然是将他和保尔混为一谈了,并显然是将保尔的少年当成他本人的少年了。

奥斯特洛夫斯基承认保尔身上有自己的影子,但是强调《钢铁是怎样炼成的》非是他的传记。

那么,保尔的童年和少年经历,保尔的初恋,是完全的虚构,还是另有生活原型?

如果是完全的虚构,整部小说为什么不能凭那种相当有水平的虚构能力"创作"下去?到后半部几乎变成了方方面面的泛泛的回忆片段式的组合?为什么风格和水平呈现了分明的差异?

也许,另有原型吧?

那原型可能是什么人呢？

我想到了书中的谢寥沙。

此书写作的起初和后来是否是这样的呢？——

他有一少年时期的朋友，他熟悉对方的一切方面就像熟悉自己，包括对方的初恋。他们的友情可能一直保持到青年。青年了的他们都成了红军战士，朋友加战友。后来，对方牺牲了……

在他决定要完成他的小说的时候，对方的少年经历浮现在他脑海里了。那是比他自己的少年经历更丰富，也更有色彩的。最主要的，一个工人的儿子走上革命道路的自然性，必然性，是要比一个酒商的儿子走上革命道路更符合一部革命的小说的文学逻辑的。

于是一个来自生活原型的文学人物诞生了，他给这个人物起名保尔·柯察金。

保尔起初是他的朋友加战友的化身。后来，保尔到了青年时期，他所熟悉和了解的素材用完了，这时他只有接着写他自己的青年经历。

那么保尔实际上是两个人的经历的组合——对方的少年时期，自己的青年时期。而保尔的性格，也是他和对方两种性格的嫁接。也许对方的性格并不像小说中的保尔那样，也许生活原形态中的对方更像谢寥沙，厚道又朴实。而对方的初恋的遗憾的结局，也非是由于对方"首先属于革命，其次才属于你"的原则所宣告的。是他将自己不无偏激的性格注入保尔身上。故他"改造"了生活原型，使之更贴近于自己所欣赏的一类……

这样，他自己在创作的过程中渐渐变成了保尔，而保尔所脱胎于的那个生活原型，则变成了保尔的亲密战友谢寥沙……

如此一种猜测，一旦在我头脑中产生，竟挥之不去了。

因为我实在无法解释一部书前后的差异何以那般鲜明。

当然，我也因自己头脑中居然产生这样的疑问深觉不安——奥斯特洛夫斯基毕竟是在全身瘫痪、双目失明的情况下完成他的创作的。每一页书都是他用他最后一段生命的大消耗换来的。七章以后他肯定倍感生命不支吧？那么书的后部分不如前部分又是多么必然呢？

我过分挑剔地指出他的作品的不足之处，是否太不厚道呢？

……

在我重读的日子里，最使我感到突凸的一种说法是：

"什么？你将协助改编《钢铁是怎样炼成的》？保尔是叛徒呀你知道不知道？"

"可……可保尔只不过是一个文学人物啊！……"

"当然不是指保尔……"

"那么便是指作者本人啰？……"

告诉我的人点头。

我向他要证据。他拿不出证据。但却发誓真有那么回事儿。

他是研究苏俄文学的人。

后来我又向他的几位同行问过，他们中也有人承认，确乎耳闻过传言，但都无证据。正所谓空穴来风，莫须有之。

近十年中，随着苏联的解体，种种关于苏联时期的内幕、秘史之类，播议于中国。

但即使这一种传言，也并没有颠覆我对《钢铁是怎样炼成的》这一部书的基本看法。

在美国，不是也有人言之凿凿地发现林肯原来是同性恋者么？

真是又怎样？

林肯将仍是美国伟大的总统之一，将仍是世界上杰出的政治家之一。

爱因斯坦、牛顿、伽利略、达·芬奇、托尔斯泰、高尔基、罗丹、毕加索……不是许许多多堪称伟大的历史人物，都被"发现"原来有这样那样的人格硬伤么？

有些是资料研究的成果，而有些是今人怀着阴暗的心理对历史人物的贬低。

奥斯特洛夫斯基不但是一名苏联的革命者,也是一个近代的男人。即使他作为革命者的一面不值一提了,那么他作为一个与病魔进行过顽强斗争的男人,在我这儿将永远是可敬的。

正如海伦·凯勒是可敬的。

正如霍金是可敬的。

正如印度第一位在英国获得法学博士学位的盲人大法官是可敬的。

何况,我面对一幅毕加索的画,并不去想他究竟有多少情妇……

我读拜伦的诗,头脑中也不会产生他和他同父异母的姐姐乱伦的情形……

我想,大学里的莘莘学子在听教授阐释相对论时,大约也是不会询问关于爱因斯坦的女人品味之高低的吧?

让这一切都见鬼去吧!

我看的只是一部苏联小说,我替别人们思考的只是这样的问题——在一九八八年,它真的值得改编成二十集的电视剧拍摄给中国人看么?它的内容够那么多么?哪些内容是艺术上仍有价值的,而哪些不是?在人物关系和情节方面,哪里留有发展的空白?怎样发展?……

我得承认,我为别人们如此认真,也是在获得读与想的愉快……

“万科”的负责人郑凯南来到了北京。她说计划八九月份开机,十一月份停机,争取春节期间播出……

我劝她彻底打消这一念头。连想都不要再想。因为那是——根本不可能的!

当时已经六月初了。

她说事在人为,表现出了“只争朝夕”的精神。

我请她考虑以下几点:

一、编剧非是小工,到待雇的劳务市场上看几个顺眼的领走就是了。不错,北京是一流编剧云集之都。但凡一流的,便不可能是招之即来的。

都正忙于创作是自然而然的。凭什么任谁一招,人家就踊跃而来?

二、如果只请一位编剧,一个月五集,二十集也得四个月。那就到十月份了。谁能一稿就达到投拍水准?改一稿,就十一月份了。改两稿,就年底了。改编《钢铁是怎样炼成的》这样一部特殊的小说,不反复修改行么?那类一天一集的快手,对这样一部小说而言,敢请么?

三、故我认为,十月份能定稿就不错了。还要将剧本译成俄文,还要到俄罗斯或乌克兰去选景,选演员——实际上只能做冬季开拍,跨年度拍春夏景的打算。

四、为了保证这一时间表也不落空,为了尽量往前赶,以给予拍摄筹备更充分的余地,我主张请二至三位编剧。尽管我的经验告诉我,除了独立成集的情况下,合作不是什么上策。

郑凯南默默听我分析完,也开始客观看待她的策划了。

我又提醒她以下几点:

对此策划,万不可在商业回报上期望过高。因为现实清清楚楚地显示了,看这样一部由苏联的小说改编的电视连续剧的中国人,肯定不会如她想象的那么多。

不容许对原著进行多层面多角度的补充、改造和二度创作,照搬原著,实在没什么重拍的意义。

不要预先确定集数。从容而又饱满地产生多少集,便应是多少集,任意抻长不可。

她说:"你如果确实不能加盟改编,那么就为我们做剧本总监吧!"

我说——不要用什么"剧本总监"来套牢我。我不能接受这临时委任,不能承受什么"总监"之重。但是我真心地愿帮她联系改编者。

我说——我有一个观点——对任何一段历史,对任何一部历史小说,今人都是可以重新看待,都是可以改编为影视的。这一点概无例外。秦始皇没有争议么?武则天没有争议么?雍正没有争议么?何况一个虚构的文学人物保尔?当今之中国人对他的那点儿争议,实在不足以成为影视从业者对一部书避之唯恐不及,仿佛它定会传染艾滋病或麻风病的心理障碍。那倒显得我们中国人对文学的识辨能力和扬弃能力太低下了。无论中国的革命还是苏联的革命,都是人类历史中的大事件,既打着时代的种种烙印,也包含着某些超越革命时代的永恒的主题,所以都值得文学和影视二次地、多次地咀嚼。恰恰是有争议的历史,有争议的文学,有争议的人物,不管是历史人物还是文学人物,更值得再认识,再反映,再力求客观地加以分析——我坦率承认我支持"万科"的策划,其实也是想通过"万科"的实践,巩固自己的观点⋯⋯

我和郑凯南的第一次见面、第一次交谈,到此基本结束。

隔日晚,她来我家,并带了一台小录音机,希望我能将第一次交谈所说的那些话再说一遍,让她录下来。

我困惑地问这究竟有什么必要?

她说她希望某些支持她和反对她的人也都听听。

我只得又简略地重复了一遍。

我看出,她并没像我那么认真地又读一遍《钢铁是怎样炼成的》。可能她对它的执迷,仍基于初中时代或高中时代初读的感动。看出她对如何改编,尚无较具体的、较成熟的、较自信的主见。显然,她性格中有一种可贵,那就是近乎男人有时豁出一遭去的果敢,而不是优柔寡断举棋不定。但一部影视作品的成败,仅凭果敢是不够的。显然,深圳市委宣传部答应投入的数百万,也是她的果敢的基础,但那只能保证"万科"在经济上利益不至严重受损,同样不能保证一部影视作品的成败。

保证的前提只能是剧本。

我当然也看出,对这一前提,她是何等地依赖于我。希望借助我的信心,巩固她自己的信心,并进一步获得更多的方面更多的人对她的支持。

我不免有点儿警觉起来。因为我的人生经验告诉我,无论谁,太被别人依赖了,谁最终都难免有陷于被动难以自拔之时。我也不免有点沾沾自喜起来。因为被别人所信赖所依赖的感觉,每每也是怪好的感觉。它使人觉得,原来自己对某件事的成败还挺重要似的。

在两种矛盾心理交叉存在的情况之下,我又谈了几点:

一、就电视剧而言,普遍的特点是近景和中景画面的剪辑组合。最好的电视剧差不多也是这样。这使看电视连续剧的观众心理容易呈现空间框定的囚禁感。对人眼也是如此。人眼永远渴望看到开阔的外景和远景。人眼这一种渴望在看电视连续剧时,并不是自行地消弭了,而实在是被压制了。倘一部电视剧的四十五分钟始终是内景,无论那内景是帝王的宫廷还是穷人的草棚,内容无论是在吵闹还是抱头痛哭还是乐沸盈天之类强剧情,看完都是很累的。累心又累眼。进一步说,我甚至认为是有碍于健康的。我早就想在报上发表文章,劝电视观众看完即刻要到户外去,做做深呼吸,散散步,眺望眺望高远的夜空。

而俄罗斯的或乌克兰的土地,将为拍摄《钢铁是怎样炼成的》提供最辽阔的异国风光。原著也提供了充分展现的根据。这根据是原著所提供的宝贵成分之一。改编和拍摄过程中要用够,用尽,用到家。好比当今之中国商企人士们常说的——对国家的优惠政策要用到的那种程度。

总之,力求在摄影方面,拍成一部远景多多的电影式电视剧。不要怕人物们在荧屏上未免太小太远了。小就小,远就远,分不清谁是谁就分不清。天地山川原野树林河流有时不但也意味着是影视的角色,而且可以在必要之时是主角,而置人物于配角地位……

二、现在国产电视剧的插曲,要么港台韵味儿,要么流行唱法。有的词曲相当不错,但也难逃二者窠臼。而在《钢铁是怎样炼成的》其后的改编和拍摄中,要特别考虑俄罗斯民歌或乌克兰民歌的作用。这两个民族的民歌,和他们的其他艺术一样,是既相当有特点也相当有魅力的。那一种深沉忧郁思绪绵绵又感伤无穷的歌魂,与蒙古长调有共同之点。不要等剪辑完了,再见缝插针地楔歌铺曲。要在剧本改编中就明确音乐也是这一部电视连续剧的主要艺术成分之一。

广阔的远景,优美的音乐,动听的歌唱——未来的电视剧,应有唯美片段的追求。但不要太刻意。所谓现实主义和浪漫主义的结合原则在此剧中用得上,可理解为写实的情节和唯美片段的结合。

三、爱情——这我们在电视剧里看到的已经太多了。或者是爱情与宫廷阴谋;或者是爱情与金钱交易以及与权力的交叉交易;爱已变得那么脆弱不堪一击,而击倒爱情的又似乎只是男人和女人间的物化因素了;似乎爱情已变成了根本没有原则也根本不必有什么原则的东西。但《钢铁是怎样炼成的》提供了另一类爱情的样品。不是样板,而是样品。在此样品中,爱是有硬度的——体现在保尔身上;爱是有理性原则的——体现在丽达身上;爱是遭到了伤害的——体现在冬妮娅身上。但这伤害不是金钱、权力和地位造成的,而是男人襟怀的狭隘造成的,因而有《奥赛罗》的特征。这一特征对男人具有永远的教育意义;爱也是有奉献的,体现在达雅身上。

将这一组组在厚重的革命的时代氛围的强化下的爱情写好,对于世人今天误解爱情和金钱和权力的关系也是有意义的。将爱情和革命对立起来,正如将爱情和金钱和权力结合起来一样,都是时代对人的异化……

四、保尔在原著中,尤其在他参加了革命,为革命负过伤,立过一些功以后,便似乎总以彻底的革命者自居了。他总在教育别人,动辄批判别人。他很少受到别人的教育。老一代革命者似乎都很欣赏他彻底的革命性。只有丽达含蓄地教育过他——一个革命者的心中,通常情况之下也是不必而且不该只有革命和红旗的……

故我们应该在改编中将保尔同志定位于一个不断成熟中的革命青年。他的成熟也要靠别人对他的教育。比如朱赫来,比如丽达,甚至他的老母亲。这种成熟也不该只体现在对革命的认识方面,还应体现在对人生的其他方面——比如爱情啦,亲情啦,理解啦,宽容啦,自我否定觉悟,自我反省意识啦,等等。这样的一位保尔,才可能使今天的中国观众感到平易近人,可亲,可爱,由此感到可敬……

五、关于英雄主义——英雄主义不只是纯粹政治的概念,也是精神美学方面的概念。有时它是带有显著的阶级色彩的,有时亦是超阶级的。所以,江姐,许云峰,夏伯阳,柯楚别依们是阶级的英雄;而丹柯,普罗米修斯,长坂坡勇救阿斗的赵云,千里走单骑的关羽,独守长坂桥头的张飞,身上所体现的是接受美学意义上的英雄主义。《九三年》中描写英法之战,有一名根本没被雨果赋予名字的法军上尉。他在他的部下全部阵亡以后,一手撑军旗,遍身鲜血地屹立于阵地,面对渐渐围上来的英军轻蔑地说出一个字是——"屎!"

雨果的笔触在此顿然而收。

那一场英法之战非是阶级的对垒与搏杀,也很难说两国之间哪一方正义哪一方非正义。

但那法军上尉身上显然具有英雄色彩。

从接受美学的意义讲,作为军人,他是英雄。因他毕竟不是在为进犯英国而战,毕竟是在为保卫法国而战。革命是靠参加革命的人们的种种英雄表现才最终成功的。在那些普遍带有阶级色彩的英雄表现中,是否也有超阶级的英雄行为呢?比如为了救战友而牺牲,为了救妇女儿童而牺牲,为了大多数人不冻死不饿死而自己忍饥受冻……当阶级冲突的大剧落幕,具有美学意义上的英雄主义仍能使人怦然心动。要提炼这一点,加工这一点,补充这一点。和平的世纪,商业的时代,为自己而"英雄"的人和事太多了。这种现象也快充满了文学和影视。注入一些英雄主义,不管是阶级色彩的英雄主义,还是超阶级的,要得。首先,从文艺之接受美学的意义就要得。我可以肯定人们不太会拒绝这一点……

六、关于革命的暴烈和反革命手段的恐怖,不应采取回避态度。原著中已提供了影视表现的根据,影视理应比小说表现得更到位。一切革命都是被逼出来的行动。它一旦成为行动了,它就有自身的规律了。幻想它不暴烈,幻想它的敌人不那么残酷地镇压它是天真幼稚的。揭示它被迫暴烈的规律,比之煞费苦心地掩饰这一点要来得深刻……

我觉得郑凯南对我的这些想法懂了,又似乎没全懂。而我认为,我恰恰是在谈改编,每句话都没太离谱。

我暗想,我最终对她的策划的态度,要看她或他们对我的种种建议的态度而定……

第二天她返回了深圳。

两天后我接到她从深圳打来的电话,说关心她的策划的各方面朋友们,对我的建议虽也有这样那样的歧议,但无原则性的反对。甚至,也可以说基本上是同意的。

"从现在起,我们的策划就算正式启动了!"

她的语调颇兴奋。

我纠正她:"不是我们的策划,是你们'万科'的策划。"

她说:"但你已经算登上我们的船了。"

我说:"不,我不登船。但我愿在岸上帮你们拉纤。"

她说:"再表个明确点儿的态度吧!"

我说:"好,让我考虑三天,联系三天,之后向你举荐改编者。"

就这样——一个星期以后,我做起了我的两位同行的责任编辑。他们是——万方和周大新。

事实上,居京至今,我的单位工作始终是编辑。而且,自信是称职的编辑。

能有机会做万方和周大新的编辑,不但是我情愿之事,也是我愉快之事……

第二章

"钢铁"的改编中,需要某种冷的、粗鲁又桀骜不驯的、凛然而有硬度的成分。即使在少年保尔的身上,也同样需要赋予这些成分。并且作为影视人物,应比文学人物表现得更突出。没有必要美化保尔身上的这些成分,但是必须明白,只有强调了这些才更是保尔。正如只有让观众看到一个男人的猜妒,才能让观众认可银幕上高大威武的黑人统帅是奥赛罗……

在我记忆中,曾见过万方一面。若记得确实,也就仅仅见过一面。那时我已从北影调至童影,似乎是在童影召开的一次创作座谈会上。握过手,却未交谈什么话题,也没听到她发言。在我印象中,她是那类娴静的女性,善于表现倾听的耐心,不太喜欢作热忱的发言。

据我所知,她是支持过我们童影的编剧,为童影写过很好的剧本。遗憾的是我一九八八年底才到童影,没看过她创作的儿童电影。但去年,我看过她是编剧的那部获奖影片《黑眼睛》。在北影的一间小放映室看的。导演陈国星邀请我看的。几乎是放映给我一个人看。不,不是几乎,就是专放映给我一个人看的。只有导演陈国星和剪辑坐在我的后排陪我看。当时《黑眼睛》还没配上音乐。我是第一个看到它的观众。

我很喜欢《黑眼睛》。

欣赏主角的表演。

当然的,首先是剧本好。

映罢,我也首先称道的是剧本。

《黑眼睛》中有这样一处情节——女主角回到姐姐家,听笼中鸟叫,听床上有婴儿的咿呀之声,知是姐姐的小孩已出生了,循声走至床边,抱起亲偎……

这情节使我感到很别致,亦感到遗憾顿生。

那遗憾是什么呢?

我当时没想明白,也就没说。

回到家里仍想……

第二天来到北影剪辑室,向陈国星坦率谈出了我对那一情节的看法——我认为他拍得还不充分,剪得也太突猝。想那身为盲女的女主角,几乎什么声音都听到过了,唯没听到过婴儿的咿呀。在鸟叫的间断声中她听到了,那么她脸上会是一种怎样的表情呢?那婴儿的咿呀对她的耳是多么新奇美妙呢?她会怀疑自己的耳朵么?导演为什么让她立刻就抱起婴儿呢?仿佛她早已知道姐姐已生了小孩儿,仿佛她早已晓得床上正有一个婴儿等着她去抱起似的。她的双手此前抚摸过许多东西,但却还没抚摸过一个婴儿——那么让她的双手从容地抚摸呀!抚摸婴儿的小脚丫,抚摸婴儿的小手,抚摸婴儿的小脸蛋……在一系列从容的抚摸中,演员身为盲女的表演,不是获得了充分显示的机会么?而观众不是能从此种表演中,获得了欣赏的愉悦么?

陈国星问:"那么,这一番表演的意义何在呢?"

我问:"为什么要这么理性呢?为什么要提出这样的问题呢?有时完全可以不问意义,演员本身准确的表演分寸即意义。它是电影魅力的一部分。为了保证这一部分的存在,甚至应该剪去某些虽与主题关系紧密,但毫无表演欣赏价值,毫无情境感受价值的片段。须知归根到底,对于人物电影,观众是通过对演员的喜欢、感动,而喜欢一部影片,而感动于一部影片的……"

陈国星最终高兴地接受了我的意见。

他说他一定要补拍……

也许,正因为我对朋友们的作品的认真态度,编剧朋友们愿意将他们的剧本给我看,导演朋友们愿意我参加看他们的样片……

从此,我觉得对万方的编剧水平,有了较深刻的感性的了解。

是我建议郑凯南应选一位女性编剧加盟改编。在我想来,保尔·柯察金这一文学人物短促的一生,曾与三位女性文学人物发生爱情"事件",在改编过程中听听有水平的女性编剧的创作见解,对更加艺术地处理那三次爱情"事件"是有益的。

郑凯南提到了三位女性编剧的名字,我摇了三次头。我不是认为她们不够水平——我希望的那位女编剧,她应对苏俄文学有"模仿"的能力。也就是说,经她改编的剧本,应像是苏俄编剧的作品。毕竟,我们是在改编人家的一部著名小说,起码对话应有苏俄"语味儿"。如果连这起码的一点都做不到,翻译过去岂不让人家笑话?

郑凯南犹豫再三,又说:"万方如何?"

我不禁一拍头:"怎么把她给忘了!"

郑凯南问:"你同意?"

我说:"再合适不过的人选了,就是她!"

其实,我也不清楚她是否曾深受苏俄文学影响。但由直感产生的一种信任程度告诉我——她是最佳人选。

几天后我们见了一面。并没多谈什么。我认为对她那种编剧,我这当编辑的有什么建议点到即可。

她走时欣然接受了改编原著前七章的任务。

她出手之快令我自愧弗如。半个月后即交来了七集电脑打印的剧本。

郑凯南先看的。

她在电话里说:"有点儿散,有点儿平,但是总体印象还不错。"

我看完后,在电话里说:"第一稿能达到这种程度已很可喜。情节再集中一点儿会更好。"

于是讲定由我向万方谈修改意见。

在我的记忆中,万方第一集的片头是这样的:

舍佩托夫卡小镇全景……

中景……

保尔的家……

瘫痪在床的保尔……

旁白:这是乌克兰边陲的一个小镇。这个全身瘫痪双目失明的人就是我们的主人公。你们知道他是谁么?他就是保尔·柯察金……

凯南在电话里半开玩笑地这样说——像孙敬修老爷爷讲故事……

我也不认为如此开始好。

在我的建议下,万方将片头改成了这样的:

第一次世界大战前线的场面:士兵冲锋,机枪扫射,炮弹落到战壕里,士兵倒地死去……

画外音:1917年,第一次世界大战仍然进行着,俄国在战争的灾难中挣扎呻吟。

响起教堂的钟声,一座教堂的顶楼上大钟在一下下摇荡,发出沉重而又响亮的声音。

钟声在小城舍佩托夫卡的上空震响。阳光从一团团乌云的缝隙间照射下来,舍佩托夫卡躺在宽阔的原野上,两条闪光的铁轨从小城中伸出,延伸向天边。

画外音:这是保尔·柯察金的家乡,小城舍佩托夫卡。几天前游击队刚刚从这里撤走,留下一些枪支和弹药。现在德国人来了。

片头一过,镜头切入教堂,闪亮的烛光照亮了耶稣受难壁画。

神父带领众人在举行弥撒。

神父:(声音低沉而洪亮)"让我们一齐向主祷告吧。主啊,求你拯救我们,求你垂怜我们,让我们的灵魂得救。"

众人:(齐声)"主啊,求你拯救我们,求你垂怜我们,让我们的灵魂得救。"

神父:"让我们为前方的将士祈祷,在你的光辉之下驱走死亡的阴影。"

众人:"让我们为前方的将士祈祷,在你的光辉之下驱走死亡的阴影。"

神父:"让我们为在陆地上在海上旅行的人祈祷,让他们平安地返回家园。"

众人:"让我们为在陆地上在海上旅行的人祈祷,让他们平安地返回家园。"

神父:"让我们为仇恨我们的人祈祷……"

教堂外的大街。几个德国军官骑着马飞驰而过。

教堂内,人们齐声唱圣歌。其中有保尔的母亲玛丽亚·雅科夫列夫娜。

玛丽亚的眼里闪着虔诚的光,不住地在胸前画着十字。

玛丽亚:(喃喃地)"求主保佑我的儿子,保佑阿焦姆和我的保尔……"

歌声从教堂的窗口传到街上。

街上,德国士兵在往墙上刷糨糊,贴布告。

做完弥撒的人们从教堂里走出来。母亲玛丽亚和阿焦姆也夹在人群中。

人们注视着贴布告的德国人,等待着他们走远之后纷纷挤到布告前。一个男人从胸前摘下夹鼻镜戴上,念布告:"布告,本镇全体居民,限于二十四小时内,将所有枪支及各种武器缴出,违者枪决。"

母亲玛丽亚不安地向四周望望,所有的人都面色阴沉。

保尔家。夜晚。

少年保尔躺在床上睡着了。一个高大身影走进屋子,来到他床前,是保尔的哥哥阿焦姆。

阿焦姆伸出手,轻轻推推保尔的肩膀,保尔甜美地咂咂嘴继续睡着。

阿焦姆:(用力推他)"保尔,醒醒,你醒醒!"

保尔翻了个身,仍然没醒。

阿焦姆干脆一把掀开他的被子。

保尔:(惊醒过来,揉着眼睛)"阿焦姆,是你!"

阿焦姆:"快醒醒,我有话问你。"

保尔:"什么事?"

阿焦姆:"你看到德国人贴出的布告吗?"

保尔:"布告? 什么布告?"

阿焦姆:"到处都贴了,收枪的布告,难道你没看到。"

保尔:"看、看到了。"

阿焦姆:"你告诉我,你有没有把枪拿回家?"

保尔:(迷糊地)"你说什么呀,什么枪?"

阿焦姆:"你别给我装糊涂,前些日子游击队在城里发了枪,许多人都拿到了。"

保尔:"是,好像是这样。"

阿焦姆:"那你拿没拿?"

保尔:"没有。"

阿焦姆:(怀疑地望着他)"真的没拿?"

保尔:(躲开哥哥的眼睛)"没拿就是没拿。我可以睡了吗?"

阿焦姆:(一把拎住他的胳膊)"你给我坐起来。"

阿焦姆把保尔拉了起来。

阿焦姆:"你看着我的眼睛。"

保尔:(望着阿焦姆,不由吞吞吐吐地)"我,我是想弄一支,可等我去的时候都发完了。行了吧。"

阿焦姆松开手。保尔躺下了,闭上眼睛。阿焦姆在屋子里来回走了几步,保尔偷偷睁眼看他。

阿焦姆:(在屋子中间站住)"我刚从车库回来,德国人从中午就在搜查,有两个人家里搜出枪,已经抓去枪毙了。"

保尔的眼睛一下睁开,愣愣地望着阿焦姆。

阿焦姆:(盯着保尔)"你听见我说的话了吗?"

保尔呆滞地点点头。

阿焦姆:(两步走到床前,凑近保尔的脸)"我再问你一次,你真的没有拿过枪吗？"

保尔沉默。

阿焦姆："说，你为什么不说话？"

保尔：（支吾地）"我，我撒谎了。"

阿焦姆连自己也没想到，一把揪起保尔，"啪"地打了他一个耳光。

我觉得万方是一位有才能的编剧。

她创作思维中一种堪称优秀的素质，与女作家王安忆、范小菁有相通和相同之处。那就是——艺术化寻常生活的才能。她们这一种才能，是男性作家和编剧往往想要达到却根本达不到的。苏联电影《两个人的车站》《秋天的马拉松》《莫斯科不相信眼泪》以及日本电影《幸福的黄手帕》《远山的呼唤》《望乡》等，包括法国电影《巴黎的最后一班地铁》，在编剧上显然都需要万方那一种才能。

我甚至觉得，她的编创风格中，也许还有一种仿佛信笔流出的、不经意似的轻喜剧意味儿。因为是不经意似的，所以相当自然。这主要体现在儿童的、少年的、女人们之间的，以及儿童、少年和女人们的对话方面。从她改编的剧本中看出，她驾驭这方面的对话能够轻松自如，胜任愉快。这可能与她本人性情有直接关系，是可以叫作"固定资产"的一种素质。故我认为，日本电影《寅次郎》、美国电视剧《我的家》等，都是她大有用武之地的题材。

但"钢铁"的改编中，需要某种冷的、粗鲁又桀骜不驯的、凛然而有硬度的成分。即使在少年保尔的身上，也同样需要赋予这些成分。并且作为影视人物，应比文学人物表现得更突出。没有必要美化保尔身上的这些成分，但是必须明白，只有强调了这些才更是保尔。正如只有让观众看到一个男人的猜妒，才能让观众认可银幕上高大威武的黑人统帅是奥赛罗……

而这些特定的编创要求,或许是她那优秀的艺术感觉所不兼备的。起码,是稍缺的。

如果万方的创作实践由编剧而转向小说,那么,依我看来,在各领风骚的当代女作家群中,她笔下的小说的风格当会很像张欣吧?

那是一种以中年女性特有的、成熟又女人味儿十足的眼和心思看待生活的风格,宽容多于谴责,有调侃但不刻薄,她们将善意本能地倾向于女性人物,她们虽也细致地揭示男性的弱点但并不大惊小怪,最主要的,她们不愿过分伤害笔下的每一个有缺点,包括有严重缺点的人物,连她们批评那样一些男女的态度也几乎是温情脉脉的。因为她们在理念上承认每一类人性的缺点都有一定的理由。

起码张欣早期的小说给我如此印象。那一种纯女性的,明显区别于男性而又似乎是中性的小说的风格,在当代中国文学中是有特殊意义的……

……

后来,我向郑凯南建议——应将万方改编的七集,压缩为五集。

我的考虑是——前七集剧本与原著前七章的内容几乎完全一致。而原著前七章的内容,乃一切从前和现在看过它的人最为熟悉的内容。没有什么新的细节、情节和内容注入,观众是否有耐心一直坚持看到七集?

据我想来,一般人们对自己最为熟悉的文学内容改编为影视内容,起初的观看心理大抵是这样的——演员是否符合自己的想象?情节结构有哪些改动?有什么新的内容没有?

这一种心理,完全可以支持人们看完一场由文学作品改编的电影。也可以成为人们在家里守着电视机看完二三集电视剧的前提。但要希望人们靠这种心理执着地看到七集,未免太一厢情愿了。

"钢铁"的前七章不同于《水浒传》《三国演义》《西游记》《雍正王朝》等文学作品。后者们具有很强的戏剧性,矛盾冲突也很尖锐。而"钢铁"

没有这些改编为影视的有利因素。它的前七章在苏联的电影中，只不过被压缩为十几分钟的内容。并且观众能接受那一种压缩，并不觉得缺失了什么重要的情节。

这就证明，原著前七章，是完全不必用七集那么长的电视剧集数来铺展的。在没什么新内容注入的前提之下，尤其不必。偏要用七集来铺展，肯定伤害观众的耐性。

我对郑凯南的建议，实际上是自我保留的建议。

依我的估计，那一种耐性也许最多只能维持到四集。

郑凯南并不情愿接受我的建议。

在她，另一种非艺术原则的考虑可能是这样的——"万科"付了七集的稿酬……

于是我的建议成了苦谏。

对我的苦谏她仍不情愿接受。

她甚至说："我看挺好的，你为什么要多此一举呢？"

于是我这个做责任编辑的人陷入了两难之境。

如果我放弃我的想法，我觉得自己没尽到责任编辑的责任。如果我多此一举，可能结果是自讨没趣。

我还是按照我自己的想法去做了。

实际上我将七集压缩成了三集半——加进了若干新的情节片段，补足为四集。

我将删减下来的三集半另装一只信封，两部分同时交给郑凯南。

我说："你先看看删减下来的内容，自己掂量一下，考虑它们被拍成电视剧是否特别值得？然后你再看删改过的剧本，问自己是否觉得缺了什么重要内容？"

她当时沉着脸什么也不说。

她走后我心难静，不知她究竟会对我的固执做怎样的宣判。

第二天晚上她打来了电话。

她在电话里说:"是不错。紧凑多了,也觉得好看了。"

听得出,她很高兴。

她又说:"奇怪,我怎么一直没看出来确实应该进行压缩呢?"

我心一块石头落地。

为"钢铁"的改编做责编,我挺累心的。

这里有必要说清楚一点——将万方同行的七集剧本压缩掉了三集半,并不意味着她本人创作上存在什么水平问题。而是因为我们——具体说是我和郑凯南,再具体说是我本人一开始要求她将原著前七章改编为七集的。集数是我给她定的。尽管我主张不要预先确定集数,但实际上郑凯南希望改编为二十集的设想,始终先入为主地,在改编的不同阶段不同程度地影响着我。也不是她时刻提醒我二十集的原则不可破,而是我这位责编希望能尽量成全她的"二十集情结"。

即使我自己将原著前七章改编为七集,发挥到最好的水平,也不可能比万方同行的改编更紧凑。换言之,如果我一开始不是错误地,"计划"性地要求她改编成七集,而是明确地要求她将前七章的内容限制在四集以内,她的优秀的编创才能也许会得到更充分更能动的发挥,所产生的剧本将可能比经我压缩后的结果更令郑凯南满意,艺术上更达标。

压缩后的片头变成了这样的:

乌克兰挂毯的图案充满屏幕……

枯槁的老妇人的手,操熨斗缓缓熨过……

于是,在水汽中熨出了一行演职员表……

熨斗熨回来——水汽中演职员表换了一行……

针织披肩的图案充满屏幕……

不同色彩的丝绸质地的衣裙的不同部分充满屏幕……

熨斗缓缓熨过去,熨过来……

枯槁的手显示出老妇人命运的沧桑……

动作那么娴熟,亦那么机械——告诉观众那是她生活的主要内容之一……

淡淡的水汽中,一行字幕被熨去,一行新的字幕被熨出……

忧郁动听的音乐伴随片头……

这片头是"排除法"的结果。

预先我提出了如下常规的片头供郑凯南参考:

一、乌克兰大地春夏秋冬的自然风光——原野、河流、森林、村庄作字幕衬底……

二、保尔的家乡舍佩托夫卡小镇的街道、教堂、院落、各式房舍(穷人的和富人的)作字幕衬底……

三、剧情片段作字幕衬底……

四、静物摆放作字幕衬底——少年保尔上班拎的旧饭盒、鱼桶、鱼竿;青年保尔的军帽、军靴、军刀、枪,以及他爱看的书《牛虻》……

五、按打字机的女性的手,当然是达雅的手……

等等。

第三种片头我最不喜欢,建议郑凯南不予考虑。她接受了我的建议。

第一、第二种片头配上音乐也会挺美——但我想,展现乌克兰自然风光和保尔家乡小镇的面貌,剧中有很多机会,搞到片头上以后再出现在剧中,似有画面的重复之感。

此考虑郑凯南也同意。

第四种片头她认为常见,我有同感。

第五种片头——不但更常见,而且在我和她共同的记忆中,似乎是《保尔·柯察金》这部电影的开始……

以上既一概地排除了,我的头脑,则便只能想出那么一种并不高明的片头将就了。

我看出郑凯南很不喜欢它。但她没直说。

我自己觉得它还不至于讨人嫌。我希望此剧的片头静悄一点儿,朴素一点儿,朴素中显得庄重一点儿……

我觉得现在中国电视里播映的某些电视剧太闹腾了。从片头开始就闹腾。有时晚上调台,一场闹腾接一场闹腾,占满了黄金播段。电视剧如此。节目板块也如此。电视似乎成了躁动不安之物。

我希望"钢铁"的第一集剧情进展较快捷——那一郑凯南不喜欢的片头能使我的设想实现:

演职员表在轻轻的音乐声中几乎静悄地过完——镜头拉开,保尔的母亲在院子里熨为富人家洗过的衣物;保尔在院子的一角擦着他上班拎的饭盒……

教堂的钟声传来……

母亲:"保尔,去问问瓦西里神父,为什么上午敲了两遍祈祷钟?"

保尔:"妈妈,我对上帝的事不感兴趣。"

母亲:"但是我非常关心,快去!"

保尔无奈苦笑,将擦得锃亮的饭盒挂在院门上……

保尔走在无人的镇街上——一条狗寂寞地卧在某人家院外……

保尔吓它,它反而起身跟着保尔走……

保尔站立教堂钟楼下,仰头喊:"瓦西里神父,我妈妈问您,上帝今天怎么让人们作两次祈祷?……"

狗也仰头看……

瓦西里神父继续扯钟绳——同时向保尔俯下身来,长袖子当空一拂,又一拂……

显然,瓦西里神父希望保尔赶快离开……

狗又懒洋洋地卧下了……

保尔:"您倒是回答呀,我还得回去转告我妈妈呢!"

狗突然竖起了耳朵……

狗机警地站了起来……

钟声停止,瓦西里神父的身影从钟楼消失……

静……

保尔正困惑间,听到了一阵整齐的声音渐近——那是无数皮靴和马蹄踏在石路上的声音……

保尔循声望去……

狗更加紧张,随时准备怒吠……

一排亮晶晶的钢盔出现在街角——德军士兵的队列四人一排,沿街趾高气扬地走来……

闪亮的钢盔,闪亮的枪身,一张张傲慢冷峻的面孔,一双双机器人般目不旁视的眼睛……

小街很窄——四人一排的队列几乎占满了街距,齐步走来……

一排排皮靴踏在石路上,声音鼓点般有节奏……

狗没叫,突然夹尾跑了……

保尔却被那气势震慑呆了,望着,不由得贴墙而立……

德军的队列从保尔身旁走过……

没有一名德军士兵看他一眼,但保尔向墙上贴得更紧了,屏息敛气……

最后一排士兵从保尔身旁走过——最边上的一名士兵左手拎着一只小三角桶,右腋下夹着一卷纸——他站住了,上下打量保尔……

保尔惴惴不安的脸……

小三角桶落地,发出很响的声音——桶中的糨糊溅到了保尔脸上……

保尔呆望德军士兵,缓缓举手,欲拭⋯⋯

德军士兵一手抓住他头发,使他的头撞在砖墙上,咚地一响——同时那士兵的另一只五指叉开的手,将一张布告按在墙上⋯⋯

德语——"贴! ⋯⋯"

保尔家。

母亲望着窗外——可见街上一名德军士兵站岗的背影——母亲不禁在胸前画十字⋯⋯

扩音喇叭传来德国人用生硬的俄语宣读布告的严厉声音——大意是命令镇民交出游击队留下的枪支,违者枪毙⋯⋯

哥哥阿焦姆瞪着保尔⋯⋯

阿焦姆:"撒谎! ⋯⋯"

保尔挨了一耳光⋯⋯

保尔捂着脸,转身从床下取出了一支步枪⋯⋯

哥哥夺枪在手,朝地上一劈,步枪断为两截⋯⋯

哥哥:"如果被德国兵搜出来了,那么被枪毙的将首先是我——你的哥哥! ⋯⋯"

保尔垂下了头⋯⋯

哥哥用一件破衣服将断枪卷裹起来⋯⋯

母亲走到了保尔跟前,数落他:"保夫留沙,你为什么要喜欢枪? 为什么要往家里藏枪呢?! ⋯⋯"

保尔倔强地:"将来干掉欺压穷人的坏蛋们⋯⋯"

母亲又画十字:"上帝呵,你听听我的儿子这说的是多么可怕的话! ⋯⋯"

哥哥扭头,目光严厉地瞪保尔⋯⋯

在原著中,除了哥哥阿焦姆怒打堂倌普罗霍尔替受其欺辱的保尔出气的事件,几乎再就没有表现兄弟间手足亲情的情节。倒是成了革命者的保尔,后来很有些瞧不起自己的哥哥——这是我极其不喜欢原著的地方。

为了使剧中多点儿亲情的温馨,压缩后的剧本增加了这样的情节:

满脸乌黑的阿焦姆提着饭盒下班了……

洗衣服的母亲说:"回来了,保尔正在屋里生你的闷气呢!好阿焦姆,你不要再惹他不高兴了。"

阿焦姆:"妈妈,瞧您说的,难道我一向是一个招惹弟弟不高兴的哥哥么?"

阿焦姆刚进屋,保尔腾地从二层铺上跃下在他面前,吓了他一跳……

保尔气势汹汹地:"我的皮球呢?!"

阿焦姆:"街上有几个孩子在打群架,我还以为其中肯定有你呢!你干吗那么凶?就是你从臭水坑里捡回来的那个破皮球么?喏,在那里!……"

窗台上,晒着几片皮子……

保尔:"你干吗要破坏我心爱的东西!"

阿焦姆:"心爱的东西?说得好听!我要用这些皮子为你做一双皮鞋,瞧你脚上穿的,那也算是鞋么?"

保尔脚上的两只鞋都露脚趾了……

保尔:"我不要什么皮鞋!我要你还我的球!"

院子里。

母亲一边晾衣服一边大声地:"保尔,不许跟哥哥吵!"

母亲话音方落,阿焦姆连连倒退而出,收不住脚,一屁股跌坐于地……

夜晚。

保尔从上层铺朝下偷窥——阿焦姆在一小截烛光下用砂纸磨那些皮片……

蜡烛燃尽,烛苗晃几晃,灭了……

阿焦姆无奈的叹气声……

某日早晨,一家三口在吃饭,母亲饭前虔诚地画十字……

阿焦姆离开了饭桌:"保尔,过来!"

保尔走了过去……

阿焦姆:"坐床上。"

保尔服从地坐下……

阿焦姆:"保尔,亲爱的弟弟,今天是你的生日,我要送你一件礼物。"

阿焦姆扒下保尔脚上的两只破得像张了嘴似的鞋,并用自己的大手掌擦保尔的脚底板。接着,撩起床帘,从床下取出了一双自己做的自己漆黑了的皮凉鞋,替保尔穿在了脚上……

阿焦姆用自己工作服的衣袖将穿在保尔脚上的皮鞋擦得锃亮……

阿焦姆:"保尔,满意么?"

分明地,保尔十分满意,十分感激,但却眼瞧着皮鞋,一声不吭……

阿焦姆站起,沮丧地:"唉,我这个不幸的哥哥呀,看来我是永远也不要指望从你这个弟弟口中听到一句感激的话了!……"

他抚摸了保尔的头一下,提起饭盒走了……

锅炉房。

保尔双手捧着皮凉鞋说："谢寥沙,送给你吧! 这虽然是我哥哥为我做的,但做得很不错不是么? 瞧你的鞋,像要追着咬人似的……"

谢寥沙低头瞧自己鞋,果然那样,一只还用绳捆在脚上……

谢寥沙穿上了皮凉鞋……

保尔:"谢寥沙,满意么?"

分明地,谢寥沙相当欣赏,但却一声不吭……

保尔学哥哥的口吻:"唉,我这个不幸的朋友呀,看来是永远也不要指望从你口中听到一句感激的话了……"

我个人觉得,有了以上情节,下面的情节所能传达的亲情意味才更温馨……

车站附近的机车库。白天。

哥哥阿焦姆在检修火车头,保尔在给他帮忙递工具。

阿焦姆:"保尔,听妈妈说你干得不错,没有惹过事。看来是这样。"

保尔:(闷了一会儿)"哥哥,食堂那地方真讨厌,憋死人了。"

阿焦姆:"怎么?"

保尔:"那些人有了钱就喝酒,没命地赌,还玩女人,真是可恨。"

阿焦姆:"别急,我会想法子给你找个更像样点的工作,你得学会忍耐。"

两个人沉默地干了一会儿。

保尔:(突然地)"阿焦姆,你什么时候成亲?"

阿焦姆干活的手停住了,回过脸吃惊地瞪着弟弟。

阿焦姆:"问这个干吗?"

保尔:"没,没什么。"

阿焦姆:(追问)"不,你得告诉我是怎么回事? 说呀!"

保尔:"我认识一个姑娘,是个好姑娘……"

阿焦姆:"好姑娘很多,你认识了一个有什么稀奇的?"

保尔:"她叫伏罗霞,是个刷盘子的姑娘……我希望……我认为她完全配做你的老婆……"

阿焦姆怔住……

保尔:"哥哥,如果你因为一个姑娘是刷盘子的就不肯爱她,那是很不对的! ……"

阿焦姆:"可……你这是从哪儿说起呢! 我还不认识你那位好姑娘伏罗霞嘛! 你呀,小小年纪就要给哥哥做媒吗? 不害臊! ……"

哥哥的大手,在保尔头上乱抚了几下……

而正因为有这一情节,伏罗霞因被堂倌普罗霍尔糟蹋后从保尔的亲情关系中消失,才更能激起保尔对普罗霍尔们的仇恨……

这个情节其实不是我头脑中创作思维的"成果"。

实话实说,是"剽窃"别人的。连"剽窃"于谁都没印象了。

记得几年前,一位外地访客在我家里与我谈到了"父亲"这一话题时,向我讲到他一位朋友的父亲,曾用一只捡来的破球所分割成的皮子,在"国庆"那一天,为自己上初中的儿子做了一双"皮鞋"……

我当时听了,心生一片感动。

从此这一件事,便储存在我头脑中了,想忘也忘不掉……

我曾在万方动笔前讲给万方听,她觉得其实没多大意思,未用在改编中。

我通稿时，连同自己的头脑所能产生的情节，"强加"于人了。

郑凯南也对这一"强加"不很以为然。创作的活动，真是一件极端个人化的事呢！有许多时候，感动你自己的事，别人很奇怪于你的感动；而别人很得意的情节，你自己又是那么麻木……

保尔和冬妮娅之间，发生了一场误会，于是谁也不主动去找对方了。但其实谁的内心里，都每日每时地惦记着对方——那是青春期少男少女为了维护各自高傲的自尊的使性……

在通稿中，我将他们的和好改变成了这样情况下的情节：

> 德军奉命撤离了。
>
> 保尔却在烧锅炉——老司炉工理解他的心情，接替了他的活，使保尔得以到街上去……
>
> 脸上和头上沾满煤灰，通身大汗淋漓的保尔出现在人行道上——他穿着一件破烂肮脏的工作服，敞着怀……
>
> 保尔和镇民们一起，默默地，也是扬眉吐气地望着撤退的德军队列……
>
> 一张张年轻的德国士兵的脸——他们强自镇定而又分明心虚忐忑……
>
> 当空飘下一条裙子，罩住了一名年龄最小的士兵的头……
>
> 那士兵一边扯裙子，一边用德语叫嚷："快救我，不要撇下我……"
>
> 队列骚乱……
>
> 一位姑娘从人行道上冲入队列，将自己的裙子掠到手，抱于胸前……
>
> 士兵们防范地围住她……
>
> 那名年龄最小的士兵的脸——他刚明白只不过发生了什么事……

他尴尬地笑着,用德语说:"再见姑娘……"

姑娘恨恨地:"滚你妈的!……"

围住她的德军散开——姑娘昂头离开他们的队列……

队列重又排好,继续撤退……

两旁人行道上的镇民,跟随着看……

保尔从对面的人行道上发现了冬妮娅;冬妮娅也发现了他……

他们的目光一经接触,便再也不能分开……

德军的队列在撤退着……

保尔和冬妮娅的目光隔着队列相互注视,他们都不由得随着队列向前走……

正午的阳光下,一排排钢盔在两个年轻人之间闪耀……

他们急切地要接近、要走到一起,要彼此诉说——但那队列,那一排排钢盔阻隔着他们……

如果他们站定,队列当然是会走过去的——但两旁人行道上的男女老少,拥挤着他们,使他们站定不下来,只能身不由己地移动脚步……

突然一个孩子跑到街当中,口中发声,朝队列扫射……

德军士兵们纷纷卧倒,有的单膝跪下,端枪准备回击——但那毕竟是一个孩子,他们懵懂不知所措……

瓦西里神父奔过去,举起一只手臂高叫:"不要!……"

他抱起孩子,夺下孩子手中的枪,扔在地上,指着又说:"假的!……"

德军纷纷站起,第二次整齐了队列,惶惶而撤……

终于,保尔和冬妮娅之间没有队列阻隔了……

街路上,人行道上已无一人——保尔和冬妮娅彼此呆望着……

街上散布着被踏碎的假枪的零部件……

冬妮娅嘴角一动，微笑了——笑得那么纯……

保尔也微笑了——笑得那么喜悦……

他们同时跑向对方——在街路中心对视——此时无声胜有声，皮靴踏路的音响还依稀听得到，但渐微渐远……

他们同时紧紧拥抱住对方……

那一名被裙子罩住过头的小德国兵，正弯腰在街头的水龙头下往军壶里灌水——他傻乎乎地笑着，呆看拥抱一起的保尔和冬妮娅……

水从军壶里往外溢着……

小德国兵倒退着走，一边喝壶里的水，一边继续望拥抱在一起的保尔和冬妮娅……

冬妮娅："保尔，我想你！"

保尔："冬妮娅，我也想你！"

保尔发现自己的脏工作服已染黑了冬妮娅的上衣，发现自己脸上的煤灰，也染黑了冬妮娅的脸颊——他用手擦冬妮娅脸颊，结果将冬妮娅的脸颊弄得更黑……

保尔难为情了，欲推开冬妮娅……

保尔："亲爱的，放开我吧，我会把你弄得和我一样黑一样脏的……"

冬妮娅："不！永远也不！……"

冬妮娅深情地捧住保尔的头，踮起了脚……

他们的口热烈地长吻在一起……

在他们头的上方，二楼的窗口，一个小男孩（就是用假枪朝德国士兵们"扫射"的那个小男孩）看得兴趣盎然……

小男孩捧住他身旁一只小狗的头，也说："不！永远不！……"

小男孩亲小狗的嘴……

我希望——不,不是我一个人的希望——我和万方和周大新和郑凯南都希望——我们为拍摄所提供的剧本是这样的——它使以前年代看过原著的中国人看电视剧时觉得,仿佛与老朋友重逢,既陌生又熟悉,并且以情愿的心理接受那些新的内容;它使近几年才看到原著的中国青年们看电视剧时觉得,虽然电视剧中的保尔们已不完全是书中的保尔们,但似乎是同时看到了原著的下部,看到了原著中的保尔们在下部的人物关系与命运,并且不产生反感,不指责我们是在做一件狗尾续貂的蠢事……

此希望起码是我们三方——万科影视公司、万方和周大新两位改编者,以及我这个充当责编角色的人经过讨论共同的初衷。

总之,"钢铁"还是那部"钢铁",革命还是那种革命,只有那书中的人,影子咋就那么长……

是的,我们企图将与原著不同的人性诠释作书中人物们的影子,使之延长到我们的理解范围里……

第三章

保尔是谁？

不过是一个怀着极其简单的目的投奔到红军队伍里的野小子。

我们要将一个野小子变成红军战士的过程，置于丽达这位知识分子型的红军女教导员的关爱目光之下来表现。我们所崇敬的丽达，不应是那种佩着小手枪，却很少拔枪出套，只会对战士们宣讲革命大道理的女人。不，丽达也是一名果敢善战、临危不惧的女战士。在战斗中她每每身先士卒……

周大新是我向郑凯南举荐的改编者。

我知道他从未有过影视编创的实践。

屈指算来，我大学毕业后分配到电影制片厂，至今已二十余年了。做过"外稿"编辑，就是看投稿的那一类编辑。做过责任编辑，就是直接为有水平的那些编剧服务的那一类编辑。自己后来也成了编剧。艺术职称是在编剧序列而不是在作家序列里获得评定的。目前我在儿童电影制片厂的工作性质仍是——编辑加编剧。都说编辑是"替别人做嫁衣裳"的人。这说法有点儿"亏"的意味儿。倘谁自己有创作的能力，却长时期地只做编辑，自然很亏。而且也是对编剧人才的浪费。但如果能兼及，我的个人感觉是——其实也蛮好的。

协助别人完成别人的创作，我往往也能获得份儿愉快。

所以我从不嫌弃责编工作。

凡二十余年间，也没人嫌弃过我这个责编。

工作性质直接与剧本创作发生关系的我，不可能将影视编创的经验看成是多么高深之事。

所以我一直有一夙愿，那就是——希望我的作家同行们，也都文学创作和影视创作两手一起抓，两手都要硬。

我曾多次怂恿我的作家同行们积极参加影视创作的实践。

我甚至经常动员我的作家同行们创作儿童少年题材的电影剧本，一厢情愿地对他们说："别忘了我在儿童电影制片厂呀！我会，并且也乐于亲自做你们的责任编辑呀！不用我一把，白不用啊！"

在我想来，一位优秀的作家，只要进行过一二次影视创作的实践，只要有"好为人师"的责任编辑多在此过程中向他和她灌输些影视创作的ABC之类，那作家日后定能成为有一定水平的编剧。

但这需要作家们具有几易其稿的耐心。

谁也不是全才，没这耐心是不行的。

我也不是好为人师的人。

但对我的作家同行们，我却不避此嫌。

我对他们的"引诱"，还包含有这样的很世俗的考虑——毕竟，普遍的情况是——影视创作的稿酬，倍高于文学的创作稿酬。

我本世俗中人，希望稿酬多一些。有多些的稿酬我才有能力周济弟弟妹妹们的生活呀，才能将我生病的哥哥供养得好些呀。

当然的，我也希望我的作家同行们，首先是同行中的朋友们稿酬收入多一些。

这想法尽管世俗，却自以为还算善良。

基于此善良,我举荐从未有过影视编创实践的大新。

大新毫无疑问是优秀的、一流的小说家。进言之,是位仿佛将自己"嫁"给了小说,并打算从一而终的小说家,我们几乎看不大到他在其他文学体裁方面的奉献。

这对文学的读者是某种遗憾。

我企图将他拖入影视创作实践的"叵测之心"至今不死……

大新答应得很爽快,也很高兴。

我和郑凯南分配给大新的任务是——原著第七章以后,到保尔率共青团突击队员们抢修完铁路为止的内容。

这一部分内容,除了抢修铁路的情节在原著中写得比较成功,几乎再无任何具体事件。

而且,关于保尔的军旅生活和战斗经历,也简略得不能再简略。

所以这一部分务需大量的创作来填补原著的空白。

七月里进行创作是苦差事。大新的儿子适逢高考,七月不仅对高考生们似乎是"黑色"的,对高考生们的父母也是呀!在那一种情况之下大新的加盟令我感动。

为了减少他的一点儿创作负担,我拟了六集很粗的提纲给他,并根据那提纲又当面和他侃了两三个小时。

不久,大新交稿。

我看过稿对郑凯南说:"优秀的作家毕竟是优秀的作家,从没有过影视编创的实践,仅仅依赖几页提纲和一次面谈,这么快地就完成了六集剧本,非是谁都能做到的。"

也实话实说,那样的剧本是断不能交付导演用以拍摄的。

后来我亲自重写了它们。

没有大新的初稿,以下几集也是断不能产生的。

好比建一幢房子,大新搭起了房架,我其后安装了门窗,做了点儿内装修的活儿。

但也只有这样,剧本才像剧本,才可以交付给导演们……

在万方的改编中,她那一部分最后的情节是这样的:

火车头喷出一股股白烟,开动了。

保尔站在踏板上。

阿焦姆、谢寥沙和冬妮娅站在车下。

阿焦姆双手插在口袋里,深情地注视着弟弟。

谢寥沙:(跟着火车向前跑着,挥手喊道)"别忘了朋友!
保尔!……"

冬妮娅紧紧咬住嘴唇,眼泪不住地流下来。

保尔一动不动地望着朋友和亲人,他们的身影越来越远。

火车司机拉响了尖锐的汽笛,火车加速向前……

保尔到哪里去了呢?

在原著中,保尔到红军队伍里去了。

我们希望他在红军的队伍里,最快最直接地与他命运中的第二位女
性丽达发生人物关系。

于是接下来的第五集是这样开始的:

火车头炉膛的火焰,叠为红军野外营地的篝火……

篝火熊熊,将秋末冬初的寒夜撕开了一处处暖调子的破
绽……

这画面会使我们联想到《长征组歌》中相似的一幕。只不过没人唱
"雪皑皑,野茫茫,高原寒,炊断粮……"

红军营地一片宁静。

镜头推向一幢马棚,悄悄地窥入马棚里……

悬挂于木柱上的马灯——镜头摇下,槽后拴着五六匹马,丽达披着皮夹克的背影,她一手拎着"维达罗"(一种口大底小的桶),另一只手往槽内撒拌粮豆……

她的背影走到一匹马前,抓了一把料豆,直接用手喂马,并温柔地说:"伙计,看到你们又都健壮起来了,我真高兴!"

她放下桶,双手抱住马头,和马亲昵地贴了贴脸,又在马额正中吻了一下……

(提示——以上片段,镜头的视角始终在丽达身后,因而我们并不能看到她的脸。)

背对镜头的丽达摘下马灯,将光调得更亮些,走向马棚另一端——那儿有一辆旧马车,车辕用树干撑平,车上铺着褥子,褥下有麦草显露,那分明便是丽达的床;还有一张桌子,一侧的两条桌腿都没有了,一个大木车轮架稳桌子,木轮的下端埋在地里,看来丽达成为马棚的主人之前,桌子就已然那样了……

在角落,有一只火炉,炉上的铁壶嘴吐着蒸气;还有一只半人高的装汽油的那一种大桶;简陋的木凳上放着盆;一条绳上搭着毛巾、军雨斗篷……

这一切,使马棚的这个地方,形成了一种居家过日子般的气氛——女性一向如此,她们无论在什么情况之下,总是善于将临时住地也搞得规整,像家……

(提示——请制景根据这一要求,将场景环境考虑得更周到些,比如公文包挂何处?要不要有一面破镜片儿,它该摆哪儿?一本普希金的诗集也是不能少的,在桌上还是在"床"上,等等,等等。)

背对镜头的丽达将马灯放桌上,她坐在一个立置着的空子弹箱上,从"床"上拿起一件衣服开始缝补……

此时,直至此时,摄影机才转到了丽达的正面,我们也才有机会端详她的脸——金色的、浓密的齐耳短发,衬托着一张多么清丽的脸啊!她脸上有一种果敢的气质,使我们一看就立刻相信——这是一位在危急关头沉着镇定、应变能力极强的女性……

马棚外,传进来轻轻的手风琴声、战士们的哼唱声……

丽达表情恬静的脸……

她像我们中国女人一样用牙咬断线,抻开那件衣服自我欣赏——衣服里里外外缝了许多口袋,如同今天摄影记者们的工作服……

突然,一声尖利的枪响……

丽达反应迅速地放下衣服,以军人特有的敏捷抓起了桌角的手枪……

她刚转过身,一个蓬头垢面、衣衫褴褛的人已冲进来,随即有两名持枪的战士追了进来……

冲入进来的是保尔,他也双手紧握一支长枪——于是情形顿时变成这样——丽达双手握手枪,本能地指向保尔;保尔的枪口朝向丽达;而追进来的两名战士,枪口朝向保尔……

剑拔弩张,一触即发……

保尔全身紧张,凶暴地:"你们别逼我!否则,我开枪打死她!"

丽达看出保尔只不过是个"大孩子",放下心来。她握着手枪的双臂垂下了,将手枪轻轻放在桌角……

丽达对那两名战士说:"他不过是个野小子,绝不会是敌人,你们出去吧。"

一名战士说:"教导员同志,他像密探似的溜到我们的营地里来,还偷枪!……"

丽达:"像密探,不等于是密探。现在我命令你们,向后转,齐步走!……"

另一名战士:"可是教导员同志,为了您的安全起见……"

丽达:"可是我并没觉得安全正受到威胁。难道你们不愿服从我的命令了么?"

两名战士违心而去——马棚门口,却围聚了更多的战士,不安地向内探头探脑……

丽达重新坐在空子弹箱上,对保尔说:"野小子,请把那件衣服递给我。"

保尔犹豫片刻,用枪筒挑起那件衣服递向丽达……

丽达扯去衣服,重新开始缝补……

保尔一时反而不知所措起来……

丽达头也不抬地:"让门口的人都散去。我们两个人又不是在演戏,这儿又不是舞台!"

保尔将枪口朝门口一摆:"走!你们都走开!走开!……"

门口的战士们散去之后又悄悄聚拢,以防万一,但已不再有人向内探头探脑,只不过一个个侧耳聆听马棚内的动静……

丽达仍头也不抬地:"把桌上那张纸掀开。"

保尔用枪筒将纸掀开,纸下是一大块面包……

丽达:"我想,你一定非常饿了,把那块面包吃掉。"

保尔将长枪往床上一扔,双手抓起面包,狼吞虎咽……

丽达这时才瞟他,暗笑……

保尔将面包吃得一点儿不剩,显然也吃得很干……

丽达:"杯子里有半杯牛奶,你喝光了吧!"

保尔双手捧杯,仰起头,咕嘟咕嘟顷刻饮尽……

保尔放下杯时,丽达问:"饱了么?"

保尔打了个嗝儿……

丽达:"看来是饱了。但你应该知道,你把我为营长同志省下的面包和牛奶吃光喝光了,他可是个大饭量的男子汉呢!"

保尔一时极窘……

丽达:"如果你觉得还是有必要,不妨仍拿起枪来对着我……"

保尔的手向枪伸过去,却没拿,又缩了回来……

丽达:"你叫什么名字?"

保尔:"保尔。保尔·柯察金!"

丽达:"不尿床了吧?"

保尔感到受辱,气呼呼地:"我已经十七岁零八个月了!"

丽达:"那么也可以反过来说——还差四个月才刚满十八岁,你到这儿来干什么?"

保尔:"参加红军!"

丽达终于放下衣服,盯着保尔:"为什么?"

保尔:"革命!"

丽达:"为什么?"

保尔:"这……消灭富人!把他们的财富夺过来,分给穷人!"

丽达:"好一个目的明确的革命者!那么你追求的革命和暴乱又有什么不同?"

保尔:"你怎么可以向我提这么愚蠢的问题?亏你还是一位红军教导员!"

丽达:"嚯,年龄不大,脾气不小。那你刚才怎么可以用枪对着我,亏你还是一个想革命的人!"

保尔:"因为他们把我当成密探,想把我抓住后捆起来!"

丽达:"那么,请允许愚蠢的红军教导员代表全营战士,向你这位目的明确的革命者道歉!"

丽达向保尔伸出了一只手……

保尔犹豫一下,握丽达的手……

丽达:"你也一定认为革命者都必是和你一样双手脏兮兮的人吧？"

保尔羞愧,抽回手,下意识地在裤子两侧蹭……

丽达起身,捅火——炉中散发红红的火光……

丽达重新打量保尔,问:"家住什么地方？"

保尔:"舍佩托夫卡。"

丽达:"家里有什么人？"

保尔:"妈妈和哥哥。妈妈从前给富人家当洗衣妇,哥哥是火车司机。"

丽达:"我批准你暂时留下来,先做我的卫兵。"她从窗台上取下一双皮靴丢在保尔脚旁,又说,"把它们擦亮。"

保尔:"可……可我是来革命的！"

丽达:"革命者也擦皮靴。"

丽达说完,将手枪塞入套子,挂在墙上,将长枪也挂在墙上,往自己的"床"上仰面一躺,翻看起普希金诗集来……

保尔不情愿地捡起皮靴,四下望,一时没发现可用来擦靴子的布,干脆从自己破衣服上撕下了一条布……

丽达闻声瞥他一眼,抿嘴暗笑……

保尔生气地擦靴子……

保尔:"如果朱赫来是这支红军队伍的教导员,他决不会命令我擦靴子！"

丽达一愣,坐了起来:"朱赫来？你认识他？"

保尔:"当然,我们是生死之交！"

丽达:"还是生死之交？"

保尔:"我因为救他被彼德留拉的匪军逮捕,差点儿遭到枪毙！"

丽达刮目相看地:"唔？那么关于他的情况,你现在知道些什么？"

保尔叹了口气："如果我知道他在哪儿，就找他去了，也不至于在这儿擦靴子！"

丽达失望地又躺下去……

丽达："卫兵保尔·柯察金同志，请不要委屈。据我所知，朱赫来同志也喜欢穿擦得锃亮的靴子！"

外面寂静，偶尔传来口令问答声……

马嚼料的声音和喷响鼻的声音……

保尔气呼呼地："完了！……"

丽达放下诗集，再次坐起，走过去看了看表扬地："不错，擦得很干净！但是你应该说——'报告教导员同志，靴子擦亮了！'而不是说'完了'！……"

保尔挠头……

丽达将炉子上的水壶拎起，一边往大铁桶里兑热水，一边用另一只手试水温……

丽达出去……

保尔趁机翻看普希金诗集……

丽达拎了一壶水回来——保尔立刻将诗集放下……

丽达将水壶坐在炉上，将绳上的雨衣拉开，形成一道屏幔……

丽达："现在我命令你，到雨衣后边去，把自己从头到脚洗干净！如果觉得水还不够热，随时叫我。"

保尔大出所料地愣着……

丽达："没听明白我的话么？"

保尔立正："是，教导员同志……"

保尔走到雨衣后——他的脏衣服脏裤子一件件搭在绳上……

他那双破鞋也扔了出来……

泼水声……

丽达将地图展开在桌上,手持放大镜看——放大镜罩住了舍佩托夫卡……

洗过了澡的保尔,内穿丽达的一件干净衬衣,衣襟扎在皮带下,外穿丽达的皮夹克,脚上是他擦得锃亮的那双靴子,自我感觉良好而又有点儿腼腆害羞地站在丽达面前……

丽达以满意的目光上下打量他,撩起他额头一绺发,审视地:"精神多了,是个很英俊的小伙子。我的卫兵正应该这样!"

她解下自己的皮带交在保尔手里:"现在,我自己也要洗个澡。你守在门口,我洗澡时,哪个男人敢硬往这里闯,就狠狠抽他!"

丽达说完,转身走到了屏风后……

丽达的衣服一件件搭在绳上……

保尔忠于职守地站立在门口,一眼也不往雨衣那儿看……

泼水声……

泼水声……

手握皮带,叉腿站立门口的保尔的背影……

又一阵泼水声后,丽达的声音:"保尔!……"

保尔:"教导员同志,请吩咐!"

丽达:"把炉子上那壶热水给我!"

保尔走向炉子,拎起壶,走向雨衣——雨衣的上边露出丽达的肩背和后脑——下边露出丽达好看的双腿和踩在麦草上的赤脚……

保尔收敛目光,将水壶朝雨衣后递去,轻声地:"教导员同志……小心烫着……"

雨衣后探出丽达水漉漉的、修长的手臂,将壶拎了去……

保尔退回门口,仍以先前那一种姿势站立着,一副忠于职守的样子……

外面,黑夜中,战士们围着一堆堆篝火的身影,以及一顶顶帐篷的轮廓……

保尔:"教导员同志,可以提一个问题么?"

丽达的声音:"说吧。"

泼水声……

保尔:"任何男人要硬往里闯,我都可以抽他么?"

丽达的声音:"完全正确。"

保尔:"像用鞭子抽牲口那样?"

丽达的声音:"对!"

保尔:"如果……如果是营长同志呢?"

丽达的声音:"那也不例外。"

保尔:"明白了……"

旁白:保尔·柯察金,就这样开始了他的红军战士生涯。他为自己能做一位红军女教导员的卫兵而感到荣耀,更为自己此时此刻所拥有的特权而感到得意。想想吧,如果营长这会儿硬往里闯,连营长都可以抽,革命多来劲儿啊!他甚至开始觉得,自己已经俨然是红军队伍中的一个什么不可轻视的人物了……

在以上旁白声中,几名战士好奇地聚拢于马棚门外,像观看一头稀罕的动物似的观看着。

保尔……

战士们显然并不将保尔当成什么了不起的人物,他们纷纷拿他取笑。

"嘿,瞧他这副神气活现的模样儿,多像一名资产阶级的小士官生啊!"

"喂,靴子擦得这么亮,想到什么地方去参加舞会么?"

"八成还想挽着一位花枝招展的小姐一块儿去吧?"

"我说,你有什么本领啊? 连枪都没放过,危险时刻怎么保卫我们敬爱的教导员同志啊?"

……

保尔冷冷地瞪着他们,显得很凛然,也显得很能容忍……

一名和保尔年龄差不多的小战士匆匆走来,径直往马棚里闯……

保尔朝他伸出一只手臂,竖掌阻拦:"站住!"

小战士一愣,问其他战士:"这装模作样的孩子是谁?"——那口吻,认为自己是年龄可以做保尔父亲的老兵似的……

保尔:"我不是什么孩子,我是教导员的卫兵保尔·柯察金! 教导员有命令,此刻任何人不得进入!"

小战士(我们就暂时给他起名叫维佳吧):"如果我非进不可呢?"

保尔举起了皮带:"那我就不得不抽你了! 这也是教导员的命令!"

维佳:"闪开! 讨厌鬼! 听清楚了,我是营长的卫兵维佳! 营长命令我来取地图,和教导员留给他的面包! ……"

维佳说完往内闯,保尔犹豫一下,举鞭抽下去——但是握鞭的手腕,却被维佳擒住了……

二人虎视眈眈,保尔挣了挣手,没挣脱,情急之下,一个大背,将维佳摔出门外……

维佳爬起,扑向保尔……

保尔索性扔了皮带,摆出架势,一拳又将维佳击倒……

维佳爬起,二次扑向保尔,抓住保尔的一只手就咬……

保尔这一次却没反击,他干脆伸出手臂任维佳咬,同时冷笑地环视着其他战士,那意思是——大家都看到了吧,究竟谁是野小子啊!

一名老战士将维佳拖开,数落:"我说老弟呀,你怎么可以咬人呢!这多不光彩呢,太丢营长同志的人了吧?……"

维佳:"你等着,我要把营长同志请来!"

维佳悻悻而去……

门外的战士们忽然散开了——保尔回头,见丽达已洗罢澡,穿好了衣服,站在他背后……

丽达:"我说亲爱的卫兵同志,发生了什么事?"

保尔:"没什么。"

丽达:"还真有人硬往里闯?"

保尔点头……

丽达从地上捡起皮带,掏出手绢擦了擦土,扎在腰间后,又问:"你也真抽他了?"

保尔:"我不愿用皮带抽人。男人和男人较量,应该靠拳头和摔跤。"

丽达:"有道理,凭这句话,看来我得把你看作一个男人了。那个人是谁?"

保尔:"他说他是营长的卫兵……"

丽达:"你那只手怎么了?被他咬了吧?"——抓起保尔的手看,"这个维佳!至少有十名战士被他咬过了,而我们的营长同志却将他当儿子一样宠爱着!来,我给你包扎一下……"

丽达扯着保尔走到桌前,找出药水往保尔手背上点了几滴,一边用纱布替他包扎一边说:"维佳是一个孤儿,曾被迫给一名白军的小头目当过卫兵,沾染了某些不太好的习气。但是他现在已经快变成一名出色的红军战士了,几次战斗中表现得非常勇敢,所以营长才有点儿宠爱他。你可千万不要记他的仇,明白么?"

保尔点头。

丽达:"而我却不会宠爱你。从明天起,我将非常严格地要求你。记住了么?"

保尔点头,张张嘴,想说什么,却并没说出口……

丽达:"想说什么,就说吧!"

保尔:"我……我可以拿您当一位姐姐么?"

丽达一愣:"你还有姐姐?"

保尔:"没有。所以我……才有这种想法……"

丽达注视了他片刻,抚摸了他的头一下,就像抚摸一个小孩子的头一样……

丽达:"不可以。因为我们是军队,不是老百姓。但,我也没法儿限制你内心里的古怪想法是不是? 现在,我们得去为你搞到被子和褥子……"

保尔跟随在丽达身后走到一堆篝火旁,战士们腾出地方,丽达坐下,保尔随之拘谨地坐下……

丽达:"同志们,他是新战士保尔·柯察金,希望你们以后互相爱护。"

战士们友好地望着保尔,保尔被望得有点儿不自然,低下了头……

丽达:"现在么,他需要铺的,和盖的……"

战士甲:"如果他愿为我们唱几支歌儿的话,我倒有一条毯子用不着……"

战士乙:"教导员同志,黑夜真难熬呢,寂寞呀! ……"

战士丙:"可不么,这一种寂寞,太让人想家,想女人,如果不是为了革命的成功,我都会产生开小差儿的可耻念头……"

丽达鼓励地瞧着保尔……

保尔:"可是……可是我几乎从没唱过歌儿……"

见大家失望，又说："但我会拉手风琴！而且，毫不吹牛地说，拉得很棒！……"

于是有战士起身叫嚷："手风琴！把手风琴送过来！弟兄们，我们有一位非常棒的演奏家了！我们可以完整地欣赏一支曲子了！……"

于是手风琴送到了保尔手里……

于是保尔拉起了略带感伤意味的旋律……

又一名战士说："如果教导员同志还肯为我们唱支歌的话，我愿向新兵保尔·柯察金贡献一床被子，只不过那床被子已经很旧了……"

丽达抬起头，朝后拢拢短发，开口唱了起来……

火光的照映之下，丽达的脸显得尤其秀丽了……

丽达的嗓音也是那么动听，具有磁性般的女中音，似乎可像箫音一样传得很远……

另外几堆火旁的战士们纷纷聚拢过来……

一些战士开始随唱……

早晨的阳光从窗从门照入马棚……

炉旁——草堆上铺着毯子，保尔缩头蜷腿地盖着一床被，分明还在梦乡里……

丽达的脚走到草堆旁……

丽达掀开被角，推保尔……

丽达："卫兵同志，该醒醒了！我可不给予你睡懒觉的特权……"

保尔难为情地揉眼坐起……

保尔将丽达昨晚缝补过的那件衣服递向老炊事员——老

炊事员接过,穿在身上,高兴地:"太好了!我需要的正是这样一件上衣!这些衣兜对我太有用了!这个可以装火柴,这个可以装盐袋儿,这个可以装胡椒瓶儿,不放胡椒的汤怎么会有好滋味儿呢?……我老了,记性不好了,有一次行军中把盐袋儿丢了,害得同志们喝了几天没盐的淡汤……"

保尔:"老兵,教导员派我来帮你做饭。"

老炊事员:"小伙子,你叫我老兵,我爱听。要替我谢谢教导员,啊!替别人想得多周到的女人啊!……可你叫什么名字呢?"

"保尔。"

老炊事员:"那么,保尔,就把这些土豆削了吧!营长说过,等革命成功了,我们的人民,就再也不吃带皮的土豆汤了。但是我想,尽管革命还没成功,我们却已经有了不少土豆。既然如此,为什么不让红军战士们提前喝上不带皮的土豆汤呢?……"

保尔:"老兵,我完全同意你的想法。"

老炊事员:"如果革命现在已经成功了,而且我有一个儿子多好!那我就会让我的儿子不管三七二十一地去追求教导员同志!多好的女人啊,又漂亮,又善良,又乐观。像炭火,你一接近她,你内心里就会充满了温暖。要是我儿子追求不到她的心,那么我就帮我儿子把她抢回家里来!我想,她肯定会为我生出一群孙子的!……"

保尔忍笑问:"可惜,你并没有一个儿子是不?"

老炊事员顿时沮丧:"是啊是啊,这真是太遗憾了!"——他住了手里的活,向保尔俯下身,颇神秘地,"告诉你一个秘密,但是不许告诉别人——咱们的营长同志,早就暗暗地爱上教导员同志了!这对我非常有利,将来我逼营长认我是干爸,我不连儿子带儿媳妇都有了么？你猜营长会认我是干爸么？……"

保尔："这我可没法儿猜，我还没见着营长的面哪！……"

老炊事员："我觉得营长会的！到时候我以革命的名义向他提出正当的要求，他不是就没任何理由拒绝了么？否则，我不是白革命一场了么？……"

保尔亦庄亦谐地："那么老兵，让我们共同呼喊一声——'革命万岁'吧！"

于是二人互相注视着，齐发一声喊："革命万岁！"

二人喊罢笑开颜——土豆从保尔手中掉入盆里，水花溅起，迷了保尔眼……

开饭了——一个魁梧的络腮胡子的人将饭盒递给保尔，同时以研究的目光瞪着保尔，而保尔见他身后即是维佳，并且脸上有幸灾乐祸的表情，心中明白了几分……

保尔主动地："营长同志，您是要汤多一些呢，还是要土豆多一些？"

维佳："当然是土豆多一些！连营长爱吃土豆都不了解么？"

营长转身摸了维佳的头一下，而这时保尔已经为营长盛了满满一饭盒土豆……

营长却没马上接，冷着脸问："那么，你就是保尔·柯察金啰？"

保尔："营长同志，我愿因为对您的卫兵不够友好的事向他道歉，只是不知道究竟该以怎样的方式才好，请营长同志指示！"

营长终于伸双手接过了饭盒，并且显出无所谓的样子说："那倒不必了。都是革命战友，应该彼此原谅！是不是同志们？"

战士们笑……

保尔也笑了……

营长端着饭盒走了几步,站住,不转身不回头地说:"保尔·柯察金,跟我来一下。"

在众战士各种猜测目光的注视之下,保尔跟随营长走去……

保尔跟随营长来到一个僻静之处,营长一脚踏在一截木桩上,一边吃一边说:"我们的教导员同志,是该有一名卫兵了。不过,我认为营长有时候也可以直接交给教导员的卫兵某种任务,某种特殊的任务……"

保尔啪地立正:"请营长同志吩咐!"

营长:"我希望你能经常在教导员同志面前说起我,当然,应在她心情格外好的时候……"

保尔困惑:"可是,我该说些什么呢?"

营长:"比如,营长的胡子可真帅,营长刮脸后显得真年轻,真精神!营长望着教导员您时的目光多么温柔啊,等等,等等,总之,革命需要我们的教导员同志明白她在营长心目中的地位是无比重要的……"

保尔:"也可以说教导员同志,营长爱上您了么?"

营长瞪了保尔片刻,有点儿生气地:"笨蛋,这个不需要你说。这是我留给我自己的特殊任务!……"

营长将饭盒放在木桩上,走到了保尔跟前……

营长:"这皮夹克,是我送给教导员的,还有你穿的靴子,也是我送给她的!看到它们被你穿了我心里很别扭!既然已经这样了,我也只好再送你两样东西,使你看去更配是教导员的卫兵……"

营长说完,从头上摘下高加索帽,扣在保尔头上;又从肩上取下自己的手枪,往保尔肩上一搭……

保尔喜出望外,一时傻笑不已……

营长:"你这家伙,难道连句谢谢都不会说么?"

保尔:"谢谢营长同志!"

营长拍拍他肩:"红军里几乎没有孬种,我们的营里个个都是勇敢的战士,你也要像他们一样,啊?"

保尔庄重地点头……

营长:"去吧!"

保尔敬礼离去——营长望着他的背影,自言自语:"他妈的爱情,居然把我这样的男人也搞到了可笑的地步!"

在本集中,如下情节是最让自己闹心的:

一溜土豆摆在一段横木上……

接连一阵枪响——横木上的土豆无影无踪……

丽达垂下了举枪的手臂,保尔从旁钦佩地望着她……

丽达看着手中的枪说:"这是一把非常好的枪,真没想到营长会舍得送给你。"

保尔从一布袋里掏出些土豆摆在横木上……

丽达将枪递向保尔:"来,像我那样……"

保尔接过枪,瞄准,击发……

没有土豆被击落……

保尔又击发——没有土豆被击落……

第三枪响过,仍没土豆被击落——保尔沉不住气了,回头望丽达……

丽达走到他身后,伸出一只手臂,与他共同瞄准……

接连的枪响——土豆纷飞……

此情节毫无疑问是必要的。

保尔是谁？

不过是一个怀着极其简单的革命目的投奔到红军队伍里的野小子。

有人教他射击并非画蛇添足。

而由丽达教他，其意义还在于——一、我们要将一个野小子变成红军战士的过程，置于丽达这位知识分子型的红军女教导员的关爱目光之下来表现；二、我们所崇敬的丽达，不应是那种佩着小手枪，却很少拔枪出套，只会对战士们宣讲革命大道理的女人。不，丽达也是一名果敢善战、临危不惧的女战士。在战斗中她每每身先士卒……

基于以上考虑，此情节在几番修改中始终保留。

在大新那一稿中，保尔和丽达对面是靶子。

靶子入镜，显然要比一排摆在横木上的土豆美观。

但在那样的征战情况下，对于那样一支游击队性质的红军队伍，一面像样的靶子又从何而来呢？靶子在情节中的出现似乎太脱离生活了……

于是想到了瓶子，想到了石块，想到了其他一些可供作射击目标的东西。

觉得入镜都欠美观。

土豆当然也欠美观。

然绞尽脑汁，再也想不出别的什么东西来取代了。

以至于与导演唯一的一次关于剧本的交流中，我仍耿耿于怀地指出"土豆情节"的拙劣，希望导演发动演员，共同帮着想出好些的表现方式……

而公布于此，聊博一笑耳。

在创作过程中，每位创作者都有过黔驴技穷的时候……

　　红军战士们在马场上练习骑射……

保尔促马出列,策马奔驰,双手端步枪探腰射击……

一排顶端捆扎了草标的竹竿齐刷刷应声而折……

红军战士为保尔欢呼……

营长似乎漫不经心地将手臂往丽达肩上一搭,悄问:"我说亲爱的教导员同志,怎样在很短的时间内训练出一名神枪手,你有什么特殊的经验么?"

丽达粲然一笑:"只要他的教练本人是神枪手,这其实没什么难的。"

营长:"知道么,你的微笑常使我想拥抱你,吻你。"

丽达又一笑,将营长的手从自己肩上轻轻推下,反将自己的手臂搭在营长肩上,巧妙地回答:"每次战斗胜利结束之后,跳舞时你可以拥抱我,庆功时你也可以吻我。"

营长忧伤地叹了口气:"看来,为了这种机会,我只有不断地指挥打胜仗啰?……"

雪后的马场一片洁白……

保尔和维佳各骑一匹马,手握木棍,他们之间的距离二十余米——在他们背后是冰封的河流,银珊瑚丛般的树林……

乌克兰大地的冬景,那么肃穆那么壮美,令我们联想到毛泽东的诗句"须晴日,看红装素裹,分外妖娆"……

维佳高喊:"准备好了吗?!"

保尔:"开始吧!"

维佳放马向保尔冲来……

保尔挥"刀"大叫:"杀!冲啊!……"

二马奔错,两"刀"一格……

他们勒转马头,第二次互冲……

两"刀"你劈我挡,发出清脆的相击声……

保尔的"刀"被搪落……

维佳以"刀"逼指保尔,厉喝:"投降! ……"

不料保尔从自己的马上一纵,将维佳也从马上扑落于地……

他们在雪地上翻来滚去徒手搏斗……

在保尔眼里,维佳仿佛变成了那名曾欲置他于死地的彼德留拉匪兵……

维佳终于将保尔压在了身下,双手扼住了保尔的脖子……

维佳:"还不投降么?"

在保尔仰视的目光中,维佳的脸变成彼德留拉匪兵凶恶的面孔……

保尔拼力一蹬,将维佳蹬出很远……

保尔从雪地上捡起一柄"刀",狠狠向维佳扎下去……

维佳就地一滚,躲开了……

保尔的"刀"第二次向维佳扎下去……

维佳:"保尔! ……"

保尔猛省,呆住……

维佳:"你疯啦? 真拿我当敌人啊?! ……"

保尔:"对不起……"——弃了"刀",双膝一软,跪在地上,随即四仰八叉地躺倒于维佳身旁……

维佳:"要是真的战斗,我才不会问你'准备好了吗',也不会在你失落了军刀以后逼迫你投降……"

保尔:"那你会怎么样?"

维佳:"怎么样? 军刀一劈,嚓! 你死定了! 而且你落马时,我连看都不会再看你一眼! 那时可能正有一个凶恶的敌人挥刀向我劈来,我的反应稍慢,我也死定了! 也可能一个战友正受到同样凶恶的攻击,真的战斗就是这样的,你死我活,别无选择……"

保尔:"维佳,告诉我实话,你怕过么?"

维佳:"怕?对于战场上的生死,我已经见惯了,不觉得怕了。对于战士,每次战斗,都像一次出门一样。有时回得来,有时一去不归。每个人心里都明白这一点,只不过大家从来不谈这一点。怎么,你还没参加过真的战斗呢,就已经开始怕了么?"

保尔:"不,我不怕死。否则我也不来当红军!但是我怕连一个敌人还没消灭,自己就牺牲了……"

维佳:"所以你一开始就得是一名异常勇敢的战士。在战场上,勇敢者比胆小鬼活下来的机会多,我觉得你刚才就够勇敢的。你肯定会成为一名非常勇敢的战士!……"

保尔一翻身,俯视着维佳,真诚地:"维佳,我不明白,我和好朋友之间的友情,为什么总是从打架开始呢?在我的家乡,我有一个好朋友叫谢寥沙。我们也是打了一架之后成为相互忠诚的朋友的……"

维佳:"保尔,别为这种问题犯傻——不打不成交嘛!让我向你透露一个军事秘密吧——你马上就会见到你的母亲、哥哥,还有你的好朋友谢寥沙了——因为我们很快就将解放舍佩托夫卡……"

保尔:"真的?!……"

维佳:"真的!"

保尔:"维佳,我也要向你透露一个秘密,虽然不是军事的——在我的家乡,还有一个我非常非常爱恋的姑娘在日夜思念着我,她的名字叫冬妮娅……"

维佳:"她漂亮吗?"

保尔:"像仙女一样漂亮,像天使一样善良!"

维佳:"那么为了她,我们再开始演习战斗吧!"

维佳一跃而起,也将保尔扯起……

　　二人重新上马,拉开相向的距离,各自高高举起了手中的"战刀"……

　　保尔:"为了乌克兰人民、为了母亲、为了冬妮娅、为了神圣的爱情,冲啊!……"

　　二马奔错……

　　二人格杀……

　　乱踏的马蹄……

　　劈来挡去的军刀……

　　维佳的脸……

　　保尔的脸……

　　全镜头缓缓拉开,由特写而中景而远景……

第四章

如果我们在原著明显的空白处不发挥想象,以图产生创作性的新的情节、新的人物、新的人物关系——一句话,新的内容——那么我们的改编与前两次别人的改编还有什么不同? 没什么不同我们又何必做此事?

今天整整一白天,我这本关于我们如何改编"钢铁"的小册子写不下去了。因为我的一集手稿丢失了。不是我自己丢失的,是郑凯南弄丢的。我自己改编了八集。严格讲,是创作了八集原著根本没有的内容。重写了大新的六集。那些内容也基本上是原著没有的内容。将万方改编的七集压缩为三集半。如前所述,也增加了些原著没有的情节。并且,直至导演介入后,寒冬到了,我仍在通稿的过程中不断地改、改、改……

但我的手稿也只不过被还回了几集。

我没有保留手稿的习惯,殊不在意。

我希望我能获得一部完整的打印稿,留作纪念。

而我的这个希望可能将落空。不,肯定落空。

因为有些我喜欢的情节、情境,郑凯南一点儿也不喜欢,甚至大不以为然。

我喜欢的,我坚持那么写了,那么改了。

她不喜欢的,她命不输入电脑就是了。

并且她似乎觉得没必要与我讨论,与我商议。

倘手稿即丢,电脑里也没有,那就真是消失得干净彻底,无影无踪,不留任何物质性的痕迹了。

比如接下来的第六集的"遭遇"便是这样。

细想想,我真傻。当初太热情,太投入。投入得又太认真。

第六集是郑凯南最不喜欢的一集。

她喜欢:"戏"。

我也喜欢"戏",但不只喜欢"戏",还特别特别看重构成影视的别的艺术成分。我不是不善于写"戏",只不过我对于"戏"有与她不尽相同,甚至完全相反的理解。

在第六集中,保尔加入的那支红军队伍要去解放他的家乡了——于是他战斗的经历不可避免。

在原著中,关于他的军旅生活和战斗经历是这样写的——"这一年里,保尔经历了许多可怕的事情。他同成千上万个战士一样,虽然衣不遮体,胸中却燃烧着永不熄灭的烈火。为了保卫本阶级的政权,他们南征北战,走遍了祖国大地……"

除了这一段文字,我们不能从原著中直接看到——作为红军战士的保尔,曾经历过哪一次具体的战斗?战斗中那些生死瞬间,那些别无选择前仆后继的流血牺牲,对他后来"保尔式的坚强"具有怎样的锤炼意义?

那"许多可怕的事情",是否也指战争而言?如果不是,又是什么?如果是,又怎么可能不对他后来"保尔式的坚强"发生影响?倘承认肯定发生影响,但在改编时却不予表现,艺术理念上是否体现为缺失?……

苏联电影《保尔·柯察金》是这样处理的——红旗；冲锋陷阵的骑兵；呐喊声；挥刀策马的保尔；爆炸——躺在医院里。在我记忆中，大约半分钟的一组镜头。

于是保尔作为红军战士的经历在银幕上结束，正如在原著中仅几行文字一带而过。

乌克兰拍摄的六集电视剧更其简单——军旗猎猎，马蹄奔踏，几秒钟的过渡镜头而已。

如果我们在原著明显的空白处不发挥想象，以图产生创作性的新的情节、新的人物、新的人物关系——一句话，新的内容——那么我们的改编与前两次别人的改编还有什么不同？没什么不同我们又何必做此事？

我的创作实践告诉我——一部内容厚实的、情节丰富的小说，对于影视形式的改编是幸运的，因为改编的难度往往只体现为取舍的得当；而一部空白处多多的小说，改编起来其实也未必不是另一种幸运——因为它需要创作性的补充，因为改编者仍有发挥想象的余地。有此余地，想象才有能动性。而没此能动性，改编不过是取舍归纳，剪剪贴贴，其实没多大意思——对我是这样的。

"钢铁"是怎样炼成的？——依我想来，具体对于保尔这一个文学人物而言，当然也必包括这样一些"炼成"的因素——军旅生活，战斗经历，战友间的生死豪情，男人女人在战火背景之间相互给予的关怀、安慰与爱，司空见惯的流血牺牲——这一切虽使女人不再容易流泪，但同时也使女人心中的爱的质量更其纯粹了；这一切使男人的性格变得冷峻了，但同时也使男人变得更具有自我牺牲精神了，更具有责任感了……

对于保尔·柯察金，"钢铁"还应该是"这样炼成的"。

我认为我们的改编应该补上这一方面。

对于保尔·柯察金这一曾是红军战士的文学人物，战斗经历的虚化其实是暧昧的，甚至是令人大费其解的。

无论苏联的电影,还是乌克兰的六集电视剧,内容布局都与原著是一样的,而且都大致是这样的——童年、少年、初恋——军旗与马蹄过渡到能够充分展现男人铁血气概的战斗——于是半分钟后直接剪辑到和平建设时期——于是我们接着看到的只不过是成了团的思想工作者的保尔,以及他怎样经常地教导别人……

而使我们钦佩的只剩下了两点——修铁路和全身瘫痪以后写书。

这两点足够在一部电影中使保尔完成他那种"保尔式的坚强"。

这两点在六集电视剧中要使"保尔式的坚强"半个世纪后再度征服中国观众已经是一厢情愿了。

而靠此两点诠释《钢铁是怎样炼成的》,对于二十集的电视剧来说,支撑力度太不牢固了……

郑凯南说:"今天的中国观众,谁会看什么战斗?"

我说:"如果他们连前几集都不感兴趣,我们接下来无论写什么,怎么写,他们大约仍是不会看的。"

她又说:"所以要在戏上下功夫啊!"

我又说:"那你再找个专会替你写戏的吧!我让贤了行不行?"

当然,我说的是气话。

我已付出了很多心血。我和郑凯南一样坚定地要实现这一件事,她要按她喜欢的样式去实现,而我要按我喜欢的样式去实现。她认为她才真正了解观众,代表观众的意愿。我认为我也了解,也考虑了另一些观众的另一种意愿……

本集没有了任何物质性的痕迹,那么我只能也只有凭头脑中残存的记忆碎片公布如下了:

夜——冬季深蓝色的寒夜。

镜头前大雪纷飞。

那一种凛冽的深蓝色,将雪花衬得更加白……

服装各异的红军战士整装待发——骑在马上的营长用军刀背砍掉酒瓶盖,自己喝了一大口,弯腰将酒瓶递给了排头兵……

战士们依次饮酒……

骑在马上的丽达严厉地:"每人一口! 不许多喝!"

保尔和维佳也骑在马上。

维佳喝了一口酒,将酒瓶递向保尔……

保尔摇头……

维佳:"喝一口吧,要不这一夜你会冻得噢噢哭……"

保尔犹犹豫豫地接过,喝了一口,辣得流出了泪……

维佳调侃地:"怎么现在就哭起来了?"

丽达勒起马头,高举手臂:"出发! ……"

队伍在大风雪中挺进……

马身上和人的眉、胡须结了霜——一张张红军战士义无反顾的脸,如同肖像油画从镜头前走过……

有人轻轻哼歌……

维佳策马奔来:"营长命令,不许唱歌!"

顿时一片肃静——只有脚步声嚓、嚓、嚓……

老炊事员紧走几步,赶上丽达,请求地:"教导员同志,不许唱歌,吹吹口哨总可以吧? 离敌人远着呢,只有狼才会听到咱们吹口哨……"

丽达一笑,摇头……

老炊事员:"我可是在请求啊!"

丽达:"老兵呀,你怎么总叫我为难呢?"

老炊事员:"小伙子们,吹吹口哨吧,闷走一夜明天战斗就没精神了! ……"

某战士接言:"是啊,明天战斗结束时,有人就再也不能吹口哨了……"

于是响起了口哨声,先是一个人在吹,继而几个人在吹……

营长策马赶来,厉喝:"不许吹口哨!"

老炊事员:"教导员允许的。"

营长望向丽达,生气而又不知如何是好……

丽达:"营长同志,如果你想吸烟,那么就吸一支吧!离舍佩托夫卡五六十里呢,敌人用望远镜也看不到这儿有人在吸烟……"

老炊事员笑了:"营长同志,也给我来一支……"

营长用手拢着点燃一支烟,深吸两口,弯腰插入老炊事员口中……

保尔和维佳在口哨声中并马齐进……

维佳:"保尔……"

保尔扭头望向他……

维佳:"如果我牺牲了,我的军帽、靴子还有匕首,就都是你的了!"

维佳说得那么平淡——保尔愕然!

维佳:"听明白了么?别和我一块儿埋了。埋了太可惜了……"

营长从前边回过头来:"维佳!不许你这么说!"

保尔:"是啊,你死了谁保卫营长呢?"

丽达:"同志们,我看还是唱歌吧!……"

于是响起了歌声……

在口哨的伴奏之下,歌声低沉,忧郁而激昂……

一张张结霜的战士的脸……

营长的脸……

丽达的脸……

保尔的脸……

维佳的脸……

口哨伴奏之下的歌声中，红军的这一支队伍顶风冒雪，越去越远，终成一道雪原上的黑影，缓缓移动在天地之间……

郑凯南说："这是什么？"

我说："这当然是剧本的一部分。"

她又说："没有戏。没有戏的这一部分让观众看什么？"

我觉得她话中似乎还有另外的意味儿——仿佛我在往剧本里大量"注水"……

我不想再与她讨论。

我不禁轻拍了一下桌子，很郑重地回答："听着，如果这一段你居然敢把它删掉了，将来字幕上我不会署名的，给你们'万科'造成一个尴尬！而且，画面少于五分钟也不行！"

"这也够拍五分钟？"

"够！"

我的态度一强硬，她往往也就不再说什么了，很高姿态地让我了。她的沉默，是一种容忍的沉默。

毕竟，将剧本全部"整理"完毕，得继续靠我。她明白这一点。我也明白。她明白才让我，才容忍。而我明白我才继续下去，不作罢，不放弃。

她不喜欢不接受的，正是我的责任感要求我必须不动摇地坚持的。因为正是那些她不喜欢的地方，决定着我们的"产品"之风格有别于他人的。

本集初稿中的战斗情节是这样的：

白军固守顽强，红军久攻不能入镇，伤亡增加。保尔向营长请命，由他带领一部分战友从某处钻入地下水道，那样可以迅速出现在镇里，内外夹击敌人。营长未将这新战士的请命当回事，喝令保尔退下。眼见身旁战友流血牺牲，保尔焦急又委屈。丽达向他问明情况，决定由保尔带路……于是红军得以突入舍佩托夫卡小镇……

战斗结束后,营长诚恳地向保尔承认错误。保尔因战友们的死伤,难以从内心里彻底原谅营长……

郑凯南说:"这怎么拍啊!"

的确,拍摄起来将会挺麻烦。

国外的拍摄能力是——只要剧本里有的,胶片上就会留下。

而我作为编剧,早已接受了这样的现实——有难度的情节你干脆别想。想到了也别写入剧本。写入剧本了也得改掉。

虽然,我不认为那情节难到了无法实现的程度——不就是几个人钻了一会儿下水道么?

但,与其被别人改掉,还莫如自己亲笔改掉。

于是在通稿中,那情节变成了这样的:

保尔提议,从郊外某处涉过河,由一片教堂的园地到达教堂后门,由教堂后门进入,前门而出,便可偷袭到镇里……

当保尔和丽达们迂回至教堂后门——门突然开了,瓦西里神父跨出门,庄严地站立在台阶上……

瓦西里神父:"带枪的人们,这是上帝的领地,你们到这里来干什么?!"

众人的目光,不禁望向保尔,继而望向丽达……

瓦西里神父认出了保尔,目光冷峻地:"保尔,是你带他们来的?!"

保尔嗫嚅地:"我……我……我们来解放舍佩托夫卡……"

激烈的枪声一阵阵传来……

瓦西里神父:"但是上帝不赞成流血!"

保尔:"可我的战友们正在流血!"

瓦西里神父:"所以你们就要以另外一些人的死亡进行报复?!"

一名战士沉不住气，冲上了台阶……

瓦西里神父伸展开了双臂，目光充满了严厉的谴责……

丽达喝退了那名战士……

丽达："神父，我要忏悔……"

瓦西里神父："这种时候？"

丽达："对。"

瓦西里神父："这种地方？"

丽达："对。"

瓦西里神父困惑，迟疑……

丽达："神父，这会儿我心中充满了种种罪恶之感，请快帮我的灵魂获得解脱吧！"

瓦西里神父终于踏下台阶，走到了丽达跟前……

瓦西里神父："打算持枪杀人的女人，低下你桀骜不驯的头。"

丽达低下了头，双手捧起瓦西里神父胸前的十字架，吻……

战士们悄悄进入教堂后门……

瓦西里神父："女人，把你灵魂里的罪恶都向上帝坦白了吧！上帝是愿意随时随地拯救人的灵魂的……"

丽达："但是亲爱的神父，还是改天再说吧！"

丽达也冲上了台阶……

瓦西里神父回头一望，这才意识到受骗。

瓦西里神父："站住！"

他的话声那么愤怒，丽达不禁在台阶上站住……

瓦西里神父："女人，上帝在天上看到你的行径了，你将受到严厉的惩罚！"

又一阵激烈的枪声传来……

丽达惭愧地扭头看了神父一眼，顾不上再说一句话，拔出手枪闯入了教堂……

接下来的情节,自然是保尔、丽达们冲到街上,一场短兵相接的近战……

在近战中,我设想,要给丽达尽量多的镜头,表现她女战士那一种骁勇。

依我想来,武打片能将女侠们拍得那么动作洒脱、刚健果敢,一句话,拍得那么"帅",那么"酷",我们敬爱的丽达为什么不可以是那样的呢?

丽达在我心目中是这样的女人——她和男人们在一起时,是阳光,是愉快,是谈吐幽默智慧的女人,是天使。在男人们痛苦时,她像圣母玛利亚。她一人独处时,又是那么娴静,如大家闺秀,读普希金的诗,多愁善感,经常陷入沉思,像文竹一类植物般的女人。而在战斗中,在枪林弹雨刀光剑影中,迅如豹,猛如虎,判若两人,令敌人面对之不由不畏……

我向郑凯南反复强调过这一点——她反应漠然。

在和导演唯一的一次短促的接触中,我也反复强调过这一点,给我的感觉——导演也漠然。

我困惑。亦迷惘。

……

战斗结束了——小学校里摆着一具具战士的尸体,负伤的战士们在教室里呻吟……

丽达和营长逐一看视伤员——那时显示出丽达天使的一面,圣母玛利亚的一面……

战斗的残酷,生死的寻常,丽达对战士的大慈大爱——保尔都看在眼里了。

他明白了革命还意味着什么。

有一名生命垂危的战士希望死前向一位神父忏悔……

营长命保尔快去请瓦西里神父——保尔不敢再见神父,明知去了也请不来……

营长亲自去——沮丧而归……

丽达只有亲自去请……

教堂里——布道堂。

瓦西里神父背对丽达……

丽达苦苦哀求:"神父,上帝视一切人为他的儿女,请您快去吧!"

瓦西里神父一言不发。

丽达:"神父,我不是已经向上帝认罪了么?您还要我怎样啊?"

瓦西里神父:"但是我不认为上帝已经饶恕了你的行径。"

瓦西里神父说罢欲走——丽达扯住了他的袍裾,单膝跪下了……

丽达:"神父,可怜可怜我的战士吧!"

她流泪了,哭了……

瓦西里神父终于转过了身……

瓦西里神父:"军服沾满鲜血的女人,单膝是跪王权。而上帝要求他的儿女在乞求他饶恕时,跪下他们的两条腿……"

于是——红军的女教导员丽达,流着泪,双膝跪在了神父面前……

瓦西里神父:"跟我说,我倾向暴力,我有罪!"

丽达流泪的脸——屈辱……

瓦西里神父:"上帝从不向他有罪的儿女命令两次!"

丽达低声地:"我倾向暴力,我有罪……"

瓦西里神父:"我杀戮,我有罪。"

丽达:"我杀戮,我有罪……"

耶稣受难像……

瓦西里神父的声音:"我亵渎上帝,我有罪……"

丽达的声音:"我亵渎上帝,我有罪……"

教堂墙壁上圣母玛利亚怀抱圣子的油画……

圣母玛利亚的脸……

丽达流泪的脸……

神父在接受战士的忏悔……

濒死的战士:"神父,我经常打我老婆……可她明明是一个好女人,勤劳,善良,而且,为我生了三个孩子……神父,现在我连当面向她悔过的机会也没有了……"

战士流泪……

瓦西里神父:"孩子,你的忏悔深深感动了我,上帝会替你做到的……"

另一名战士吃力地欠起了身:"神父,快,该轮到我了……我也忏悔……我……我曾对我的嫂子起过不好的念头……"

第三名躺着的战士将头侧向了瓦西里神父:"神父,我们忏悔了,灵魂就一定能升入天堂么?如果并没有什么天堂,那我就不来这一套了……"

瓦西里神父:"孩子,天堂是有的,上帝是存在的,我愿帮你们的灵魂升入天堂……"

瓦西里神父庄严地默默为战士们祈祷……

营长、丽达、保尔都流泪了,或背过身去,或转过头去……

情境肃穆而忧伤……

旁白:革命正是靠了这些普通的工人、农民以及他们的儿子的流血牺牲,一步步夺取着它的胜利。正如江河靠积雪的融

化而汹涌······

本集还有另外一些情节：

比如保尔和维佳赶到监狱，释放了被关押的穷人······

在曾关押过自己那一间空荡荡的牢房里，保尔从隔着铁条的小窗口望向院子，仿佛又看见了赫里斯季娜被匪兵押走时，从院子里回望他时那一种幽怨的目光······

维佳："保尔，你发的什么呆？"

保尔："这就是那间关过我的牢房。夜里，有一个姑娘要把她的身子奉献给我，可我拒绝了她······"

维佳："为什么？你为什么要那样？我相信，她也是企图用那一种方式在被糟蹋之前获得一点儿爱怜。你为什么不肯给予她······"

保尔："当时我想到了冬妮娅······"

维佳："这和冬妮娅有什么关系？"

保尔猛地扭头瞪向维佳："怎么没关系？我对冬妮娅的爱必须是神圣的！······"

维佳："神圣的？愚蠢！如果我是你，我才不会拒绝那位可怜的姑娘呢！管她什么冬妮娅不冬妮娅的！······"

保尔一把揪住维佳的衣领，恼怒地："你敢嘲笑我们的爱情?！······"

还有些和谢寥沙相见时的朋友情；和哥哥相见时的手足情；和母亲相见时的母子情······

天黑了，保尔多想守着母亲待在家里呵！

101

母亲在安静地打毛活儿——看得出,儿子回来了,儿子在身旁,她感到多幸福呀!……

然而外边传来了歌声……

然而窗口闪映着舞影……

保尔的眼睛不时望向他心爱的手风琴……

母亲起身从墙上摘下手风琴,塞给保尔,一边轻轻往外推他一边说:"去吧孩子,欢乐去吧!"

于是保尔加入了外边欢乐的人群,并拉起了他心爱的手风琴……

这欢乐,与白天小学校里的悲伤氛围对比鲜明——死者寂寂,伤者戚戚,生者在那难得的欢乐之后,又将投入新的生死无常、流血牺牲的战斗中去。投身革命的人,就必须确定自己这样的命运……

郑凯南对这一集简直失望极了,又失望又不喜欢。可以说她不喜欢此集中的一切内容和情节。她认为没意思透了。还觉得单薄。

她甚至抖着我的手稿说:"这哪儿够一集?半集都不到!"

这话不公平。也说得过分。

因为此集也一万两千余字。经我"整理"的剧本,每集都在一万五六千字以上。有几集一万八千余字。有一集两万五千余字。

我不由得反问:"为什么那些明显长出一集的剧本。你从不说长?难道我们相互之间成了卖字和买字的关系,非计较得失不成?"

我又说明——每集的第一个镜头和最后一个镜头,由于不断的修改,增删,已难准确把握。总之剪辑时必以四十五分钟一集为标准尺度,想短电视台也不允许,何必悻悻之?

本集的确是短了些。凭我的感觉,绝不至于半集都不到,大约短七八分钟。

在本集中再塞入些情节,加入七八分钟戏,非是我的能力做不到的。比如可以加入这样的情节——保尔去找堂倌普罗霍尔算账——昔日的野小子成了红军战士,仇人相见,还愁编不出"戏"?

但我认为,解放家乡舍佩托夫卡,只不过是全剧一个"进行"中的事件,我不想让剧中人物们在这一"进行"中的事件停顿下来,而希望让剧中人物尽快转移到另一事件另一情境中去。我的经验告诉我,事件的尽快转移是对的。

何况,保尔还没见到冬妮娅呢!

在原著中,保尔和冬妮娅爱情的破裂,乃因保尔带冬妮娅去参加一次团的会议,冬妮娅打扮得"花枝招展"——原著中用的就是这个词。结果保尔因冬妮娅大遭团干部们的白眼,觉得冬妮娅使他丢人了……

在原著中这样写着:

"这一天晚上他俩的友谊开始出现了裂痕。"

多么奇怪——明明是爱情,怎么又变成"友谊"了呢?

而且,即使按照原著在前七章中对冬妮娅的描写,我们也很难想象——她忽然会愿意把自己"打扮得花枝招展"……

"每一次会面,每一次谈话,都使他们的关系更加疏远,更加不愉快。保尔对冬妮娅那种庸俗的个人主义越来越不能容忍了。"

于是保尔说出了他的另一句名言:"我首先是属于党的,其次才属于你和其他的亲人。"

冬妮娅"那种庸俗的个人主义"有哪些较具体的表现呢?——原著没有只字的交代。

这在人物关系的处理上就很暧昧,使人感到"欲加之罪,何患无辞"。

一个人,哪怕他自认为是最彻底的革命者,在并不特殊的情况下,难道不能既属于党又属于爱人和亲人么?

做得到做不到是一个问题,理念上怎么想是另一个问题。

将党、革命、爱情和亲情在理念上截然对立起来的革命者,在我看来,是不可爱的人。

我极不喜欢,也绝不欣赏保尔那种"唯我独革"的"革命理念"!

所以,在第七集中,这样处理了两个年轻人之间爱情"破裂"的原因……

一轮硕大的红日升起在教堂尖顶之上,仿佛被它顶着的一个红彤彤的球……

这是冬季里的一个极为晴朗的日子,阳光普照小镇,普照保尔家的院子,麻雀在布满雪挂的树上叽叽喳喳……

保尔家里——保尔一身军装,佩枪佩刀,帽上的红星耀眼,看去英武而又帅气。维佳和谢寥沙一左一右欣赏地打量着他……

旁白:维佳和谢寥沙一大早就来到了保尔家。虽然保尔预先并没通知他们,可是他们却都觉得,作为朋友,他们今天早晨有义务陪伴保尔去看望冬妮娅……

一只手在擦军帽上的红星——镜头拉开,维佳接着鼓起腮,朝军帽一阵猛吹……

保尔:"我的军帽上并没有尘土。"

维佳:"保尔,请不要打击我的热情好不好?"

保尔一笑……

维佳将军帽端端正正戴在保尔头上,并将保尔的一绺头发塞入帽壳——之后,替保尔正正武装带,正正手枪套,正正短剑鞘……

保尔:"我说维佳,你从哪儿搞来的这柄短剑?"

维佳:"战利品!一名白军小头目的。他想用这柄短剑杀死我,可是却被我用这柄短剑结果了他!不要以为我舍得送给你了,我才舍不得呢! 只不过暂时借给你……"

保尔:"借给我? 可我并没希望你这样啊! 难道你非要把我的样子搞得像那名白军小头目吗?"

维佳:"站好,别乱动! 随你怎么想都可以。但作为朋友,我有义务对你的风度负责任!"

他退后一步,上下打量保尔,自觉满意地点点头:"嗯,不错,简直可以说十分英俊!"

谢寥沙趁机往保尔兜里揣什么……

保尔:"谢寥沙,你往我兜里乱揣什么呀!"

谢寥沙:"手绢儿! 我从我姐姐那儿偷来的!"

保尔:"不,我绝不允许自己兜儿里揣一条女人的手绢儿!我是红军战士,不是戴着雪白的手套,动不动就从兜儿里掏出条手绢在女人面前摇晃着的沙皇的士官生! ……"

他从兜儿里掏出了手绢……

谢寥沙:"可你如果兜儿里连条手绢都不揣,万一冬妮娅见到你,激动得泪流满面呢?"

保尔:"我会用她自己的手绢替她擦眼泪的。"

谢寥沙:"那不一样,很不一样——红军战士保尔·柯察金同志!"

维佳:"谢寥沙说得对! 红军战士可并非是用手指挖鼻孔,用衣袖揩鼻涕的家伙们,教导员丽达同志最不喜欢这样的人了! 再说,红军战士在女人面前,为什么不能比沙皇的士官生显得还更优雅,更有教养呢?"

他夺过手绢儿闻了闻:"还很香!"——说完,替保尔又揣入兜里。

保尔:"维佳,我想,我还是首先去向教导员报到才对。至于冬妮娅,我应该向教导员请过假再去看望她……"

维佳:"保尔,你又来了!现在不是你,是我更急于见到那个叫冬妮娅的姑娘!教导员绝不会因你首先去看望了冬妮娅而责备你的!她最理解爱情究竟是怎么回事儿了……"

维佳将目光望向谢寥沙,问:"保尔不止一次告诉我冬妮娅多么多么漂亮,又多么多么爱他,你认为呢?……"

谢寥沙:"我嘛,我认为冬妮娅是舍佩托夫卡最漂亮的姑娘。在她心目中,保尔简直就是她的白马王子啊!……"

维佳:"这真叫人嫉妒!保尔,走吧!走吧!难道你不愿我和谢寥沙陪你一块儿去看望她么?"

他拽着保尔往外便走……

保尔挣脱了他的手……

保尔:"可是,其实我并不想穿这身军装突然出现在她面前。对于我成了一名红军战士,她肯定一点儿心理准备都没有……"

维佳:"难道,难道她对于我们红军战士有什么敌意么?……"

保尔一愣……

谢寥沙赶紧替保尔回答:"维佳,你这是问的什么话呢?冬妮娅怎么会对红军战士有敌意呢?冬妮娅是同情革命的呀!要不她会掩护保尔么?保尔走后,她还帮我寻找过朱赫来呢!……"

保尔郑重地:"维佳,我希望你收回刚才的话。否则,我会感到你诬蔑了一个非常爱我的姑娘……"

维佳:"好好好,我收回刚才的话!战友保尔·柯察金同志,我向你道歉还不行么?……"

保尔和维佳都笑了……

维佳:"我说同志们,既然如此,我们还白白地浪费时间干什么呢?"

谢寥沙:"保尔,不需要给大娘留张条子了么?"

保尔："妈妈自愿到医院照看伤员去了,而哥哥和工人们自愿看管俘虏去了,他们都明白我今天不会有太多的时间在家里……"

维佳："有妈妈,有哥哥,还有一个漂亮姑娘爱着你,噢,保尔,你多幸福哇!走吧走吧!让我们给冬妮娅一个大大的惊喜!……"

一个在前扯着,一个在后推着,保尔身不由己地离开了家门……

三个好朋友刚一出院子,谢寥沙站住了……

谢寥沙："我说同志们,等等,等等……"

保尔和维佳不解地看他……

谢寥沙："可我呢,我算怎么回事儿?和你们比起来,我不是显得太'跌份儿'了么?……"

他一把掠去了保尔头上的帽子,戴在自己头上:"这样才公平点儿吧?"

维佳："不可以不可以,保尔是主角儿,我们两个只不过是配角儿,绝不能损害保尔的风度!"

维佳又将帽子从谢寥沙头上摘去,替保尔端端正正地戴好……

维佳："让我来做出一点儿牺牲好了……"

维佳从自己头上摘下了军帽,心甘情愿地往谢寥沙头上一扣……

保尔居中,维佳和谢寥沙一左一右,三个好朋友臂挽着臂,精神勃发地迈着军人的步伐走在街上……

冬妮娅家。院子里。

亭子塌了一角,一株大树被拦腰削断了,榴弹炸过的地方,使洁白的雪地上有一处肮脏熏黑的痕迹……

亭前一丘小坟,还立着一块木牌,上写"爱犬波普葬于此"。

冬妮娅蜷跪坟前,闭着眼睛,一手捧着翻开的《圣经》,一手画十字……

她祈祷完毕,从自己项上摘下银十字架,挂在木牌上……

在她背后,并立着保尔等三人,他们默默看着她的举动……

谢寥沙干咳一声……

冬妮娅回头,目光诧异地站起,打量着他们……

冬妮娅:"请问你们……保——尔!……"

她惊喜地扑向保尔,用双臂紧紧地搂抱住了保尔,同时将头偎在保尔怀里……

冬妮娅喃喃地:"保尔,保尔,我亲爱的保尔,我的野孩子,我终于又见到你了……"

《圣经》掉在雪地上,谢寥沙捡起,替冬妮娅拿着……

谢寥沙朝维佳挤眼,那意思是——瞧,她是多么爱保尔啊!

维佳对谢寥沙悄语:"她也是我见过的最漂亮的姑娘呢!……"

保尔不好意思地:"冬妮娅,别这样,别这样……"

冬妮娅却捧住了保尔的脸:"保尔,真的是你么? 我不是在梦里吧?"

保尔也情不自禁地捧住了冬妮娅的脸:"冬妮娅,不是在梦里,是你的保尔·柯察金回来了……"

冬妮娅:"那么,吻我吧! 我有多少次在梦里梦见这个时刻啊!……"

她闭上眼睛,仰起了脸,期待着……

她流泪了……

保尔的目光却望向维佳和谢寥沙——他们都微笑着转过身望向别处……

保尔低下了头……

维佳和谢寥沙又都缓缓扭头望保尔和冬妮娅……

互相深吻着的保尔和冬妮娅……

他们互相吻得那么久,那么久……

谢寥沙又开始干咳……

维佳自言自语地:"谢寥沙,我是多么可怜啊,至今还不曾被姑娘吻过,哪怕不是这种能要男人命的吻,只是轻轻的、象征性的一吻……"

保尔和冬妮娅终于分开,都有些窘……

谢寥沙将《圣经》还给冬妮娅……

冬妮娅显得又幸福又激动又不太好意思——保尔掏出手绢儿擦去她脸上的泪痕……

谢寥沙又朝维佳挤眼睛,那意思是——瞧,手绢派上用处了吧? 我预先考虑得多么周到啊! ……

冬妮娅似乎直到此时才看清保尔的军人装束……

冬妮娅:"保尔,你怎么……"

保尔:"冬妮娅,我现在已经是一名红军战士了……"

冬妮娅退后一步,以似乎陌生的目光重新打量保尔……

保尔笑了一下,轻声地:"冬妮娅,别这样看着我,我仍是从前那个无比爱你的保尔·柯察金,就像你爱我一样! 什么都没有改变,尤其是我们之间的爱情并没有改变……"

冬妮娅冲动地:"不,变了,一切都开始变了! 因为你首先属于军队了! 这支队伍离开舍佩托夫卡,你也将离开我! 而我又将不知道你的下落,而我将日夜担心你的死活! ……"

冬妮娅哭了……

保尔:"冬妮娅! ……"

冬妮娅又扑向保尔,又抱住了他:"保尔,我不愿让你离开我！我要你永远和我在一起,因为我爱你,只想永远爱你一个人……"

维佳听得逆耳,皱起了眉头……

谢寥沙:"冬妮娅,请你别想那么多。保尔说得对,没那么严重,他也只想永远只爱你一个人。我说得对不对保尔?"

保尔:"对。"

维佳:"谢寥沙,我们为什么不换一个话题呢?"——目光转向冬妮娅,又说,"小姐,我也喜欢狗。请允许我冒昧地问一句,您的狗是病死的,还是老死的?"

冬妮娅:"是被子弹打死的!"——她说时,仍偎在保尔怀中,只将目光望向维佳……

谢寥沙:"真遗憾。那是一只好狗。冬妮娅,我理解你为它难过的心情……"

保尔抚摸者冬妮娅的头发说:"冬妮娅,亲爱的,如果'波普'不幸是死于我们红军的子弹,那么,我想说——我代表红军第三旅第四团第五营的红军指战员,向你表示歉意……"

分明地,保尔和谢寥沙,其实都企图用话安慰冬妮娅,使她重新变得高兴起来……

但维佳被保尔的话惹恼了,他生气地:"你代表?保尔,我想你没这种权力,也没这种资格。起码,此时此刻,你连我都不能代表!"

谢寥沙暗扯维佳……

维佳一甩手臂,更加生气地对冬妮娅说:"再好的狗也是狗!而昨天为了解放这个小镇,我们牺牲了十三名红军战士!您更应该为十三个人的死而难过!……"

冬妮娅也被激怒了,她离开保尔的怀抱,朝维佳挥舞着手臂吵起来:"那是由于战争!所以我讨厌战争!而且,我也丝毫没有被这场战争解放了的感觉！……"

保尔："冬妮娅，不要这样说！"

冬妮娅："我偏要这样说！我就是讨厌战争！讨厌流血和死亡！对于我来说，没有什么光荣的牺牲，而只有死亡！……"

维佳针锋相对地："小姐，如果我没有理解错，您的话中也包含有谴责革命，谴责红军的意思吧？……"

一句话，将冬妮娅问得愣住了——她望望保尔，望望谢寥沙，一时不知究竟该如何回答才好……

保尔："维佳，你不可以那样误解冬妮娅的话，尤其不可以当着我和她的面！"

保尔和维佳以咄咄逼人的目光互瞪对方……

忽然，喊声从屋子里传到院子里——"冬妮娅！你在和谁吵架？他们是什么人？……"

三人抬头望去——见二楼的一扇窗敞开了，冬妮娅的母亲正在望他们……

谢寥沙："我说同志们，朋友们，我们之间干吗要为几句话争吵不休呢？冬妮娅，我们陪保尔来，可不是为了来和你斗气的啊！……"

冬妮娅这时也显然意识到了自己态度的欠妥，她又偎向保尔，望着维佳低声说："保尔，都是我不好，我也不知道自己的心情怎么会由惊喜而变得忽然……如果，如果我使你的这位朋友对我产生了误解，并且有些生我的气了，那么也不是他的错，我愿向他道歉……"

冬妮娅一番话，反而说得维佳不自然起来……

维佳："哪儿的话呢，我可不是那种小心眼儿的男人！不错，我是有种喜欢和人争论的坏毛病，但争论过后，也往往会和人成为要好的朋友。这可是我的一大优点，保尔可以作证的！"

保尔："冬妮娅,瞧我,都忘了向你做介绍了——他是我最亲密的战友维佳……"

冬妮娅主动向维佳伸出了一只手:"维佳,但愿我没给你留下不太好的印象……"

维佳轻轻握住冬妮娅的手指尖儿,骑士般地弯腰吻了吻她的手背……

维佳:"亲爱的小姐,您说出了我自己正想说的话……"

维佳的装模作样,一时将保尔和谢寥沙逗乐了……

谢寥沙:"冬妮娅,难道你不想请我们到你家去暖和暖和么?……"

冬妮娅终于又灿烂地笑了……

冬妮娅:"朋友们,跟我来吧!"——牵着保尔的手,率先向家门的台阶跑去……

冬妮娅家前厅——四人入门,恰遇冬妮娅母亲在前,父亲在后,从楼梯上走下来,父母间隔着两级台阶,一高一低参差而立,表情都很矜持也都很惊诧地望着他们……

冬妮娅不禁收住了脚步,也不禁放开了保尔的手,有几分惴惴不安地仰视父母——分明地,她猜到了父母内心里不会太欢迎保尔他们,唯恐父母使保尔他们感到不快……

保尔们也不禁收住了脚,仰视冬妮娅的父母——第一次见到冬妮娅父母的维佳,目光中尤其流露一种保持心理距离的不卑不亢的意味……

冬妮娅:"爸爸,妈妈,客人们来了!"

母亲不动声色地:"冬妮娅,确切地说,是你的客人们来了,而不是爸爸妈妈的客人们来了。你的语文一向学得很好,怎么连这么简单的意思都表达不清楚了呢?"

冬妮娅急了："可是妈妈，难道我的客人，不也是你们和我共同的客人么？"

冬妮娅的母亲一时不知再说句什么好，回头看冬妮娅的父亲……

父亲："先生们，对诸位的光临，我感到十分荣幸。"

维佳从头上摘下军帽，行了一个夸张的骑士礼……

维佳："应该称呼你们老爷和夫人呢，还是应该称呼先生和太太？"

冬妮娅父亲："不必客气。我是前林务官图曼诺夫，沙皇政府时期的一个小小的官吏，哪里配被称为什么老爷呢？沙皇政府不是已经被推翻了么？那么我也同时被推翻了。就直接称呼我们的名字吧。冬妮娅的母亲叫依林娜……"

保尔依然显得像初来时那么拘谨，他说："因为冬妮娅曾掩护过我……所以，我觉得有必要前来当面向她表示感激……"

谢寥沙："就是，就是，怎么能不当面向她表示感激呢？……"

母亲："可是，我好像听到你们在花园里与她争吵，而不是表示感激……"

她说着，迈下了楼梯，走到女儿跟前……

冬妮娅："妈妈，他是保尔呀，您竟认不出他了么？这两位是他的朋友谢寥沙和战友维佳……"

母亲："我见到他时，他还只不过是一名小徒工，只有朋友，没有战友。我对一切穿军装的人都有点儿分辨不大清……"

维佳："革命会改变许多事情，所以从前没有的，现在有了，丝毫也不奇怪。"

冬妮娅的父亲这时也从楼梯上迈下来，走到了女儿跟前。他笑了一下，缓和气氛地说："我的妻子是位不善于与人交往的女人。如果她的话使你们感到缺乏应有的热情，请千万不要见怪。"——望着女儿又说,"冬妮娅,那么快请你的朋友们上楼,到你的房间里去吧!爸爸会亲自为你们煮咖啡的。"

冬妮娅终于笑了,又扯起保尔的手,转头对维佳和谢寥沙说:"请吧!在我们这个家里父母永远不会拒绝女儿的任何朋友……"

于是四人从冬妮娅的父母之间走过,迈上楼去……

父亲:"冬妮娅,如果我的要求不算太过分的话,那么,能否请士兵保尔先生将他的手枪和短剑挂在这儿的衣架上呢?全副武装,坐立多么不便啊!"

四人不禁都在楼梯上站住,扭回头望向冬妮娅的父亲——而冬妮娅的父亲脸上依然保持着礼貌的微笑,这使保尔当成了一种调侃,也微笑了,从身上摘下手枪和短剑……

谢寥沙从保尔手中接过手枪和短剑,替保尔跨下楼梯,挂在了衣架上……

谢寥沙回望时,冬妮娅三人已不在楼梯上……

谢寥沙由衷地:"图曼诺夫,您真是位和蔼的人。您的微笑使我们感到了轻松!"

冬妮娅的父亲:"在我看来,无论你们穿的是民服,还是军装,都是些孩子。而且基本上是些好孩子。我并不认为那些整天纠缠我女儿的纨绔子弟在品行上比你们更好,真的!"

谢寥沙:"谢谢!太谢谢您能这么看待我们了!"——愉快地跑上楼去……

冬妮娅的母亲不以为然地:"我觉得你似乎是在讨好他们。"

父亲:"亲爱的,我也觉得你对这些孩子们的态度不够友好。毕竟,他们是冬妮娅的朋友,我们起码不应使女儿感到尴尬。"

母亲:"孩子?可听他们的口气,简直像些职业革命家!"

父亲:"善良的、正直的、珍惜友谊的人,并不全都存在于你我熟悉的阶层里。这是我早就发现了的重大真相。难道你还没觉悟到这一点么?我虽然对政治不感兴趣,但我内心里其实是同情革命的。如果革命早一点儿成功,我想,我绝不会做反对它的敌人。也许,那时候我又可以提出我对这个国家森林管理方面的良好建议了。而现在谁听我这一套呢!……"

母亲却盯着挂在衣架上的手枪和短剑自言自语:"不知这支手枪里射出的子弹,使多少人丧生了。也不知这柄短剑上,沾染过多少人的鲜血……"

父亲:"亲爱的,如果你非要这样想,那么对那些白军们手中的刀枪也这样想才算公平。走吧亲爱的,让我们重新回到书房里,你织你的毛衣,我看我的书吧!"

他挽着妻子走上楼梯……

冬妮娅房间里。

谢寥沙:"他说,在他看来,其实我们都是些孩子,而且都是些好孩子。还说,他并不认为那些整天纠缠冬妮娅的纨绔子弟在品行上比我们更好。他就是这么说的,不是我编的!"

冬妮娅:"保尔,难道你不被我父亲的话所感动么?"

保尔:"冬妮娅,我保证,以后我将非常尊重你的父亲!"

冬妮娅欣慰地笑了……

保尔:"可冬妮娅,告诉我实话,维克多那狗杂种还不断地纠缠你么?"

冬妮娅:"他们全家已经逃到波兰去了。因为他们与德国兵勾结过,所以,可能再也不敢回来了……"

维佳:"能被别人看成是一个孩子,这感觉多好啊!而等革命成功了,我也就再也不会被别人看成孩子了……"

他说得似乎有几分忧郁……

客厅里。

父亲放下书说:"亲爱的,要不还是你为他们煮咖啡吧! 你听到的,我亲口说了,我们不能让女儿和客人们久等啊!"

母亲将毛衣往沙发上一掼,站起来坚决地:"你清楚的,我的祖父一辈子是文职官员,我父亲也是! 不与军人结交,这是我们家族的原则! 我可不希望我们现在的家渐渐变成了军人俱乐部!"

父亲:"你太夸大其词了,亲爱的。这支红军队伍不会久驻舍佩托夫卡。那两个穿军装的孩子不久也将跟随他们的队伍离开……"

母亲:"但我们的女儿明明爱着那个保尔! 他也许会战死,而我们的女儿将为他的死长期悲伤! 这场不相宜的爱情游戏早就该由我们帮着女儿结束了! ……"

父亲:"你的话听起来像诅咒。我可不希望那两个穿军装的孩子在战争中死去。"

母亲:"难道我们应该允许自己的女儿嫁给一名红军军官么?"

父亲:"保尔还只不过是士兵。"

母亲:"那就更不允许了! 不行,我得现在就去对那个保尔说清楚! ……"

她往外便走……

父亲也站了起来,阻止地:"依林娜! ……"

但她已匆匆走出去了……

父亲:"女儿,我可拿你的母亲怎么办呢?"

冬妮娅的房间。

门虚掩着,传出冬妮娅朗诵诗歌的声音:

在那窗前有一个姑娘,

若有所思地独自端坐。

"我在这里!"

窗外有人怯怯地低语。

姑娘就用她那颤抖的双手,

急切地将窗户开启……

冬妮娅的母亲走来,将门推开——冬妮娅停止了朗诵,四人一时都望向她……

母亲严肃地:"保尔,我想单独和你说几句话!"

保尔敏感地:"现在?"

母亲:"对,现在。"

保尔将靠在自己怀中的冬妮娅轻轻推开,起身走出……

冬妮娅:"妈妈!"

母亲:"女儿,我不能做一位不负责任的母亲!……"

保尔走出后,依林娜将门关上了……

保尔:"您的话,打算就在这里对我说?"

母亲:"是的。"

保尔:"那么请说吧,我在认真听。"

母亲:"保尔·柯察金,你必须明白,你和我女儿之间的爱情,是根本不会有结果的!因为冬妮娅不久将被我们送到国外去,也许再也不会回到这个混乱不堪的国家了!"

显然,她也希望屋里的人都能听清她的话。

保尔镇定地:"明白了,夫人。"

但他的一只手将武装带抓得紧紧的——由此细节看出,他的自尊心受到了多么巨大的摧毁啊!

117

冬妮娅的声音:"撒谎!"

冬妮娅随声从屋里冲出,流着泪对母亲嚷:"妈妈,你怎么可以这样!你怎么可以对我爱的人说假话,这真可耻!让爸爸来!让爸爸来证明你说的是假话!……"

母亲甩手给了冬妮娅一记耳光……

冬妮娅捧脸愣住……

书房里。

父亲心烦地走来走去——走到书房门口倾听……

冬妮娅捂着脸对保尔哭道:"保尔,亲爱的,这不是真的,不是真的!我不是明明打算到国外去,还在你面前装出爱你的样子……"

保尔:"冬妮娅,但是你母亲已使我没有选择。我只有对你说——再见了,冬妮娅,你永远不会见到保尔·柯察金了!……"

他一转身冲下楼去……

维佳和谢寥沙也追随下楼……

冬妮娅跑入房间,扑在床上痛哭……

冬妮娅的父亲站在书房门口,呆望保尔们离开他们的家……

冬妮娅的母亲走向书房,站在书房门口,有几分内疚,又有几分如释重负地说:"该结束的,终于结束了。"

父亲谴责地:"你以为,你这样做是非常明智的么?"

母亲:"在所谓明智的做法和对女儿的责任感之间,我只能选择后者。"

她与父亲擦身而过,进入书房……

父亲快步走至冬妮娅房间的门外,推门,推不开……

父亲:"冬妮娅,亲爱的女儿,开门……"

冬妮娅的哭声……

这样处理的一个不好的方面是——损害了冬妮娅母亲的形象。在原著中,冬妮娅的母亲是一位待人和蔼、彬彬有礼的妇人。我觉得损害了她的形象,如同损害了一位我认识的、对我也非常友善的女性的形象似的。

我曾对郑凯南和导演叮嘱过——在乌方编剧按照本国语言习惯润色剧本时,请代劳对冬妮娅的母亲的形象加以调整,使我对这一女性形象的损害得以弥补,使我的不安少一些……

街上。

保尔走在前,维佳和谢寥沙跟在后——谢寥沙替保尔拎着手枪和短剑……

河边。保尔和冬妮娅相爱过的地方……

保尔痛苦地靠树而站——军帽抓在他手里,他大瞪双眼仰视天空……

维佳:"活该! 谁让你偏偏追求一位资产阶级小姐! 我刚一迈进她家屋子就嗅到了一股资产阶级们所必然散发出来的气味儿! ……"

谢寥沙(他还替保尔拎着枪和短剑):"不是保尔首先追求她,是她首先热烈地爱上了保尔! 再说你也不该攻击冬妮娅! 她确实是位好姑娘! 你没看见她都被她母亲气哭了么? ……"

维佳:"连她身上也有那一种气味儿!"

谢寥沙:"没有! 她身上没有!"

维佳:"有! 有! 我说有就有! ……"

保尔突然大喊:"住口! 你们都给我滚开!"

二人顿时缄口……

一名骑马的战士从树林旁驰过——战士似乎听到了保尔的喊声,勒住马朝这里望,紧接着纵马驰入树林……

马绕着保尔靠身那棵大树转,战士说:"我几乎找遍了全镇,原来你们在这儿!保尔,你等着被关禁闭吧!……"

保尔愕然……

维佳:"发生了什么事?为什么要关保尔的禁闭?……"

战士跳下马,接着说:"还有你维佳!营长一上午也找不到你,肯定会用马鞭抽你一顿的!"

维佳:"不管他生多么大的气,只要我编出一个笑话讲给他听,他就会消气了!"

战士:"可这次不同了!保尔,教导员同志差点儿因为你这名卫兵的失职而牺牲!她去一户红军家属家里慰问时,遭遇了两名隐藏在那家的匪兵!匪兵以那家的女孩为人质,迫使教导员丢掉了枪。如果不是教导员后来机智勇敢地制服了他们,后果不堪设想!可教导员受伤了……"

第五章

真的，我不讳言我对丽达这一文学人物的敬爱。我对丽达情有独钟的程度远超过于对保尔的有保留的肯定。我愿在我们的改编中对丽达这一知识分子型的女革命者不吝笔墨。

在某些有丽达出场的集里，主角地位可以发生转化。保尔的主角地位，应该退让给丽达。

在大新那一稿中，以上事件是实写的。实写是根据我最初的想法。此想法基于与前边所谈的同样的考虑——即充分表现丽达作为出生入死的女战士临危不惧、镇定果敢的一面，并为其后她的牺牲进行必要的情节铺垫。

真的，我不讳言我对丽达这一文学人物的敬爱。我对丽达情有独钟的程度远超过于对保尔的有保留的肯定。我愿在我们的改编中对丽达这一知识分子型的女革命者不吝笔墨。

我曾向郑凯南这样说过——在某些有丽达出场的集里，地位可以发生转化。保尔的主角地位，应该退让给丽达。最起码，应该做到平分秋色，角色地位不分轩轾。我们既然确定了保尔一个成长中和成熟中的人物,而且他才十七八岁,在一部二十集左右的电视剧中,让他占据了主角地位没商量干什么呢?

大新在他的那一稿中是这样写的:

营部——这是一个不大的市民小院,上身没穿军服、头发披散着的丽达正在搓洗一件衣服,边忙边哼着歌儿。

她搓洗完毕,起身端着木盆走向院中的水管想要冲洗,但水管拧不出水,这时从另一间屋里走出一个年龄很小的红军战士说:"教导员,那个水管是坏的,我替你去隔壁院里的水管上冲洗吧。"

丽达开玩笑地:"谢谢,我自己来,你的洗衣技术比我还差一点。"说着,端着洗衣盆向隔壁走去。

隔壁小院——这是一个废弃的院子,院里堆满了马草和杂物,可水管是好的,丽达拧开水管冲洗着衣服,院里没有其他人。

院中半塌的房子里,也堆满着马草,在阴暗的屋角的一堆马草里,露出两双凶恶而惶恐的眼睛——这是两个潜藏的匪徒,他们正握了枪隔着窗缝惊慌地看着院中的丽达。

其中一个匪徒压低了声音:"小心,可别让她发现了我们。"

另一个匪徒:"这女人倒他妈的漂亮,要不是保命,我非把她——"他的手一比画,手枪碰着了放在旁边的一个盛水的缸子,发出了"嘭"的一声。

把衣服冲洗完毕正在拧干的丽达闻声回头:"谁在屋里?"

没有回音。

丽达扔下衣服向屋里走去。

屋里,一个匪徒紧张而绝望地:"完了!"
另一个匪徒咬着牙:"干脆杀了她,反正今晚我们也要走了。"

丽达走到门口,推开虚掩着的歪扭的房门,又问了一声:"有人吗?"
依然没有回音。
她迈进门槛,刚要去察看屋里的情况,门后突然伸出一双手,一下子卡住了她的脖子捂住了她的嘴,另一双手急忙又把门关上了。
一个恶狠狠的声音:"别动!"

营部,保尔和谢寥沙走进院门。
保尔喊了一声:"教导员同志!"
我们刚才见过的那个小战士应声出门说道:"教导员同志在隔壁院里洗衣服。"
保尔点点头,拉上谢寥沙向隔壁走去。

隔壁院子的那间屋里,被匪徒卡住脖子捂住嘴的丽达没有惊慌,她只是在飞快地眨动眼睛观察着屋里的一切。
她看到了匪徒放在草堆上的一支长枪——她明白他们不敢开枪,枪声会惊动隔壁营部的人。
她的目光最后停在了脚前不远处的一个盛马料的篮子,里边满盛着粉碎了的豆子。
对面那个拿枪指着她的匪徒见她已被制服,伸过一只手摸着丽达的脸,音低而猥亵地:"要在平时,我还真舍不得杀你这个小美人。"

院子里。

保尔环顾四周喊道:"教导员同志——"

屋内,那两个匪徒闻声一惊。就在这两人精神分散的瞬间,只见丽达突然猛抬右腿,先用膝盖朝面前的匪徒的裆部狠狠顶去,跟着用脚后跟狠朝后边匪徒的裆部使劲踢去,两个匪徒几乎同时"哎哟"一声弯腰捂住了裆部,在这一刹那,丽达已扑到盛马料的篮子前抓起两把马料向两个匪徒的眼睛撒去,刚要忍痛朝丽达扑过来的两个匪徒的眼睛顿时被马料中的细粉迷住。在他们去揉眼睛的那一刻,丽达已飞过去抓起了那支长枪猛朝一个匪徒的腿上开了一枪,那匪徒"呀"的一声坐在了地上,另一个匪徒刚想扑过来,枪声随即又响了,他也捂着脚脖蹲了下去。

院中,保尔和谢寥沙被这陡起的枪声惊得一怔,急忙向那间房子跑去。他们推门看见,披头散发的丽达正用枪指着两个受伤的匪徒。

丽达看见保尔和谢寥沙,扬头向后甩了一下头发,轻松地:"顺手捉了两条漏网的鱼,你们拿去吧。"

保尔和谢寥沙先是吃惊地看着屋里搏斗的情景,随后进屋把那两个匪徒的裤带抽出,把他们的手反绑起来,将他俩拉到了院子里。这时可以看出,这是两个块头很大的家伙。

谢寥沙:"教导员同志,真的是你一个人把他俩制服了?"

丽达幽默地:"我也想多叫上一个人,可惜房子太小,人多了施展不开。"

保尔被这话逗笑了,他望向丽达的目光里满是敬意。

这时,营部的军官和战士们都已跑了过来。

丽达向一个战士交代:把这两个俘虏腿上的伤包扎一下,然后送到俘虏管理处。说罢,她端起洗衣盆向营部走去。

保尔和谢寥沙跟了过去。

营部院子,丽达边往一根绳子上晾衣服边说:"我猜你俩刚才不是凑巧去隔壁院子的。"

保尔:"教导员同志,我们找你是为谢寥沙参加红军的事。"

丽达转对谢寥沙带了笑意:"参军是好事,只是这件事的决定权不在我这里。"

谢寥沙着急地:"在谁? 营长?"

丽达:"先别问在谁,先听我给你的一项任命!"

谢寥沙:"任命?"

丽达:"任命你为本镇的共青团书记,希望你能尽快把青年们组织起来,维持好治安,使人心安定。"

谢寥沙:"这个任务我保证完成,我现在特别想问清谁有权决定我参加红军?"

丽达满脸带笑:"你妈妈!"

谢寥沙高兴地:"这么说你同意了?"

丽达:"我上午去过你家一趟,你妈妈——"

"我回去劝她。"不待丽达说完,谢寥沙已转身跑了出去。

保尔:"教导员同志,谢谢你!"说罢,转身也要走。

丽达:"卫兵,等一下,能带我去一个女人可以洗澡的地方吗?"

保尔:"行,镇子西边有一个湖。"

而实际想象一下以上内容影视化以后的效果,显然并不能真正达到

125

预期的情节目的。不是初衷有什么问题，是与初衷有距离。

我曾尝试重写此事件，但当时亦倍感笔拙。

只得不情愿地忍痛割爱，变实写为对话交代。

保尔突然跃身上马，纵马而去……

骑马的保尔在镇街上疾驰……

保尔的心声——保尔，保尔，你算什么红军战士，你还配当教导员同志的卫兵么！为了你自己那点儿女情长的小感情，你竟不按时去向教导员报到……

一所房子里——红军的临时指挥部……

保尔羞愧地站在营长面前……

营长倒剪双手，从他背后绕到他面前……

营长："好样的，好样的，刚刚立了一次功，就觉得了不起了，就觉得有资格犯自由主义了是不是？你的枪呢？……"

保尔下意识地往身上一摸："枪……一个朋友替我拿着……"

营长："为什么？难道你也有卫兵了么？自己不需要再佩枪了么？……"

保尔："这……"

营长："说！……"

保尔只有沉默……

营长挥起了手臂，一声轻咳，营长扭头看去，丽达从外面进来——她额头有处划伤……

营长的手掌没扇在保尔脸上，缓缓垂下了……

丽达："营长同志，其实，也不能算保尔失职，因为是我给了他一上午的假……"

营长:"那也得关禁闭!"

保尔在前,老炊事员在后,走向院角的马棚……

老炊事员打开门,保尔进入——老炊事员将门锁上……

老炊事员隔门语重心长地:"保尔,你确实不应该啊! 如果教导员今天真的有了意外,你想想,战士们将会多么恨你! 好好反省反省吧!"

天黑了。

马棚里——柱子上挂着保尔的军上衣,保尔仍在借着月光,用一只手铡马草——他已独自铡了一堆……

门开了——老炊事员说:"保尔,教导员让我背着营长悄悄把你放出来。这是你的手枪,维佳替你带回来的……"

保尔接枪佩在身上后问:"教导员此刻在哪儿?"

老炊事员指邻院的一幢大房子:"那儿……"

大房子只有一扇窗子由于窗帘没拉严,透出一束光亮,其余的窗子全黑着……

保尔:"教导员可能在干什么呢?"

老炊事员耸耸肩:"可能在读书,可能在思考下一场战斗,也可能和哪一位连长谈话,你知道的,教导员就像我们全营的母亲,总是睡得最晚的一个人,所以大家才希望你更周到地担负起保卫她的任务……"

保尔不禁拥抱了老炊事员一下……

保尔:"放心吧,卫兵保尔·柯察金永远也不会犯今天上午的错误了!"

保尔大步向邻院走去……

保尔推那幢大房子的门——门虚掩着,被推开……

保尔走入——昏暗中,走廊里,楼梯旁,地上横七竖八地睡着些战士们……

保尔怕扰醒他们,小心翼翼地从他们身上跨过,择级而上……

保尔站在一扇门外,低声地:"报告!……"

没有回应——但隐约可听到室内有女人的呻吟声……

保尔困惑,又低声地:"教导员同志,卫兵保尔·柯察金前来报到……"

室内传出一个男人恼火的声音:"滚开!这屋里没有什么教导员同志!……"

一只手在保尔肩上拍了一下——保尔回头,一名穿衬衣衬裤的战士低声说:"保尔,教导员同志睡在对面那个小仓房,这屋里睡的是主人夫妻俩。你干扰人家的好事儿,人家能不恼火么!……"

保尔:"老乡,对不起……"

保尔在那名战士取笑目光的注视之下,倒退下楼梯……

保尔从大房子里走出,向对面的小仓房走去……

保尔走到小仓房门前,听到里面有两人的扭打声,东西碰撞声……

丽达愤怒的声音:"放开我!你疯啦?我要对你不客气了!……"

保尔一愣,一步跨到窗前——小仓房里亮着马灯,依稀可见丽达的身影正与一个魁梧的男人扭打,那男人占了上风,将丽达压倒在床上……

保尔急了，退后几步，斜肩朝小仓房的门猛撞过去——门被撞开，保尔冲入……

那人放开丽达，刚转过身，保尔已一枪柄砸在那人头上……

那人无声地贴墙滑倒了……

丽达从床上坐起，扣严自己的领扣，朝后理了理头发……

丽达："保尔，你不该下手太重——他是营长同志……"

保尔不知所措……

丽达走到营长跟前，蹲下，用手轻拍营长脸颊："营长同志，营长同志……"

营长哼了一声……

丽达和保尔都同时舒了口气……

丽达抬头望保尔，苦笑地："保尔，我本打算对你说谢谢的，但是现在我只好改变想法了。来吧，帮我把营长同志抬到床上去……"

于是保尔插好枪，帮丽达将营长抬到了床上……

丽达俯身注视营长的脸，用手抚弄营长的头发，结果手指上染了血……

丽达："保尔，给我洗一条毛巾，要用热水……"

保尔照办，将毛巾递给丽达……

丽达一边用毛巾擦营长头上出血的地方，一边说："营长同志身上负过三次伤，可头上却从来也没留下疤。现在，你却替敌人创造了这个纪录……"

保尔惴惴地："教导员同志，营长会因此而把我除名么？"

丽达抬头望他微微一笑，摇头……

丽达："保尔，我自己并不因今天早上的事而责怪你。战斗中和战斗后的某些意外，一般而言，不应该由具体哪一个人负责任。何况你还是一位新战士。但愿你自己也不要过分自责……"

保尔目光中充满感激地:"教导员同志,我以后会自觉地严格要求自己的。"

丽达:"那么现在,你去找一个舒适的地方美美地睡上一觉吧!营长同志由我亲自来照料好了……"

保尔敬礼,朝外走去……

丽达:"但是绝不许违犯军纪,滋扰居民。"

保尔:"是……"

保尔走出小仓房,轻轻将门在身后带上了……

保尔向对面的大房子望去,曾透出光束的那窗子,也黑了……

保尔走出几步,犹豫,转身轻轻走回来……

保尔伫立门旁,手放枪柄上……

夜,显得那么静谧……

小仓房里传出丽达的声音,虽然不无责备的意味,但是听来很柔情:"同志,我并不是主张淑女道德的女布尔什维克,也不是一位穿军装的修女,但我一向认为,在男女的性关系上,起码应该遵循两厢情愿的原则——而你,亲爱的营长同志,刚才的行为像强奸犯,这不好,非常不好……"

营长的声音:"丽达,我错了……"

丽达的声音:"这是你第一次亲昵地叫我的名字。为了这一点,你应该得到回报……"

营长的声音:"不,丽达,我不能在你十分不情愿的情况下……你理解的,我们又少了十三名战士,我心里难过,需要温情,需要女人的安慰……在这一个夜晚,在我们俄国的大地上,多少男人正搂着女人熟睡……而我们革命者……这不公平,我内心忽然感到那么孤独……"

丽达的声音："别说了。其实,我也是……现在,丽达变得情愿了,真的……"

映在雪地上的一小片光消失了……

小仓房的窗子黑了……

下雪了……

在黑夜里,在大雪中伫立不动的保尔……

音乐……

天亮了。

小仓房的门推开了——丽达与头缠药纱布的营长前后踱出,他们发现了门旁的保尔,都十分吃惊——保尔坐在一只倒扣着的筐上,背靠墙,膝上和身上各盖一片麻袋,歪着头似乎睡得正酣……

保尔几乎变成了一个雪人……

筐的周围遍地烟头……

丽达和营长不禁对视……

营长下意识地摸头上的纱布……

营长："从此以后,我在他面前将感到无地自容了——教导员同志,请你把我这句话告诉你的卫兵……"

营长不无羞愧地走了……

丽达蹲下,轻轻掀去保尔身上的麻袋——保尔的手,仍放在枪柄上……

丽达不禁握住保尔那只手,替他搓着,偎向自己脸上,颈下,怀里……

保尔醒了,欲抽回手,但没能抽回来……

丽达："保尔,保尔,你这是何苦呢?……"

保尔："教导员同志,我在履行卫兵的任务……"

丽达猛地将保尔的头搂抱在怀中……

旁白：粮食几乎全被彼德留拉匪兵掠走并转移了，舍佩托夫卡陷入空前的寒冷和饥饿。红军获得可靠情报——敌人在距离舍佩托夫卡几十里外的一个农村秘密囤积了大批粮食，慑于红军的力量，正打算烧掉。丽达率部留守舍佩托夫卡，而营长带领一部分战士前往夺回粮食……

红军骑兵冒着鹅毛大雪在原野上疾驰……

马上的营长……

马上的维佳……

他们始终纵马疾驰在最前边……

军旗在大雪中迎风招展……

远处，红军的骑兵卷地而来……

马蹄飞奔，白雪纷溅……

营长一马当先，维佳随其后，各自高举战刀……

营长："为了粮食，为了舍佩托夫卡的人民，为了建立苏维埃政权，英勇的红军战士们，冲啊！……"

维佳："冲啊！……"

一时杀声震天……

敌军官挥舞手枪命令："开枪！开枪啊！笨蛋！……"

敌机枪手和一些士兵惊惶失措，弃阵逃窜……

敌军官击毙机枪手和两名逃窜的士兵，制止住了士兵的逃窜……

敌士兵们手中的枪纷纷响了……

敌军官亲自掌握机枪扫射——维佳和几名红军战士的马中弹扑倒……

营长勒住马,绕着维佳和他的马转,并喊:"维佳!维佳!……"

维佳在雪地上睁开眼睛,双手全身摸着……

营长:"维佳,你没事吧?"

维佳将双手伸到眼前看看,没血,一跃而起……

营长向维佳伸出了一只手——维佳拉住营长那只手,随马跑了几步,被营长一用力扯上了马背……

红军骑兵已近在咫尺,驻守村外围工事的敌军们停止了抵抗,一个个吓得抱头蜷缩……

唯敌军官仍举手枪顽抗地射击,一名红军战士中弹栽下马……

营长手中刀光一闪,敌军官被劈死……

红军骑兵冲入村庄,敌军于各处出现,阻击……

一大胡子敌兵纵马挥刀向营长冲来,两刀一格二马交错之际——维佳从营长的马上一扑,将大胡子敌兵扑下了马……

二人在雪地上滚在一起,大胡子敌兵占了上风……

大胡子敌兵从靴间拔出匕首——从手中落地——原来维佳双手握短剑,已先刺入对方胸膛……

维佳缩腿一蹬,握着染血的短剑跃起——他在靴上擦擦短剑上的血,插入鞘中,拔出手枪继续射向敌人……

几组局部战斗……

粮仓里。

最后一桶汽油泼在了粮袋上——另一敌军头目扔掉了空油桶……

敌军头目冷笑地:"手榴弹!……"

几名敌士兵拔出了手榴弹……

他们退出粮仓前,将手榴弹扔了出去……

他们跨上粮仓外的马匹逃跑……

营长率几名战士赶到……

粮仓里,手榴弹爆炸,顿时大火熊熊……

营长及几名战士不得不勒马退后……

营长望着逃跑的敌军,命令:"消灭他们!……"

战士们手中长枪齐发,敌军纷纷中弹落马,无一幸免……

营长:"救火……"

村中响起了钟声……

一派军民齐心协力救火的场面……

火熄了。

被烧塌的粮仓废墟旁,雪地上堆着如丘的粮袋,有些粮袋被烧破、炸破,有些被熏黑……

近百名村民围在如丘的粮袋旁——男女老少都有。青壮男兵和一些老人们,手握棍、叉、锹、镐等器械……

红军战士们与村民对峙着——负了伤的红军战士或吊着手臂,或头缠绷带……

战士们的表情皆那么困惑,无奈……

村民们的表情皆那么固执,意志明确,毫不动摇……

营长在双方之间踱来踱去……

营长站住,请求地:"老乡们,你们知道舍佩托夫卡的居民是多么需要粮食。"

一位老人:"长官,我们也需要粮食,粮食是我们农民的,所以,现在应该归农民所有。"

营长走到了老人跟前:"老大爷,可以不叫我长官么?"

老人:"可以的,长官。"

营长:"您为什么非要叫我长官不可呢?"

老人:"我们不许你们拉走我们的粮食,您就生气么,长官? 您为什么这样不讲道理呢,长官?"

营长指着排列在雪地上的三具红军战士的尸体说:"老大爷,老乡们,你们看到了,为了这些粮食,我们牺牲了三名战士,我们有不少战士受伤了……"

老人平静然而针锋相对地:"为了这些粮食,我们村里也有人死了。"

一个胖胖的女人:"我丈夫死了! 狗东西们闯进家时,四处寻找粮食,把我们最后的一点儿粮食从地窖搜出来了! 我丈夫挡在门口不肯让他们白白将粮食拿走,他们就开枪打死了他! 可我还有三个孩子,他们不能给饿死! ……"

胖女人手握一柄叉尖磨得雪亮的叉子,每说一句,就用叉杆捣一下地……

老人:"我儿子也是这么死的。"

一个少女:"还有我哥哥。"

一个小伙子:"还有我弟弟。"

一个少年从大人们背后挤到人前,瞪着营长说:"还有我爸爸……"

营长:"我们并不是打算抢……我们会给你们打欠条的……"

老人:"长官,那些狗东西也这么说来着。但是我们全村人不能靠吃一张欠条度过漫长的冬季……"

营长:"我们也不是要全运走……我们会给你们留下足够的口粮……"

胖女人:"那也不行!染上我们亲人鲜血的粮食,不能白给城里人吃!城里人,哼,让他们拿钱来买好了!……"

少女:"要不就拿东西来换!衣服、鞋、帽子,还有香肠、奶油什么的!城里人不是都很富有么?那就慷慨点吧!……"

维佳向少女跨近一步,指着她吼:"你胡说!城里也有穷人,而且是大多数!他们早已被白军一次次地抢得更穷了!早已没有多余的衣服、鞋和帽子了!更没有什么香肠和奶油……"

那少女被维佳吓得朝后缩挤……

一个男人跨前将少女挡在身后,怒视着维佳说:"怎么,你们不但要来抢粮食,还要来教训人么?……"

维佳:"教训你又怎么样?让你懂得些革命的道理不行么?……"

营长严厉地:"维佳!……"

维佳:"可是营长,我们不能老和他们这么僵着!……"

"住口!"营长冲动地扇了维佳一耳光……

维佳委屈地退后……

营长:"老乡们,我们迎着子弹冲来时,口中喊着为了粮食,为了舍佩托夫卡人民,为了苏维埃政权!我保证,等革命成功了,我将代表苏维埃政权来感谢你们!……"

老人:"苏维埃政权?听说过,好是好,可鬼知道它能不能成功,什么时候成功!……"

营长:"你!……"

营长的手不禁放在枪套上……

手握器械的男人女人防范地紧张起来……

战士们也都一个个处于应变状态……

剑拔弩张……

营长:"你们干什么? 把枪都放下! 给我退后! 谁敢开枪我枪毙他! ……"

战士们服从地默默退后……

营长耐心地:"可是,如果我们不来抢救这些粮食,这些粮食就会全部被白军烧掉! 你们将连过冬的口粮也没有! 那你们的处境又会怎么样呢? ……"

老人:"这位长官说得也有道理……"他转身看着村里的人们又说,"也许,我们真的不应该这样对待咱们的红军……"

一个中年妇女望着维佳说:"那名小士兵说得也有一定道理,城里并不都是富人,这一点其实我们心里都是明白的,不是么? ……"

于是,村人们的表情都有了变化……

胖女人突然吃惊地叫起来:"上帝啊! 我的孩子! 丢掉! 快丢掉! ……"

战士们和村民们,双方同时顺着她的目光看去,但见一个女孩儿拿着枚手榴弹朝这里走来,而手榴弹正冒着烟……

女孩儿笑嘻嘻地:"妈妈,冒烟了,好玩儿,好玩儿……"

说时迟,那时快,千钧一发之际,维佳豹子似的冲上去,女孩儿吓得一松手,手榴弹掉在地上,维佳将女孩扑倒,就地一滚,滚开去,将女孩压在身下……

一声爆炸……

战士们和村民们一时全都呆呆地、鸦雀无声地望着一团硝烟……

硝烟渐散,维佳一动不动……

营长:"维佳! ……"扑上前将维佳的身体翻过来,抱在臂弯……

战士们和村民们默默围了上去……

营长哭了:"维佳,维佳,卫生员!……"

卫生员应声蹲下,轻轻将维佳的帽子摘下,为他包扎头部……

胖女人打孩子……

维佳:"别,别打孩子……"

战士们在往马车上扛粮;村民们也在往马车上扛粮……

几辆马车装满了粮袋,待命而发……

村民们和战士们互相望着,战士们的表情都很悲伤;村民们的表情都很内疚,自责……

营长默默脱大衣,放在剩下的粮袋上……

战士们有的也开始脱大衣,没穿大衣的摘下了帽子放在粮袋上……

村民们默默目送着战士们离开村子……

营长坐在马车上,怀抱着维佳,如同怀抱着濒死的儿子一样,维佳身盖大衣……

营长:"维佳,千万不要因为刚才那一记耳光生我的气……我……我当时是急得不知怎么办才好……"

维佳:"营长,我明白,我没生你的气……"

营长:"维佳,你要挺住! 舍佩托夫卡有好医生,你会没事儿的! ……"

维佳:"营长,为我唱支歌吧,我没听你唱过歌,可又多想听你唱……"

北风呼啸……

战士们在马背上弓着腰,顶着风雪行进……

将帽子留给村民们的战士,双手捂着耳朵……

营长的歌声粗犷而苍凉……

伴随歌声的,是马车紧滞的轴声吱嘎、吱嘎……

头缠绷带的战士……

吊着手臂的战士……

载在马车上的三具战士的尸体……

地平线上这支押粮而归的红军队伍的剪影——风雪一阵
阵扫向他们……

营长的歌声……

舍佩托夫卡。

红军战士在不同的街区分粮食……

医院。

一位老医生走出手术室。丽达、营长、保尔立刻围上去……

丽达急切地:"他怎么样?"

老医生的橡胶手套已被鲜血染红,他摘下手套,摇着头
说:"他仅上身就受了三处致命的伤,居然能活着回来,已经算
是奇迹了。我为他的伤做了些人道处理,你们进去与他永别
吧……"

三人默默进入手术室,轻轻走到手术台旁……

维佳:"教导员同志,保尔战友,还能见上你们一面,我真高
兴……"

丽达俯身握住了维佳的一只手:"维佳,从现在起,我们三
人将一直守在你身旁,直至你……好起来……"

丽达眼中涌出了泪水……

维佳:"教导员,您是一个坚强的女人,请不要为我难过。

我们有那么多战友牺牲了,我想,在另一个世界,我不会感到孤独的……"

丽达低头吻着维佳前额……

维佳将目光望向营长:"营长同志,感激您对我非常爱护,就像父亲一样,我可以叫你一声父亲么? ……"

营长:"当然可以,我的孩子……"

维佳:"父亲,我爱您……"

营长:"维佳儿子,我也爱你……"

营长也落泪了……

维佳:"教导员同志,我可以叫您一声姐姐么? ……我心里一直……有这个冲动……"

丽达:"叫吧,亲爱的维佳弟弟,我高兴听你叫我姐姐……"

维佳:"姐姐,我也爱您……"

丽达再次吻他……

维佳将目光望向保尔:"亲爱的保尔战友,为什么不转过身来望着我呢? ……"

始终半侧着身子的保尔,缓缓向维佳转过了身——他早已泪流满面……

维佳:"这可不好,男子汉不应该是这样的……"

保尔拭去眼泪,也向维佳俯下了身……

维佳:"保尔,你也许不知道,因为你有一位慈祥的母亲,还有一位总喜欢将你当小孩儿的哥哥,我曾那么地羡慕过你……甚至,可以说都有点儿嫉妒了……但现在,我有一位好父亲了,还有一位好姐姐了,我不再嫉妒你了……"

维佳的话越说越轻,说完后,笑了——仿佛说累了,闭上了眼睛……

老医生走入,用听诊器听维佳的心脏,低声地:"他死了……"

最后的笑容凝固在维佳脸上……

丽达、营长、保尔先后直起身,肃立默哀……

旁白:包括维佳在内的十七名牺牲了的战士,被合葬在舍佩托夫卡的公墓陵园里……

排枪齐射,惊飞了林中的栖鸟……

十七个十字架围在墓旁……

墓碑上写的字是这里安葬着为舍佩托夫卡而牺牲的十七名红军战士,他们是……

肃立默哀的丽达、营长、保尔,他们身后是战士们和居民们……

旁白:保尔·柯察金所在的这个红军营,为舍佩托夫卡的居民解决了部分粮食问题,并安葬了牺牲的战友以后,又奉命向解放基辅的大部队集结……

撤离的战士们走过街道,居民们默默送行……

保尔的老母亲、谢寥沙的老母亲和姐姐瓦莉娅望着队列中的儿子,跟随着队列……

保尔:"亲爱的妈妈们,不要跟着我们了,回去吧! 我们解放了基辅就会回来看你们的……"

谢寥沙的母亲从队列中向外扯儿子:"谢寥沙,谢寥沙,亲爱的儿子,我舍不得让你走……"

谢寥沙:"妈妈别这样,别这样,这多给红军战士丢脸啊! 姐姐,你看妈妈这样多不好啊……"

瓦莉娅劝阻地:"妈妈,让弟弟去吧! 丽达同志说得对,谢寥沙和红军的关系已经太紧密了,一旦白军来了,对他非常不安全,您非要他留下,反而可能害了他……"

谢寥沙的母亲终于松开了手……

谢寥沙获得解脱，匆匆吻了母亲一下，转身就去追赶部队……

战士们唱起了威武雄壮的军歌……

唱歌的保尔……

唱歌的谢寥沙……

他们直视前方，目不旁顾，唱时口张得大大的，发出很嘹亮的歌声……

冬妮娅奔出家门，跃下台阶，跑出院子……

冬妮娅在无人的街道上奔跑，歌声传来……

冬妮娅摔倒，膝部出血，她用手绢包扎了，起身继续跑……

冬妮娅在送行的居民们之间往前挤着，焦急的目光在行进着的红军队列中寻找保尔，终于发现了他……

冬妮娅："保尔！保尔！……"

保尔循声望向她，本能地站了一下，但随即收回目光望向前方，仿佛根本不认识冬妮娅一样……

冬妮娅："保尔！保尔你再看我一眼！保尔你跟我说一句道别的话啊！……"

保尔目视前方，随队大步行进，大声唱歌……

保尔的心声：冬妮娅，冬妮娅，你应该明白，我们的关系只能结束了！虽然我是那么爱你，虽然我相信你也是非常爱我的。但保尔·柯察金既然已经是一名红军战士了，那么他将首先属于红军，属于革命，其次才属于爱他的某一位姑娘……这不是你和你的父母所能理解的啊，冬妮娅……

保尔的面部特写……

冬妮娅双手捂脸，伤心哭泣——她像陀螺一样，被人们挤得转来转去……

舍佩托夫卡郊外……

两位母亲并肩伫立于高坡，瓦莉娅搀扶着自己的母亲……

在她们的视野中，红军的队伍已走远，歌声仍隐约传来……

谢寥沙的母亲忽然一转身，搂抱住保尔的母亲哭了……

保尔的母亲："瓦西里耶夫娜，不要悲伤，不要哭，上帝会保佑我们的儿子的……来，让我们现在就为他们一块儿祈祷吧……"

谢寥沙的母亲忍住哭泣，用头巾角儿擦了擦泪，与保尔的母亲同时画十字默默祈祷……

瓦莉娅也不禁祈祷……

暮色苍茫，伫立在高坡上、脚踩皑皑雪地的两位母亲和瓦莉娅，如同三尊雕像一般……

在她们的视野中，茫茫雪原上红军的队伍已变得很小很小……

旁白：白军的头目彼德留拉，亲自率领一支队伍又窜回了舍佩托夫卡，如同非洲草原上的情形——狮子离开了，鬣狗又有机会猖狂了……

舍佩托夫卡的夜晚寂静悄悄……

一条狗出现在十字路口，向一条街端望着，它突然调头就跑……

街端出现了马队。彼德留拉和他的副官骑着高头大马，耀武扬威并辔而行……

彼德留拉："我说副官，为什么没有欢迎仪式？"

副官讨好地:"大人,因为我们是这里真正的主人。主人回家是不需要别人欢迎的。"

彼德留拉:"那也不应该这样静吧? 简直像一座死镇!"

副官:"这是由于人们内心里的胆怯和罪过感,大人。人们对红军太爱了,所以怕受到我们的惩罚……"

副官用马鞭指着街两边的窗子又说:"大人,我敢判定,他们都不敢站在自家窗后偷看我们经过……"

彼德留拉冷笑地:"难道因为他们怕,我们就该免除对他们的惩罚么?"

副官:"大人,我们当然不应该那样。惩罚是必须进行的,而且要比以往任何一次都格外地严厉。"

彼德留拉继续冷笑,从枪套中拔出手枪,向左右两边的窗子连连射击……

一些人家的窗玻璃碎了,应声纷落……

但是,那些人家里却并没有传出惊叫声。静寂的街道……

舍佩托夫卡仿佛真的变成了死镇……

彼德留拉将手枪插入枪套,又问:"副官,不是说你们掌握了一些红军家属的名单么?"

副官:"是的,大人。"

彼德留拉:"那么现在为什么还不行动呢? 难道让他们趁机逃走不成么?"

副官:"遵命,大人!"

副官:"来人!"

副官:"按照名单,把红军家属全都逮捕起来! ……"

于是,一些敌军三五一伙,四散开去……

于是,一时间响起了枪托砸门声、捣碎玻璃声、女人的尖叫声、孩子的哭声。一声枪响,女人的哭声和孩子的尖叫戛然而止……

副官:"大人,您放心,一些道口预先就封锁了,没人能逃离舍佩托夫卡……"

保尔家。

枪托砸门声将母亲惊醒。阿焦姆站在母亲床前,一边急急地穿衣服一边说:"妈妈别慌,肯定是白军来了。因为保尔,恐怕我得躲避一个时期……"

他吻了母亲一下,从后窗跳出房间……

母亲穿着睡衣扑到了窗前。她看见阿焦姆刚站稳,迎面就有一名白军向他扑来……

母亲的一只手捂住了嘴,惊恐地瞪大了眼睛,她继而看到阿焦姆闪过枪上的刺刀,一拳将白军击倒,迅速翻过栅栏……

白军爬起,瞄准,射击……

母亲转身,祈祷,画十字……

谢寥沙家。

几名白军踹开门,闯入屋内,将站在门口的谢寥沙母亲撞倒在地……

白军手中的步枪逼指着她,喝问:"你女儿呢? 藏在什么地方了?"

谢寥沙的母亲索性不起,卧坐于地,目光盯着枪口,平静地:"我没有女儿。"

一白军踢了她一脚:"你没有女儿? 我们知道你不但有女儿,还有一个儿子叫谢寥沙,他参加红军了是不是?"

母亲不再开口……

白军小头目:"搜!"

院子里。

瓦莉娅被从地窖里搜了出来,一白军邪淫地摸她脸:"嘿,还是个美人儿!"

瓦莉娅给了白军一耳光……

母亲站起:"瓦莉娅!……"欲朝院子里跑,却被枪拦住了……

院子里,白军小头目的声音:"带走!……"

母亲流泪了:"瓦莉娅,我的女儿……"

母亲画十字……

彼德留拉和副官仍在街上并马而行,其后跟随一些护兵……

彼德留拉:"我说副官,这次就不能让我换一户更有情趣的人家住住么?以前那些人家的女人太蠢,令我讨厌!"

副官:"大人,我也正在这么想呢,这次保您满意!"

冬妮娅家。

冬妮娅被击拍门声和喝喊开门的粗暴话语惊醒,她吃惊地下了床,赤着脚,胆怯地走到窗前,将窗帘撩开一角向外看。院子里,一群白军骑兵的影子骚动不安……

冬妮娅害怕地从窗前退开……

冬妮娅:"爸爸!妈妈!……"

冬妮娅一转身欲向外跑,门恰在此时开了,母亲依林娜秉烛而入……

依林娜:"冬妮娅,别怕,没什么可怕的,只不过又停电了……"

她说完,将烛台放在桌上……

冬妮娅指着窗子,惊魂难定地:"可……可我们家院子里是怎么回事?……"

依林娜走到女儿跟前,抚慰地:"你爸爸就会弄清情况的,而且会处理好……"

又一阵击拍门声和喝喊开门的话语……

冬妮娅不禁偎入母亲怀中,依林娜搂抱住了她……

冬妮娅的父亲内穿睡衣,外披大衣,从楼梯上走下,走到门口……

图曼诺夫:"什么人?"

"彼德留拉大人和他的随从,快开门!"

图曼诺夫:"可我不认识什么彼德留拉大人……"

他看了看大落地钟,又说:"何况现在是夜里一点多了……"

"混蛋!再不开门我们用手榴弹炸了!……"

图曼诺夫不得不开了门——副官和随从汹汹拥入,几乎将他撞倒——他被一名白军用马鞭拨到了墙边,而其他白军士兵东张西望,这儿摸摸,那儿碰碰,议论纷纷:

"真他妈的有情调!"

"大人一定非常喜欢这种情调!"

"这里才最应该是我们陪大人住的地方!"

副官转身走到门口说:"大人,您请吧!"

彼德留拉趾高气扬地进入,像他的士兵一样东张西望,摸摸这儿,碰碰那儿……

副官:"大人,对这里您还满意吧?"

彼德留拉:"很好。主人在哪儿?你应该介绍我和主人认识一下嘛!……"

副官朝图曼诺夫望去……彼德留拉走到图曼诺夫跟前,傲慢地:"这么说,您就是沙皇的前林务官先生啰?"

图曼诺夫:"是的……但不知大人您深夜突然造访,有何贵干?"

彼德留拉:"前林务官先生,您非常荣幸,因为从现在起,这儿将作为我的临时司令部。"

图曼诺夫:"可……可这儿是我的私宅……"

副官:"所以大人认为您很荣幸!"

彼德留拉:"我的副官已替我回答了你的困惑,还有什么要问的么?"

图曼诺夫张张嘴,什么话也没说出来。

彼德留拉打了个大哈欠之后说:"既然主人已明白了他有多么荣幸,那么我们上楼去吧。我有点儿困了,希望将这儿最好的房间当成卧室……"

他说完,径自上楼,副官及随从们尾随其后……

他在楼梯上又站住了,转身,拨开随从下楼……

副官及随从莫明其妙地跟下……

他走到图曼诺夫跟前,用马鞭点着图曼诺夫的大衣皮领问:"您这件大衣不错,是紫貂皮的么?"

图曼诺夫屈辱地:"是的。"

副官:"要回答——是的,大人!"

图曼诺夫:"是的,大人。"

彼德留拉:"我很喜欢紫貂皮的大衣。我说副官,替我谢谢主人将这件大衣赠我的盛情。作为回报,我以欣然接受的方式给予他第二种荣幸。"

副官将大衣从图曼诺夫身上掠去,搭在手臂上……

副官:"还不快谢谢大人!"

图曼诺夫更加屈辱地:"谢谢……大人……"

他将"大人"二字说得很低很低……

彼德留拉及副官们这才二次上楼……

白军在楼上各个房间乱窜,并且开始翻箱倒柜,私揣东西……

彼德留拉用马鞭捅开了冬妮娅卧室的门——冬妮娅母女相互搂抱着退向墙角……

彼德留拉对副官邪淫地说:"很可爱的少女,很漂亮的夫人……"

图曼诺夫恰于此时上楼,见状急忙抢前几步,挡在门口,背手身后,将门带上……

图曼诺夫:"我希望您及您的部下能特别尊敬她们,因为她是我的妻子和我的女儿。"

副官:"前林务官先生,您是在表示抗议么?"

图曼诺夫低下头:"大人,我……是在请求。"

彼德留拉:"我喜欢值得喜欢的女人。所以,一向特别尊敬她们,我的副官可以向您证明这一点。"

副官:"我证明——这一点是无可争议的!"

彼德留拉走到了隔壁的房间,用马鞭推开了门——大床上,被子显示出图曼诺夫夫妻睡过的迹象……

彼德留拉:"我说副官,让卫兵把我的东西搬到这个房间里来,我就选择这个房间做我的卧室了!"

图曼诺夫:"大人,这不妥吧?我家另外还有不少房间,而这个房间是我和我妻子的卧室。"

彼德留拉:"我看得出来。但我决定给予您第三种荣幸。"

副官:"前林务官先生,对于大人的恩泽,愉快地接受吧!"

图曼诺夫:……

彼德留拉:"再说,有我住在尊夫人和令媛的隔壁房间,她们不是会倍感安全的么? 您倒是应该赶快去为自己另找一间卧室啊! ……"

副官走入卧室,打开衣柜,挑选了一件丝织睡衣放在床上……

副官:"大人,请更衣上床吧!"

彼德留拉装模作样地向图曼诺夫敬了一个军礼……

彼德留拉:"晚安!"——缓缓转身,从容不迫地进入了卧室……

图曼诺夫有些失魂落魄地推开冬妮娅房间的门,走入……

女儿和妻子迎了上来……

依林娜:"亲爱的,他们没有对你无礼吧?"

图曼诺夫摇头……

冬妮娅:"爸爸,我怕,心里怕极了……"

图曼诺夫将女儿搂在怀里:"别怕,我的女儿,一切有爸爸呢,爸爸什么情况下都会保护你的……"

但听得出来,他的话说得那么不自信……

依林娜:"让女儿今晚和我们睡一个房间吧。"

图曼诺夫:"我们只能陪女儿睡在这儿了,我们的卧室也已经被——征用了。变成了他们的流氓长官大人的卧室……"

依林娜:"什——么?! 你答应了? ……"

搂抱着女儿的图曼诺夫垂下了头……

依林娜:"这不行! 这简直……岂有此理! 不管他是什么军队的长官大人,我一想到一个陌生男人居然睡在我的床上就会感到恶心! 在我眼里,他们的士兵不但个个都是流氓,而且个个都是蠢猪! 流氓加蠢猪……"

图曼诺夫:"依林娜!"

依林娜发愣……

图曼诺夫:"你小声点儿!而且,为了我们的女儿,我不许你再说刚才那种话!明天你见了他,要习惯叫他大人……"

依林娜:"大人?……不行,我要去向那位大人提出抗议!我要让他明白——我的家族三代是伯爵!我的祖父曾做过沙皇尼古拉的一等文书!我的曾祖父曾做过真正的将军!我们家族的女性中有三位曾经常出入宫廷……他和他的部下这样对待我们实在是不公平的,极大的冒犯……"

图曼诺夫:"但是你别忘了,我们结婚时,你已经只不过是一个小庄园主的女儿。而且,我提醒你,沙皇已经被推翻了,你现在只不过是一个前林务官的妻子……"

依林娜:"你……连你也开始当着女儿的面羞辱我!……"她转身捂脸哭了……

图曼诺夫又安慰妻子:"亲爱的,别哭,我没有羞辱你的意思。如果说红军只不过是一些和我们不太一样的人,那么他们,正如你刚才说的,是流氓加匪徒……和……向上帝祈祷吧!"

突然一阵什么东西破碎的声音……

这一家三口不禁偎向一起……

晨。

冬妮娅睁开眼睛——见母亲面朝里睡在沙发上;父亲枕着几本书睡在地毯上……

她穿上拖鞋,悄悄离开房间,走入洗漱室,刷牙,洗脸……

冬妮娅又洗了一把脸后,惊恐地瞪着镜子——镜中出现了副官赤裸的上身……

冬妮娅急转身——只穿短裤的副官跨入,淫笑着关上了门……

冬妮娅的父母被女儿的尖叫声惊醒——几乎同时冲出房间……

父母冲入洗漱室——见只穿短裤的副官正搂抱着冬妮娅，在她脸上乱亲——冬妮娅尽量朝后仰头避开他的嘴……

图曼诺夫揪住副官的头发，迫使他放开了冬妮娅……

图曼诺夫挡住女儿，骂："无耻！……"

副官甩手扇了图曼诺夫一耳光……

依林娜气极，捧起梳妆台上的一具石膏头像狠狠砸在副官头上——石膏像粉碎，副官昏倒……

餐厅。

绷带从副官头顶绕过下颏缠了几匝——这使他的样子看去十分可笑。他垂臂肃立着……

彼德留拉吸着大雪茄在训斥他："我认为，我们的主人一家，毕竟属于我们一向依靠的阶层。如果，连他们也开始反对我们，我们这样的军队，今后在俄国可能就根本没有立足之地了。你不是我彼德留拉，不是还没有人称你大人么？所以，我可以做的，你不配做。一件貂皮大衣，也不同于企图强奸主人的女儿。这件事如果广泛传播，我们将会因为你而失去很多朋友，明白么？"

副官："明白了，大人！"

彼德留拉："对于女人，我们是一路货色。仅仅兴味不同罢了！与你相反，那小妮儿的母亲倒更合我的胃口。你应该像我一样，学会忍耐。要彬彬有礼，讨女人的欢心。如果她们情愿了，你的头还会被砸么？……"

副官:"多谢指教,大人!"

彼德留拉:"一会儿,你要看我是怎么样表现的!你必须向我学习。如果你学不好,那么,恐怕我将要换一位副官了!"

副官:"大人,请放心!"

冬妮娅的卧室里。

冬妮娅在哭泣,她的母亲搂着她安慰:"女儿,别哭了,妈妈不是已经为你惩罚他了么?"

图曼诺夫忐忑地:"依林娜,我想,你可能已经惹下大祸了,我真不知道该怎么办才好了……"

门突然被推开了——一名白军在门口向他们敬礼……

白军:"先生、夫人和小姐,我们的将军大人请你们去共进早餐……"

三口人你看我,我看你,都因凶吉难料而表情忧虑……

餐厅。

椭圆形的餐桌——彼德留拉和图曼诺夫各坐一端,冬妮娅母女坐两侧……

彼德留拉:"我亲爱的朋友们,对于早晨发生的事情,我感到难堪又遗憾。请允许我代替我的副官向你们表示歉意……"

一家三口彼此互望,都不知对方何所用心,一时只有沉默……

彼德留拉:"为了证明我的歉意是虔诚的,我命令副官为我们今天的早餐充当佣人……"

彼德留拉拍了几下手——副官扎着女佣的围裙,托着银托盘进入……

彼德留拉:"副官,请先照料尊敬的夫人和可爱的小姐……"

副官:"是！大人！"——先后为依林娜和冬妮娅上汤、上菜……

一家三口都十分困惑——明明是在自己家里,反而都显出了十分拘谨的样子……

彼德留拉:"请吧,亲爱的朋友们。我的厨子的手艺是很不错的！……嗯,味道好极了,你们认为呢？……"

一家三口都不得不佯装微笑……

副官又上菜后,彼德留拉一边专心地切牛排,一边似乎朋友间随便聊天似的说:"林务官先生……"

图曼诺夫及时予以纠正地:"前林务官,大人。"

彼德留拉:"纠正得对。这对您当然是一件遗憾的事。那么前林务官先生,您对沙皇政府怎么看？"

图曼诺夫不禁一愣。

冬妮娅和母亲不安地望着他……

彼德留拉:"我在期待着您的回答呢！"

图曼诺夫:"大人,您想听坦率的回答,还是想听虚伪的回答？"

彼德留拉:"当然是想听到您坦率的回答。"

依林娜:"大人,我的丈夫从来不对政治发表任何看法。"

彼德留拉:"夫人,这不是政治性谈话。这是餐桌旁男人和男人之间的闲聊,为了增进彼此间的了解……和友情……"

图曼诺夫:"那么,就让我坦率地回答您——我并不因为自己曾是沙皇政府的林务官,就觉得为沙皇服务比为森林服务更重要。"

彼德留拉:"回答得好。我对沙皇和他的子孙们也不感兴趣。如果他们不是笨蛋,俄国不至于到处是布尔什维克红鬼！"——他将目光望向依林娜,话锋一转,又问,"夫人,昨天晚上，我分明听到您在房间里大谈自己的贵族家谱，并且骂我和我的部下是流氓加匪徒加蠢猪……"

刀叉在依林娜手中抖动，磕碰着盘子发出阵阵微响……

依林娜："大人，那是我的冲动结果。如果您很生气的话，我愿现在就向您道歉……"

彼德留拉："啊，不必的，夫人。我从不因别人说了真话而生气。事实上，我的部下中确有不少难以使人尊敬的家伙，比如我的副官，就是这样一个家伙。但我本人不是。我很有教养，起码很想做一个有教养的人。夫人，一位贵族的气质，非经过三代的教养不可么？……"

依林娜半张着嘴，一时不知说什么好……

图曼诺夫："大人，不一定非要那样。在我们全家人看来，您就具有典型的贵族气质……"

冬妮娅早已放下刀叉什么都不吃了，她惴惴不安，目光一会儿望向父母，一会儿偷窥向彼德留拉……

彼德留拉："承蒙夸奖，不胜荣幸！现在，你们似乎要开始向我回报荣幸了……"

彼德留拉成心将一大块牛排掉进汤盆，汤汁溅了依林娜一脸……

彼德留拉："啊，夫人，请原谅。蠢猪就是蠢猪，与真正的贵族们同桌用餐时，难免洋相百出啊……"

他又故意碰倒了自己的酒杯——满满一杯酒全泼在冬妮娅衣襟上……

冬妮娅捂住嘴，未敢发声……

彼德留拉："啊，我可爱的小美人儿，这真使我不好意思，多多包涵……"

彼德留拉起身，走到冬妮娅身旁，装模作样地拿餐巾替她

擦酒渍,同时大耍轻薄……

彼德留拉:"我的小美人儿,听到了么?我的心由于难堪而咚咚乱跳,如果你能慷慨地吻我一下,我想我的心会立刻镇定下来的……"

图曼诺夫的双手紧紧握住刀叉,却敢怒而不敢言……

副官望着他冷笑地:"先生,您还要添些什么更刺激胃口的东西么?"

冬妮娅双眼噙泪,猛地往起一站:"爸爸,妈妈,我要去换衣服!……"

她推开彼德留拉跑出了餐厅……

彼德留拉:"都怪我,都怪我……"

他又倒满了一杯酒,望着依林娜说:"夫人,我要敬你一杯酒,因我的笨手笨脚为您压惊……"

他擎着酒杯,绕桌子走向依林娜,脚下成心一绊,扑倒在依林娜身上——满满一杯酒从依林娜领口洒入她衣内——彼德留拉趁机搂抱住她,并在她脸颊上吻了一下……

彼德留拉:"夫人,我是为您端庄美丽的容貌倾倒的……"

他抓起餐巾,在依林娜胸口乱擦……

依林娜:"大人,不劳您驾!"——强忍厌憎,佯装笑脸,将彼德留拉扶回原座坐下……

依林娜:"大人,我也只好去换衣服了,恕不奉陪……"

依林娜也转身而去……

图曼诺夫将刀叉重重往桌上放,愠怒地站起来,冷冷地:"大人,我想,我的妻子和女儿,她们是真的受惊了,我有责任立刻去抚慰她们。"

彼德留拉:"理解,理解,可是亲爱的朋友,能否告诉我——您愉快吗?"

图曼诺夫:"终生难忘!"——转身怫然而去……

彼德留拉:"我说副官,请关上门。"

副官关上门后,彼德留拉已燃着了雪茄,正吸着,并在欣赏一幅半裸的美女画……

副官:"大人,您具有非凡的表演天才! 即使不当将军,也可以做一位优秀的戏剧大师!"

彼德留拉:"这不是也像和自己喜欢的女人调情一样有兴味的事吗? 如果你的哪位朋友面对美酒佳肴毫无胃口,你不妨把我刚才的经验介绍给他们。"

他将雪茄往画中美女的一只乳房上狠狠按下去……

他回到椅旁坐下,重新披好餐巾,拿起刀叉……

彼德留拉:"现在,我可要痛痛快快地独自享用了! ……"

于是他挽起袖子,露出半截多毛的手臂,狼吞虎咽,连吃带喝……

冬妮娅的房间。

母女相拥而泣……

图曼诺夫自言自语:"看来,在我们自己的家里,只剩下这唯一的小房间属于我们自己了……"

依林娜:"简直太卑鄙了,太卑鄙了,怎么可以在我们的家里,那么彬彬有礼又那么下流地捉弄我们! ……"

冬妮娅泪眼汪汪地:"爸爸,我们从家里逃走吧! ……"

冬妮娅探头门外——见走廊里没人,闪出了房间——随后拎着皮箱的父亲也和母亲闪出了房间……

一家三口蹑足溜下楼梯,走过前厅,悄悄出了家门……

他们都暗舒一口气,正在以目光相互庆幸,传来一声断喝:"回去! 未经将军大人同意,你们不得擅自离开! 将军大人说了,我们有义务保卫你们的安全!……"

院门两侧——两名白军瞪着他们,乌黑的枪口朝向他们……

他们面面相觑,无奈地退上了门外台阶……

站在那一时期的革命的立场,彼德留拉必然是而且只能是革命所要消灭的、乌克兰土地上的头号公敌……

原著中是这么写他的。

在这一点上,我们的改编不仅袭承了原著,而且笔墨有所加重,发挥了原著中对这一人物的流氓土匪性的想象。

那一历史时期的彼德留拉究竟是怎样的人物呢?

原著是否已经站在革命的立场上歪曲了他呢?

这是我们不得而知的。

果若如此,我们发挥了的想象便弄巧成拙了。

这也是我们完全没有预想到的。

以上一集内容,也完全是我们依据原著提供的情节基础创作出来的。

但某些乌方的同行们私下里对小蒋和莎娜说——不少乌克兰人,包括乌克兰知识分子,对彼德留拉这个人物的看法今天已有所改变。

彼德留拉是历史真人,在原著中叫作白军"大头目"。

而实际上他是一个乌克兰独立主义者,是那一历史时期乌克兰地方军队的最高掌权者。

在苏联的电影中,彼德留拉当然也像原著中那样;在乌克兰拍摄的六集电视剧中,彼德留拉这个人物已不复存在。一切敌人都不复存在了,战争也不复存在了,被招展的军旗和奔驰的马蹄所虚化。红军与谁战斗讳莫如深。

倘对于乌克兰同行们来说,彼德留拉是一定要重新评价的人物了,那么我们改编中关于这一人物的一切情节和内容,无论是忠实于原著的部分和我们创作的部分,很可能也都将不复存在,被一干二净地抹去痕迹……

那么,将来的电视剧会是什么面貌呢?

我难以想象。

我经向郑凯南请示,委托小蒋和莎娜转达了一条代表中方编剧们的建议——可否将剧本中一切涉及该人物的情节换一个虚拟的名字,以保证不对剧本进行大的手术。因为普遍的经验是——一边拍摄一边对剧本进行大的手术,大删大改,实乃大忌,也乃大的风险……

苏联革命战争时期的乌克兰土地上,有诸多亦兵亦匪的流寇式部队,这是一个历史事实。换一个虚拟的名字,既非彼德留拉其人了,也比较地符合历史背景。

我这一建议并没得到反馈。

我自己还是挺喜欢彼德留拉及其卫兵们住进冬妮娅家以后的一些内容的。

但是郑凯南一点儿也不喜欢。

她说她不明白那些内容企图告诉观众什么。

我只能这样回答——那些内容与下一集的内容密切关联。有内容,则需从内容中凸显出人物来。彼德留拉毕竟也是一个重要人物。是人物就得有点儿特点,我们企图写出一个不太脸谱化的反面人物。

如果这一人物真的在电视剧中不能存在了,那么下一集中的前部分内容,在剧本中便也不能存在了……

　　夜,半轮月亮在云团里时隐时现。

　　舍佩托夫卡镇一片静寂。

　　临时监狱所在的巷道里,阿焦姆领着几个工人正沿着墙根儿向监狱门口移动。

离监狱门口还有十来步远的时候,他们停下了脚步。

他们紧张地看着在门口游动的哨兵。

敌哨兵向这里走来……

趁敌哨兵转身之际,阿焦姆和一名工人同时扑上,干掉了哨兵……

但是那哨兵手中的枪却响了——子弹击在石地上,发出一道火花……

刹那间四周响起喊声、哨声……

一群敌兵奔跑过来……

一名工人捡起枪阻击——敌兵倒下,那工人自己也中弹牺牲……

阿焦姆捡起了枪……

阿焦姆:"救不成了,你们快跑!我掩护你们!……"

几名工人犹豫……

阿焦姆生气地:"快跑呀!"

几名工人不得不撤退……

阿焦姆却不会开枪……

瓦莉娅和被关押者们的脸出现在监狱的小窗口……

瓦莉娅认出了阿焦姆,喊:"阿焦姆!快跑!快跑!……"

但阿焦姆已经来不及跑掉了——他被团团包围了……

阿焦姆索性倒握长枪,抡圆了与敌人拼搏……

一敌军头目冷笑着用手枪朝阿焦姆腿上射击……

阿焦姆跪倒在地……

众敌扑上去按住了他……

阿焦姆被架着投入牢房……

瓦莉娅等被关押者围向他……

瓦莉娅将阿焦姆扶在自己怀里,哭道:"阿焦姆,你们为什么要这样!为什么要这样!……"

阿焦姆凄惨地:"瓦莉娅,为了营救你们啊!……"

瓦莉娅:"你们真傻!真傻!这不是白白送死么?……"

阿焦姆苦笑地:"瓦莉娅,既然救不成你,那就让我心甘情愿地陪你死吧!……"

瓦莉娅抱着阿焦姆的头哭泣……

白天。

冬妮娅家院门的对面——白军士兵们在搭绞架……

冬妮娅家院子里——也有白军在搭什么台子……

冬妮娅的房间里——冬妮娅站在窗前向外望:父亲坐在沙发上看一本书;母亲半躺在床上,正服药……

图曼诺夫突然将书狠狠摔在地上,站起来气愤地:"不行!这样下去不行!我们起码要把自己家客厅和书房的权利争取回来!"

依林娜吃惊地望着他……

冬妮娅也向父亲扭过头去:"爸爸,他们在街对面搭了一排绞架……"

图曼诺夫也跨到窗前向外望……

依林娜:"真的吗?"

图曼诺夫收回目光,望着妻子点头……

冬妮娅:"那……他们在我们家院子里搭的又是什么呢?"

图曼诺夫:"我想……是看台。他们将高高地坐在看台上,看他们仇恨的人怎样被集体绞死……"

依林娜:"噢,我的上帝! 那么一来,全镇的人以后将怎么对待我们呢? 我们又如何向人们解释呢? ……"

她捂着胸口咳嗽起来……

冬妮娅走到母亲身旁,替母亲轻轻捶背……

图曼诺夫:"我要向他们去提出抗议! 起码不能允许他们将台搭在我们家的院子里! ……"

他说完猛转身离开房间……

依林娜:"冬妮娅,快去把你父亲追回来! 抗议是没有用的啊! ……"

冬妮娅:"不,妈妈,我认为爸爸他应该去提出抗议! ……"

依林娜以陌生的目光望着女儿……

走廊。

一名卫兵拦住了图曼诺夫:"站住! 你要到哪儿去?"

图曼诺夫:"他在哪儿? 那个混蛋在哪儿?"

卫兵被问得一愣,反问:"谁? 哪个混蛋?"

图曼诺夫:"就是——你们的将军大人!"

卫兵:"他……他在书房里……"

图曼诺夫一转身急步又上一层楼……

卫兵:"混蛋? ……" ——猛省地,"他居然敢说我们的将军大人是混蛋? ……"

书房内传来女人放荡的笑声……

图曼诺夫走来,一掌推开了门——书籍丢得满地都是,不见人,唯见一条女人的裸腿搭在沙发背上,唯听男人的喘息声……

图曼诺夫皱眉干咳……

彼德留拉的喝问声："哪个混蛋？"

图曼诺夫："是我，将军大人……"

他的表情又变得怯懦了……

彼德留拉的声音："滚！……"

图曼诺夫不禁退了出去，并将门轻轻带上了——他搓着手等候在门口……

门开了，出来的是一个穿着袒胸露背的长裙的风骚女人……

那女人："哟，我以为是谁干扰了我和将军大人的好事呢，是图曼诺夫先生啊！……"

图曼诺夫鄙视地一转脸……

那女人："您不认识我了么？我的丈夫从前是镇长啊！……"

图曼诺夫："请快离开吧！我和将军还有重要的事相谈呢！……"

彼德留拉也出来了——他臂上搭着皮毛大衣……

彼德留拉将皮毛大衣披在那女人身上……

彼德留拉："宝贝儿，你忘了大衣了，小心感冒啊！请向你的丈夫转达我的敬意，感激他让你单独来看望我的友情！"

那女人："亲爱的将军大人，我还会经常单独来看望您的！……"

她吻了彼德留拉一下，又对图曼诺夫说："请代我问您的夫人依林娜好！……"

她下到楼梯一半时，站住，望着图曼诺夫又说："您家的房子可真大，真好，难怪将军这一次都不住在我家了……"

彼德留拉望着她走下楼，终于将目光盯在图曼诺夫脸上……

图曼诺夫："将军，您……您的那些士兵们，是要在我家的院子里搭一座看台么？"

彼德留拉:"不错,正是那样。"

图曼诺夫:"可……究竟有什么必要呢?"

彼德留拉:"很有必要。明天,当我下令绞死那些红鬼们的家属的时候,本镇有身份的人和富人,包括您,将被邀请坐在看台上……"

图曼诺夫:"将军! 这是绝对不允许的! ……"

彼德留拉已走开了两步,听了他的话,站住,转身,重新走到他对面,叉腿而立……

彼德留拉:"你? ……不允许我? ……"

图曼诺夫鼓足勇气地:"是的。我绝对不允许在我家的院子里……我的意思是……我提出强烈的抗议! ……"

彼德留拉突然狠狠扇了他一耳光——图曼诺夫捂着脸摇晃了一下,靠在墙上。他看看自己的手,手上沾染了鼻血……

彼德留拉恼怒地:"来人! ……"

卫兵应声跑上楼来……

卫兵:"报告将军大人,他刚才居然敢……敢当着我的面说您是混蛋……"

彼德留拉:"那么,剥光他的衣服,将他关到地下室去! 没有我的命令,任何人不许放他出来! ……"

客厅里。

副官傲慢地站立着——依林娜哀求地:"求求您,替我们向将军大人说说情吧! ……"

副官:"夫人,这我无法办到。将军的脾气,我想,您也应该多少有些了解了……"

依林娜哭着跪了下去……

副官将她挽了起来:"夫人,那么我宁愿为您试一试……"

他趁机搂抱住依林娜，猥亵地吻她……

依林娜噙泪半推半就……

门外——冬妮娅在偷窥，倍感耻辱，流泪……

夜晚。冬妮娅的房间。

冬妮娅："真盼望保尔和红军早点杀回来，把他们全都……"

母亲捂住了她的嘴……

父亲双手抱头，呆坐在沙发上……

依林娜望着丈夫说："亲爱的，我想……我想你还是逃走吧！你已经惹恼了他们，我怕他们连你这样的人也迫害……"

图曼诺夫抬起头，喃喃地："不，我不能。我怎么可以撇下妻子和女儿……"

冬妮娅："爸爸，妈妈说得对……如果你能逃走，他们反而不见得把我和妈妈怎么样……"

三个人的手在共同将撕成条的床单搓成绳子……

白天。

冬日的阳光照耀在绞架上，也照耀在冬妮娅家院子里的看台上……

彼德留拉及副官及富人男女们说说笑笑地从楼内走出，踏上看台，纷纷落座……

彼德留拉扭头看看身旁的空座，问副官："这是给那个胆敢冒犯我的家伙留的座位么？"

副官："是的，大人。"

彼德留拉："副官，你很会办事。但愿他不要由于这种莫大的荣幸而引起嫉妒！……”

副官：“即使我们离开这座小镇以后，我们赐给他的这种荣幸，也会像胎记一样永远在他身上！……”

二人会心一笑……

卫兵跑来：“报告将军大人，他……他昨天夜里逃走了！……”

副官霍立，怒视卫兵……

彼德留拉冷冷地：“那么，就只好将他的夫人‘请’来了！……”

街对面的一间屋门轰然打开。

被反绑双手的阿焦姆、瓦莉娅和另外三个红军家属被白军士兵押了出来。

五个人都已被打得浑身是血。

他们被押到绞架下边，每个人的面前都晃动着一个绳环。

阿焦姆和瓦莉娅不屈地望着对面的看台。

绞架一侧的人群里，站着保尔的妈妈和谢寥沙的妈妈。

两个老人相互搀扶着。

两双眼睛绝望地看着那些绞架和她们的一双儿女。

眼泪在模糊着她们的目光。

看台上。

副官戴着白手套的手一摆……

军号声响起……

有人举起了望远镜……

绞架上。

绳环套进了五个人的脖子……

瓦莉娅：“妈妈！永别了！……”

阿焦姆:"人们,告诉我的弟弟保尔,替我报仇!……"

保尔的母亲仰头望空,画十字……

谢寥沙的母亲靠着保尔母亲的身体,缓缓晕倒……

五条绳索被同时拉直……

看台上一阵骚乱——冬妮娅的母亲也晕倒了……

冬妮娅冲上看台,将母亲的头搂抱怀中……

冬妮娅哭喊:"妈妈!妈妈!……"

夜,河边,红军驻地。

冰冷的河面在月下闪光……

偶尔有夜鸟从空中飞过。

一堆篝火映照着河边的一片空地。

一群红军战士围坐在一起,听一个铁路工人模样的男子讲着什么——这男子我们曾经见过,他是当初和阿焦姆一起去救瓦莉娅的那些工人中的一个。

丽达、保尔和谢寥沙都在人群中。

那男子的声音:"——他们不准收敛五个人的尸体,让五具尸体就吊在绞架上……"

篝火的火苗突然间变大。

保尔紧咬牙关、强忍痛苦的脸孔。

谢寥沙泪流满面。

红军战士们一张张充满仇恨的脸……

讲述者:"匪兵们还……"——他望向谢寥沙,缄口了……

保尔将一根木棍扔入火堆,制止地:"不要再说了!……"

谢寥沙:"说下去!……"

丽达也向讲述者摇头……

谢寥沙："告诉我！他们还把我姐姐怎么了？……"

讲述者："他们……他们在绞死瓦莉娅之前，还将她……轮奸了……"

谢寥沙承受不了这事实，扑入丽达怀中，双肩耸动，咽声哭泣……

讲述者："他们在冬妮娅家院子里搭了看台，与镇上的富人们坐在看台上，像过节一样，兴高采烈地观望我们的红军家属被绞死的情形……"

保尔揪住了那人的衣领："你胡说！……"

讲述者："保尔，我没有胡说……冬妮娅的母亲也坐在看台上……而且，就坐在他们的大头目彼德留拉旁边……"

保尔："胡说！胡说！胡说！……"

他将对方扑倒，压在对方身上，挥拳欲打对方……

他的手腕被营长擒住了……

营长："保尔，你疯啦？"——将保尔拖开，指着讲述者训斥保尔，"他是我们的兄弟！难道他冒险寻找到我们，就是为了用假话骗我们的么？……"

保尔仰天大叫一声，跑向河边……

保尔扑倒在雪中，一翻身，仰躺着，双手抓雪，捂在自己脸上……

保尔的心声：冬妮娅，冬妮娅，这是为什么为什么？难道我们不能成为爱人，就一定要成为仇人么？假如我们再见面，我除了蔑视你，还能怎样对待你呢？……

一个人朝他走来，在他身边蹲下了——是丽达……

丽达将他的双手从脸上拿下来……

丽达："保尔，我理解你的心情，但是请听我说……"

保尔："教导员，不要安慰我，我只想一个人静静地待一会儿……"

丽达："那么好吧,我就什么也不说,让我陪你待一会儿……"

丽达也仰躺在保尔身边了……

天上的月,星……

丽达的手仍握着保尔的手……

丽达仰望夜空,低声唱起了歌……

保尔眼角流下了泪……

旁白:保尔·柯察金——这名在乌克兰边陲小镇长大的穷家少年,这名已经穿上了军装的年轻的红军战士,从此满怀着阶级的仇恨,更加坚定勇敢,更加义无反顾,更加完全彻底地被卷入了苏维埃革命的大事件——他也更加确信,用枪和马刀,是一定能够砍杀出一个人人平等的、美好的新世界的……

奔驰的马蹄……

冲锋陷阵的红军骑兵……

骑兵中挥刀呐喊的保尔……

军旗猎猎……

旁白:在残酷的阶级战斗中,保尔·柯察金三次负伤。而致命的一块弹片,是在解放基辅的战役中钻入他的身体的……

冲锋陷阵的红军骑兵……

挥刀呐喊的保尔……

这已经是春季了——马蹄奔踏的大地被新草染绿了……

一颗炮弹爆炸——保尔在马背上朝后一仰,随之斜着栽下马背……

保尔仰面朝天，大瞪双眼——天空在他眼中旋转，战友们包括他自己冲锋陷阵的身影叠印在天空上，仿佛天兵天将……

呐喊声渐远，渐微……

四野归于寂静……

保尔的一只手——抠入泥土，连草带泥抓了一把……

医院。

一张 X 光片被夹在映片板上……

一位中年女医生指着说："看，它在这儿！"

一位老医生忧郁地："噢，我的上帝，以我们现在的医疗水平，看来没有一位医生能把它成功地取出啊！"

众会诊医生面面相觑……

女医生："教授，连您也没把握么？"

老医生："是的。这儿的神经束太密集了……"

女医生："教授，那么……结果将会怎样呢？"

老医生站了起来，双手插入白大褂兜里，耸耸肩，更加忧郁地："让我们替他向上帝祈祷吧！但是最终的结果将是肯定的……"

众医生都将目光望向老医生……

老医生："也许几年以后，也许十几年以后，这就看上帝对那年轻人怎么样了……"

长长的医院走廊里——女护士引导丽达和谢寥沙走来——丽达和谢寥沙的军装外都穿着白大褂……

他们走到了保尔病房的门外站住……

护士："只允许你们看望他一会儿……"

谢寥沙："他一直昏迷不醒么？"

护士点头……

丽达轻轻推开病房门走入,谢寥沙跟入……

丽达坐在保尔病床一侧,握住了保尔一只手,深情地端详保尔的脸……

谢寥沙将手中的一束鲜花插入花瓶后,绕到病床另一侧坐下……

谢寥沙:"我不信,我不信保尔·柯察金从此就不会醒过来了……"

丽达:"我也不信……"

她托起保尔的手,情不自禁地吻了一下,随之用自己的脸偎着……

保尔的嘴唇微动一阵……

谢寥沙将耳俯向保尔的嘴……

丽达:"他是在说话么?"

谢寥沙:"他好像在说——教导员同志,教导员同志——是的,我敢肯定,他说的是这一句话……"

丽达不禁又吻向保尔的额,吻向保尔的唇……

丽达将嘴凑向保尔的耳畔,絮语地:"保尔,亲爱的朋友,我和谢寥沙来看望你了……我正坐在你床边,握着你的手……"

奇迹发生了——保尔的眼睛缓缓睁开了——他望着丽达,低声地:"教导员同志……"——将脸转向另一边,望着谢寥沙又说,"亲爱的谢寥沙……"

谢寥沙:"他醒过来了!他认出了我们!……"

丽达激动地流泪了,喃喃地:"保尔,保尔,亲爱的……这太让人高兴了!……"

她又深情地吻保尔的手,并伏在保尔身上,吻保尔的脸……

谢寥沙奔出病房,在走廊大喊:"他醒过来了!医生!医生!

保尔·柯察金醒过来了！……"

护士出现，训斥他："你疯了！这儿是医院！不是体育场！……"

谢寥沙高兴得忘乎所以，拥抱住女护士，一边连连吻她，一边喜不自胜地："他醒过来了！他醒过来了！……"

众医生出现在走廊，急匆匆赶到病房，围在保尔病床四周……

老医生："孩子，你知道吗？你创造了一个奇迹！"

保尔微笑……

女医生望着丽达说："教授，确切地说，也许是爱情创造了奇迹吧？"

丽达也不好意思地笑了，抹去脸上的泪，终于放开了保尔的手……

旁白：人的生命有时显得那么脆弱，有时又似乎显得那么刚强。三个月以后，当盛夏来临的日子，保尔·柯察金完全恢复了健康，出院了……

一辆敞篷吉普停在医院的高台阶前——开车的是谢寥沙，他笑望保尔在与众医生告别……

保尔很帅地向众医生敬礼，敏捷矫健地踏下台阶，坐上吉普，向众医生挥手……

老医生目送吉普，自言自语："简直不可思议，不可思议……"

吉普驶过基辅的街道……

保尔："谢寥沙，你为什么不戴军帽呢？你的肩章呢？……"

谢寥沙："保尔，我们已经不再是军人了。我们的营就地转业了——战友们有的到工厂去了，有的到苏维埃机关去了，有的还被调到别的城市去了……同志，革命胜利了！……"

保尔："那么，连我也不再是军人了么？"

谢寥沙:"是的。"

保尔沉默了——他从头上摘下军帽,取下了红星,接着从肩上取下了肩章,用手绢包好,揣入兜里……

谢寥沙吹起了口哨……

保尔:"我们这是去哪儿? ……"

谢寥沙:"去州共青团委员会。"

保尔:"为什么是去那儿?"

谢寥沙:"我们的教导员丽达同志,现在是州的团委书记。你今后的工作,将由她征求你意见后做出安排……"

保尔:"那么,营长同志呢? ……"

谢寥沙表情顿时异变……

保尔:"营长同志调走了么?"

谢寥沙:"营长同志……牺牲了……"

保尔愕然……

街心花园的草地上——老人们悠闲地坐在长椅上,有的在看报,有的在喂鸽子;儿童们在嬉戏;青年爱侣们在依偎、亲吻;一队小学生列队走过……

天空是那么蓝,草地是那么绿,阳光是那么明媚——人们脸上的表情,是那么安详——这一切,使人感到,刚刚发生在昨天的战斗、牺牲,似乎是很遥远的事……

谢寥沙:"本来,教导员嘱咐我,千万别今天就告诉你——怕你太悲伤……"

谢寥沙将车停住,指着一片树林说:"营长和其他为解放基辅而牺牲的战友,就埋葬在那儿……"

他们下了车,向树林走去……

他们伫立一片墓前……

保尔的心声——营长,基辅已经属于苏维埃了! ……

谢寥沙:"丽达同志已经派专人去到我们的家乡舍佩托夫卡,负责将维佳的尸骨迁来此处,重新安葬在营长的墓旁。她说——营长爱维佳像父亲爱儿子一样,维佳牺牲前还对营长叫了一声爸爸,应该让他们安息在一起……"

天空飘下来一阵鸽哨声……

丽达的办公室。

已转业为州团委书记的丽达,一身夏装,正在伏案批阅文件……

敲门声……

丽达头也不抬地:"请进。"

门外——谢寥沙替保尔推开门,微笑地:"我的任务完成了!"——一歪头,示意保尔进去……

保尔刚一进入,谢寥沙即将门带上——保尔像军人一样,肃立门旁,以熟悉又有点儿陌生的目光望着丽达……

充足的阳光照耀进宽敞的办公室里,照耀在很大的办公桌上——丽达仍头也不抬地书写着……

这是那位曾在战场上英勇杀敌的红军女教导员么?

是的,正是。

极轻的抒情的音乐——仿佛要冲淡保留在保尔头脑中的战斗记忆……

丽达终于放下笔,抬起头,望向门口……

丽达惊喜地:"保尔,你怎么一声不吭呢?"

她站起来向保尔走去……

保尔:"报告教导员同志,保尔·柯察金前来报到……"

丽达调侃地:"请稍息!……"

她张开双臂,期待着保尔与她拥抱……

不料保尔却表情阴郁地说:"教导员同志,我已经全知道了。"

丽达张开的双臂不禁垂下了——她掩饰地用一只手朝后拢了拢头发,接着将双手背到了身后……

丽达:"我亲爱的朋友,那么,你都知道了些什么呢?"

保尔:"我知道,我们营的战友已经集体转业了,我们都不再是军人了,您也不再是我的教导员,而是州的团委书记了……"

丽达:"不错,我们现在是基辅这座城市的主人了。保尔,难道你不是也一直在盼着这一天么?"

保尔所答非所问地:"我还知道,我们敬爱的营长同志,为解放这座城市牺牲了……"

丽达一时不知说什么好,转过身,缓缓踱到窗前……

保尔望向丽达的背影……

丽达头也不回地:"保尔,到这里来。"

保尔走到了丽达身旁……

丽达将一只手臂搭在他肩上……

丽达:"保尔,虽然,我们无法使死者复生,但我们都清楚地知道,他们寄托在我们身上的希望是什么,是么?"

保尔:"是的,教导员同志。"

丽达:"请记住亲爱的朋友,我已经不是你的教导员同志了,你也不是我的小卫兵了。你现在的职务是一个区的团委书记——我刚才签署的,就是对你的正式任命书。但你首先的任务是学习。学习各种各样的知识——包括文学、历史和哲学。你必须努力使自己成为一位受青年们爱戴的人。在红军中,只要你勇敢,就可以受到爱戴了。但是现在情况不同了……谢寥

175

沙也要去学习,他将做你那个区的团组织委员……"

保尔:"明白了,州团委书记同志。"

丽达:"保尔,我们之间,在称呼方面,你能对我更随便一点儿么?"

保尔:"能……丽达同志……"

丽达笑了……

保尔也不好意思地笑了……

保尔和谢寥沙在课堂上听课的情形——讲课的是丽达,黑板上写的是——谢甫琴科。

谢甫琴科是十九世纪的乌克兰人。农奴之子。乌克兰杰出的画家和诗人。他的出身,决定了他对沙皇专制政府和农奴制度深恶痛绝。故他的名字,受到乌克兰人民的崇敬和热爱。

一次,沙皇召见谢甫琴科,宫殿上文武百官和各国使臣都向沙皇深深鞠躬,只有谢氏一人昂首站于一旁,不肯低下他的头,并从旁冷冷看着沙皇。

沙皇怒问:"你是什么人?"

诗人平静地回答了自己的名字。

沙皇又问:"在我面前,你为什么不低下你的头?"

诗人直视着沙皇,镇定地说:"不是我要见你,而是你要见我。如果我也像周围的这些人一样弯下我的腰,你如何能看得清我?"

从此诗人成了沙皇"心口永远的痛"。

我这个中国人,也从少年时期起便树立起了对谢甫琴科的敬佩之情。

画面淡出——诗人背行囊行走在乌克兰大地上的背影;丽达的声音充满激情地朗诵诗人的诗句……

我之所以要特别有心地加入这一情节，一是为了使上文化课的画面脱离课堂空间，美些，抒情些；二也是想使乌方的同行们明白，中国同行与乌克兰人民是心怀同爱的……

保尔和谢寥沙在宿舍里讨论的情形……

夜晚——保尔和谢寥沙到丽达的办公室，向丽达请教问题，丽达认真地向他们讲解什么……

保尔手中的烟呛着了丽达——丽达咳嗽，谢寥沙从保尔指间将烟夺去，按灭——保尔不好意思……

白天。

保尔敲门后进入丽达办公室……

保尔："丽达……"

丽达："想加上同志两个字，是么？但我倒非常高兴听你只叫我的名字呢！"

保尔有点儿窘地挠挠头，从兜里掏出了一页纸交给丽达……

保尔："我……我只不过是想，让你看看我的成绩单……"

丽达看后，欣慰地："保尔，你不但曾是一名勇敢的战士，现在还是一名优秀的学生了！我真为你高兴。我正想到河中去游泳，愿意一道去么？"

保尔笑了："需要带上鞭子么？"

丽达也笑了："哦不，我在河里游泳的时候，从来不怕别人看到，包括男人！"

基辅郊外——黄昏，阳光温馨，景色美好——稀疏的树林几乎连接沙滩，河水的波纹在夕阳下闪动……

保尔依树而坐，在看书……

保尔显然受到某种诱惑——缓缓向河那边扭头望去——全裸的丽达的背影正朝河里走去——她的背影那么优美，夕阳使她的金发仿佛也闪闪发光……

丽达走入河中……

丽达的侧影——她向身上撩水，向脸上和头上撩水——水珠在夕阳的照耀之下也闪闪发光，如同珍珠……

丽达仰起了脸，向空中伸展双臂——她显然在做深呼吸……

丽达扑入水中，美人鱼似的畅游起来……

不远处传来男女青年的说笑声……

保尔循声望去——几名男女青年走来……

保尔放下书，起身迎着他们走去……

保尔向青年们伸出了一只手臂："公民们，对不起，请绕行。"

青年们困惑……

一小伙子问："为什么？"

保尔："不要问为什么，但是必须服从！"

河中——丽达站在齐腰深的水中，向保尔那边奇怪地望——她虽然听不见保尔在对青年们说什么，但却明白了保尔在干什么——她不以为然地笑了……

树林中。

一姑娘任性地："我们为什么一定要服从呢？你以为你是谁？"

保尔："姑娘，不要惹我发脾气！现在，我数三个数，之后你们还不离开，我就不客气了！"

青年们交头接耳：

"他准是一名保安！"

"看来，有大首长在河里游泳呢！"

"咱们还是走吧，少惹麻烦……"

青年们快快地走了……

保尔笑了——他回到刚才所依那棵树前，弯腰拿起书，隐于树后，向河中窥望……

美人鱼似的丽达……

丽达向他招手……

保尔急转身……

保尔将书按在胸前，依树闭上了眼睛……

保尔的心声——保尔，保尔，你真可耻！你把别人赶开了，可是你自己呢？……

他重新坐下，定了定神，低头看起书来……

传来丽达的呼声："保尔，保尔你过来！……"

保尔扭头望去，见丽达已穿了衬衫和裙子，仰躺在沙滩上……

丽达："保尔，你听到我在叫你么？别装聋，我根本不需要你充当警卫，快过来呀！……"

保尔起身，拿着书本，走向丽达……

保尔走到丽达身旁，眼望别处，低声地："我过来了，丽达……"

丽达："不许加上同志两个字，坐下。"

保尔坐在丽达身旁，翻开了书本低头看……

丽达朝他伸过一只手，将书合上了……

丽达："保尔，难道我们的关系非得永远那么一本正经么？我曾经这样要求过你么？"

保尔很窘地："没有……"

丽达："那么，躺下来吧！就算你的丽达同志请求你……"

保尔拘谨地躺下了……

丽达：“你刚才对那几个青年说什么？赶他们走开是么？”

保尔：“是的。”

丽达：“可你有什么权力呢？你以为你是谁？”

保尔：“他们也这么质问我。”

丽达：“你怎么回答？”

保尔：“我警告他们少惹麻烦！他们就走了。他们以为我是一名警卫，而在河中游泳的是位大首长……”

丽达笑了：“大首长，亲爱的保尔，你使我有点儿像特权人物了！……”

保尔：“丽达·乌斯季诺维奇在保尔·柯察金心目中，将永远是神圣的女性。保尔认为，他永远都要对她保持应有的敬意……”

丽达：“敬意？神圣？亲爱的朋友啊，那么你又以为丽达是谁了呢？让你的敬意和神圣统统见鬼去吧！……”

丽达说完，一翻身，将自己的上身伏在了保尔身上……

丽达：“保尔，你错了，完全错了，丽达·乌斯季诺维奇，并不是什么神圣的女性，也不愿别人这样看待她，尤其不愿你这样看待她。她只不过曾是一名称职的红军教导员，而现在是苏维埃政权的一名团的工作者。我尤其希望你，将我看成一个普通的、寻常的女人。像一切我这个年龄的知识女性一样，不免常常有些浪漫的想法，而且，渴望热烈的爱情……”

丽达一边说，一边拨弄保尔的头发……

保尔闭上了眼睛——但分明地，是由于不想说出口的幸福的感受……

丽达：“亲爱的朋友，睁开眼睛。”

保尔睁开了眼睛……

丽达：“保尔，你怎么这么快就从一个野少年变成一个英俊的小伙子了呢？你在我面前又为什么总是那么害羞呢？……"

保尔讷讷地："我不知道……"

丽达："可我多么喜爱你这一点啊！……"

她突然捧住保尔的头，情不自禁地吻他……

最初的被动转瞬而过——保尔的双臂，终于紧紧搂抱住了丽达……

深吻的特写……

旁白：从那一天以后，另一种爱情，在保尔·柯察金心中生长起来了。在保尔·柯察金方面，那体现为一种小心翼翼的爱情，如同一个曾失去过珍宝的人，又获得了更名贵的珍宝，唯恐由于自己的不慎而再次失去……

一组保尔在与丽达学习讨论的画面……

一组二人在夜晚散步的画面……

在以上画面中，表现丽达对保尔主动的、温柔的爱，表现保尔渴望中的拘谨，拘谨中的幸福……

夜晚。

保尔的脚匆匆踏在我们早已熟悉的楼梯上——丽达宿舍楼的楼梯上……

保尔容光焕发地站在丽达宿舍门外——他正了正衣领，轻轻敲门……

门内无人应……

保尔又敲门……

丽达的声音："请等一下……"

片刻，丽达开了门……

丽达："保尔！……请进……"

丽达敞开了门——保尔看到,室内的情形有些凌乱——地上摆着一只皮箱;衣架上挂着军帽;床边是一双男人的皮靴;而床上是男人的军装、军裤、袜子、衬衣……

丽达有点儿不知所措地:"瞧,今天晚上可真不是我们学习讨论的时候,我把你来的事儿给忘到脑后去了……"

浴室里传出放水的声音……

传出一个男人的声音:"丽达,把我该换的衬衣给我!……"

丽达转身进屋,将皮箱拎到床上,打开,取出衬衣,敲浴室的门……

门开一条缝,一只男人的手臂伸出,将衬衣接入……

丽达:"保尔,既然已经来了,就别站在门口了,快进来呀!……在洗澡的是我最亲爱的人,我要给你们相互介绍一下!……"

保尔:"我不进屋了,丽达同志……我来是想告诉你……今天晚上,一位姑娘正巧也约我去看电影……"

丽达:"那,也好……"

保尔强作一笑,转身而去……

丽达有些迷惑,跟至楼梯口,俯望保尔下楼的身影……

丽达:"保尔,你明天晚上一定来……"

保尔:"明天晚上我也有事。"

旁白:像某些恋爱中的男人一样,保尔对丽达发生了误解。而被丽达说成"最亲爱的人"的,其实是丽达唯一的弟弟。保尔·柯察金性格中致命的弱点还在于——他的自尊心每每强过于他的理性,尽管他自以为是那么地崇尚理性。虽然,他以后逐渐认识到,并克服了自己这一弱点,但是爱情……

保尔宿舍门外。

谢寥沙一边拍门一边嚷:"保尔! 快开门! 这是我们两个人的宿舍啊! 你怎么可以不给我开门呢! ……"

一个姑娘尴尬地瞧着谢寥沙——我们不难认出——她是保尔住院那家医院的护士。

保尔拎着衣服开门出来了……

谢寥沙:"哎,保尔,咱们不是说好了么? 今晚你去丽达那里,而我在这儿给这位姑娘普及点儿哲学常识……"

保尔没好气地:"难道我不可以改变主意吗?"

他一边穿上衣,一边下楼去了……

谢寥沙:"这家伙,今天是怎么了?"

他追至楼口喊:"保尔,晚一点儿回来! 讲明白哲学常识需要很长的时间! ……"

谢寥沙转身冲姑娘笑道:"别在意,他是我最好的朋友! 我要是不许他回来,他都不回来! ……"

谢寥沙对姑娘来了一个"骑士礼"——搂着姑娘进了屋……

谢寥沙探出头,左看右看,将门关上……

室内立刻传出姑娘格格的笑声……

跨河大桥上——保尔伏栏呆望河水,吸烟……

烟头在黑夜中一红一红——保尔的脸阴沉而苦闷……

远处,传来火车的汽笛声……

火车站。

形形色色的人拥挤上车,有的从车窗往内爬……

丽达在站台上无奈地看着……

一扇车窗打开,保尔探出了身……

保尔：“丽达！……”

丽达跑过去，将皮箱递给保尔……

保尔将丽达从车窗拽入车厢——车厢里更加拥挤，他们几乎无处可站……

某些形迹可疑的男女，以敌意的目光打量他们……

保尔举起丽达的皮箱要往行李架上放……

一男人大叫：“不许放上去！你们最好滚出这一节车厢！……”

保尔放稳丽达的皮箱，一转身揪住了那男人的衣领……

保尔：“你们这些走私贩子最好给我安静点儿！否则我先把你们一个个从车窗扔出去！……”

可疑的男女们被震慑住了……

丽达轻声地：“保尔，何必和他们认真……”

保尔将那男人的头咚地往车厢壁上一撞，松开了手……

那男人一时呆若木鸡……

丽达从行李架上取下了自己的皮箱，一手扯着保尔说：“保尔，我们还是到另外的车厢去看看吧……”

旁白——丽达接到通知，要到莫斯科去参加重要会议，保尔虽然心有误解，但还是主动要求送丽达一程。否则，他又怎么能放心丽达的安全呢？……

夜。列车在原野奔驰……

行李车厢的一角——几个行李包堆成了“铺位”——丽达盖着大衣，缩膝而卧。但是她并没睡，她在望着保尔……

保尔一动不动地坐在车窗旁，呆望窗外……

丽达轻声地：“保尔……”

保尔将脸缓缓转向她……

丽达：“你真的打算在那儿坐一夜么？”

保尔……

丽达:"难道我至今仍使你感到是一位长官么?"

保尔:……

丽达挪挪身,拍拍空出的地方:"为什么不和我躺在一起睡上一觉呢?"

保尔掏出了烟……

丽达:"这儿可是严格禁止吸烟的。"

保尔将烟揣了起来……

丽达:"如果你不愿过来和我躺在一起,那么我可要过去和你坐在一起了……"

保尔缓缓起身,走过去,仰躺在丽达身旁……

丽达:"你在想心事? 想什么呢?"

保尔终于开口:"想家乡,想母亲……"

丽达侧身,抚弄他的头发,继而将手臂搂在保尔身上,并温柔地偎向保尔……

保尔却一翻身,背对丽达……

丽达意识到了什么,将手臂收回去了……

丽达:"保尔,在我们的关系中,我有什么做得不对的地方么? ……"

保尔:……

丽达:"你睡着了么?"

保尔:……

丽达不再说什么,将大衣往保尔身上盖了盖……

丽达瞪着大眼睛,出神的脸……

车轮……

奔驰在深夜中的列车……

莫斯科车站。

丽达身旁放着皮箱——她望着返程的列车开走……

丽达展开手中折叠的纸……

保尔的画外音：亲爱的丽达同志，我非常感激你一向对我的关怀和爱护。但是，我决定以后不再接受你对我的文化辅导了，因为那将占去你许多宝贵的时间和精力……

丽达受到了伤害，眼中顿时泪光迷离——返程的火车在她视野中越去越远……

基辅。

州苏维埃委员会——会议室。

列宁的巨幅画像，严肃地俯视着十几位前来开会的男人——然而主持会议之人的座椅仍空着……

一名女服务员在分摆烟灰缸……

一位秃头的官员扯住服务员，不满地问："我说姑娘，你们这些州委员会的服务人员是吃闲饭的吗？壁炉为什么不升火？难道这里是一般的什么地方么？"

女服务员："首长，朱赫来同志说了——如果幼儿园、学校和许多家庭都是寒冷的，那么州委员会就同样没有资格享受温暖……"

秃头："朱赫来？鬼知道他是什么人物！难道我们之中就不能产生一位州党委书记么？"

另一位官员搓着手站了起来："一说寒冷，我真的觉得连这儿也冷森森的了！"——他从衣架上取下大衣紧裹于身……

他重新坐下后，望着秃头说："你是铁路林业委员会主席，整个城市都因没有木柴升火而受寒冷的威胁，你就一点儿也不觉得惭愧么？"

秃头耸耸肩："我不是万能的上帝,我有什么办法?……"

又有一位官员扯住了女服务员,指着烟灰缸问："只有这个么?"

女服务员："那您还想要什么呢,首长?"

官员："起码,应该向我们提供咖啡吧?"

女服务员："朱赫来同志说了,如果不能解决基辅的取暖问题,诸位首长就没有资格喝什么咖啡……"

秃头："朱赫来,朱赫来,又是朱赫来! 我讨厌你动不动就说朱赫来同志! ……"

他突然闭嘴,表情尴尬地望着门口僵住,继而缓缓落座……

众人都向门口望去——穿皮夹克的朱赫来从门口走向椅子坐下……

朱赫来："同志们请原谅,刚才我在向捷尔任斯基汇报基辅面临的严峻情况……"

气氛一时肃然。

朱赫来盯着秃头冷冷地："把你吞回去的话说完吧!"

秃头："朱赫来同志,我没什么可说的。我刚才……只不过是在开玩笑……"

朱赫来："开玩笑? 现在已经是十一月下旬了,寒流马上就要到来了,可我们整个基辅却凑不足一吨木柴,你玩笑开得未免太大了!"

秃头："朱赫来同志,这不能怪我……您也许不知道,林业工人们都在怠工……"

朱赫来："不,我清楚地知道这一点! 我不清楚的是——从城市里拨给那些林业工人的两车皮面粉他们为什么一点儿也没分到? 被你弄到哪里去了? 而据说是紧急调运到城里来的一批木柴,为什么也没有任何人见到,又被你弄到哪里去了？……"

"这……这……"——秃头心虚，掏手绢擦冷汗……

朱赫来："这什么？这里热得竟使你出汗了么？……"

秃头："朱赫来同志，我……我一定对于您所提出的问题，尽快作一份书面解释……"

朱赫来："那么，你就可以不必参加这个会，回去准备书面材料吧！……"

秃头："我？……现在？……"

朱赫来："对。"

秃头神色不安地起身走出……

秃头在走廊里又掏出手绢擦汗……

两名"契卡"出现在他面前，其中一人问："公民，您的姓名？……"

秃头："切尔……温斯基……"

"职务？"

"铁路林业委员会主席……"

"那么，便是您了……请跟我们走一趟吧……"

他们向秃头亮了亮证件……

秃头腿一软……

另一名"契卡"挽了他一下……

他们的背影沿长长的走廊走去……

说实话，在写下以上情节后，我有一种与之似曾相识的感觉——倘将人名和地名改了，中国化了，此情节多么符合中国的某类生活真实和艺术真实啊！

中国和苏联，中国的今天和苏联的昨天，为什么仍有许多"雷同"之处呢？

为什么半个多世纪前发生在人家那儿的事,几乎原封不动地频频发生在我们的国家里呢?

是半个多世纪前的苏联太像我们的现在?

还是我们的现在只不过很像半个多世纪前的苏联?

这真叫人浮想联翩……

旁白:朱赫来——这位乌克兰民族的忠诚的儿子,这名基辅工人出身的老布尔什维克,奉命紧急调回基辅,领导肃反工作,并代理州委书记。他面对的敌人是——猖獗的多股土匪、令人头疼的治安问题和即将到来的凛冽的严寒……

三人的背影在长廊尽端拐下楼去,旁白同时结束,画面又切回到会议室……

朱赫来:"我想,诸位的家里,一定比这儿温暖得多。壁炉里,一定有通红的柴火在燃烧着。是不是正因为如此,你们就根本不去想想基辅的人民究竟怎样过冬的问题了呢?……"

众人惴惴不安,一时鸦雀无声……

朱赫来:"不过,我们先不讨论这个问题吧!"——他走到地图旁,一边往上贴着小旗一边说,"这儿,是我们基辅;这儿,是博亚尔卡站,基辅通向这个方向的最后一站。从博亚尔卡向前七公里,是伐木场。那儿堆积着二十一万立方米的木柴!同志们心里都应该很清楚,寒冬已经到了基辅的大门口!医院、学校、机关和几十万居民不能在漫长的冬季里没有温暖!所以,我们要组织一支特别能吃苦的抢修队,最迟在十二月底,修通铁路,将木柴源源不断地运到基辅来!……"

秘书进入向朱赫来耳语……

朱赫来:"我邀请了我的两位年轻朋友,也是优秀的共青团的领导者前来参加这个会议,没有人反对吧?"

人们一时你看我,我看你,默默无言。

朱赫来:"请他们进来吧!"

丽达和保尔进入……

朱赫来:"州团委书记丽达同志,区团委书记保尔·柯察金……"

丽达和保尔落座……

"那儿除了一所曾经是林业学校的破房子,再没有任何住的地方!"

"至少需要动员四百人,而且都是身体最棒的小伙子,否则……"

"十二月底,这简直不可能……"

人们议论纷纷。

朱赫来:"任务,当然是相当艰巨的。我想,还是让我们先听听丽达和保尔同志怎么说吧!"

丽达:"朱赫来同志,接到您的电话以后,我们便立即开始在全体共青团员中进行紧急总动员了!"

朱赫来将热切的目光望向保尔……

保尔:"按照某些人的说法,那就是——过去没有木材,现在没有,将来也不会有!朱赫来同志,在您昨天抵达基辅之前,这类话我们已经听得太多了!"——保尔不禁冲动地站了起来,尖锐地又说,"他们的意思是,基辅的儿童、妇女,包括孕妇,以及老人和病人,只能靠所谓的'革命乐观主义',在没有温暖的情况之下,熬过即将到来的漫长的严冬,和以后的若干个严冬!而我想说——让他们所谓的'革命乐观主义'见鬼去吧!……"

丽达暗扯保尔衣服……

众官员对保尔的话交头接耳表示不满……

一位官员质问："年轻人，这不是批判会，请问你自己又能做些什么？否则你……"

朱赫来打断那官员的话："安静！……保尔，说下去……"

保尔："我的区已经有几十名共青团员主动报名参加抢修队！今天，将还有几十名共青团员陆续报名——我们要求作为第一批抢修队的主力，明天就到博亚尔卡去！……"

官员们个个无话可说，气氛一时肃然——官员们在肃然中个个显得尴尬……

朱赫来鼓起了掌……

众官员也不得不随之鼓掌……

保尔坐下……

保尔悄声地："你为什么要扯我衣服？"

丽达也悄声地："他们都是首长，我有点儿替你担心——不过你说得真是好极了！"

她握了一下保尔的手……

朱赫来："我代表州苏维埃委员会，以及基辅的人民，感激丽达同志和保尔同志！感激那些已经报了名和即将报名的共青团员们！现在，我命令——负责粮食的人，要筹备好足够的面包，保证对抢修队员们的供给；负责交通运输的人，要在会后三小时内落实几节车厢，明天送抢修队员们到博亚尔卡去！铁路局要立即调拨可铺设七公里铁路的铁轨和枕木！并要派两名铁路工程师与抢修队员们一同前往！……"

一官员嘟囔："可……连住的地方都没有，谁会愿意去呢？……"

朱赫来严厉地："那你这位十足的官僚主义者就自己亲自去！"

对方胆怯地噤声了……

朱赫来："在这件事上，一切教条主义者、官僚主义者，一切敷衍塞责的行为，一切由于各种各样私心杂念而配合不力的人，都将受到严厉的党纪制裁！……散会！……"

众官员纷纷起身离去……

朱赫来迫不及待地向丽达和保尔走去……

朱赫来张开双臂，同时拥抱保尔和丽达……

朱赫来："我亲爱的孩子们，我们终于可以在一起了，这真好！"

保尔："你瘦了……"

朱赫来摸摸脸："是啊，瘦了。整天和形形色色的官僚主义者和党棍共事，怎么能不瘦呢！"

丽达从大衣兜里掏出一包东西塞给朱赫来："这是烟斗丝，您最喜欢的那一种。"

朱赫来："丽达真是好同志！"——看了一眼保尔，调侃地又说，"虽然保尔没想到送一包烟斗丝给我，但仍然是好同志！……"

三人都微笑了……

秘书进入："报告！……"——欲言又止——

朱赫来："说吧！没有什么值得向他们保密的事情。"

秘书："许多市民抢了一所中学！"

朱赫来："中学有什么值得抢的？"

秘书："他们抢学生的课桌椅，砸毁当柴烧！连一些教室的窗框和门也被撬走了……"

朱赫来望着丽达和保尔说："走，你们陪我去看看！……"

某中学校——走廊里——情形如同中国"文革"时期武斗劫难之后——到处是毁坏的课桌椅，几乎掉下来的教室门……

寒风卷着雪花从破碎的窗外扑入——丽达不禁翻起了大

衣领……

朱赫来显出心痛物损的样子……

朱赫来扶起一把椅子说:"这还是新的……"

三人及秘书走进校园——校园里站了一列士兵……

班长跑到朱赫来跟前,立正,敬礼:"报告,上士瓦尔佳及全班战士早已待命,随时执行您的命令!"

朱赫来:"待命?谁说我有命令需要你们执行?"

上士:"这……难道那些歹徒不该一个个抓起来么?……"

朱赫来:"小伙子,我的头脑里可不是这么想的。你们从哪儿来的,还回到哪里去吧!"

上士:"全体向后转!跑步走!……"

四人目送战士们离开后,也走出了校园……

一行人心事重重地走在街上——街上也可见破碎的桌椅板块儿,以及桌椅从雪地上拖过留下的轧迹……

丽达:"看!……"

一条轧迹旁,是一行小脚印,白雪上有滴滴血迹……

丽达在前,一行四人循踪而去……

四人走入一幢旧楼……

四人踏在吱吱作响的木梯上……

四人驻足于一扇门前——门把手上也有血迹……

丽达敲门——屋内悄无声息……

丽达试着推了推门——门没插,竟被推开了——四人先后进入屋里……

一个贫穷的家——地上是劈碎的椅子……

憔悴的母亲病在床上——少年紧靠床边站着,上身偎在母亲怀里,母亲保护性地搂抱着他……

那母亲:"求求你们,不要抓走我儿子,他还是不懂事的小孩儿,他是为了我……"

地上,一把斧子夹在未劈开的椅腿中……

朱赫来:"别怕。我们不是来抓他的。他知道爱您,证明他很懂事,是个好孩子……"

朱赫来蹲下身,费劲地拔出斧子,劈那未劈开的椅腿儿……

丽达和保尔对视一眼,帮着清理冰冷的炉子……

朱赫来从打火机中抠出油芯,夹在劈细的木柴上……

丽达寻找到火柴,点燃了木柴……

炉火升起来了……

保尔接替朱赫来,继续去劈那把椅子……

丽达脱下大衣,盖在母亲的被上……

朱赫来接一壶水坐在炉上……

母子二人呆望着他们……

朱赫来坐在破沙发上……

母亲:"家里能烧的东西,几乎都烧光了。就剩那沙发了,有点儿舍不得烧……"

朱赫来:"孩子,过来,让我看看你的手。"

少年怯怯地走到朱赫来跟前,将攥着的拳头伸向朱赫来……

朱赫来分开少年的手指——满手心的血……

丽达掏出手绢递给朱赫来……

朱赫来用手绢替少年包扎手……

朱赫来:"孩子,你父亲呢?"

少年低头不语——流泪了……

母亲："他父亲,在解放莫斯科的战斗中牺牲了……"

朱赫来不禁将少年紧紧搂在怀里……

朱赫来对秘书命令地:"去,再从学校搞几把破椅子来!"

秘书:"多少?"

朱赫来生气地:"你能拖来多少就拖来多少!"

母亲:"不,那不行!我和儿子都知道这是不对的……他们以后还怎么上学呢? ……"

朱赫来:"椅子坏了可以修好,烧了可以做一批新的——但是您的儿子只有您一位母亲。"

丽达:"朱赫来同志,我会指派几个姑娘,轮流到这儿来照看他们母子。包括,保证他们每天都有吃的!"

朱赫来:"不知道基辅还有多少这样的家庭……"

保尔:"我也去帮着多搞些椅子来!"

校园里。

保尔和秘书用绳子拖着一堆桌椅往校园外走……

两名穿夹克的人拦住了他们……

其中一人亮证件后说:"你们以破坏公物罪被拘捕了!"

保尔:"闪开,我们在执行朱赫来同志的命令! ……"

"执行朱赫来同志的命令? 胡说! ……"

秘书:"我是朱赫来同志的秘书! ……"

另一人认出了秘书,将自己的同志扯了过来……

他们呆望着保尔和秘书将一堆破椅子拖出校园……

一人自言自语:"朱赫来同志怎么会下达这样的命令呢? ……"

礼堂内。

保尔站在台上,手持名单,大声宣读人名……

听到自己名字的男团员们,先后跃到台上……

台下有人高叫:

"怎么没念我的名字? 我也报名了!"

"还有我! 我现在报名不晚吧?"

"保尔,我们抗议! 为什么不理睬我们女团员的报名热忱?!"

保尔举起了一只手臂:"肃静!"

台下顿时鸦雀无声。

保尔:"女共青团员们,任务确实非常艰巨,上级有指示,不编收女团员。我本人完全拥护上级这一决定! 还报名的男共青团员,请一起到台上来! ……"

一些小伙子纷纷跃上台——站满了一台……

女团员们钦佩地望着他们……

保尔将一只拳举在脑际:"现在,让我们宣誓——为了基辅的儿童、妇女、老人和病人,为了即将出生的下一代,为了壁炉、铁炉里的火焰,为了学校、机关、医院和商店,以及每一个家庭的温暖……"

集体的宣誓声延出礼堂外,延至火车站……

抢修队员们已经登上了车厢——站台上,送行者多为姑娘们——她们在与队员们握手道珍重,或向他们抛吻……

朱赫来在与保尔道别……

朱赫来扳着保尔的双肩说:"保尔,你曾救过我一命。撇开那些可以当口号喊的话不谈,这次,你简直等于又救了我一命啊! ……"

保尔:"但是你引导我加入了革命的队伍,而革命的队伍改变了野小子保尔·柯察金啊! ……"

二人凝视,忽然拥抱……

丽达:"保尔,这是一双毛袜子,你带上!"

保尔接过,揣入怀中,与丽达握手……

丽达真诚地:"保尔,我期待着你回来以后,我们之间能亲密地交谈一次……"

保尔所答非所问:"而我,真心地祝愿你幸福!"

丽达不明白保尔的话,困惑……

朱赫来:"怎么,你们需要我回避么?"

丽达有点窘地:"不,我……我到前边去看看!……"

丽达转身走了……

朱赫来:"保尔,你和丽达同志之间有什么误解么?"

保尔摇头:"没有,我们的关系一直很亲密。"

朱赫来欣慰地:"那就好。"

站台工作人员持旗走来请示:"朱赫来同志,可以发车了么?"

朱赫来:"发车吧!"

站台工作人员挥旗……

列车鸣笛,开动……

车尾。

谢寥沙正靠在车后与那名医院的护士长吻——火车一动,闪得他们同时跌倒……

谢寥沙跃起——扯起姑娘,又拥抱住她热烈亲吻,之后说:"娜塔莎,我一回来就娶你!"

谢寥沙推开姑娘,呼喊着追火车:"等等我! 等等我!……"

谢寥沙攀上车尾……

娜塔莎站在铁轨之间,深情久望……

奔驰的列车……

共青团员们的歌声洒向田野……

列车停在黑夜之中——寒风呼啸……

一些人下了车,嚷嚷:

"怎么回事? 为什么停车?"

"难道列车坏了么?"

列车司机从车头上跳下来,问:"谁是带队的?"

保尔:"我。"

司机:"很遗憾,雪太大,开不了啦。我不能把你们送到博
亚尔卡了! ……"

保尔:"离博亚尔卡还有多远?"

司机:"大约还有十几里吧!"

这一意外情况,使歌声停止了……

寒风呼啸……

队员们面面相觑……

保尔振臂大呼:"全体下车! 目标——博亚尔卡,跟我
走! ……"

寒风呼啸……

肩扛各种工具的队员们,皆弯腰,顶寒风,踏深雪,艰难挺
进……

有人的帽子被风刮得像球一样在雪地上滚,被别人一脚踩
住……

挺进中的队员们的特写……

中景……

远景——令人联想到西伯利亚流放者的队伍……

一幢破败的楼房——从前的林业学校。它在广袤的雪原

上,在呼啸的寒风中,显得那么凄凉孤独……

保尔——浑身是雪的保尔出现在门洞那儿——接着一群人拥了进来,互相拍打身上的雪……

保尔:"手电!"

谢寥沙将手电递在他手里……

手电光晃过——除门窗变成了残垣断壁上的缺口外,上下楼层从中间塌了,几乎仰可望天。到处是雪,很厚的雪——仿佛一处雪窟……

拥入的队员们面面相觑一阵之后,皆呆住,包括保尔和谢寥沙……

一个队员低声问:"就这儿?……"

没有人回答他——风声一阵阵呼啸着穿过……

还有几声狼嚎……

队员们又面面相觑……

又一个队员低声地:"是狼嚎……"

仍没有人回答他……

保尔:"谢寥沙,带几个人检查一下安全情况。"

谢寥沙向几名队员一招手——于是他们分开来,用手中的锹镐东捅捅,西顿顿……残垣断壁随之有塌落之处……

保尔:"当心!……"

谢寥沙脚下一滑,从上层的一个地方坠下身,幸亏他双手勾住了楼板……

保尔和几名队员立刻抢步跨到他身下,准备接住他……

谢寥沙被另外的队员们拽了上去……

保尔等舒一口气……

一个队员说:"这儿可怎么住呢?会冻死人的!"

另一个队员说:"要是有只大铁炉子,炉子里能升起熊熊的

199

火就好了！"

第三个队员："哪怕地上能铺一层干草也好啊！"

保尔："同志们，清除积雪，就地宿营！"

黎明。

保尔和谢寥沙在楼外用雪搓脸……

谢寥沙："保尔，看！……"

远处，一列拖拉机爬犁从雪原上驶来……

楼内。

刮入的雪覆盖在队员们身上——都还在倦睡……

谢寥沙进入，喊："同志们，该起床啦！嗨，我说老弟，你没冻死吧？那就起来！起来！……"

那队员坐起，揉揉眼，拍打着身上的雪说："起床？床在我梦里，美梦被你破坏了！"

谢寥沙："同志们，城里给我们送应急物资来了！……"

一些队员闻声跃起，欢呼："基辅人民万岁！朱赫来同志万岁！……"

一个队员大惊小怪："嗨，谁过来帮帮我，我被冻在地上了！"

于是谢寥沙和另一名队员走过去，各扯起一只手臂，同时用力——那人倒是被拽起来了，但棉衣和后背被水泥地粘去了一片布，露出了棉花……

队员们拥出楼，纷纷从开来的爬犁上卸下成捆的棉大衣、鞋、毡布、干草、麻袋、木柴……

一名开拖拉机的工人对保尔说："朱赫来同志知道列车没能开到这儿后，万分焦急，当即亲自调遣组织了这支运输队……"

保尔："请替我们转告朱赫来同志,无论遇到怎样的困难,都会坚持下去。"

冰天雪地间,劳动的场面……

黄昏。

第一组铁轨,被缓缓地放在枕木上……

众队员相视微笑……

谢寥沙从工具箱里抓起一根大铆钉,在衣服上擦了擦,并且放在唇边吻了吻,将铆钉扶正在枕木上……

"我来!"——保尔从一队员手中夺过大锤,高高举起,一锤砸下……

楼内。

地上已到处铺了干草;地中央已架起了大铁炉,炉火熊熊;门窗缺口,已被木板和毡布封上……

谢寥沙在吹口琴——队员们或坐或卧,千姿百态地听着……

外面。

保尔在交代一名"哨兵":"朱赫来同志提醒,这一带常有土匪出没,千万要提高警惕!"

"哨兵":"放心吧,队长同志!"

保尔:"站岗时可不许吸烟,那会暴露了你!"

"哨兵":"明白!"

保尔又向别处走去巡查……

天又亮了。

劳动场面……

（在电影中,劳动场面的过渡,是由敲铁轨转化的。我们可沿用之。也可换一种方式,比如通过保尔或谢寥沙的日记。如采用写日记的方式,以谢寥沙的日记为好,因他后来牺牲了,日记有意味儿……）

夜晚。

队员们都在熟睡——谢寥沙借着手电光在记日记……

躺在他身旁的保尔低问:"谢寥沙,我们来了九天了吧?"

谢寥沙:"不错,再坚持一个星期,第二批队员就会来接替我们了……"

保尔:"可我们才铺了不到一公里铁路……"

谢寥沙:"保尔,想想吧,这已经是很快的速度了! 你看到的,每个队员都在拼命地干……"

保尔:"是啊……"

突然传来枪声……

保尔一愣……

许多队员猛地坐了起来……

谢寥沙:"有敌情,快拿起武器,准备战斗!"

一阵紧张,一片骚乱——保尔刚一站起,又不禁双手捂着膝盖蹲下……

谢寥沙欲带领一些拿起枪的队员往外冲时——放哨的队员奔入,将一张纸和一把匕首交给他……

谢寥沙看完,交给保尔……

保尔表情严峻起来……

谢寥沙的日记——笔在日记上移动着写出字来……

谢寥沙的画外音：我们遭遇到土匪的威胁，他们扬言，如果我们不趁早滚回城里去，就把我们统统杀光……有些人害怕了，劳动情绪开始低落了……但大多数队员的决心仍未动摇，铁路还在我们面前一段段向木场延伸着。保尔的双膝，每天晚上都疼得使他无法入睡，但他不许我告诉任何人，也不许对他有所照顾。他的双脚也冻伤了，却舍不得穿丽达送给他的那一双非常能保暖的毛袜子……

在以上画外音中，在谢寥沙一页页翻过去的日记上，在移动的笔尖写下的一行行文字上，叠印白天、晚上、风中、雪中的劳动场面。

人们肩扛枕木顶风前行……

人们冒雪合扛铁轨前行——极大的雪花，人影绰绰……

高抡起的铁锤……

放落的铁轨……

谢寥沙突然大喊一声："都停止！"

人们都停止了劳动，困惑地望着他……

保尔："谢寥沙，怎么了？"

谢寥沙："我好像听到了枪声……"

果然，黑夜的深远处，某个方向又传来枪声……

一队员："是枪声！……"

保尔："分发武器，听我指挥！"

于是有人掀开毡布，拿起架在一起的步枪……

保尔从腰间拔出了手枪……

在雪花纷纷中，一人影跌跌撞撞奔来……

谢寥沙端枪喝问："什么人?！……"

来人："不要开枪，自己人……"

来人言罢扑倒……

谢寥沙急上前扶他……

保尔："你，你，护送他到营地去！卫生员也要跟回去！其他人跟我来！……"

保尔、谢寥沙率众急往……

雪夜中——拖拉机爬犁的廓影……

保尔等赶到——见两名押运的战士已牺牲，伏在麻袋上……

四面八方土匪的怪叫：

"包围他们！统统杀死他们！"

"祈祷吧，你们的末日到啦！"

保尔："注意掩护！开火！……"

队员们以爬犁为掩体，向土匪射击……

一时间枪声大作……

骑马的土匪怪叫着，在爬犁四周挥刀蹿来蹿去……

几名土匪中弹落马……

保尔扑向一落马之敌——那敌人并没死，猛站起来，抢刀劈向保尔……

保尔一枪结果了他，从他手中夺下军刀，牵住了他的马，翻身上马……

保尔挥刀大叫："来吧！狗崽子们！来拼个你死我活吧！……"

保尔促马冲向一马上之敌——马马相错，土匪被劈于马下……

保尔又将一敌人劈于马下……

保尔连劈三敌……

保尔的英勇鼓舞了队员们——他们也纷纷跃下爬犁，向敌人发起反攻……

战斗结束——田野一时显得那么寂静……

仍骑在马上的保尔在喊："谢寥沙，看看同志们有没有伤亡！……"

没听到谢寥沙的应答……

队员们纷纷回头寻找谢寥沙……

保尔预感到不祥,跳下马,奔向爬犁……

保尔发现了俯伏着的谢寥沙,将他的身体扳了过来……

谢寥沙大睁双眼——血从帽沿下流在脸颊上……

保尔悄语般地:"谢寥沙,谢寥沙你别吓我,你不会就这样死去的是吗？ 朋友……"

谢寥沙自然毫无反应……

有一名队员要从谢寥沙手中取下步枪——但是谢寥沙的双手将步枪握得那么紧,取不下——那队员只好作罢……

保尔大喊:"谢寥沙！……"

喊声在四野回荡——谢寥沙……谢寥沙……谢寥沙……

队员们纷纷摘下帽子,垂头肃立……

寒风呼啸——听来像哭……

保尔把一只手放在谢寥沙额上——欲将他双眼抚上,但不知为什么,又没有那样做。仿佛不那样做,他就会活转来……

保尔猛地将谢寥沙搂在怀里……

保尔:"谢寥沙……"

保尔横抱着谢寥沙的尸体回到营地……

营地里的队员们却没有站起来——他们或蹲或坐或站,从四面八方望着保尔,有的在一边望着一边吸烟,有的在不管不顾地捆行李……

气氛非同寻常……

保尔:"卫生员！"

卫生员站起来走到他跟前……

保尔并不看他,悲痛得表情木呆呆的,仍抱着谢廖沙的尸体问:"那名同志怎么样了?"

卫生员:"他死了……"

保尔不禁闭了一下双眼,弯腰,单膝跪下,轻轻放下谢廖沙……

卫生员突然地:"大家看! 又死了一个! 我们的处境太险恶了! ……"

保尔扭头望向他,厉喝:"你住口! ……"

卫生员怯怯退开……

一队员把一带血的袋子轻轻放于火炕旁——那是面包袋……

一个声音冷冷地:"就一袋儿么? ……"

那队员:"是的,就剩一袋了,其余的都被土匪抢走了! ……"

立刻有许多人扑过去,解开,抢面包……

一人抓到手就吃,另一只手往怀里塞……

随保尔进来的队员们怒不可遏……

其中一人大吼:"混蛋! 我们去和敌人殊死战斗,而你们竟把面包全抢光了!"

保尔身后一阵拉枪栓声……

保尔站起,厉声地:"都把枪放下! ……"

一人跃到保尔跟前,手中挥舞着一封信大嚷大叫:"哈,一袋面包! 一袋! 我们不被土匪杀光,也会全都饿死! 冻死! 队长大人,看看这封信吧! 你的朱赫来写的! 他说接应我们的人来不了啦! 还说要我们再坚持几天! 呸! 我们明明是被抛弃了! ……"

保尔一把从他手里夺过了信……

保尔咬牙切齿地:"你再敢大喊大叫,我就一枪毙了你! ……"

那人也怯怯退开——他走到面包袋那儿,拎底儿抖——一个面包也没抖出来……

他生气地将面包袋投入炉火中……

保尔看信……

朱赫来语调低沉又内疚的画外音:保尔,亲爱的兄弟,笔在我手里显得那么沉重,我真不知该怎么给你写这封信,我的心里充满了焦急和内疚。同志两个字,已经根本不能表达我本人对你的感激。我完全想象得到,你实际上是在多么艰难的情况之下,也等于在为我本人分担巨大的压力……

卫生员又大嚷大叫:"念啊!队长大人!大声念啊!让所有人都了解真实的情况啊!……"

保尔逼视着卫生员,一步步走到了他跟前……

保尔用手扼住他下巴,低声然后是凛凛地:"我警告你!你大叫大嚷之前,最好想清楚你是在干什么!想一想后果!……"

保尔一推,卫生员跌坐下去……

保尔视众人,坚决地:"一切明天再说,现在睡觉!……"

几盏马灯都熄灭了,营地黑暗了下来——只有炉火四周还耀出一片红光……

保尔和衣躺在谢寥沙的尸体旁,再旁边是那名牺牲了的带信人的尸体……

保尔的脸,他在忍受着某种痛苦……

保尔的身体在被子里瑟瑟发抖……

保尔的牙齿格格作响……

保尔身旁的一名队员被惊醒,伏向保尔关心地问:"保尔,你怎么了?怎么了……"

保尔:"没……没什么……不要……声张!……"

那队员以手抚保尔的额:"队长,你在发烧!……"

那队员:"卫生员,快到这里来!……"

顿时——马灯纷纷亮了,队员们都惊坐起来,有几名队员围向保尔……

那队员瞪着卫生员吼:"你还愣着干什么? 快,退烧药,水!……"

卫生员冷漠地:"退烧药也没用……"

众队员又一阵面面相觑,有人不安地从保尔身旁退下……

那队员:"你这个混蛋,再不拿药来,我宰了你!……"

卫生员不得不打开医药箱,取出一瓶药扔了过来……

有人递来了水壶……

保尔在扶持之下服药,饮水……

保尔:"同志们,都躺下吧,我已经说了,一切情况,明天再向大家解释!……"

但是——没有人躺下,大家都以不同的目光——怀疑的、动摇的、忧患的、怨恼的目光——呆望着保尔……

保尔苦笑了一下:"既然如此,那么,我只好……"

他站了起来……

他向一张桌子走去——他身子摇晃了一下,一名队员上前扶他,被他甩开了……

保尔终于走到桌旁——他为了站稳,双手撑住桌两端……

有人替他将大衣披在身上……

有人将一盏破了玻璃灯罩的马灯放在桌上……

保尔:"同志们,朱赫来同志,让我转达基辅人民,以及他本人对大家的感激和……慰问……"

角落里一个声音喊:"慰问? 连吃的都不能保证送来,还慰问个屁!"

又一个声音喊:"别只公布好听的!我们有权了解真实情况!"

保尔:"真实情况是——基辅到处流言四起,说我们被土匪杀光了!所以,第二批抢修队员,一时难以组织起来……但我认为,另一个真实的情况是——我们并没有被土匪杀光!我们并没有被土匪的威胁吓破了胆!我们击退了土匪的骚扰!我们还在拼命地劳动!铁路正一天天通向木场!……"

肃静的气氛……

队员们的脸……

一个人走到了桌前,嘲讽地:"如果我没理解错,你刚才的意思是——没有人按时来接替我们了?……"

队员们的脸……

保尔:"是的。但朱赫来同志保证,他将在最短的时间内亲自……"

那人:"你住口吧,尊敬的队长大人!哈!哈!原来如此!……"

卫生员:"还有最重要的情况他没说!……"

许多人的目光望向卫生员……

卫生员:"被送回城里那几个人,可能是由于伤寒才发高烧的!包括他自己,也可能传染上了伤寒!明摆着,我们即使不被土匪杀光,也可能由于传染上伤寒一个个全都死去!……"

保尔用拳擂了一下桌子:"那仅仅是可能!"

大衣从他身上滑落……

有人立刻捡起,又替他披上……

角落里一个声音:"去他妈的!我一天也不在这儿待下去了!我可只有一条命,天一亮我就离开!……"

有人按着打火机向那个角落照去……

角落里的人:"你照什么?怕死有什么可耻的?"

打火机灭了……

保尔:"不要忘记,我们每一个人都是共青团员。而且,是自愿的,发了誓以后才来的!"

"那么,不是团员就可以走了么?"

保尔:"如果连自己的誓言也收回的话……"

一个人走到桌前,将团证啪地扔在桌上,轻蔑地:"这是我的团证,收回去吧!我可没发誓来送死!也不为这硬纸片儿玩命!……"

保尔默默看他……

保尔拿起团证看……

保尔将团证放在马灯火苗上——团证烧得卷了起来……

保尔:"我宣布,这个团员不存在了。"

保尔身后的一名团员气愤地:"要走可以,把你抢到手的面包留下来!"

一个面包抛到了桌上,接着滚到了地上……保尔捡起面包,抚去土,珍惜地放在桌角……

又有些人将面包和团证放到了桌上……

保尔:"是的,要走可以,但是面包必须留下来!为了基辅的人民,我相信,有一些团员,一定会和我一样,坚持到另一批队员到来!……"

一些团员默默走到保尔身后,表示了他们甘愿留下来的立场……

保尔:"其他明天要离开的人,如果愿意,也可以把团证重新拿回去。因为大家的实际表现证明——即使走了,也仍配是团员……"

又有几人羞愧地走到桌前,识别了自己的团证,拿走了……

其中一人转身说:"保尔,我们一定会把这里顽强的劳动精神,如实地告诉基辅的人民! ……"

马灯又都黑了……

保尔又重新躺下了——他身上多了一条毯子……

保尔仰躺着难以入睡……

保尔的画外音:谢寥沙,亲爱的谢寥沙,在我最需要你的时候,你却牺牲了,我感到多么地孤独……

保尔的一只手,摸索着——摸到了谢寥沙一只僵硬的手,握着……

天亮了。队员们都在穿衣服……

一名队员赤着双脚,发愁地看着自己那双破且湿的靴子……

保尔拍拍他肩——将丽达送给自己那双毛袜子塞在对方手里……

楼外。

拖拉机发动起来了——一些队员已坐了上去——还有包括谢寥沙的尸体在内的几具尸体……

拖拉机开去了——后面跟着另一些离开的人……

保尔和留下的队员们目送拖拉机驶远……

重复的劳动又开始了……

保尔和队员们在休息——吃冻马铃薯,吃雪……

夜晚。宿营地。

保尔的被褥,转移到了一个角落——四周用粉笔画了白线——保尔在白线内端着饭盒喝汤……

一名队员走到了他跟前……

保尔抬起头,严厉地:"退出去!……"

那队员:"保尔,你怎么可以这样对待你自己?你这是侮辱你自己!也是在侮辱我们大家啊!"

保尔:"退出去!"

那队员只得退于白线以外……

保尔:"在这件事上,我宁愿我和同志们之间,多一些理智,少一些感情用事!我再声明一次,任何人,必须尽量和我保持距离!"

众队员肃然地望向他……

队员们都入睡了……

保尔靠墙坐着,一手持谢寥沙的手电,一手持笔,将谢寥沙的日记放在膝上,在写着……

保尔的画外音:谢寥沙,我在替你继续记日记——我们又坚持劳动了两天,铁路仍在向前延伸着……

白天。远处——一列火车停在铁轨上……

保尔和几名队员向火车走去的背影……

火车旁。

司机在与保尔交涉:"因为没了燃料,才不得不开到这股岔道上来的。请千万支援我们一些木柴吧!你们总不能看着我们被困在这儿啊!"

保尔:"对。我们不能那样。但——车上的青壮年男女,必须下来参加一天义务劳动。"

将头探出车窗听究竟的一些男人女人，顿时七言八语发出抗议：

"呸！讨厌的家伙！我们绝不会服从的！"

"坐在车里待上一辈子，我也绝不会下去帮你们铲一锨雪的！"

"我们不是劳改犯！看清楚了，这是头等车厢！我们可都是有身份的人！"

"还是有尊严的人！"

保尔："公民们，你们既然说到了身份和尊严，那么我告诉你们，我们的队员们，也都是有身份和尊严的人！我们是为基辅的人民在这里艰苦劳动的！这种义务者的身份难道比你们的身份下贱么？这种尊严难道比你们的尊严低一等么？……"

保尔说完，和两名队员登上列车……

保尔们在车厢里动员青壮年男女们下车……

保尔："你，请下车！还有你，你！公民们，劳动一次不会使你们丧失身份和尊严！基辅的人民将为此感激你们的！……"

一名队员走到了一位胖男人跟前，挖苦地："公民，你的屁股粘在座位上了么？"

胖男人："跟我说话礼貌些，我是基辅市委办公厅主任！正局级干部，你明白么？"

保尔闻声望向那男人："尊敬的正局级干部同志，听说过朱赫来这个名字么？"

胖男人："当然！"——表情是——废话，那还用问！

保尔："让我悄悄告诉您……"

保尔俯向胖男人的耳朵，低声又说："朱赫来同志近日就会亲自带一批人来,并且亲自参加义务劳动!"

胖男人眨了眨眼睛,一声不吭,起身默默向车门口走去……

保尔望着他背影,嘴角浮现一丝冷笑……

车下。

工地那儿——乘客和队员们一起劳动……

冬妮娅夫妇站在一起望着劳动场面……

冬妮娅:"亲爱的,别固执。别人都服从了,只有我们袖手旁观,这太使我感到难为情了!"

冬妮娅的丈夫坚决地:"不!我绝不干这么下贱的活儿,也不许你干!看他们能拿我们怎么样!"

保尔走了过来,问冬妮娅的丈夫:"公民,您为什么不干活?是残疾人么?那么就请回到列车上去观看,完全不必站在这儿陪着挨冻!"

显然,保尔是在讽刺他——冬妮娅转过了身去……

冬妮娅的丈夫:"你如果请求,我负责指挥一下倒还可以……"

冬妮娅的丈夫也显然是在反唇相讥……

保尔:"这儿不缺指挥者,有我一个人指挥就够了!……"

冬妮娅的丈夫:"但我是铁路工程师!明白工程师是哪类人么?"

保尔:"明白。"——用手一指,"看到那个人了?他是市委办公厅主任,自称正局级干部,明白正局级干部是哪类人么?……"

冬妮娅的丈夫不说话了,但仍傲慢地昂头别望……

保尔:"您呢,女公民,您有哪种拒绝劳动的理由呢?"

冬妮娅转向保尔……

冬妮娅极其意外地:"保尔?……"

保尔呆住——分明地,如果冬妮娅不主动叫他的名字,他有些不敢认她——因为天真烂漫的少女,已经变成了丰润的少妇……

音乐——短短几个节拍的音乐,此时此刻,那么地拨人心弦……

冬妮娅的丈夫一步跨到二人之间,恼怒地:"不许你目光这么放肆地看着我的妻子!"

保尔:"对不起,我只不过认错了人!"

他将手中的锹狠狠插在冬妮娅的丈夫面前,又说:"公民们,请参加劳动去吧!列车早点儿开走,对你们自己也有好处。我有责任提醒你们,土匪随时会袭击这里的!……"

保尔说完,转身大踏步走开……

冬妮娅的丈夫瞪着那把铁锹……

冬妮娅望着保尔的背影……

车头喷出大团雾气……

列车鸣笛,就要开动了——冬妮娅夫妇已重新归座——冬妮娅靠窗坐着,目光在寻找着保尔的身影……

冬妮娅的丈夫:"你怎么会认识那么一个人?"

冬妮娅仿佛没听到……

几名队员抬着担架匆匆赶来,在车门口那儿,和列车员交涉几句,上了车……

队员们高举担架,从车厢穿过……

列车开走了……

那几名队员已下了车,喊着向一名列车员交代:"请千万替我们照顾好保尔·柯察金同志!……"

冬妮娅一愣,回头望担架通过的车门……

车厢里一名女乘客的声音问走来的列车员:"刚才抬上来的是病人么?"

大胡子的老列车员:"可怜的人,他得了伤寒。发烧四十度了还坚持劳动!这怎么行呢,人又不是铁打的!……"

车厢一时炸了窝,七言八语:

"伤寒会传染的!"

"不行!最好把那家伙从车窗扔出去!"

"对,把他扔出去!"

一男乘客揪住老列车员的衣领说:"听到了么?把列车长给我们找来!"

老列车员掰开对方的手,冷冷地:"公民,他是为什么才病成那样的,我们人人都明白。我们说什么,做什么,上帝可都在看着呢!……"

车厢里一时肃然……

冬妮娅起身向车门口走去……

冬妮娅的丈夫:"冬妮娅!……"

冬妮娅头也没回……

黑夜中奔驰的列车……

列车上。

老列车员将冬妮娅引至列车员休息室门口……

老列车员:"只能把他委屈地安排在这儿了。抬他上来那几名同志要把他护送到基辅,可他不许,生气地把他们全赶下去了!"

老列车员说着掏钥匙开了门,首先让进冬妮娅——保尔身盖大衣,半靠半卧……

老列车员:"女公民,您真有一颗好心肠。他现在正需要您这样一位女人的主动照顾啊!"

老列车员退出……

冬妮娅蹲下,呆望保尔……

保尔呓语着:"谢寥沙,谢寥沙你在哪儿?……朱赫来同志……同志们,坚持下去,坚持……"

冬妮娅流泪了——抚摸保尔头发、脸颊……

冬妮娅:"保尔,保尔……你怎么会落到这种地步……"

保尔:"丽达……丽达是你么?……告诉我,我要死了是么?……"他抓住了冬妮娅的手……

冬妮娅:"保尔,是我……冬妮娅……"她抽回手……

保尔睁开了眼睛:"冬妮娅?……不,我不认识什么冬妮娅!……你走吧!我不需要你的同情!……"

冬妮娅:"保尔,这不公平。你不应该这样对待我……"

保尔:"尊敬的夫人,当你们全家人高坐在……看台上……看着我的哥哥……和谢寥沙的姐姐被……绞死……就很……公平么?……"

冬妮娅:"保尔……亲爱的……实际情况不是这样的……以后我会找机会向你解释的……"

保尔:"夫人,您叫我亲爱的……这显得……多么可笑……"

冬妮娅不再说什么,拿起暖瓶倒了一杯水,欲扶起保尔,让他喝口热水……

保尔一推——水杯落地……

保尔:"夫人,求求您,从我眼前离开,让我……安静一会……"

猝然的敲门声……

冬妮娅丈夫的喊声:"开门!开门!……"

冬妮娅开了门……

她的丈夫一把抓住她手臂:"你在这儿干什么?! 你……居然还哭过! 为这种叫花子似的人,你值得流泪么? ……"

保尔:"你们……滚! ……"

冬妮娅被丈夫扯出,门关上了……

冬妮娅:"他是我初恋的人!"

丈夫:"但我是你的合法丈夫!"

冬妮娅瞪着丈夫,突然扇了丈夫一耳光……

丈夫:"亲爱的,我不生气。因为我爱你!"

他很绅士地挽住冬妮娅手臂,将她带走了……

冬妮娅三步一回头……

夜。修路营地。

一名队员使劲摇电话……

他对着话筒大声地:"我找朱赫来同志! 非常重要的事! ……"

夜。基辅。

朱赫来在打电话:"我是朱赫来! 请让镇长亲自接电话! ……"

某小镇的镇委员会。

镇长在向朱赫来电话汇报:"是的……是很年轻……是很英俊……是亚麻色的头发……列车在本镇停车加水时被抬下来的……但是……他已经死了……他……已经……死……了! ……"

朱赫来办公室。

朱赫来表情极其悲痛地放下了电话……

朱赫来踱到窗前的背影……

朱赫来又打电话："丽达,很抱歉这么晚了还打扰你——但是,我不能不及时告诉你——前天我们刚失去了谢寥沙,今天,我们又失去了保尔。是伤寒夺去了他的生命……我本想通知申沃斯克镇把他接下去,得到紧急治疗和护理,可是……"

丽达的宿舍。床上……
丽达握着电话呆住……
丽达眼中慢慢盈满泪水……
丽达放下电话,扑抱住枕头,痛哭……

旁白:先后失去两个亲密的战友,丽达的心碎了。那个和保尔一样,有一头亚麻色头发的青年,却只不过是一个因吸毒致死的不良青年——混乱,新政权初建时期到处呈现的混乱,使保尔死了的消息在基辅不胫而走。而实际上,经冬妮娅的建议,昏迷不醒的保尔,在申沃斯克崑镇的前几站,就被护送下车了。护送他的,也是主动要求的冬妮娅……

医院。
医生对冬妮娅说:"女士,那么他是您的什么人呢?……"
冬妮娅的丈夫:"他不是我妻子的任何人!"
冬妮娅:"我只求你们,一定要救活他的命!……"
冬妮娅的丈夫:"走吧!还啰唆什么!"
他将冬妮娅扯走了……

那个镇的小火车站——只有冬妮娅夫妇的身影,孤单相伴地站在站台上……

冬妮娅的丈夫："都怪你！否则我们怎么会站在这里！鬼知道下一趟列车什么时候才会开来！……"

冬妮娅一言不发,对丈夫的抱怨反应冷漠……

医院里。

病床上的保尔请求："医生,我不想给任何别人添麻烦。请往舍佩托夫卡打电话,让他们通知一位叫玛丽亚·雅科夫列夫娜的母亲来这里……"

保尔说完,头一侧,闭上了双眼……

护士号脉后说："医生,他又昏过去了……"

医生："我看,他活不过两天了。但是让我们为了一位母亲尽力而为吧!"

白天,修路工地。

铁路终于修通了,修路队员们站在木柴堆上长久地欢呼。

一列又一列火车满载着木柴驶向省城。

夜,省城。

我们已熟悉的母子的家……

屋角堆满木柴——壁炉里,木柴也架好了……

少年划着火柴,点燃引火木……

炉火渐旺……

炉火映红少年的脸……

少年转脸望母亲——母亲在床上微笑……

少年回头望——他身后站立的是朱赫来和丽达……

炉火触动了丽达的感情,她低下了头……

朱赫来将一只手轻轻搭在她肩上……

少年站起,不解地:"是我又惹你们不高兴了么? 我发誓,我再也没偷过椅子……"

丽达望着少年,噙泪摇头,并抚摸少年的脸颊……

丽达:"孩子,一定要听妈妈的话,一定要好好学习,啊? ……"

摄影机摇过一排一排不同房舍和窗子……

烟囱冒出的烟迸着美丽的火星……

窗上的霜开始融化……

护士西维娅的家里。

她坐在壁灯旁,呆望火焰,忽然掩面哭泣……

第六章

我不喜欢那类仿佛心中只有革命和革命同志的革命者。

我崇敬特别爱他们的母亲的革命者。

我企图证明，保尔是那样的革命者……

在创作中，我有时更乐于表现男人和男人、女人和女人之间的深情厚谊。这往往能满足我比表现爱情更自觉更由衷的创作愉快。因为我常觉得，在生活中，男人和女人之间的爱情，几乎可以在四目相对之际已然发生。但友情却不能这样。

以下一集，也基本上是被否定的。或者，换一种说法——是很不被喜欢的。

因为在这一集里，不但没有了够得上是"事件"的情节，而且也没有了爱情，连接近爱情的色彩都没有了。

它几乎只剩下了一种感情，或曰一种亲情——作为儿子的保尔对自己的母亲，以及对亲密的战友谢寥沙的母亲的亲情。还有他对于已经永远失去了的那一部分亲情的追思……

对于影视作品，郑凯南所喜欢的那些因素，我也喜欢。

我们之间影视观念的不同在于,她不喜欢的,我不愿跟着不喜欢。不但不愿跟着不喜欢,甚至还显出特别予以追求的喜欢。

是否因我用自己喜欢的内容占据了一定的集数,观众就特别不喜欢一部电视剧了呢?

我不能预知。

但愿不是这样的结果。

即使我能预知到这样的结果,我也一定不改变初衷。

在我这儿,观众不是绝对至上的上帝。

我可以臣服于他们喜欢与不喜欢的意志。

但我也有我自己的意志。

我认为,我也未尝不可以在某种程度上是自己参与创作的影视作品的上帝。

我不可能,也不允许自己只做任何影视公司的小工。这一原则同样不迁就于观众。

在郑凯南那儿,观众也许是绝对至上的上帝。

无论影视公司,还是编剧,应时刻牢记此点。

这再次说明——编剧和投资人的影视理念往往是多么有区别的。

然而我又是幸运的。

因为郑凯南始终对我保持着难能可贵的让步——起码对于剧本问题如此。

我对她说:"上一集的内容比较饱满,情节也较多,这一集是可以散文化一些的。"

我将这一集概括为"母亲集"。

我不喜欢那类仿佛心中只有革命和革命同志的革命者。

原著中的保尔·柯察金差不多便是那类革命者。

我崇敬特别爱他们的母亲的革命者。

我企图用这一集,证明保尔是那样的革命者……

男人平静而又语速缓慢的旁白：青春胜利了，伤寒没能夺走保尔的生命。母亲怜爱和思念儿子的心情，体现得像俄罗斯大地上广阔而诗意的风景一样动人，她亲自驾驶一辆借来的马车，风餐露宿，日夜兼程从边陲小镇赶来，她要把自己的儿子接回家乡去，在自己的照料下休养……

医院走廊——一行水迹……

母亲瘦小的，扎黑头巾的背影——她的衣服还在往下滴雨水……

女医生走来，诧异地站住……

母亲："同志，我是来接我的儿子出院的……"

女医生："您从哪儿来？"

母亲："舍佩托夫卡……"

女医生："可从那儿到这里的铁路不是被炸毁了么？"

母亲："所以我是驾着马车来的……"

女医生："噢，我的上帝！"

母亲："我的儿子叫保尔，保尔·柯察金。他给我写信说，医院的长官批准他可以回家乡休养……"

女医生："是的是的，您立刻就会看到儿子的。不过现在请您先跟我来……"

医生办公室。

女医生替母亲解下头巾、披肩，接着盆拧出些水，搭起来……

女医生用一条干毛巾抚母亲的湿头发……

母亲急切地："别管我。您说过我立刻就会看到儿子的……"

女医生："当然，当然！您的儿子是医院里最受尊敬的病人，是为了基辅染上伤寒的，我们和你一样，都很爱他……"

女医生一边说，一边为母亲套上了白大褂……

女医生引领母亲来至一病房外，轻轻推开了门——保尔背朝她们，侧躺于病床……

女医生："他可能正睡着……"

母亲望定保尔，悄悄走入……

门关上……

母亲走至保尔对面——保尔果然在睡着，一手垂于床边，书掉在地上……

母亲替保尔捡起书——《牛虻》；床头柜上也是翻开的书、笔记本儿、笔……

母亲一时不知该将《牛虻》往哪儿放，拿在手里，缓缓落座……

保尔的长头发被剃去了，熟睡中的他那么瘦；因没了长头发的掩盖，额角一块伤疤狰狞可见……

母亲伸出手去想摸那伤疤，但指尖还未触到，便缩回了手——分明地，她不愿弄醒她的儿子……

母亲流泪了。母亲克制不住快要哭起来了。母亲将书角塞入口中咬着……

母亲就那样默默地流着泪，目光中充满慈祥和怜爱地望着儿子……

保尔："冬妮娅……冬妮娅……丽达同志……木柴、木柴……敌人……敌人……开枪！……"

母亲将书角咬得更紧，泪流满面，不知该如何是好……

保尔："谢寥沙！"

保尔猛醒，一时有点儿困惑地望着母亲，竟没能立刻认出母亲……

母亲:"保夫留沙,我的孩子……"

保尔:"妈妈!……"

母亲用她瘦弱的身子迎住保尔冲动的一扑,紧紧地将儿子的头搂在自己怀里……

母亲哭了。边哭边吻保尔的光头,吻他头上那一块疤……

保尔:"妈妈,亲爱的妈妈! 别哭,别哭! 我不是好好嘛!……"

女医生用托盘托着药进入……

保尔难为情地从母亲怀中挣脱了……

保尔:"医生同志,这是我母亲……"

女医生:"我们已经见过了……"

保尔这才发现,母亲白大褂胸前一片头形的湿迹……

保尔:"妈妈,你……"

女医生:"雨已经下了三天了。你母亲是驾着马车从家乡来接你的!……"

保尔:"妈妈……"

他目光顿时柔情似水……

医院前——保尔已坐卧在马车上了,母亲的双手已扯起了皮缰绳……

医生护士们站在台阶上向保尔摆手告别……

"保尔!"——保尔抬头望去,许多窗口趴着病友,他们向保尔抛吻;一条白床单垂下来,上写"一路平安!"

一些行人被此情形吸引,驻足……

一位姑娘:"他就是那个带领共青团员们抢修铁路,把木柴运到城里供人们取暖的人!……"

一位大胡子老者为他画十字,喃喃祝福……

一小女孩儿挣脱母亲的手,走到马车旁望着保尔,怯怯地:"你好。"

小女孩儿从颈上摘下了十字架,双手捧送:"你能接受这个吗? 它会保佑你的。"

保尔犹豫……

母亲转回身严肃地:"保尔,别拒绝。"

保尔:"谢谢你小姑娘,我接受。"——他双手相接……

显然,人们对儿子的友好,使母亲感到非常自豪——母亲精神抖擞地:"驾! ……"

马车在人们的目送下向前行去……

马车经过几条有特点的街道……

两名佩枪挎刀的骑兵战士追上,一战士向母亲敬礼:"报告母亲同志,我们奉命护送您和您的儿子! ……"

马车居中,骑兵战士一前一后出了城……

保尔轻轻哼起了歌……

两名护送的战士也哼了起来——那歌声我们已熟悉,谢寥沙的姐姐就义前也唱过……

母亲慈祥的脸……

他们行进在旷野……

路旁的白桦林、草原、野花……

他们的歌声渐渐演变为情调深郁的交响乐伴奏下的男女声混唱、重唱……

马蹄和车轮涉过溪流……

一幅幅美丽的自然风光……

变幻着的黎明和黄昏……

远村、大河……

深郁雄浑的交响乐,歌唱……

两名战士勒马于途,目送马车远去,融入黄昏金灿灿的余晖中……

拂晓——马车驶上山坡——家乡在望……

保尔:"妈妈,停一下车,让我从高处看看家乡。"

母亲勒住了马……

保尔欠起了身——家乡的面貌那么静谧地呈现在黎明中,炊烟缕缕……

保尔:"妈妈,你不知道我有多么爱你。"

母亲回过头,有些奇怪保尔为什么要说这样的话……

保尔:"因为您从来不曾抱怨过我……"

母亲下了车前座,走到保尔跟前,隔着车栏双手捧住保尔的脸,凝视着他,低声地:"保尔,妈妈抱怨过你,特别是在你哥哥死后,特别是在你很久很久连封信都不给妈妈写的日子里……儿子,这不公平……"

保尔:"妈妈,对不起……我以后会经常给您写信的……"

母亲:"这么说,你养好了病以后,还要很久很久地离开妈妈?……"

保尔的目光望向了家乡:"妈妈,您清楚的,我已经不属于我们的家乡这一座小城镇……"

母亲捧着他脸的双手放下了:"也不属于妈妈了么?"

保尔:"妈妈,我爱您。如果我的话使您不高兴了,您千万不要生气。您大概不知道,革命是多么需要千千万万像我这样的人去为它献身……"

母亲庄严地:"不,儿子,我知道。但是儿子,你应该永远记住妈妈的话,一个人无论他自以为是怎样的人,无论他自以为所献身的事业多么伟大,多么崇高,他心里都不可以把家乡,把母亲摆在并不重要的地位。一个真正的俄罗斯人可不是这样的,在真正的俄罗斯人内心里,家乡和母亲是像大树一样,扎下很深很深的根须的,连着他们的尊严、情感和牺牲,并且使他们成为仁慈的人……"

保尔不无内疚地:"妈妈,我会记住您的话的。"

嘹亮的军号声隐隐传来——保尔循声望去,一面代表苏维埃政权的红旗,在家乡的楼顶间冉冉升起……

母亲一勒皮缰绳,马车停在自家的小院前……

谢寥沙的母亲安东尼娜正在擦保尔家的一扇窗子,她丢下抹布奔到马车前,捧住保尔的脸一阵咂咂有声的热吻:"保尔,亲爱的鬼东西,不管母亲的家伙,你可回来啦! 这太好了,太好了! ……"

她不由分说,将正要支撑着虚弱的身子下车的保尔抱了起来……

保尔难为情地:"安东尼娜大婶儿,放下我,让我自己走……"

安东尼娜:"鬼东西,别不好意思! 难道我还没有权力抱你吗? ……"

她将保尔抱进了屋,放在一张单人床上……

保尔:"安东尼娜大婶,您还是那么健壮,还是那么有力气!"

安东尼娜望着保尔的母亲说:"玛丽亚,听听,你的儿子倒说我有力气!"——望着保尔又说,"鬼东西,你怎么不说你自己轻得像一捆干草?"

母亲叹了口气:"我送走的是一头小公牛,可接回来的却是一只病羊羔儿。"

安东尼娜将一只手搭在母亲肩上,与母亲一齐怜爱地望着保尔,以一种安慰的口吻说:"别伤心雅科夫列夫娜,我们俩很快就会使这鬼东西又变得像小公牛一样生气勃勃的!"

两位母亲一个高大肥胖,一个矮小精瘦,亲密地在一起的样子相映成趣儿。保尔望着她们愉快地微笑……

保尔的单人床靠着后窗,窗台上摆一瓶盛开的野花。他凑向野花闻了闻,之后环视简陋而洁净的房间……

保尔:"回家也真好……"

安东尼娜拍了一下手:"雅科夫列夫娜,你听听,他心里完全把我们忘了,现在竟有脸说出这种话来!也真好!那么最好是怎样的呢?难道是永远不回家么?……"

保尔:"安东尼娜大婶儿,我并不是这个意思……"

安东尼娜:"不,你是这个意思,你根本就是这个意思!……"

保尔无奈,只有很窘地笑——桀骜不驯的保尔,生平第一次被别人当成坏孩子一样斥责。而对方是他亲密战友的母亲,而亲密战友为了保护他牺牲了,分明地,他的表情告诉我们,他在对方面前是深深感到内疚的……

保尔的脸缓缓转向了窗外——后花园里有树和花……

保尔的目光顺着树干向上望——少年谢寥沙的幻影骑在树桠上,朝保尔招手:"保尔,咱们一块儿钓鱼去!……"

"一块儿钓鱼去!一块儿钓鱼去!一块儿钓鱼去!……"

在保尔的主观听觉中,谢寥沙的声音渐大,渐大……

保尔感到一阵头晕目眩,他本能地双手抱住了头……

两位母亲慌了,一左一右俯向他,都有些不安起来:

"保尔,你怎么了?"

"保尔,你生大婶的气了么?"

保尔缓缓睁开眼睛,望着谢寥沙的母亲,极其真诚地:"安东尼娜大婶儿,保尔·柯察金对不起你!……"

两位母亲彼此交换半领会半未领会的目光……

晚。

保尔在看书,母亲在织毛活儿……

安东尼娜来了,对母亲说:"雅科夫列夫娜,您真像一位开始准备嫁妆的姑娘,一有空儿就织啊织啊的!"

母亲:"保尔的关节病很重,我要用旧毛线为他织一双厚护膝……"

安东尼娜:"你猜,我为你的保尔带来了什么好东西?"

保尔的目光也不禁离开了书,和母亲一齐望向表情神秘的安东尼娜……

安东尼娜从衣襟下出示了一个瓶子:"蜂蜜!从你去接保尔那一天起,我就帮城郊的养蜂人洗衣服,也不知洗了多少了,他终于按我预先的要求给了我这瓶蜂蜜!……"

她将蜂蜜放在桌上……

母亲:"瓦西里耶夫娜,你不但替我看家,还替我把家收拾得这么干净,还替我清理了前院后院,还……这可叫我怎么感激你呢?……"

安东尼娜:"雅科夫列夫娜,那你就一句感激的话也不要说了吧!连想都不要想!难道保尔现在不是我们共同的儿子么?"

保尔:"亲爱的安东尼娜大婶儿,可以请您坐到我身边来么?"

安东尼娜:"这我当然非常愿意啦!"——她走过来吻了保尔一下,缓缓落座。

保尔用自己的双手握住了她的一只手:"既然您把我看成儿子,那么我可以叫您妈妈么?"

安东尼娜:"叫吧,鬼东西!大声叫我妈妈吧,我爱听!"

保尔："亲爱的安东尼娜妈妈,我不但是回来休养的,还有一个任务……这任务,对我来说非常艰巨……"

两位母亲困惑地对视……

保尔："安东尼娜妈妈……我的任务是……由我亲自告诉您,谢寥沙他……"

安东尼娜："他……他怎么了,快说!……"

母亲制止地:"保尔,你怎么能一回来就……"

保尔不管不顾地:"牺牲了……"

安东尼娜顿时呆住,继而热泪盈眶……

母亲走到她身旁,与之并肩坐下,并像保尔一样,用自己的双手握住了她的另一只手……

保尔:"刚刚被我们解放的基辅,几乎寻找不到一根木柴了,严寒的冬季,使整座城市变得像冰窖一样。许多人家把桌子、椅子都劈碎烧了。一些老人、妇女和儿童,在严寒中死去了。为了将一批木柴尽快运到城里,我们几百名青年志愿者在冰天雪地中抢修铁路……"

闪回抢修铁路的种种艰苦情形,以及此情形中保尔和谢寥沙的劳动片段……

闪回战斗的片段,谢寥沙牺牲的片刻……

现实——安东尼娜双手掩面,已哭得像个孩子……

保尔:"亲爱的安东尼娜妈妈,您骂我吧,您打我吧! 因为我不但没有保护好谢寥沙弟弟,反而……"

安东尼娜情不自禁地将保尔的头紧紧搂抱在自己宽大的胸怀里:"亲爱的孩子,别说了,别再说下去了……"

母亲默默地流泪,默默地画十字为谢寥沙的灵魂祈祷……

清晨。

母亲的身影在扫一条寂静的街道……

远远地,安东尼娜的身影相向扫来……

两位母亲扫至迎面——那是一处丁字路口,她们发现保尔也从竖街上扫了过来……

保尔气力不支地拄帚而立,汗如雨下,吁吁喘息……

母亲:"保尔,这可不是你干的!"

安东尼娜:"孩子,你这不是成心招我们心疼你吗?"

保尔微笑地:"革命者的母亲们在干的,革命者也干,那是丝毫也不必觉得羞耻的。再说,我想活动活动,不能整天在床上躺着呀!……"

母亲掏出手绢替保尔擦汗……

安东尼娜:"保尔,请你告诉我们两个老太婆,让我们明白,你们这些孩子的革命,究竟是为了什么?"

保尔:"为了使你们这样善良亲爱的母亲,都过上幸福的生活……"

母亲:"保尔,那是一种怎样的生活呢?"

保尔走向了路边的长椅——两位母亲对视一眼,跟过去坐在他左右……

保尔充满憧憬地:"亲爱的妈妈们,那是一种这样的生活——家家的地窖里都储备着吃不完的土豆,面包师们再也不做黑面包。人人都能吃上松软的白面包,穷人家的饭桌上,从此都有了奶油、果酱,还有蜂蜜,孩子们吃夹香肠的面包,甚至都有点吃腻了……"

保尔说得神往,连自己也不禁笑了起来……

两位母亲却谁也没笑。

安东尼娜:"可革命前,我们还都能为富人家洗衣服,做佣人,得到一点儿钱。革命把富人都赶跑了,或者枪毙了,我们反而只能扫马路了。这座城市里的革命政府给我们的钱,一点儿也不比从前富人家的老爷们给我们的多,这有什么区别呢?"

保尔:"从前,富人家视你们为下等人、贱民。他们给你们一点儿钱时,脸上经常显出恩赐的样子。现在,有谁还敢欺辱你们么?"

安东尼娜:"那倒也是……"

保尔:"如果有,我一定替你们狠狠教训他!"

母亲:"没有。保尔,没有的。"

安东尼娜:"可,就这么一点点区别么?就为了这么一点点区别,我失去了儿子,你妈妈也失去了一个儿子。我还因为儿子是革命者,女儿也被绞死了。这值得么?我只不过是一个孤苦伶仃的老太婆了,尊严对我还有什么意义呢?……"

保尔被问得一愣,难以回答,沉默,掏出烟……

母亲似乎是在替保尔回答:"瓦西里耶夫娜,这就叫苦难呀!如果我们的国家注定了要经历种种苦难才会变得好一些,那我们这些老百姓和我们的儿女有什么办法呢?苦难不总是由我们和我们的儿女去饱尝么?……"

安东尼娜又哭了:"雅科夫列夫娜,我不是要用古怪的问题难为保尔。但我一想起谢寥沙和瓦莉娅,眼泪就不由自主地往外流……"

母亲在安慰安东尼娜……

保尔叼上一支烟,正欲点燃了吸,发现一个男孩儿和一位少女向自己走来——男孩儿手里捧着一束花,少女将男孩儿轻轻推向保尔……

保尔:"想要把花送给我么?"

男孩儿点头,鼓起勇气将花往保尔怀里一丢,转身便跑……

两位母亲奇怪地看看保尔,又望向少女……

少女注视着保尔声明:"我弟弟给错了。不是给你的,是给她们的。因为她们的儿子和女儿在那个地方被绞死了。今天是耶稣受难日,我们的爷爷奶奶叫我们一定要采了鲜花送给她们……"

少女说完,也转身跑了……

保尔手持花束陷入沉思……

母亲:"保尔……"

保尔猛醒,将花束送向安东尼娜……

安东尼娜不接,推拒:"雅科夫列夫娜,你带回家去吧,你带回家去吧! 我们保尔的窗前应该总是有鲜花……"

呼啦啦,从四面八方跑来一群孩子,一束束鲜花送向母亲们——顷刻,坐在长椅上的两位母亲,连同保尔,几乎被花束埋住了身子……

舒缓而忧郁的音乐,轻轻地悄悄地铺入画面……

瓦莉娅的歌声很缥缈地从遥远之处响起——还是那一首古老的伤感的俄罗斯民歌……

闪回——黄昏,城里的青年男女们在欢乐地跳舞……

拉手风琴的保尔……

旋转着,像吉普赛姑娘一样边歌边舞的瓦莉娅……

交抱双臂、憨憨笑观的阿焦姆……

瓦莉娅旋到阿焦姆跟前,强拉着他共舞……

笨拙的阿焦姆……

快乐的瓦莉娅……

镜头摇向人们头顶秋天金色的大叶片,它们使画面显得极为华丽……

枪声!

树枝颤抖……

叶片纷落……

歌声戛止……

镜头摇下——坟,瓦莉娅和阿焦姆的,坟前竖着朴素的木碑和木十字架……

跪在两坟之间的保尔——他的跪显然只不过是由于身体太虚弱……

保尔一手轻轻抚摸瓦莉娅的木碑,另一只手轻轻抚摸阿焦姆的木碑……

心声:亲爱的瓦莉娅,亲爱的哥哥,保尔回来了。……

"保尔回来了么?"——哥哥洪亮的声音……

闪回:保尔为了一只捡回来的破球和哥哥闹脾气;哥哥用那只破球的皮子为保尔做成一双皮凉鞋的片段……

现实——一只崭新的皮球滚到保尔跟前……

保尔抓起球,双手捧着,呆呆地看……

一个男孩儿怯怯的声音:"还给我好么?我不是故意干扰你的……"

保尔捧着球缓缓扭头,望向画外……

旁白:几天以后……

保尔已能坐在桌前看书了——母亲进来,将一页纸递给他……

母亲:"保尔,我去找谢寥沙的妈妈扫街,她不在家,家里也只剩下了几件家具,门上贴着这张纸,我真奇怪,也真有点儿不安……"

保尔放下书,接过纸,看了片刻,望着母亲急切地问:"妈妈,谁家有马?能借到一匹马么?……"

母亲："马？区委会的通讯员倒有一匹马,可你要借一匹马干什么？……"

保尔站了起来："安东尼娜大婶走了！谢寥沙的舅舅把她接到外省的乡下去了！纸上的日期是今天早上,如果能借到一匹马,我也许会追上她……"

保尔开始翻自己的皮包："我要把谢寥沙的一些遗物给她,安东尼娜大婶更应该保存有儿子的遗物啊！……"

院子里——母亲牵来了一匹马……

保尔将一个小包袱挂于马鞍,上马——因身体虚弱,几次没成功……

保尔将马牵至一旁,踩着一块大石头才上去了……

保尔催马冲出院子……

保尔在马背上摇摆……

母亲担忧地："保尔,当心啊！"

保尔催马冲过街道……

安东尼娜的画外音:亲爱的雅科夫列夫娜,亲爱的儿子保尔,原谅我今天不与你们告别,就悄悄地离开了你们。我是怕你们伤心呀！我求别人替我写下这些话,就算是与你们的告别话吧！——我已经太老了,怕最终会成为别人们的包袱,就决定到外省去与我弟弟一家生活了。雅科夫列夫娜,你不是说过我的扫帚比你的扫帚好使么？那么你就使着吧！这样你就不会把我忘了。亲爱的保尔儿子,你一定要早早地健康起来。一定要经常回家乡看望你的老母亲。上帝保佑你不会牺牲在外地,使你的老母亲落得和我一样……早早地爱上一个姑娘吧,保尔。如果你愿意接受,我家的房子,赠给你做你们的小家。

愿上帝永远赐福于你们。请代我向一切关怀过我帮助过我的好人们告别，并传达我衷心的感激……

安东尼娜的画外音中，保尔策马冲出城镇；冲过一片树林……

保尔策马冲过一条浅河——水花四溅……

保尔策马冲上山坡，远远地望见了一辆马车，望见了坐在车后的安东尼娜的身影……

保尔却正在此时，头一晕，从马上跌下……

保尔爬起，数番重新上马，上不去……

马车在保尔的视野中越来越远……

保尔欲喊，嘴张得很大，却没有喊出话……

保尔的心声：亲爱的安东尼娜妈妈……

保尔双手抱鞍，引颈久望……

画面没有任何音响，更没有音乐没有歌，四野的景色仿佛是一幅照片，马车仿佛向前移动在照片中……

蓦地一声汽笛，一列火车从画面一侧的树林后穿出，横过画面……

列车过后，被斩断的公路复现，公路上已没了马车的踪影……

画面归于寂静……

保尔的脸——他的目光中有种深深的惆怅的意味儿，那是此前我们从他的眼中未发现过的……

保尔的额缓缓抵在马鞍上——他的一只手紧紧抓住挂在马鞍上的包袱……

他那样子的背影——他流泪了么？我们没有看见他的脸，无从判断。

旁白：安东尼娜·瓦西里耶夫娜，这位在第一次世界大战中失去了丈夫，继而又在国内革命战争中失去了儿子和女儿的老女人，就这样，永远从保尔的亲情半径中消失了。以后保尔再也没见到过她……

晚。家。

保尔坐在窗前一动不动的侧影……

垂头织着毛活的母亲……

并置于墙角的两把扫帚……

桌上的那瓶蜂蜜，已食去了一半……

母亲叹了口气，缓缓抬头，望向保尔……

母亲喃喃地："她连究竟去了什么地方都没告诉我们……"

保尔转脸，望向母亲……

保尔的心声：安东尼娜妈妈，等保尔有了自己的家，一定把您接去，和我、和我的母亲生活在一起……

清晨。

母亲醒了——撩起窗帘一角，外面细雨霏霏……

母亲走出自己的小屋，床上不见了保尔……

墙角——少了一把扫帚……

母亲明白了……

街道已经开始有一处处落叶了——披军用斗篷的保尔沿街朝我们扫来……

一户人家的房间里，一个男孩儿趴在窗台上，望着窗外扫街的保尔……

餐厅里——一位妇女忙忙碌碌地往餐桌上摆早餐……

男孩子的房间里传出男孩子的声音:"妈妈,那不是她!"

妇女头也不抬地:"不是谁?"

男孩子的声音:"不是昨天扫街道的那个老太婆!"

妇女:"米沙,不许这么说。要称老奶奶,懂么?"

男孩子的声音:"可是扫街的已经不是那老奶奶了! 他站住了……"

妇女:"别管这么多,快过来吃早饭……"

男孩子的声音:"可是……可是他走进我们的院子里来了! ……"

妇女抬起了头,从门窗望向院子……

院子里——保尔站在通向门阶的铺砖甬路上——我们也终于认出,这是冬妮娅家的院子,冬妮娅家的小楼。树还是那些树;葡萄架下的石桌石椅,仿佛在等待着人去坐下交谈;秋千静止着……

保尔的目光一一扫过那一切……

笑声——冬妮娅活泼的格格的笑声……

秋千的吊绳摆动起来……

风和日丽中,穿裙子的冬妮娅将秋千越荡越高……

教堂悠长的钟声……

冬妮娅的笑声……

在两种声音的交织中,保尔收回目光,望向门阶——门旁的牌写的是——"舍佩托夫卡市苏维埃革命委员会"。

楼内。

已坐在餐桌旁的男孩子和他的妈妈,目光望着门……

门被推开了,保尔进来了——他熟悉地望向门旁——冬妮娅家的衣架亦在……

他去掉斗篷,挂在衣架上……

保尔礼貌地:"对不起,打扰了。"

妇女站了起来:"您……找谁?……"

保尔支吾地:"我……我只想看看……是这样的,我和这里……曾经有点儿关系……"

保尔一边说,一边目光寻寻觅觅地向前走……

妇女:"请问,这儿曾经是您的家?"

保尔摇头,往前走……

男孩子手中拿着面包,呆望保尔——似乎保尔在他眼里是个神秘人物……

妇女:"是您亲戚的家?"

保尔摇头,驻足于一具女神雕塑前——女神的身上斜佩花环,组成花环的花朵却已完全枯干了——花环是冬妮娅离家前给女神戴在身上的么?……

谁知道呢!

分明地,保尔也在这么猜想。

保尔用手轻摸花环——那些花儿太干了,落下了一片片叶瓣儿……

男孩子:"那是森林女神! 她不喜欢陌生的人碰她,尤其不喜欢男人的手碰她!"

保尔回望男孩儿,不自然地笑……

保尔走到了楼梯前……

男孩子离开餐桌,迅速跑过去,伸展双臂,拦在梯口……

男孩子:"楼上是我的领地,不许你上去!"

保尔一弯腰,将男孩儿抱起,登上楼去……

妇女不安地:"安东烈夫！快起来！拿上枪！家里要出事儿了！……"

安东烈夫是她的丈夫,这座小城镇的市委书记。

保尔抱着男孩儿走到了冬妮娅房间的门外……

男孩儿嘟囔地:"这儿是我的房间。如果您是朋友,那么请吧……"

保尔腾出一只手,轻轻推开了门……

房间里的情形,已不再是冬妮娅那处处优雅别致的大家闺秀的闺房情形,凌乱不堪……

迎门墙上,保尔熟悉的那一幅油画不见了,墙上留下了方方正正的挂痕——冬妮娅的半身照被剪下,贴在墙上,显然是男孩不知从哪儿翻捡到的。男孩儿还用彩色蜡笔,在挂痕的四周画了色彩鲜艳的框子……

保尔抱着孩子走上前,凝视之,不禁伸出一手抚摸冬妮娅的发辫、脸庞……

保尔将"冬妮娅"揭了下来……

男孩子不情愿地:"如果您特别喜欢,那么就送给您好了……"

"把我儿子放下。"——凛凛的一声……

保尔放下孩子,转身——背后是市委书记,肩上悬着手枪,枪套的扣盖打开着……

保尔:"这孩子很可爱……"

他将一只手伸入内衣兜……

市委书记的手反应机警地摸向枪柄……

保尔向他递去证件……

妇女趁机将男孩子抱下楼……

市委书记办公室——冬妮娅父亲的书房……

市委书记:"保尔·柯察金同志,那么,您是上级派来检查工作的么?"

保尔:"不,我只不过是回家乡来疗养的。"

市委书记释然了:"我调来不久,全家暂时住这儿。需要我陪你再参观参观么?虽然到处散发着资产阶级的气息,但是,说实在的,谁住在这儿都会产生一种优越的感觉。我的妻子和儿子甚至不愿离开了……"

保尔:"不,我不参观。我也在这里住过,仅仅一个晚上。我……我似乎有东西丢在这儿了,想碰碰运气找找……"

市委书记:"那是什么东西?很贵重么?"

保尔:"我……我不知道那究竟算不算是很贵重的东西,甚至不清楚,究竟值不值得来找……"

男孩子探入头:"他已经找到了!"

保尔起身:"对不起,打扰了。我该走了……"

保尔出了门,见母亲瘦小的身影坐在台阶上……
母亲的目光理解地望向保尔……

楼内。

市委书记在挂电话:"瓦西里同志,请调查一下,我们这儿从前是不是有一个叫保尔·柯察金的人。虽然我看过他的证件,但我的妻子还是认为他有点儿古怪,对他的到来很是不安……"

他放下电话,坐在椅子上愣了愣,大步离开办公室,走到餐桌旁,俯身瞪着儿子,低声而又严厉地问:"他究竟找到什么带走了?"

门外台阶上。

保尔讷讷地:"妈妈,我只不过是……"

母亲:"孩子,别说了。妈妈年轻的时候也爱过……"

保尔默默展开斗篷,将瘦小的母亲一裹……

母子俩裹着斗篷的背影行走在寂静无人的街道上……

肩着扫帚的保尔回头,向冬妮娅的家又投一瞥……

在雨中静止的秋千……

冬妮娅的画外音:您怎么跑到这儿来了呢? 狗会把您咬伤的,幸亏我……

母子背后,枯叶纷落一地……

枯叶渐变为雪花……

(从拍摄周期考虑,以下情节改为冬景及初春。)

母亲扫街归来,见保尔在院子里劈柴——他已经劈开了许多,并整整齐齐地码好了……

母亲放下扫帚和推雪的木锨,倚着小院门柱,默默地望着保尔劈柴……

母亲:"保尔,够烧的了……"

保尔:"妈妈,我不累。我觉得我已经有些力气了……"

保尔嘴上虽这么说,但还是放下了斧,走到母亲跟前,替母亲拍打身上的雪……

保尔陪母亲走进家门……

母亲拿起蜂蜜瓶,从中倒出最后的一点儿蜂蜜……

母亲:"儿子,喝了这杯蜂蜜水。"

保尔接过杯,喝了几口,放下了杯……

母亲抚摸保尔脸颊:"儿子,你已经胖了些。"

保尔:"妈妈,我的靴子呢?"

母亲沉吟片刻,找出靴子,无言地递给保尔……

保尔仔细地给靴子上油,擦亮……

母亲默默地望着……

母亲非常明白保尔擦靴子意味着什么——她开始默默地替保尔将衣物收拢,往保尔的旧皮箱里放……

锃亮的靴子已穿在保尔脚上了,他站起,试走了两步……

保尔听到了母亲的抽泣声,转身望向母亲的背影——母亲仍在替他往皮箱里收拾东西……

保尔走向母亲,从背后将母亲瘦小的身子抱住了……

保尔:"噢,亲爱的妈妈,不要哭,不要哭。保尔已经把您关于家乡和母亲的话记在内心里了。以后一有机会,就会回来看您的……"

旁白:保尔的心早已又回到了基辅。那个大城市雄伟的景象,蓬勃的生机,川流不息的人群,电车的轰隆声和汽车的喇叭声都使他神往。而最主要的是,他喜欢那些高大的石头厂房和熏黑了的车间、机器,喜欢那里巨轮的飞转和空气中散发着的机油味儿。他的血液中似乎存在着两种特殊的基因——一种是职业革命者的;一种是工人的。前种是后天的;后种是先天的。家乡这座小小的僻静的城镇里,两种适合他天性的东西都没有……

旁白声中,保尔与母亲在院子里吻别……

保尔拎起皮箱,转身大步而去……

母亲跟随出了院子……

保尔头也不回的背影……

母亲本能似的又跟随了几步,理智地站住了……

母亲的脸……

母亲的眼中流露着怎样的一种忧伤和惆怅呵……

向镜头走来的保尔——他脸上那种一往无前的意味儿,恰与母亲脸上的表情形成比照……

在他身后,母亲的身影驻立于漫天大雪之中,越来越小,越来越模糊……

保尔回到了基辅,回到了敬爱他的人们中间——这一种敬爱,对他显然是很重要的……

保尔走上了台……

有许多人认出他,惊喜地:

"保尔!"

"保尔・柯察金!"

"不错,是咱们的保尔!……"

保尔:"亲爱的同志们,我并没死。我还不愿死。我们刚刚夺取了政权,许多事正等待我们共青团员去做。你们说,在这样的时候,保尔・柯察金,怎么会轻易地死去呢?!……"

片刻的寂静之后,热烈的掌声……

台下一位姑娘倾慕的表情——她叫安娜,是潘克拉托夫的妹妹,才十八九岁,是位很招人喜欢的姑娘……

许许多多人拥上台,与保尔拥抱……

保尔被抛了起来……

安娜担心地:"小心,别摔了他!……"

工厂。各种各样的机床、各种各样的声音……

工人们皆在各自的岗位上操作着……

保尔着一身工作服，被一名看去样子有些调皮捣蛋的青年工人引领着，在机床间穿来穿去，最后绕到了一台巨大的龙头刨床跟前……

青年指着全神贯注操纵刨床的工人说："尊敬的团委书记同志，鉴于您的视力情况，只能委屈您给这位师傅当徒弟了。除了这儿，没有对您来说更安全的机床了！"

保尔："好吧，那我就当他的徒弟！"

青年扳了电闸，刨床停止运行，那名工人扭头望来——她是安娜。发现保尔，她显得有些意外和恓惶……

青年："安娜，正式把我们的团委书记同志交给你啦！"说罢对安娜挤挤眼睛，扬长而去……

安娜："团委书记同志，他究竟是什么意思？我一点儿也不明白！"

保尔："他的意思是，让我当您的徒弟。"

安娜："这怎么行！这怎么行！……"

保尔："您反感我？"

安娜："不，不，我怎么会反感您呢？可……可您是团委书记呀！我怎么可以当您的师傅呢？"

保尔："师傅，如果您不反感我就好。"

安娜："可……可您为什么要当一名工人的徒弟呢？……"

保尔："我向区团委要求调到这里来时，做了不脱产的保证。我必须实行我的保证。"

安娜："可……可您又为什么非做那样的保证呢？"

保尔："我喜欢工厂。喜欢车床。我从小就梦想着能操纵如此巨大的车床……"

安娜:"那么好吧,团委书记同志! 不过请千万别叫我师傅,就叫我安娜吧!"

保尔:"师傅,我接受这个条件。"

保尔说完,不禁笑了……

安娜笑得更是羞涩……

于是安娜让位,教保尔操纵刨床……

安娜:"瞧,您真是个聪明的人,这么快就会了! 难道您从前没接触过机床的么?"

保尔:"我的家乡是个小镇,那儿没有大工厂,也没有什么像样的车床。您呢,师傅?"

安娜:"请叫我安娜,并且请称我'你'。"

保尔:"你呢,安娜?"

安娜:"我十六岁学徒。去年就是厂里的正式工人啦! 我父亲是这个厂的老工人。现在,对您来说,我也是老工人了!"

汽笛声后,嘈杂声止——工人们各处吃饭……

保尔和安娜自然也在刨床旁吃饭……

保尔:"安娜,你父亲还好么?"

安娜:"他已经牺牲了……"

保尔刮目相看地:"这么说,你是红军烈士的女儿?"

安娜:"不。他当的是沙皇的兵。他是在一战前线牺牲的。"

保尔:"真遗憾。"

安娜:"团委书记同志,我应该怎样理解您的话呢? 是同情? 还是讽刺?"

保尔:"安娜,请别误会。"

安娜:"我想我一点儿也没误会您的话。我听说过您的事迹。您被人们称颂为意志坚强的阶级战士。在许多人心目中,包括在我心目中,您甚至被认为有几分英雄色彩。所以,我和许多人一样,打内心里尊敬您。但一切人都应该是英雄么?一个人是不是英雄,一个人是不是英雄的儿女,对您来说真的非常重要么?"

保尔的表情严肃起来:"安娜同志,我的意思只不过是——沙皇士兵的死,和红军战士的死,二者是不一样的。只有后者的死,才意味着是牺牲。"

安娜将饭盒往刨床上"啪"地一放,响声使保尔一愣……

安娜也表情严肃地:"团委书记同志,成千上万的人都曾被迫为政府当过兵,这难道是他们的什么过错么?难道他们的儿女必须因此而有什么罪过感么?我再对您说一遍我的父亲当的是沙皇的兵,他是在一战前线牺牲的!"

她将"牺牲"二字说出特别强调的意味儿。

保尔愣愣地瞪着她……

安娜:"对我来说,无论怎样的死,都意味着永远失去了父亲!"

保尔:"安娜同志,我们不要再辩论下去了!这会使我们之间的关系,一开始就变得不愉快的。"

安娜:"尊敬的团委书记同志,我看,我们之间的关系已经变得不愉快了!"

保尔掏出烟,叼在嘴上一支……

安娜严厉地:"团委书记同志,我以师傅的身份,禁止您在厂房内吸烟,您打算带头违犯安全条例么?"

保尔尴尬,从嘴上取下烟,放入了烟盒……

团的组织活动晚会。

保尔:"对于我们团的组织,包括对于我团的干部们,谁还有什么意见要发表么？"

室内烟雾缭绕,保尔和一些男团员在吸着烟,女团员们呛得以手扇烟,捂口捂鼻,转脸咳嗽……

保尔在咳嗽声中又叼上一支烟……

安娜看在眼里,终于忍不住地:"我发言。"

保尔:"请说吧,安娜同志。"

安娜站了起来:"团委书记同志,既然团的组织一再号召男团员们戒烟,您为什么还要带头吸烟？看看你们吸烟的这些男人,已经把空气搞得多么糟糕！再这样下去,我们女团员可不愿与你们一起开会了！"

一片肃静……

你看我,我看你,许多人的目光最后集中在保尔身上……

保尔:"安娜同志,我接受你的批评。并且郑重宣布,从现在起,戒烟了。"

他将刚吸了两口的烟,按灭在烟灰缸里……

吸烟者们,也纷纷将烟按灭了……

保尔:"无论是谁,今后发现我再吸烟,都有理由像轻蔑一个说空话的家伙一样轻蔑我……散会！"

人们纷纷起身离去,安娜却坐着动也未动,默默地,似乎有几分失悔地望着保尔……

保尔从兜里掏出烟盒,弹出一支,放在鼻子底下闻闻,又插入烟盒,接着将烟盒投入了墙角的纸篓……

保尔起身要走时,安娜叫住了他……

安娜:"团委书记同志！"

保尔站住,回头望她……

安娜也迅速起身,走到了保尔跟前,歉意地:"您心里很生我的气吧？"

保尔:"为什么?"

安娜:"我使您在大家面前非常难堪不是么?"

保尔:"是的。"

安娜:"您看,您已经这么坦率地承认了!那么,我……我向您道歉,也许我不应该……"

保尔:"亲爱的安娜同志,有些事虽然使人非常难堪,但不见得就同时使人有理由生气。我刚才已经当众说过了,虚心接受你的批评。事实上,我很喜欢你的性格!"

保尔拍了拍她的肩,走了……

安娜喜滋滋地:"他叫我亲爱的安娜同志!"

一个小伙子:"我想,他肯定对许多姑娘都这么叫过。这说明不了什么,亲爱的安娜同志!"

安娜:"可他还说他很喜欢我的性格!"

那小伙子:"我也很喜欢你的性格呀!难道竟会有哪一个小伙子不喜欢你的性格么?"

安娜:"滚开,他还亲切地拍了我的肩呢!"

那小伙子:"这更是我们大家都愿意的事儿了!"

他也在安娜肩上拍了一下,朝其他小伙子挤挤眼睛,带着调笑的表情走了……

于是所有的小伙子临出门前,依次都拍拍安娜的肩——区别在于,有的嬉皮笑脸,有的装出一本正经的样子……

而安娜像一个被捉弄得有点儿发懵的小女孩儿……

保尔在楼外碰见了潘克拉托夫。

潘克拉托夫:"保尔,我正要去上夜班。别人替我请过假了吧?"

保尔点头,问:"潘佳,有位叫安娜的女团员,你了解她么?"

潘克拉托夫沉吟地:"应该说,还算了解吧!"

保尔:"她成了我的师傅。"

潘克拉托夫:"那可够你受的,她是个常使男人陷入尴尬的姑娘。怎么,你对她有什么特别的看法么?"

保尔用手指自己太阳穴:"她这里边的某些思想,似乎挺……古怪。不过我很喜欢她那种坦率的性格,尽管会使人难免尴尬……"

潘克拉托夫:"领教过了?"

保尔:"领教过了。"

潘克拉托夫:"谢谢你很喜欢她坦率的性格。她如果有什么冒犯你的地方,希望你能看在我的情面上原谅她,因为她是我的宝贝妹妹!"

潘克拉托夫一笑,走了……

保尔怔愣片刻,也不禁笑了……

白天。厂房里。

安娜在教保尔操作经验:"这台刨床已经太老旧了,操作经常失灵。不过没关系,你只要记住……"

保尔抬头望她……

安娜的目光与保尔的目光一对视,显得有点儿不自然起来,目光躲闪,不知该望向何处……

保尔:"只要记住什么?"

安娜:"只要记住,失灵时别慌,拉断电闸,让刨床歇一会儿就会好的……"

保尔:"还有些什么经验,请再告诉我。"

安娜:"还有……我说你这个同志,急的什么? 你以为几天内我就应该带出你这个徒弟呀? 你起码准备当几个月徒弟吧！……"

保尔不好意思地挠头笑了……

汽笛声。

二人吃饭。

安娜："团委书记同志……"

保尔："叫我保尔,否则我叫你师傅!"

安娜："保尔……保尔·柯察金同志……"

保尔："师傅,有什么指教?"

安娜："好,叫保尔就叫保尔! 保尔,你业余时间都干些什么?"

保尔："看书。"

安娜："除了看书呢?"

保尔："还是看书。"

安娜："难道人的生命,除了吃饭睡觉,再就应该是工作、学习,学习、工作么? 就不该娱乐娱乐么?"

保尔："怎么娱乐? 到哪儿去娱乐?"

安娜："我们一些男女团员,每周六常聚在一起玩个通宵,您愿意参加么?"

保尔："算是正式邀请么?"

安娜点头。

保尔："代表他们?"

安娜："暂时,算我自己的邀请吧,行么?"

保尔："行。"

晚。

保尔的宿舍,他在看书——听到敲门声,开门——门外站着安娜,化了妆的脸看上去很可爱……

保尔:"你化妆了?"

安娜一笑:"你反对么?"

保尔:"如果我因此对你提出批评,你也能像我一样虚心接受么?"

安娜笑得更灿烂了:"不。因为男人吸烟和女人化妆是不能相提并论的!"

二人行走在街上。

安娜挽住保尔的手臂,依偎着他走……

保尔显然不习惯,本能地抽了抽手臂,未能抽出,也就只有听之任之……

某房间门外,安娜敲了几下门——一小伙子探出头,见是安娜,又见保尔,一时显出左右为难的样子……

安娜:"请放心,团委书记同志是陪我来的!"

安娜在先,引保尔进入——室内分里外间,空中交叉着拉花,不开灯而点蜡烛,很有情调,很有气氛。小伙子们的衣着一个个绅士似的,而姑娘们几乎皆化了妆,区别是有的浓艳,有的淡雅……

他们见了保尔,都有些不安,正跳着舞的,也不由得分开了……

而保尔皱起了眉头……

一位姑娘急中生智地:"安娜,请你和你的徒弟来打'情人纸牌'好么?"

于是安娜牵保尔的手进入里间——外间的男女青年松了口气,这才开始重新跳舞……

在安娜的"指导"下,保尔忍而不发地坐下了……

他们和另外一男一女开始玩牌……

安娜向保尔抛出一牌——保尔抓起,见其上写的是"我很喜欢你!"。

保尔盯着安娜:"为什么?"

安娜又向他抛出一牌……

保尔再次抓起,见其上写的是"因为你有魅力!"。

保尔将所有的牌朝桌上一扣,严肃地:"安娜,请不要再玩这种庸俗的游戏了!"

安娜愕然……

另外一男一女也愕然……

外间音乐停止了,跳舞的人们不跳了,气氛一时凝重……

保尔抓住安娜一只手,扯起她,将她的手臂往自己手臂之下一夹,几乎形同挟持着她离开牌桌……

安娜在外间,在众目睽睽之下使劲挣脱了自己的手臂……

安娜:"你!……"

保尔:"安娜,跟我走!这儿不健康的情调和气氛,将会腐蚀你的灵魂的!将会使你的灵魂变得庸俗不堪!"

安娜愤慨了,挥舞着手臂朝保尔嚷:"你怎么可以如此污蔑我们?!你以为你是谁?!你有什么权力这么放肆地教训我们?!大英雄,如果你竟是这样看待我们这些团员的,那么赶快带着你纯洁的心魂逃吧!免得做了我们不健康的情调的俘虏!……"

安娜说时,保尔一直目不转睛地瞪她。待她说完,保尔环视着众人,恶狠狠地:"我将下令禁止你们!团给予我这样的权力!"

保尔怫然而去……

门"砰"地关上——传出安娜的哭声……

团的支委会。

一名支委双手按在桌上,向前俯身,盯着桌对面的保尔,语势逼人地:"团委书记同志,我不支持您的观点!当然也不赞同您的决定!我认为,团组织无权干预团员们正常的娱乐自由!男女青年们入团,不是为了被人阉割自己活跃的天性!"

保尔"啪"地拍了一下桌子,也站了起来,也双手按在桌上,也向前俯身怒视对方……

保尔:"你们刚才的言论都放肆极了!我认为已经不是关于要不要通过一项决定的讨论,而是两种人生观的较量了!"

潘克拉托夫:"保尔!请不要忘了,你所面对的都是优秀的团干部!大家除了没像你一样负过伤,没像你一样被误当成过死人,其他许多方面都不比你差!你曾经历过的严峻考验我们也经历过!在抢修铁路的艰苦劳动中,我们曾与你共同坚持到底!所以我提醒你开口时冷静点儿!……"

保尔:"那么,正式表决!"——言罢坐下,又说,"反对派请举手。"

多数人举起了手,包括潘克拉托夫……

保尔从别人手中拿过烟盒,弹出一支……

人们注视着他……

保尔将烟折断,愤然起身而去……

以上三个情节——即关于"牺牲"的争论、玩"情人纸牌"引起的冲突、戒烟——后两个情节是原著中有的;第一个情节是强加在保尔身上的。而后两个情节是第一个情节"强加有理"的根据。

在原著中,玩"情人纸牌"和戒烟,是作为正面情节,借以证明保尔·柯察金是一个纯粹的革命者,一个"脱离了低级趣味的"革命者。

但我认为适得其反。我在少年时初读原著,那两个情节便给我留下了深刻的印象。不是什么深刻的好的印象,而是深刻的不好的印象。

因为依我想来,一个人,具体说一个保尔·柯察金式的革命者,倘对自己的要求近于苛刻,倘是百分之百情愿的,那么别人自然只能由他。即使不崇敬有加,也还不至于引起特别的反感。倘他将他那一套做人的或做革命者的苛刻推及于人,认为别人也必应像他自己那么"纯粹",那么"完美",否则便是"庸俗",便是他眼中的"异类",则他的存在,对别人简直就是威胁了,甚而可能是危害。

下乡前,我在"复课"时期做过班里的"勤务员",给全班同学做过"文革鉴定";下乡后,我当过知青班长、代理排长,我的原则也只不过是对自己严格些、再严格些(在此点上,我承认我有些像保尔),却尽可能对别人采取宽松些、再宽松些的"领导方式"(在此点上,我也许永远是保尔·柯察金们的对立派)。

我当小学教师时,几乎彻底抛开所谓"师道尊严",出于本能地乐于使我的学生们获得宽松的愉快。

我没有过什么拥有权力的特别体会。因为我只曾拥有过一些小小的权力,而我的体会也只有一条——如果在自己的权力范围以内,别人不感到威胁,别人做人的自由度不是小了而是大了,别人并不腐败的生活内容不是受到危害了,而是受到保护了,被理解、被尊重——只有在这种情况之下,我才觉得拥有权力也是值得的。

为了恪守我这一做人原则,在我曾拥有过小小权力的时候,我甚至往往不惜欺上瞒上拒上。

我以团"工作组"成员的身份在木材加工厂"蹲点"时,就是因为坚决反对开除一名因公负伤后私自探家的团员的团籍,后来被从团机关"扫地出门"的⋯⋯

原著中还有一个关于一把钻头的情节——一名团员工人弄断了一

把钻头,这在保尔·柯察金看来是一起具有"政治思想问题"性质的"事件",虽然别的团干部一致反对,他还是振振有词地说出一大套"革命"的道理,最终靠自己的影响力将那名团员工人开除了。

那情节不但已经"左"得一点儿都不可爱,而且"左"得有几分可憎了。

所以我毫不犹豫地将它摈除在改编或可利用的情节之外不予考虑。

在原著中,当上了团干部的保尔·柯察金,"唯我独革"的意识倾向是那么鲜明,而且没有任何反省。

故我们重塑保尔·柯察金的过程中,我不由得总在想——亏他还仅仅是团的干部,如果他是党的干部呢? 如果是权力很大的干部呢? 如果他参与了苏联后来的"肃反"呢? 如果他参与了中国的"文革"呢? ——那么许多别人们的命运会是怎样?……

正如读者所看到的,我们是将以上两个原著中的情节,和自己想象发挥出来的一个情节,作为保尔的缺点来设计的。

那是他被"异化"和"自我异化"的结果。

并且我们力图一步步表现他在朋友们批评之下的反省。

并且,我们是那么爱护保尔这一文学人物,尽量不使他的缺点变为难以原谅的那一类。

我觉得,我们的初衷,是基本上做到了的……

　　　　厂区的街上。

　　　　潘克拉托夫追随着他:"保尔,保尔!……"

　　　　保尔头也不回……

　　　　潘克拉托夫:"保尔·柯察金! 你给我站住!"

　　　　保尔驻足……

　　　　潘克拉托夫走到了他对面:"团委书记同志,你好大的脾气!"

保尔冷冷地:"没想到你也反对我!难道我真的是小题大做么?列宁同志教导我们,资产阶级……"

潘克拉托夫:"我先不跟你讨论政治!我想说的是——我妹妹她显然爱上了你!……"

保尔震惊……

保尔:"这怎么可能!这怎么可能!别跟我开这种无聊的玩笑!……她似乎成心处处跟我作对,如果不因为她是你的妹妹……"

潘克拉托夫:"我说保尔·柯察金,你是不是以为除了你自己,别人都很庸俗很无聊?"

保尔愣了愣,转身伏在废弃的车床上……

潘克拉托夫也伏在了那车床上……

潘克拉托夫:"我猜你也没想到。这怪我,在她没见到你之前,我那么经常地向她谈你,夸张你的好品质。还有许多别人也这样!连续几期黑板报上画着你的头像,写着向你保尔·柯察金学习的标语。我们这些老团员,为了突出自己存在的作用,于是需要自己们的偶像!而你保尔·柯察金,恰恰最接近成为一个偶像的种种条件。但是,作为好朋友,我觉得有必要提醒你,你自己千万不要以为自己是英雄,有什么了不起……"

保尔低声地:"别谈我!谈安娜!……"

潘克拉托夫:"还有什么可谈的呢?我也明白,我妹妹多少显得有些可笑。虽然她是一个好姑娘,不少小伙子都喜欢她,追求她……"

保尔:"别说安娜可笑。但是……你帮我打听到丽达的地址了么?……"

潘克拉托夫摇头,将一只手搭在保尔肩上:"保尔,我恳求你,千万不要伤害我妹妹的感情。这是安娜的初恋。你应该明白,一个姑娘的初恋是很脆弱的。而她的性格决定了,爱上一个男人的最初方式,便是似乎处处和他作对……"

保尔值得信赖地:"我不会伤害安娜的。我一定好好儿地向她解释……"

下沉的鱼漂儿,绷直的鱼线,拉弯了的鱼竿儿——显然,咬钩的是一条大鱼……

河畔。桥下。

安娜坐在倾倒的水泥墩上,保尔站在她背后——安娜将头轻靠保尔胸上,悠荡着双腿……

保尔拥也不是闪也不是,以对小女孩儿讲故事似的口吻说:"安娜,我从小就希望有一个妹妹,你希望除了潘佳,再有一个哥哥么?"

安娜:"不。我已经有一个哥哥,足够了。我希望再有一个爱人。"

保尔:"可你还不到二十岁,太早了呀。"

安娜幸福地闭上了眼睛:"可别的姑娘们都说,十八九岁是需要爱人的最佳年龄。"——她将头偏向一旁,喃喃地,"吻我吧,爱人!"

保尔不知如何是好……

安娜仰脸期待着……

保尔左右四顾,低头一吻……

安娜的嘴唇刚一接触到保尔的嘴唇,便一反身,双臂揽住保尔的脖子……

长吻……

于安娜,是一种陶醉。

于保尔,起初似乎是一种被要求的"任务",吻中,却也未必不陶醉……

旁白：那是保尔一生中所享受到的，女性给予他的，最长久、最令男人心摇神荡的一吻。冬妮娅其实并没有给予过他这么长久的一吻。冬妮娅吻得热烈而又优雅；保尔与丽达更没有这么吻过，虽然他这么渴望过。安娜的吻是忘情的，痴心的，是像婴儿吮奶一样本能的。她的吻几乎使保尔晕了过去。并且，火印一样，深深烙在他以后的记忆之中了……

不同角度的长吻——仰拍、俯拍……

陶醉的，绵软的，几乎溶化的安娜……

理性全线溃败的保尔……

咬钩的鱼拍起了水花儿……

保尔猛然清醒，轻轻推开安娜，退后一步……

安娜："团委书记同志，您为什么要害羞呢？"

保尔："安娜，亲爱的安娜同志，不，亲爱的安娜妹妹……"

安娜悠荡着腿，依然陶醉地望着语无伦次的保尔……

保尔："我……我必须坦白地告诉你，我爱着另一个姑娘，她叫丽达……"

安娜："那又怎么样呢？现在，你不知道她在哪儿。也许，她早已将你忘了！爱的权力应该给予身边的人。你不是非常喜欢看书么？难道许多书中不是这么写到爱情的么？……"

保尔："不，我不能爱你……"

安娜眯起了眼睛，凝视保尔片刻，蹦下了石墩……

保尔："我今天约你来，是因为我向你哥哥保证了，要当面解释给你听……"

安娜："解释给我听什么？根本不爱我？那你刚才为什么还要接受我那么痴心那么长久的吻？"

保尔:"我……"

安娜:"卑鄙!……"

她猛地扇了保尔一耳光,双手掩面,一转身跑了……

捂脸呆住的保尔……

保尔的心声:安娜,对不起。如果我深深地伤害了你,那也仅仅是因为——保尔·柯察金在爱情方面几乎一向是个笨蛋……

旁白:几天后,保尔作为代表,前往莫斯科参加共青团的代表大会……

列车。

躺在卧铺上的保尔陷入难眠的回忆:

情形杂乱的另一种车厢环境中,丽达头枕着旅行袋打盹儿,保尔坐在她身旁望窗外——他们实际上是在两节车厢之间的连接处……

列车一晃,丽达醒了……

丽达:"保尔,咱们明天还有许多工作要做。躺下来吧,你这个爱打架的家伙!"

丽达的手臂搂住保尔的肩,使保尔与自己一齐倒下了……

丽达仍用胳膊搂住保尔,身体与他靠得那么近,头发散在保尔一边脸上……

现实——保尔在黑暗中微微一笑……

夜中奔驰的列车……

"全俄共青团第六次代表大会"会标……

从高阶之下涌上的人流……

持枪的门卫机械地:"代表证,代表证,代表证……"

雄伟的大厅里,人们在神采飞扬地交谈……

保尔出现——他的目光四处寻找着,他当然是在寻找丽达……

保尔发现了一个熟人:"扎尔基!"——老朋友重逢,彼此热情拥抱……

保尔:"丽达同志来了么?"

扎尔基:"来了来了! 我刚才还看见她在那边儿,可能已经进入会场了吧?"——指指自己胸前挂的小牌儿,歉意地,"亲爱的朋友,可惜我这会儿不能和你多谈。你看,我还兼着工作人员呢! 我得到外面去帮着贴标语了! ……"

扎尔基说罢,与保尔握手,转身匆匆而去……

保尔迟疑了一下,大步走向会场……

扎尔基猛然想到了什么,扭头喊:"保尔! ……"

保尔却已经进入了会场……

扎尔基:"这个急性子的家伙!"

通向二楼的楼梯上,一位穿呢裙的女性的背影,听到"保尔"二字,站住了——她猛转身,是丽达……

"对不起,对不起,请让一下! ……"

丽达逆着人流奔下楼梯……

丽达出现在大厅,目光四寻……

丽达询问几个身旁的人:"同志,刚才您叫保尔了么? 同志,听到刚才谁叫保尔了么? ……"

被问者皆摇头……

丽达的目光投向一只大气球——她从胸前摘下代表证,捏着别针,靠向气球……

"啪"的一声,一只气球爆破……

大厅里几乎所有的人都望向了她……

丽达举起了一只手臂:"同志们,刚才有谁叫保尔这个名字了?"

人们纷纷摇头……

丽达失望地垂下了手臂……

开会铃响……

人们涌向会场入口……

在人流的裹挟下,丽达最后向大厅扫视一遍,身不由己地被卷入了会场……

大厅里已空无一人……

警卫战士关上了两处入口的对开门,持枪肃立门旁……

(鉴于大型会议场面拍摄的难度——人少气氛不够,人多难以组织调动,故将会场略去。)

天黑了。

大厅里的各种灯齐亮……

会场内传出热烈的掌声……

掌声一息,警卫战士将两处入口的门打开,人们涌出——丽达在最先出现的人流之中……

丽达奔下台阶,挺立大厅中央,双手抻举一张报纸,上写"寻找保尔·柯察金!"。

大厅里人已稀少,丽达仍不懈地抻举着……

一个声音在她背后轻轻地,仿佛怕吓着她似的:"丽达……"

丽达缓缓转身,既觉陌生又觉稔熟地望着保尔……

保尔："丽达,保尔·柯察金还活着……"

保尔的目光忧郁而又含情脉脉……

丽达眼中顿时涌满泪水……

报纸从她高举着的双手徐徐飘落——丽达的双臂顺势搂住了保尔的脖子……

大厅里已再无别人,只剩拥抱在一起的丽达和保尔了——他们的头彼此埋在对方肩上……

两名警卫战士掩上两处入口的门,轻轻踏上台阶,一左一右肃立在离他们几步远的地方,表情庄重地望着他们,耐心期待……

高处,诸神的男女浮雕,默默地俯视他们……

自鸣钟响了……

保尔和丽达终于分开——在两名警卫战士的注视之下,他们一时都显得很窘……

两名警卫战士一齐向他们很帅地敬礼……

其中一名提醒地："两位代表同志,希望你们能赶上最后一班公共汽车……"

丽达朝他们友好地笑笑,挽着保尔的手臂走向外面……

丽达和保尔缓缓行走在莫斯科的大街上——她已不再挽着他了……

保尔："我们的莫斯科真雄伟。"

丽达："是啊,她现在是我们的了。"

大河的水波在月光下闪耀着波光,河上吹来的风,不时抚起丽达的短发……

丽达驻足,向堤栏俯下身去……

保尔与她并肩俯下身去……

保尔:"我从家乡一回到基辅,就向每一个战友询问你的地址,可是没有一个人能确切地告诉我。我曾按照他们提供的地址给你寄过许多封信,可是都被退回了⋯⋯"

丽达以问代答:"保尔,有一个问题,我想要你坦率回答我——你为什么要中断咱们的学习和咱们的友情呢?"

保尔:"对三年前的事,现在我只能责备当时的保尔。总的来说,保尔一生中犯过不少大大小小的错误,你问的就是其中的一个。"

丽达:"这是很好的开场白。但是我想听到的是答案。"

保尔:"这件事不能完全怪我,'牛虻'和他的革命浪漫主义也有严重的责任。对你的感情,我就是照'牛虻'的方式处理的。这样做,我现在觉得非常可笑⋯⋯"

丽达向保尔转过了脸:"保尔,不仅仅是可笑⋯⋯而且,是我们无比的遗憾⋯⋯"

保尔的手,放在了丽达的手上,他也转脸望着丽达:"亲爱的丽达,请允许我现在郑重地向你提出要求——让我来弥补我们共同的遗憾吧!"

丽达感情忧伤地摇头:"晚了,'牛虻'同志。我现在已经有了丈夫和三岁的女儿。我们现在是三位一体,亲密不可分开⋯⋯"

保尔呆愣的表情⋯⋯

丽达不忍看他的表情,向大河转过脸去⋯⋯

保尔的目光,也缓缓望向了大河⋯⋯

保尔的手——他的手将丽达的手抓得那么紧,那么紧⋯⋯

保尔语音干涩地:"这么说,我犯下的是,我所有错误中⋯⋯最严重的错误⋯⋯"

丽达:"保尔,你眼里不能只有红旗、党性和永不松懈的斗争精神……革命并不意味着仅仅使人变成阶级的战士……"

保尔:"丽达,为什么你以前不跟我说说这些话呢?……"

丽达:"即使在我们的革命队伍中,这也不是可以随时随地向任何人说的话。只能在对一个战友充分信任了以后才能对他说。何况,我的身份一直是革命队伍中的政治思想工作者。没想到,正在我充分地信任了你的时候,你中断了我们的友情,方式方法不但可笑,而且,那么地简单……简单得近乎无礼。再后来,我听到了你牺牲的消息……"

保尔望着河水的脸,如同一尊毫无表情的雕像……

保尔的手——仍抓着丽达的手,微微颤抖不止……

丽达:"由于我的丈夫所担任的,是党的特殊性质的工作,我不得不按照纪律要求,中止了与许多战友的通信联系,所以你才问不到……"

一辆轿车驶来,贴向人行道,停在他们前边……

一个小女孩儿的头探出车窗,甜甜地:"妈妈,妈妈!……"

丽达本能而敏感地转身……

司机的头也探出了车窗:"丽达同志,司令员见您这么晚还没回到家里,非常不放心,命令我开车来迎迎你……"

女孩儿:"妈妈,我比司机叔叔先认出了你!"

保尔的手——依恋不舍地放开了丽达的手……

丽达语调温柔地:"保尔,来认识认识我的女儿。"

她反倒拉起了保尔的手,将保尔引到了车前……

丽达:"玛莎,叫保尔叔叔。"

女儿:"保尔叔叔,您是妈妈的战友么?"

保尔惆怅而忧伤地点头……

女儿:"那么,您是自己人啦?"

保尔:"是的。最可靠的自己人。"

女儿:"那么,请吻我吧。自己人都喜欢吻我。"

保尔与她贴了贴脸……

司机:"丽达同志,快上车吧。家里还有许多客人等待着您招待呢!"

丽达不得已地向保尔伸出了一只手:"保尔,原谅我今晚不能同时也在家里招待你……"

保尔:"丽达,我理解。"

尽管他竭力说得平静,但他内心里的巨大失落,还是难以掩饰地反映在脸上,被丽达全看在眼里了……

保尔眼望着丽达坐进了轿车……

轿车开走了……

保尔目送轿车消失在马路尽头……

保尔走向长椅,坐下——他呆望着面前流淌的大河……

保尔的脸……

中景的保尔——远景的保尔——此时我们已看不太清他的脸,他的身影那么地孤独……

一声火车汽笛……

车站。

保尔已坐在了车上,站台上的丽达将一个方方正正的红布包交给保尔……

丽达:"保尔,这是我的日记。其中多处记到了你……你留作纪念吧!"

列车开走——丽达想要最后握一下保尔的手,但那一车窗已从她面前闪过……

丽达追随了几步,火车加速——那一车窗探出保尔的手臂,在挥动……

丽达亦挥动自己的手臂,久久目送着……

车厢里。

保尔打开红布包,翻看丽达的日记……

丽达的画外音:

今天,我无意中听到保尔说了一句不堪入耳的骂人话。我不由得站住,回头盯着他看,他脸红了,赶紧低着头走开了。我猜想他大概会有很长时间不到我的房间里来了。因为他知道,对于骂人,我是很反感的。尽管他骂的是那些装腔作势的官僚主义者们……

省委又收到了新的控告信。显然,有些卑鄙的家伙,在以种种莫须有的罪名诬告朱赫来同志。这些罪名也牵扯到了保尔。关于保尔,自从他中断了和我的友情,再一点儿消息也没有。而我,也不好意思经常向别人打听……

又有七个伤寒病人送回城里。该死的暴风雪,什么时候才能停呢?

我为什么会这样难过呢?还没拿起笔,就失声痛哭了一场!谁会想到丽达会失声痛哭,而且哭得这样伤心!

保尔死了!

保尔的死揭示了我内心的真情:对我来说,他比我原先所想的更宝贵……

保夫留沙,亲爱的!

请答应我,千万不要使我们之间的遗憾,在你生活中留下痛苦的回忆。为了我,更为了你自己,你必须这样要求你自己!我对生活的看法并不太拘泥于形式。在私人关系上,有的时候,如果确实出于不平常的、深沉的感情,是可以有例外的。你就可以得到这种例外。不过,我还是打消了偿还我们青春宿债的念头。我觉得,那样做不会给我们带来很大的愉快。保尔,你对自己不要那样苛刻。我们革命者的生活里不仅有斗争,而且应该有美好感情带来的欢乐……

以上画外音中,不断叠印丽达与保尔在各个时候、各种情况下亲密友爱的情形……

基辅。火车站。

潘克拉托夫:"保尔!……"

他与下了车的保尔拥抱,并接过保尔的皮箱……

潘克拉托夫:"保尔,你的眼圈黑了,又在火车上看了一夜的书吧?"

保尔苦涩地一笑……

潘克拉托夫:"那是一本怎样的书呢?"

保尔:"一本对我教育很大的书。"

二人向站外走,潘克拉托夫又问:"还是《牛虻》一类的书?"

保尔:"比《牛虻》一类的书对我的思想重要多了,以前我从没读过那样的书。"

潘克拉托夫不无疑问地:"噢? 能借我看么?"

保尔:"不,绝对不能。书的主人嘱咐我,不得转借给第二个人。我已发誓保证了!"

潘克拉托夫不禁因保尔的断然拒绝而有些困惑……

保尔的宿舍。

二人一进门,保尔便直挺挺地仰倒于床上,并且闭上了眼睛——分明地,他不惟体乏,而更是心累,灵魂疲惫了……

潘克拉托夫放下皮箱,将椅子挪近床,坐了下去,低俯着身子,望着保尔的脸问:"丽达好吧?"

保尔:"她结婚了。"

保尔的话语异常平静……

二人一阵沉默。

潘克拉托夫:"怎么……怎么会这样?!……"

保尔:"许多战友不是都确信过保尔·柯察金牺牲了么?她也一样……"

潘克拉托夫揪着保尔的衣领,一下子将他揪了起来,生气地:"那你为什么不早回来几天?!"

保尔:"会议结束的当天我就登上了回来的火车,我总不能中途退离吧?"

潘克拉托夫一松手,保尔又倒下了……

潘克拉托夫:"可是……可是我妹妹也要结婚了!这就是她让我转交给你的婚礼请柬!……"

他从兜里掏出请柬,翻开,一掌拍在保尔脸上,将保尔的脸盖住了……

保尔竟没举手动那请柬……

潘克拉托夫:"你应该清楚她为什么突然宣布要结婚!"

保尔还没举手动那请柬……

潘克拉托夫站了起来:"保尔,你如果对待爱情也像对待工作一样充满热忱,你不会落到现在这种下场!"

保尔:"……"

潘克拉托夫:"倒霉的家伙,你独自忏悔吧,哭泣吧!……"

他哼了一声,往外便走……

保尔:"潘佳!"

他站住,扭头——保尔仍未动盖在脸上的请柬……

保尔:"安娜将把哪儿的房子当家?"

潘克拉托夫:"这一点用不着你操心,他们将和我们夫妇暂时生活在一起……"

保尔终于从脸上取下了请柬,坐起,望着潘克拉托夫,实心实意地:"那怎么行? 那对于你们和他们都太不方便了。请转告安娜,我的单人宿舍就是他们的新房……"

潘克拉托夫:"我想,我妹妹她不会接受的!"

保尔吼起来:"混蛋! 你无权代她拒绝我!"

潘克拉托夫一时发愣……

保尔:"还请转告她,保尔·柯察金说的,爱情有权拥有完全属于自己的空间! 如果她真的拒绝,那么就让这间宿舍从明天起永远空着好啦!……"

厂区。

一节废弃的列车厢,其间堆放着杂物,二分之一处用军雨衣为帘隔开……

帘后,保尔对两名青年工人说:"把我的床和书都搬到这儿来……"

一名青年工人问:"桌子和椅子呢?"

另一名青年工人问:"还有风扇呢?"

保尔:"都留在宿舍里。两个人所需要的肯定比一个人所需要的多……不过,我的手风琴我还想要……"

保尔的单人宿舍变成了新房——屋里是人,公共走廊也是人,热闹异常……

人们饮酒、唱歌,调侃新郎和新娘,齐叫——"苦哇!"

保尔默默坐在一旁,心不在焉地摆弄一副"情人纸牌"……

"我爱你"那一张,使保尔久久没放下……

新郎是个形象体面、但看去未免还太稚嫩的小伙儿,与保尔相比,只能算个半大孩子。

新郎有点儿醉了,拿了两杯酒,硬要塞给保尔一杯……

保尔:"对不起,我从不喝酒。但是我衷心祝你们幸福!"

安娜目光幽怨地望着保尔……

保尔回避她的目光,望向别处……

新郎一时有点儿陷于尴尬——保尔也是。

潘克拉托夫:"我作证,保尔真的从来不喝酒,我替他饮这杯酒!"

他从新郎手中接过杯,与之轻碰,一饮而尽……

人们齐叫:"苦哇!"

"苦哇!"二字,对于保尔和安娜,此时似有难言意味……

潘克拉托夫:"朋友们,保尔是天才的手风琴家,谁去把他的手风琴取来?今天晚上听不到他的琴声多么遗憾!……"

于是几个人自愿地:"我去!""我去!"……

保尔拉起了手风琴……

潘克拉托夫为了营造气氛,率先独舞起来——他从屋里舞到走廊,许多人跟随至走廊,为之拍手……

屋里只剩下了安娜和保尔——安娜望着保尔,低声地:"保尔·柯察金,我也衷心祝你和丽达幸福!并衷心感激你将宿舍腾给我们做新房！……"

保尔什么都不说，边拉琴，边围绕安娜跳舞……

保尔忽起忽蹲，引导安娜也舞到了走廊……

人们拍手，喊："嗨！嗨！嗨！……"

舞着的安娜，脸上渐渐浮现了笑容……

旁白：那是保尔最后一次拉他心爱的手风琴。以后，他再也没打开过琴箱……

保尔背着琴回到屋里——屋里没人，保尔的目光落在一盘散烟上……

他回头向门口看看，拿了一支烟，仅仅拿了一支，迅速揣入裤兜……

废弃的车厢里——保尔的床和书都已摆放停当。只不过书架也留给安娜了，书都整齐地一排排地列在简易的木架上……

仰躺床上的保尔从兜里掏出了那支烟，嗅着……

嚓——保尔终于划着了火柴，开始吸那支烟……

远远地，传来婚礼上的歌声……

吸烟的保尔……

工人夜校课堂。

一位技术人员身份的、戴眼镜的中年教师正结束他的课："关于机械动力学原理的最初级的知识，今天就讲到这里……"

他一边归拢讲稿，一边心不在焉似的又说："顺便提一句，上次考试不及格的几名同志，这次考试的成绩都不错。我们的保尔·柯察金同志，居然还得了个优！"

他将"居然"二字说出强调的意味。

人们笑起来……

教师:"这有什么好笑的？我并无讽刺的意思。"

安娜扭头——保尔心不在焉,独自出神。显然,他没听到教师说什么,也不明白大家为什么笑,为什么纷纷将目光投向他……

保尔随人们走到外面……

"保尔……"——保尔循声望去,树下站着安娜……

保尔走到了她跟前:"安娜,是你在叫我么？"

安娜点头:"我想跟你说几句话……"

二人默默前行……

保尔:"安娜,原谅我了么？"

安娜:"这也正是我想要问你的话。你到莫斯科去开会以后,哥哥严厉地批评了我。并且……对我讲了你和丽达之间的许多事……你打算什么时候到莫斯科去和她结婚呢？……"

保尔:"也许,我们的婚期要拖到很久以后。是的,很久很久以后……"

安娜:"为什么？"

保尔所答非所问地:"安娜,如果我离开了工厂,希望我们以后还是朋友……"

安娜:"离开？……为什么？你对工厂的生活开始厌倦了么？"

保尔:"不。我对工厂的生活,是永远也不会厌倦的。我的革命引路人朱赫来同志已经回到了基辅。他现在负责肃反工作,希望我去做他的助手。"

安娜:"你已经决定去了？"

保尔:"还在犹豫。我唯一的顾虑是,怕辜负了朱赫来同志的信任……"

安娜:"还记得你曾问过我的话么?"

保尔:"什么话?"

安娜:"你问我愿不愿意有两个哥哥? 当时我说不愿意。说有一个哥哥已经足够了。现在我改变想法了。我要告诉你的是——我愿意有两个哥哥。更愿意另一个哥哥的名字叫——保尔·柯察金……"

这时,二人走到了一个十字路口——安娜站住了,保尔也站住了……

保尔情不自禁地向安娜的脸伸出手去——分明地,他的初念是想抚摸安娜的脸颊,而实际上却只不过将她的一绺头发理向她耳后……

安娜:"保尔哥哥,我们该分手了。我要到潘佳哥哥家去……"

保尔朝一条黑幽幽的长街望了望,不容争辩地:"这条街太黑,也太长,我送你去。"——说罢从腰间拔出手枪,检查子弹是否在膛,随之放入兜里。

安娜笑了:"你太夸张了。这条路我已经在晚上走过许多次,每次都平安无事!"

保尔认真地:"请不要剥夺另一位哥哥对你的责任感。"

安娜:"那么,好吧!"——于是挽住保尔手臂,还仰脸调皮地问,"可以么,保尔哥哥?"

保尔:"这是妹妹的特权。"

二人走向那条黑幽幽的长街……

保尔:"这么晚了,不回自己的家,为什么还要去潘佳那儿?"

安娜："……"

保尔："不会是因为,和丈夫吵架了吧?"

安娜低声地："你为什么不问我更有责任问的问题呢?"

保尔："那又该是怎样的问题?"

安娜的声音更低了："比如,问问我,婚后的生活幸福不幸福?"

保尔："……"

安娜："为什么一声不吭了?"

保尔："安娜,我不愿听到你回答我,你婚后的生活并不幸福。如果不幸真是这样,我只能建议你去向潘佳请教。他对如何处理这类苦恼,比我要有经验得多。当然……"

安娜："当然什么? 请说下去……"

保尔："当然,如果丽达也和我们在一座城市里,我想,她肯定会给予你更有益的教诲。在我心目中,丽达不仅是出色的革命战士,而且对人生也有许多独到的理解……"

此时他们正经过一片废墟——一阵异响,保尔警觉地站住了,同时将一只手伸入兜里……

然而,毕竟还是迟了——一支手枪枪管抵住了保尔的太阳穴……

恶狠狠的声音："别动,动就打死你!"

同时,安娜被另一名歹徒劫持向废墟——安娜挣扎、反抗,歹徒用手臂勒住她脖子,并用另一只手捂住她的嘴……

保尔眼睁睁见安娜被劫持到废墟间的一堵残垣后……

安娜被捂住的口中发出的叫声——高一声,低一声,时断时续……

用枪逼住保尔的歹徒："往前走,别耍滑头!"

保尔镇定地："你们要的只不过是那姑娘,如果你肯放我,

277

我钱包里的钱全是你的,大约有一千卢布……"

保尔将钱包扔在地上……

歹徒:"饶你一命,滚吧!……"

保尔镇定地一步步往前走……

歹徒捡起钱包,打开——里面自然除了证件什么也没有……

歹徒恼羞成怒:"妈的,竟敢骗我!站住!……"

保尔猛转身,同时迅速地单膝跪下……

歹徒发现保尔手中也握着枪,一愣……

砰!……

歹徒以手捂胸……

砰!……

歹徒头上也中了一枪——两手臂伸向空中,手枪落地,随即口袋似的重重扑倒……

废墟后,另一歹徒的身影蹿出,拔腿便逃……

砰!砰!砰!……

保尔举枪连发,却都未击中歹徒……

早晨。

保尔的临时"宿舍"里——保尔在擦手枪……

保尔自责的心声:保尔,如果你没带手枪,你昨天夜里还救得了安娜么?怎么做才是最完美的勇敢呢?谁能告诉我正确的答案?……

丽达的画外音:保尔,现实中的人,很难时时处处做得像戏剧中的英雄一样形象高大英勇。这不必成为革命者刻意追求的目标,因而你有时完全不必太苛求于自己了……

军雨衣"屏风"外传来男子近乎卑微的声音:"团委书记同志,可以进来么?"

保尔将枪放入抽屉,顺手拿起一本书翻,借以掩饰自己复杂的心情……

保尔低声地:"请吧!"

进来的是安娜的丈夫瓦沙……

保尔:"瓦沙,随便坐吧。我料到你会来找我的……"

瓦沙四下看看,只有床可供他坐,但是他显得有些局促,并没坐下……

瓦沙:"尊敬的保尔·柯察金同志,我来是想……是想从您这儿获得绝对可靠的证实——安娜她……我的意思是,安娜她究竟有没有……您明白我的意思……"

保尔皱起了眉:"不,我不明白。"

瓦沙喉部一蠕,咽了口唾沫,嗓音干涩地:"那么,干脆让我实说吧,请务必告诉我,安娜她究竟有没有被……强奸?……"

保尔一言不发地瞪着他……

瓦沙:"您应该理解,保尔·柯察金同志,这关系到我的自尊……和我的名誉……"

保尔冷冷地:"仅仅关系到这些么?"

瓦沙:"当然,还关系到我作为男人同时作为丈夫今后的情感质量问题!我觉得,好像被兜头泼了一盆脏水……"

保尔站了起来,一张脸板得表情严厉,口吻也是那么严厉:"我虽然料到了你会来找我,却没料到你只不过来问这些!那么你替安娜想过么?你为什么不关心关心她的自尊、她的名誉?她作为女人和妻子今后的情感质量问题?你为什么不问问我,她当时受到的惊吓程度,会在她心灵上留下多深多久的创伤?……"

瓦沙一挥手臂,叫嚷地:"我想不了那么多了!反正我不愿因为她而遭受耻辱!"

保尔"啪"地扇了他一耳光……

瓦沙捂着脸心怯了……

保尔："听着,你既然已经和她结婚,已经做了她的丈夫,那么你就有责任爱护她!因为她完全值得一个男人一个丈夫爱护。如果你表现得不好,我肯定会替她教训你的。因为她现在对于我,就像是妹妹对于哥哥一样……听明白了么?"

瓦沙心怯地点头……

保尔刷地将雨衣"屏风"拉向一旁:"请离开吧!"

瓦沙刚走了几步,听到保尔在背后厉喝:"站住!"

瓦沙站住了,但是没回头,更没转身……

保尔:"我保证,不对安娜,也不对任何别人说起你来过这件事,希望你也不说。"

朱赫来的办公室。

朱赫来望着画外的保尔……

画外保尔的声音:"朱赫来同志,我已经作出了郑重的决定,今天前来报到,无条件地听从您的安排!"

镜头拉开——保尔挺立在朱赫来面前……

朱赫来绕过办公桌,走向保尔……

朱赫来将一只手拍在保尔肩上,感动又欣慰地:"保尔,我一直在期待着你的到来。我相信你不会对老朱赫来的招手置之不理的!我们这座城市的治安问题越来越严重了,除了歹徒、社会渣滓,还有形形色色政治上的敌人在暗中进行阴谋活动,我觉得肩上的担子太重了!保尔,我手下需要很多像你这样忠勇的战士啊!……"

保尔发誓般地:"保尔·柯察金愿为革命出生入死!"

一名部下进入,急切地:"报告!……"——看见保尔,欲言又止……

朱赫来:"说吧!"

部下:"火车站我们的同志打来紧急电话,几节外国使馆的专列车厢突然断电,原因不明。但严重影响了我们同志的保安工作,请求派一名可靠的电工前往……"

朱赫来皱眉,从桌上拿起烟斗,沉思,踱步……

保尔:"朱赫来同志,这件小事,让我去帮助解决吧! 您知道的,我对电工很内行……"

朱赫来默默地望向保尔……

保尔:"朱赫来同志,请不必再犹豫了!"

朱赫来复走至保尔跟前,信任地:"好吧,那就你去吧。别人去我还真有点儿不放心。不过,你当然要化装成一名电工……"

保尔:"是!"

朱赫来:"还有,因为那是使馆的专列车厢,所以,你身上不可以带枪。"

保尔从腰间拔下枪,轻轻放在桌上……

朱赫来:"保尔,事情也许不像你想的那么简单。专列上,全是外国使员们的夫人,和一些所谓社会名流。据我们掌握的情报,有一小撮政治恐怖分子,企图袭击专列,绑架人质,嫁祸于我们新生的苏维埃政权。由于我们的保安措施较为严密,他们才没有机会下手。现在专列突然断电,情况不明,你此去是非常危险的,保尔,你要提高警惕……"

保尔点头。

朱赫来又对那名部下说:"阿基姆,你也化装成电工,与保尔一起去。你要向我负责保尔·柯察金同志的安全。"

阿基姆:"是!"

黑夜中，专列静悄悄地卧在铁轨上。除了两条铁轨闪亮，四周静悄悄的……

两个人影走向专列——保尔和阿基姆……

专列上传来一声断喝："站住！"

保尔和阿基姆站住了……

"什么人?！"

保尔："电工。按照你们的要求，前来维修线路的。"

"都举起双手走过来！"

保尔和阿基姆举起双手继续向前走——一直走到一扇车门前……

门开了，跳下一名秃头的便衣护卫，手电光从保尔脸上扫到阿基姆脸上……

秃头一手持枪，一手搜他们身……

秃头："打开工具箱！"

阿基姆打开了挎在身上的工具箱，秃头用手电晃了一番，朝车门一摆下颌……

保尔和阿基姆先后上了车，秃头断后，车门随即关上……

那一节车厢并没因断电而一片漆黑。这儿那儿，几支大蜡烛将车厢照耀得光调温馨。只不过由于华丽的窗帘挡着，一丝光也透不到外面去……

车厢里，几名绅士派头的男人和袒肩露背的贵妇在闲聊，调情。贵妇们不时发出格格嘎嘎的笑声……

阿基姆嘟囔地："妈的，我还以为他们在黑暗中吓得缩成一团呢！"

保尔："同志，不要说脏话。免得我们被视为毫无教养的人。"

阿基姆:"糟糕,我们忘带凳子了。"

保尔对监视一旁的秃头说:"请去为我们搬一把椅子来!"

秃头冷笑:"你们怎么想的? 将你们肮脏的脚踩在我们华丽罩面的椅子上?"

保尔平静地:"我会脱下自己的衣服垫着。"

秃头:"你以为,被你的衣服覆盖过的椅面,老爷和妇人们还会愿意坐么? 没让你们两个低下的家伙在上车前彻底消消毒,就已经算是对你们的特别优待了!"

保尔:"那么你是什么人? 是老爷,还是奴才?!"

"你!……"——秃头腮上的肌肉抽搐起来,似乎想大打出手,但保尔的目光那么凛然,他举起的手又垂下了……

阿基姆:"师傅,别跟他啰唆。我们是来维修线路的,又不是来比身份的!"

阿基姆蹲下了:"师傅,骑我肩上。我保证比椅子还稳!"

保尔犹豫片刻,只得违心地骑在阿基姆肩上……

保尔和阿基姆走入另一节车厢,秃头忠于职守地跟在后面——这一节车厢点的蜡烛比前一节车厢还多,像是客厅——一位浓妆艳抹的女子在翩翩舞蹈,一些绅男淑女或站或坐,带有媚相地欣赏着。而那女子是涅莉。

他们都没发现保尔和阿基姆……

保尔耐心地期待那舞蹈着的女子停止……

她旋转到了保尔跟前,举着一只手臂扭着腰,意外地僵在那儿……

保尔:"夫人,对不起影响了您的雅兴……"

她将手臂猛地一垂,生气地叫嚷:"怎么回事? 这两个下等人怎么会出现在车上?"

秃头卑贱地:"夫人,请容我解释,他们是来检修线路的电工……"

涅莉:"我不是已经说过了么?这个夜晚我们根本不需要电灯的照明!难道我们像这样点着蜡烛的情调不好么?……"

秃头喏喏着不知说什么好……

绅男淑女们频频点头,表示赞同她的话……

保尔:"夫人,点着这么多蜡烛,很容易失火。为了夫人们和老爷们的安全,还是……"

涅莉:"住口!你这个下等人不配跟我说话!"

她受到侮辱似的猛转过身去,随即,又缓缓向保尔转回了身,微微眯起眼睛上下打量着保尔……

涅莉:"我的记忆不会错。我肯定曾见过你!"

秃头一听,立刻拔出手枪,双手紧握,指向保尔……

保尔此时认出了涅莉……

保尔口吻冷峻地:"维克多也在车上么?"

涅莉:"你是保尔!你的母亲曾是我们家雇的洗衣婆,对么?"

保尔:"不错,正是那样。"

绅男淑女们都聚拢向前,站列于涅莉背后,观看珍稀动物似的瞧着保尔,还有一个长着山羊胡子的老家伙举起了单眼镜……

涅莉:"她现在已经像我一样,成了受人尊敬的老夫人了么?"

保尔:"不。我的母亲她没成为什么夫人。但她的确很受人尊敬。"

涅莉嘲讽地:"诸位,请仔细观看吧!这就是一个典型的布尔什维克!"

绅男淑女们异口同声,语调夸张地——"哇!"

保尔:"夫人,我现在的身份不是来革你们命的革命者。我只不过是为你们服务的电工。请让开吧,我要和徒弟去完成工作……"

涅莉故意挡住他去路,挑衅地:"你为什么对维克多感兴趣呢? 在我的记忆中,他和你这个洗衣婆的儿子并没什么交情呀!"

保尔:"他有一笔债还没还。请夫人转告他,我还指望讨回那笔债呢!"

涅莉:"他欠你多少钱? 我来替他还。因为我现在是他的妻子,而他是身份高贵的外交官! 诸位,一位地位高贵的外交官欠一个洗衣婆的儿子的钱,是很不体面的事对么?"

绅男淑女们一个个意味深长地笑……

阿基姆忍无可忍地:"闪开! 让我们过去!"

秃头:"放肆! 不许对夫人无礼!"

保尔:"阿基姆,沉住点儿气。如果夫人老爷们都不急,我们何必急呢?"

涅莉:"告诉我,我们的房子已经给烧了吧? 凉亭和花园也全部给毁坏了吧?"

保尔:"那么好的房子、凉亭和花园,我们为什么要烧了要毁坏呢? 只不过,它们现在是我们的,不是你们的了!"

涅莉尖刻地:"也就是说,我的家,现在变成你的家啦!"

保尔:"夫人,我参加革命,并不是为了得到你家的房子、凉亭和花园……"

涅莉卖弄风骚地:"如果我没及时逃往国外,你们布尔什维克会怎样对待我呢? 把我剁成肉酱,还是逼我当你们的小老婆?"

阿基姆跨上一步,用他手中的钳子钳住涅莉一边薄薄的衣肩,将她扯到一旁……

在尖叫声中,阿基姆对保尔说:"师傅,通过吧!"

秃头又拔出了手枪,指向阿基姆太阳穴,仿佛只要涅莉一下令,他就扣扳机……

保尔扭头瞪他,厉喝:"收起枪!不然把你扔下车去!……"

秃头怯懦地移开了枪……

阿基姆也放开了涅莉的衣肩,彬彬有礼地:"夫人,我只不过怕我肮脏的手,玷污了您高贵的衣服。"

他们从目瞪口呆的绅男淑女们之间大步走过……

涅莉侧脸瞧自己的衣肩:"啊,我的衣服!我的衣服!你们亲眼看到了,他竟敢用钳子钳我的衣服!……"

阿基姆又扛起保尔——保尔检查另一车厢过道的线路……

一名年轻的女仆用托盘托着酒瓶和杯子经过,站住,并不看他们,低声地:"哪儿的线路也没断。是夫人命令我拉了电闸。她还不许我对任何人说,为的是点燃蜡烛跳舞更加有情调儿……"

女仆说罢,迅速离去……

保尔从阿基姆肩上跃下……

阿基姆:"妈的!"

保尔:"阿基姆,这一点儿也不值得生气。因为她是所谓的上等人嘛!"

一节节车厢里的灯亮了……

涅莉跳舞的那节车厢里——涅莉望着逐支吹灭蜡烛的女仆,悻悻地:"真扫兴!"

秃头撩起一扇窗的窗帘,讨好地:"夫人,请到窗口来欣赏欣赏外边的月色吧,月亮很大呢!……"

保尔和阿基姆刚巧走入此车厢……

阿基姆:"别拉窗帘!……"

砰——一声枪响,玻璃碎了……

秃头身体一抖,双手揪住窗帘,将窗帘扯了下来——他后退一步,又后退一步,转身……

秃头胸前一片鲜血,染红了银色的窗帘……

秃头抱着窗帘重重地倒在涅莉脚旁……

涅莉长声尖叫……

绅男淑女们亦尖叫着一齐退后……

涅莉只身暴露在被扯掉了窗帘的窗口前……

保尔:"全都趴下!"……跃过去捡秃头的枪……

绅男淑女们一个个瑟瑟发抖,东躲西藏……

只有被惊呆了的涅莉仍站在那儿未动……

阿基姆跨到她前边,用自己的身体挡住她的身体……

哒哒哒……

阿基姆身中数弹,多处涌血……

保尔:"阿基姆!……"

阿基姆缓缓地,缓缓地转身,以温文尔雅的语调说:"夫人,为了您的生命安全,请趴下……"

窗口——一个人影举着手榴弹,欲往车厢里投……

阿基姆将涅莉扑倒于身下……

保尔一枪击中那人影……

窗外火光一闪,爆炸声……

保尔跃到窗口旁,又一枪击中一个朝窗口奔来的人影……

一时枪声大作——地面,一幢楼的残垣断壁后,火力相向,在黑夜中划出一道道红线……

　　军犬的吠声……

　　枪声渐止……

　　保尔蹲在地上,怀抱阿基姆……

　　阿基姆:"柯察金同志,请……告诉我,这……值得么?"

　　保尔眼中盈满了泪……

　　保尔:"阿基姆,不要死,求求你好兄弟,千万不要死……"

　　阿基姆头一歪,牺牲在保尔怀中……

　　"保尔!阿基姆!你们在哪儿?!……"——随着话声,朱赫来率数名战士冲上列车……

　　朱赫来发现保尔抱着阿基姆的情形,大步走过去……

　　保尔抬起泪眼望朱赫来……

　　朱赫来心中明白,脱帽,垂头……

　　数名战士脱帽,垂头……

　　保尔抱着阿基姆的尸体站起……

　　朱赫来:"外交官夫人呢?"

　　保尔向抱头蜷缩的涅莉低头望去——涅莉羞愧难当地站起,目光不敢望向保尔和朱赫来……

　　朱赫来:"尊敬的夫人,威胁你们的阴谋已经被粉碎了,苏维埃的战士保证对你们的生命安全负责!"

　　涅莉从肩上扯下纱巾,双手像捧哈达一样,欲用纱巾盖住阿基姆的脸……

　　保尔的目光冷冷瞪她,使她捧着纱巾僵在那儿……

　　朱赫来:"夫人,是您为了您喜欢的情调而拉了电闸是么？"

涅莉无地自容地垂头……

朱赫来："我们的战士,也不喜欢不干净的东西,尤其不喜欢被用不干净的东西罩脸!"

朱赫来从保尔手中接过阿基姆的尸体,托抱着下了车……

朱赫来流泪的脸……

保尔流泪的脸……

他们和战士们的脚步,从几具敌人的尸体旁走过……

十几名政治阴谋分子,被战士们押解着从他们面前走过……

朱赫来站住,保尔站住,战士们站住——他们望着俘虏被押过……

他们脸上充满憎恨的表情……

旁白:阶级之间的斗争,倘若彼此都难以寻找到达成调和的方式,那么相互的憎恨也就是正常的了。于是血腥和死亡不可避免。潘克拉托夫和另外两名团的干部被暗杀了!用尖刀插在他们胸膛上的传单写着:追随布尔什维克的红色崽子们绝无好下场!……

厂区内。追悼会在钢骨铁架间举行……

三具用白单子从头罩到脚的尸体摆放在一处平滑的钢铁台面上……

悲痛欲绝的安娜哭得站立不住,两名女工搀扶着她……

潘克拉托夫怀孕了的妻子杜霞似乎显得感情坚强些,她走前掀开白单子,伏在潘克拉托夫的尸体上,抱住他的头,吻他的脸……

镜头扫过一排排工人的脸——男的、女的、老的、年轻的——每张脸上的表情都是那么悲痛,每双眼中都流露着仇恨……

潘克拉托夫的妻子抬起了头,目光在人群中寻找着……

她看见了站在第二排的保尔,向保尔走了过去……

人们默默闪开……

她站到了保尔跟前,流泪了……

杜霞:"保尔,潘佳昨天晚上还跟我谈起过你。别人送给了他一袋儿咖啡,他舍不得自己饮用,说要留给你……可……可我们的孩子还没出生,就已经失去爸爸了……"

保尔无言地轻轻拥抱她,以手怜悯地拍她的背……

保尔的眼睛——目光中似乎仅剩下了一种内容,那就是渴望进行阶级报复的意志……

人们的目光一齐望向一个方向,保尔的目光也望了过去——一个人站到了铁梯上——是朱赫来……

朱赫来:"工人阶级的兄弟们!同志们!很显然,对于我们工人阶级夺取了政权这一件事,我们的形形色色的政治敌人,内心里是充满了仇恨的。他们知道,对于我们的胜利,他们的仇恨已经根本无济于事!所以,他们只能通过一桩桩卑鄙的暗杀来发泄他们仇恨!并且,企图使我们中胆小的人心生恐惧!但是,这绝对不能吓住我们,却只能激起我们比他们对我们更大的仇恨!我以这座城市肃反委员的名义,也以一名老钳工的名义发誓!我们一定要替我们死去的兄弟们报仇!一定要以最严厉的方式和手段,打击他们卑鄙的暗杀行径!我们要以红色恐怖,坚决镇压他们的白色恐怖!……"

一名战士匆匆走向他——他跃下铁梯……

战士向他低语,他的脸色顿时变得有些可怕……

他向保尔望去……

保尔轻轻推开杜霞，大步走向他……

他向保尔低语……

保尔的表情也顿时变得极为冷峻……

保尔跃身上马，疾驰而去……

他身后传来了一排枪声——那是战士们在鸣枪致哀……

马蹄嗒嗒，奔过城市的石路……

保尔率先，一队骑兵战士驰过城市的街道……

他们驰出了城市，驰在通往乡村的土路上……

保尔不停地催马……

天黑了。

保尔们在某村庄的一排马棚前下了马……

农民们默默闪开，保尔向马棚走去……

一名中年农民汉子拦住了他："保尔·柯察金同志，请别进去了……"

保尔将疑问的目光望向他……

农民汉子："太残忍了，太可怕了！他们被活活剁掉了四肢……然后，然后……"

保尔："说下去。"

农民汉子："然后被埋在马粪堆里。我们找到他们时，他们都还活着……为了减轻他们的痛苦，我们自己的同志，不得不含着眼泪向他们每人开了几枪……"

保尔不待他说完，一掌推开他，大步跨进了马棚……

停放尸体的不是担架，甚至也不是门板——事实上尸体被收在四只筐里，筐上罩着白布……

那些白布处处渗透着鲜血……

保尔一条腿跪下了……

保尔伸出一只手,欲掀开一方白布——他的手抖得那么剧烈……

不知是由于恐怖感对心理的刺激,还是不忍正视,他的手又缩回了……

一阵风吹开了马棚的窗,吹开了罩着一只筐的白布……

保尔于是看见了筐里可怕的情形(不要正面展现,只通过演员的表情即可),他猛扭头,一手捂住口,几乎呕吐……

保尔瞪大的双眼……

门外一阵骚乱——保尔站起,方一转身,一披头散发的老妪扑入,揪住了保尔的衣服……

老妪:"恶魔! 恶魔! 为什么要残害我的儿子? 把我也剁碎吧! 把我也剁碎吧! ……"

保尔不知所措……

几个男人将老妪扯开,制服,连拖带抱弄了出去……

农民汉子:"其中有她的儿子,她疯了!"

保尔:"不是说捉到了一个凶手么? 在哪儿?"

农民汉子:"被民兵们看守在一幢仓房里。"

保尔走出门棚,继续问:"审问过了么?"

农民汉子:"这是不需要审问的,保尔·柯察金同志! 有许多妇女亲眼看见了他参与杀害我们的村长和三位村委委员……"

妇女们七嘴八舌:

"是的,我们亲眼看见了!"

"他就这样——一刀下去,砍掉了村长的胳膊! 又一刀下去,砍掉了村长的另一只胳膊! ……"

保尔:"带我去!"

于是农民汉子引领着保尔走在前,人们纷纷跟随保尔身后……

保尔一脚踢开了门——蹲在屋内墙角的凶手一惊,缓缓站起,瞪着保尔狞笑地:"我杀布尔什维克!谁叫你们共我的产,分我的土地?!哈哈,我要把你们统统杀光!杀光!……"

保尔亦瞪着他,一步步走到他跟前……

凶手仍在大笑……

保尔手臂一举,枪筒伸入对方口中……

对方的眼睛……

保尔的眼睛……

对方眼中终于流露出了恐惧……

然而,保尔并没开枪——他从对方口中抽出了枪筒……

凶手:"呸!你是个胆小鬼!你连杀人的勇气都没有!……"

保尔转脸,目光望向身后的人们——人们的眼中皆喷着怒火……

凶手也望向人们,慑于众怒,胆怯……

保尔:"我代表苏维埃,将他交给你们了!"

保尔说完拔腿便走……

愤怒的人们扑向凶手……

凶手恐怖而绝望的嚎叫:"枪毙我吧!枪毙我吧!不要把我交给他们!……"保尔已走到了外边——在他背后,明亮的窗子上,映出人们高举的手臂,手中是各种各样的器械——棍、锹、镢、叉……

嚎叫声戛止……

保尔发现一名士兵在吸烟……

士兵见保尔在看他,神色不安,欲将烟背向身后——保尔跨前一步,擒住士兵腕子,夺下烟,自己大口大口吸起来……

保尔转脸望窗——持器械的手臂还在举、落、举、落……

保尔率战士们向城里回返——他的马很慢很慢地走在前,战士们的马也很慢很慢地相跟着……

月光下,保尔的脸上鲜明地呈现着两种表情——冷酷和仇恨……

朱赫来办公室。

朱赫来:"敌人杀害我们的同志,用刀?还是用枪?"——语调非常缓慢,似乎也极为镇静。似乎而已。但他握着烟斗的手在颤抖,证明他此刻的阶级心理,又一次受到强烈刺激……

保尔:"我想……是用刀……"

朱赫来:"你想?保尔,难道我派你去,你连我们被害同志的遗体都没看一眼?"

保尔:"……"

朱赫来颇为不满地:"我在等待着你的回答。"

保尔:"……"

朱赫来走到了他跟前,严肃地:"保尔·柯察金同志,你应该相信,我不是一个心理变态的人。我对于血腥谋杀的方式并不特别感兴趣。但是我问的问题,对于我们正确判断我们政治敌人疯狂的程度,乃是十分必要的。"

保尔垂下了头,并且将脸侧向一旁……

朱赫来有些生气地:"如果你不能作出负责任的回答,那么,我只得命令你立刻回到那个村子里去,将起码的情况了解清楚!"

保尔:"朱赫来同志,情况我已经了解得很清楚。敌人用军刀活活砍下我们的同志的四肢,然后,把他们埋在马粪堆里……当他们被寻找到时,都还没有死。为了解脱他们的痛苦,村里的民兵,向他们开了枪……"

朱赫来沉默了……

朱赫来缓缓转身,走到桌前,叼着烟斗,拿起了火柴……

烟斗在朱赫来牙间抖得格格响……

朱赫来颤抖的双手,火柴撒了一地……

保尔轻轻走过去,蹲下,捡火柴……

朱赫来握着烟斗的手"啪"地按在桌上,烟斗断了……

朱赫来按桌角的铃……

秘书进入……

朱赫来:"立刻将所有在押的政治敌人的供卷送来!"

朱赫来审看供卷……

朱赫来:"这个家伙,早就应该消灭了!我们已经让他多活了几天!这个,也枪毙!枪毙!枪毙!枪毙!枪毙!……"

朱赫来一边大声说,一边用红笔在那些供卷上画"√",画过一份,递给秘书一份……

朱赫来:"传我的命令,立即执行!"

秘书:"可……现在已经是夜里一点了,战士们都已经睡熟了……"

朱赫来:"那就把他们一个个叫起来!现在并不是我们的战士可以高枕无忧的日子!"

秘书:"是"——一转身,匆匆而去……

保尔将火柴盒放在桌上,瞥了一眼正在用胶布缠烟斗的朱赫来……

保尔:"如果您同意,我们也可以用军刀。用军刀一个个砍下他们的头!"

朱赫来转脸望向保尔……

保尔:"或者,把他们一个个吊死在郊外的树上!"

朱赫来:"不。革命不必吝惜十几发子弹。只有心虚者,才用残暴的方式处决敌人……"

肃反委员会的院门无声打开……

两辆卡车开出……

一辆小轿车开出……

又一辆卡车开出……

小轿车内,并坐着朱赫来和保尔。

朱赫来似乎疲惫地:"保尔,到了地方,我不想下车了……"

保尔:"那么,我替你下执行令。"

郊外旷野——行刑战士与临刑的敌人已相向列成两排……

保尔站在两排之间,冷酷的仇恨的目光扫向敌人……

一大胡子敌人高声叫骂:"红鬼们,开枪吧!我们的人将会继续杀你们的!直到有一天将你们统统……"

保尔举手一枪,大胡子面门中弹,应声倒地……

血溅了旁边一个小个子敌人一脸……他吓瘫了……

保尔:"把他架起来!"

左右的敌人不敢违抗……

静夜中一排枪声……

惊鸟扑啦啦飞去……

冷月、残星……

保尔回到小轿车里——朱赫来在打盹……

保尔虽然轻关车门,朱赫来还是醒了……

朱赫来:"我累了……累极了……"

清晨。

朱赫来已在办公……

门"嘭"地被撞开——朱赫来迅速拉开抽屉,伸手抓住了枪柄……

保尔架着一个穿便衣的人闯入,那人一手捂着肩部,鲜血顺指缝流下……

保尔:"敌人企图炸毁发电厂!我们打入内部的两名同志暴露了,另一名同志正在敌人手里……"

朱赫来几步跨到了他们跟前:"敌人聚集在什么地方?"

受伤者:"利沃夫大街通往的郊外……从路左边数,第七幢楼房……一幢德式别墅……大约三十人,为首的人代号'秋贝特'……"

朱赫来按铃,秘书进入……

朱赫来:"马上带他去医治伤口!"

秘书架受伤者离去……

朱赫来转身跨向地图,查看——此时从这老水兵的脸上和行动中,丝毫也看不到倦意了。他那样子,仿佛一位就要上拳台去进行决斗的拳手,神情冲动而又势在必胜……

朱赫来回头,见保尔站在那儿望他,挥了下手臂:"还站在那里干什么?立刻去集合起战士们!……"

保尔:"是!"

尖厉的哨音……

一队队持枪的士兵登上卡车……

保尔挥着手枪催促:"快! 快! ……"

一辆辆卡车驶过寂静的街道……

寥寥的早出的行人驻足,观望,有老者画十字……

卡车开到郊外……

卡车一辆辆停在德式别墅前的空地上……

别墅中扫出子弹——一名战士中弹,一头栽下卡车……

保尔:"快下车,隐蔽! ……"

朱赫来踏下小轿车,从容镇定地指挥:"杜巴瓦! 带领战士包围左侧!"

杜巴瓦:"是!"——率一队战士跑去……

朱赫来:"安尼克! 包围右侧!"

安尼克:"是!"——率另一队战士跑去——两名战士在奔跑中先后中弹扑倒……

朱赫来隐在卡车车头后,默默向一旁伸出一只手——卫兵将话筒递在他手中……

朱赫来:"楼里的人听着! 我是本市肃反委员朱赫来。我知道你们是所谓'中央暴动委员会'的成员! 我命令你们,放下武器,举手投降!"

哒哒哒——一排子弹扫来,车窗车灯皆碎,朱赫来手中的话筒被击穿了个洞……

朱赫来:"妈的,顽抗到底的家伙们!"——将手提话筒扔在地上……

一名战士:"朱赫来同志,看!"——从三层楼的一个窗口,绳子吊着脖颈垂坠下一个人……

保尔:"那肯定是我们的同志!……"

楼内传出喊叫:"布尔什维克杂种们,想要我们的命,就拿你们自己的命换吧!"

保尔从那战士手中夺过冲锋枪,伏在车头上,一气将子弹扫完……

那窗口摔出一个敌人……

朱赫来:"保尔,你带人去包围后边! 听着,我不许一个敌人逃掉!"

保尔:"明白。"——正欲转身,朱赫来叫住了他……

朱赫来:"看来,敌人不仅有短枪,而且有冲锋枪和充足的子弹,要让战士们谨慎行动!"

保尔点头欲去……

朱赫来又叫住了他……

朱赫来:"保尔,我希望战斗结束以后,你能叫我讲老朱赫来不成功的爱情……你明白我的意思……"

朱赫来目睹保尔率战士们离去后,自己也拔出了手枪……

朱赫来:"士兵们,我命令! 占领别墅,干净、彻底、全部地消灭每一个敌人!……"

他一挥握枪的手,率剩下的战士们从正面迂回着奔向别墅……

子弹在他脚旁扑扑地射入土地中……

激烈的枪声中,别墅的窗子一排排被击中,不时有敌人从窗口跌出……

保尔一脚踹开后门,率先冲入——楼梯上滚下一颗手雷,保尔手疾眼快地抓起,掷上楼去……

爆炸过后,保尔率战士冲向二楼——一名敌人闪现于楼口,平端冲锋枪向保尔当胸扫射……

保尔来不及躲避,一愣;对方的冲锋枪却已没了子弹,枪只不过无声地来回摆动了一次。对方也一愣,丢了冲锋枪,迅速拔出腰间手枪……

保尔身后一名战士手中的冲锋枪及时开火,敌人扬了一下手臂,半转身体栽下楼梯……

保尔竖了竖拇指,一摆头,示意那战士冲上去……

战士刚冲上楼口,一排子弹扫来,中弹倒下……

保尔向前一扑,滚上梯口,举枪射击——走廊里一敌人中弹倒下……

战士们冲上二楼,踹开一扇扇门,向室内横扫猛射——但闻声声哀叫……

保尔又踹开一扇门——室内三名敌人连连后退,其中一名惊慌失措地:"我们都没有子弹了,我们……"

他丢下冲锋枪,举起了手……

另外两名敌人也随之丢枪举手……

保尔神情冷酷地举枪一射——一名敌人手捂胸膛倒下……

保尔身后的战士冲锋枪一扫——另两名敌人也倒下……

朱赫来和战士们已从正门攻入,在前大厅与敌人展开室内枪战……

老朱赫来从容镇定,反应机敏,躲闪灵活,随着手中枪的每一响,必有敌人中弹倒下……

楼内激烈的枪声渐息,只偶尔有零星的冷枪声,表明战斗还没完全结束……

保尔和朱赫来各自率战士出现在走廊两端,他们跨过一具具尸体,相向走到一起——在他们面前,两扇对开的宽大的门严闭着……

门内寂静无声……

朱赫来一摆头,保尔退开——两名战士端枪向门一阵猛扫……

一名战士踹开门,众战士闯入,保尔随朱赫来继后而入——那房间是一个很大的客厅。五六具尸体倒卧四处,姿态各异。台灯、塑像、花瓶,一切易碎的,几乎全碎了……

保尔的目光冷峻四望,寻找活着的敌人……

保尔听到响动,猛转身双手举枪——朱赫来及时压下了他的手臂——是几名战士从窗口跃入。显然,室内的敌人,多数是在与外面战士的对射中被击毙的……

朱赫来听到了什么细微的响动,目光敏感地循声视去——保尔上前一步,迅速用身体挡住朱赫来……

一名战士一脚蹬开沙发——沙发后暴露一面容清秀的少年。

一战士举枪欲击毙少年……

朱赫来:"不许开枪!……他还是个孩子!……"

地上,一名敌人从血泊中抬起头,望着少年,吃力地:"阿廖沙,哥哥……要死了……永别了……"

一名战士枪口朝下,一枪结果了那敌人……

少年使劲一闭双眼,泪下……

朱赫来向战士投去责备的一瞥,那意思是——多此一举!

朱赫来望着那恐惧万分的少年说:"不许伤害他,把他带到我的车上去。"

一名战士扯着那少年的胳膊,将他拽起,带向室外……

少年被带至门口,蹲下,系鞋——然而他并非真的系鞋。他野猫似的扑向一具尸体,从那具尸体的手旁捡起一把手枪,用之惯熟地朝带他往外走的战士便是一枪……

那战士中弹后,目光惊愕地望着少年,仿佛不甘死于一个少年枪下——随即倒下……

朱赫来的目光也一时惊愕地望向少年,仿佛不相信眼前发生的事……

眼中含泪和仇恨的少年将枪口转向朱赫来……

砰!……

少年的身体往后一仰,靠墙缓缓倒下——墙上染了一片血迹……

保尔将谴责意味的目光望向朱赫来……

保尔:"他不是孩子,他是敌人。"

一名战士将手放在那名中弹的战士的口鼻上,低声而抱怨似的:"他死了……"

每一个在场的战士的目光都望向朱赫来,他们的目光中都不无谴责和抱怨……朱赫来心情复杂的脸——他摘下帽子,垂下了头……

战士们在别墅上上下下搜查,带走那些可能有意义的敌人的文件……

这里那里,战士们在替负伤的战友们包扎伤口……

这里那里,鲜血和死亡触目可见……

外面。

保尔依然像贴身卫士似的不离朱赫来左右……

安尼克在向朱赫来报告:"报告朱赫来同志,六名战士牺牲,十二名战士负伤……"

朱赫来:"用苏维埃肃反委员会的封条封了别墅,将所有的俘虏押上卡车。"

安尼克:"朱赫来同志,遵照您干净、彻底、全部地消灭敌人的命令……所以没有俘虏……"

朱赫来一时有点儿怔愣,掏出烟斗——烟斗的吸嘴从断处掉在地上……

朱赫来捡起,企图对接上,然而失望……

浴室。

保尔和朱赫来在洗澡……

朱赫来一边用打满肥皂的毛巾擦身,一边问:"保尔,你参加革命之后,想过自己会以革命的名义杀人么?"

保尔:"想过。"

朱赫来:"怎么想的呢?"

保尔:"我想,我们要革命,敌人必然要凶恶地杀我们。而我们如果不甘放弃革命,不甘被敌人杀死,那么就只有杀他们。"

朱赫来:"是啊,道理似乎就这么简单。可是,我在参加革命前,曾发过誓,不杀人。你信么?"

保尔摇头……

朱赫来:"真的。"

保尔:"向谁发誓?"

朱赫来:"向我的老母亲。她笃信上帝。认为凡杀人的人,死后灵魂必下地狱。记得,她对我是这么说的:'亲爱的儿子,如果你觉得革命是你最应该做的事,那么就去革命吧!但是你必须向母亲发誓,不以革命的名义杀人。'我明知这是荒谬的,自己根本做不到的,但还是向母亲发了誓。后来,我的母亲,因有我这个革命者儿子,被敌人处死了。敌人不但处死了她,还当众羞辱她,他们并没枪毙她。他们逼着六十多岁的老人家上绞架,逼着她自己将绞索套在脖子上……我们的队伍占领我的家乡以后,我亲自枪毙了那个白军头目……保尔,你杀死了几个敌人?……"

保尔:"如果歹徒也算敌人的话,那么以前是四个,今天又消灭了四个。还不包括那个您说是孩子,而实际上是敌人的资产阶级的崽子!"

保尔说最后一句话时,语调近乎咬牙切齿。

朱赫来关了喷头,有点惊讶地望他……

朱赫来一边用毛巾擦身一边问:"你消灭多少个敌人,始终记着么?"

水帘中的保尔明确地回答:"是的。"

朱赫来:"为什么?"

保尔也关了喷头,望着朱赫来,坦率地:"这个问题我说不清楚。反正想记就记住了。为了革命,我的灵魂不怕下地狱。我的肉体和灵魂,都是属于革命的。"

朱赫来:"听你这话的意思,似乎你比我更是坚定的革命者?"

保尔:"不,我没有这个意思。在我的心目中,您永远是我的革命引路人……"

保尔又打开了喷头,于是又笼罩在水帘中……

朱赫来若有所思地望他……

换衣室。

保尔发现了朱赫来肩胛部可怕的伤疤……

保尔:"您……负过伤了?……"

朱赫来:"这正是我刚要问你的话。"——他也正低头望着保尔腿上可怕的伤疤……

保尔无所谓地一笑:"我才仅仅负过两次伤。"

朱赫来严肃地:"保尔·柯察金同志,对于负伤,我可能有与你不同的看法。革命无疑是要付出重大牺牲代价的事业,革命者负伤更是在所难免。但我并不认为负伤是什么人光荣的资本。一个人的身体,负过两次伤是一件很严重的事。尤其对你这样年轻的,还没做丈夫做父亲的男人。"

保尔:"朱赫来同志,您是在批评我么?"

朱赫来:"不错,是在批评你。我听许多熟悉你的同志,包括和你关系亲密的朋友说,你过分地崇拜勇敢。我十分尊敬勇敢的人,但我更珍惜我的生命。因为我的生命不属于自己,甚至,也不能完全属于革命。它还属于一切爱我们的人——父母、兄弟姐妹、亲密的战友和同志,以及爱我们的女人。我听战士们议论……"

朱赫来犹豫,欲言又止……

保尔已穿好衣服,挺身站立在朱赫来面前,真诚地:"是议论我么? 朱赫来同志,如果他们议论得对,我今后一定改正!"

朱赫来一边穿靴子一边说:"不错,议论的是你。战士们认为,你在今天的战斗中,几次表现出了不够——理智的勇敢,这虽然没使你的身体上又多了一处伤疤,却使好几名受你指挥的战士因而负了重伤……"

保尔自尊心受到刺痛,低下了头,但是看得出来他并不服气……

朱赫来穿好靴子,站起,微笑了一下,将手拍在保尔肩上又说:"亲爱的保尔,因为我们是老朋友了,所以我才这么坦率。咱们换个话题吧——听说你戒烟了,是么?"

保尔:"是的。"

朱赫来:"在这一点上,你比我有毅力,你看到了,我的烟斗断了,吸不成了。能帮我从吸烟的战士们那儿搞两盒纸烟么?就说朱赫来同志向他们借,以后一定还!……"

保尔也不禁笑了:"保证完成任务!"

朱赫来办公室。

黄昏温馨的余晖洒入落地窗——朱赫来站在窗旁,交抱臂膀眺望城市的远景,吸了一截子的纸烟夹在他指间……

朱赫来自言自语地:"我非常喜欢黄昏时分。喜欢被黄昏时分的阳光照耀着的那一种感觉。如果这时候能身体完全放松地躺在床上就更好了。这时你会觉得,黄昏时分的阳光就像母亲的目光,那么温柔地落在你的身上……你有过这种感觉么保尔?……"

保尔的声音:"我现在正在体会这种感觉呢!"

朱赫来回头,见保尔躺在自己的单人床上,微闭双眼,双手叠放胸前,而穿着靴子的双脚担在床栏上……

朱赫来走到了床旁,轻推保尔:"嗨,嗨,我说保尔·柯察金同志,你这样子不怎么好吧?你怎么可以穿着靴子往一位老同志的床上躺呢?我自己也正想体会体会呢,起来起来,放肆的家伙!"

保尔闭着眼睛耍赖地:"朱赫来同志,请不要滋扰,不要滋扰,我现在想睡一觉!"

朱赫来同志:"我滋扰你?什么话!难道我就不想睡一觉么?"——他无奈地望了一眼墙上的列宁像,又说,"列宁同志,您看,您领导下的年轻革命者是多么没礼貌啊!……"

闭着眼睛的保尔嘴角浮现一丝笑意,仍不动……

朱赫来望着保尔,似乎有了什么妙计,他从椅背上拿起自己的皮夹克,轻轻走到衣架那儿,将挂在衣架上的枪盖住了……

朱赫来又推保尔:"嗨,保尔,你的枪呢?是不是忘在浴室里了?"

保尔:"挂在衣架上呢!"

朱赫来:"胡说,衣架上没有!"

保尔终于睁开眼睛望向衣架,不禁坐起:"我明明记得洗澡前挂在衣架上了!"

朱赫来:"可我怎么记得你是在浴室的更衣间才从身上摘下的!"

保尔离开了床,站着回想……

朱赫来趁机躺在床上,也将双手叠放胸前,也将穿靴子的两脚担在床栏上……保尔走向衣架,撩起朱赫来的皮夹克,发现了自己的枪,再望向朱赫来,始觉上当……

保尔:"朱赫来同志,您可真狡猾!"

朱赫来:"我原先可一点儿也不狡猾。我当钳工的时候,许多人都叫我'傻人朱赫来'。狡猾是在阶级的斗争中向我们的敌人学习的……"

保尔将椅子移到床前,坐下,倾身说道:"朱赫来同志,您不是说要对我讲讲您的爱情经历么?"

朱赫来闭着眼睛反问:"保尔,请坦白告诉我,你和你那位冬妮娅的关系,后来怎么了?"

保尔低声地:"我们早就结束了。"

朱赫来:"为什么?"

保尔:"也许,仅仅因为……她是资产阶级,而我毫无保留地属于无产阶级……"

朱赫来语调不以为然地:"她是林务官的女儿,你是个穷小子,难道你们不正是在这一种前提之下相爱的么? 你救过我,而她冒险掩护过你,难道这样开始的爱情还不应该结出一颗甜的果子么? 难道你后来也把阶级斗争开展到你们之间去了么? ……"

保尔将头侧向了一旁,表情不自然地:"总之,我们的关系后来完结了。朱赫来同志,我们不谈冬妮娅了,好么?"

朱赫来从床栏上放下双腿,坐了起来,固执地:"一个男人,为了他的阶级而战斗,甚至而负伤而牺牲,这只需要思想就够了。而他如果爱一个姑娘,那么就不能靠思想……" ——朱赫来指了指自己的头,接着指指自己的心窝,又说,"得靠这儿,靠心灵! 心灵是什么你懂么? 我见过那个冬妮娅! 我怎么觉得她是很配你爱的呢? 如果连老朱赫来都这么认为,难道你还不应该向我解释解释么? ……"

朱赫来一边说,一边站了起来,围绕着保尔走动……

于是保尔占领了单人床,如前那样仰躺着,只不过没再闭上眼睛——相反,瞪得很大……

保尔:"朱赫来同志,我强烈要求中止这个话题! 您已经令我感到非常不愉快了! ……"

朱赫来分开双腿坐在了椅子上:"那么好吧! 那么我们来谈谈你和丽达的关系吧!"

保尔:"有什么好谈的? 她已经结婚了,这你知道的!"

朱赫来:"可,她曾对我说过,是你莫明其妙地中断了和她的友情,老兄,这又是为什么?"

保尔:"我误将她的弟弟当成了她的情人,正如她后来以为我死了一样。"

朱赫来:"但她猜到了你的误会,并且主动地、及时地向你说明了！"

保尔："不错，对于我和丽达之间的遗憾，我承认责任完全在我。"

朱赫来："原因呢？"

保尔坐了起来："自尊，朱赫来同志，难道您不明白自尊是一种什么东西么？它像坚硬的核一样生长在我心里！"——保尔手指自己心窝继续说，"它仿佛时时刻刻在提醒我，告诫我，强调它对于男人，地位是比爱更重的东西！有时我也想反抗一下它，但往往还是它战胜了爱！难道我不懂爱是要用心灵的么？保尔·柯察金懂得，朱赫来同志，但是，但是……"

朱赫来："但是请躺下吧，保尔·柯察金同志！"

他轻推保尔的肩，保尔顺势又仰躺下……

朱赫来："保尔，老朱赫来终于从你口中逼问出了真相！保尔，我认为自尊应该是那种使我们更可敬的品质，而不应该是那种使我们变得不近情理，甚至让人讨厌的东西！我这么教诲你，如果你认为我是在教诲你的话，那是因为我也犯过和你类似的错误！——在军队里的时候，有一位年轻的女卫生员，曾经主动而大胆地向我袒露爱情。可我怎么对待她的呢？我想——她那么年轻，我有什么值得她爱的呢？不会是由于内心空虚，而企图和老朱赫来玩一场感情游戏吧？如果我真的坠入情网，那我是多么地可笑呢？那我的自尊心可往哪儿摆呢？于是我反而非常冷淡地，有时甚至非常粗暴地当众对待她。她么，当然常常因此而伤心哭泣了。一天夜里，我们遭遇到了敌人的袭击……"

（闪回）

黑夜中，肉搏战……

赤手空拳的朱赫来面对两名端着上了刺刀的步枪的敌人，

处境十分险恶……

突然,女卫生员如一头豹子一样勇猛地冲来,扑倒了一名敌人……

朱赫来结果了剩下的一个敌人,转身一看,另一名敌人已将女卫生员压在身下,高举匕首……

朱赫来赶去营救已来不及……

朱赫来绝望地:"不! ……"

匕首落下……

朱赫来抓起敌人的步枪,奔过去一枪托扫倒了那敌人,接着将刺刀狠狠扎入敌人胸膛……

朱赫来抱起了女卫生员:"娜嘉! 娜嘉! ……"

女卫生员惨笑:"政委同志,为您而死,我是情愿的! 因为……娜嘉是那么地爱您! 像爱父亲、爱兄长、爱情人……三种爱加起来一样地爱……爱……"

女卫生员头一垂,死去……

朱赫来从敌人胸膛上拔下步枪,疯狂了一般,发出连连大吼,勇不可当地刺倒一个又一个敌人……

(现实)

朱赫来吸一大口烟,自语般地:"此后,我再也没被一个姑娘主动爱过,也几乎完全没有精力追求女人。但是,亲爱的保尔,我多么希望从你们年轻人身上,看到爱像朝霞一样美好的光彩啊! 多么希望看到你们因爱而脸上神采奕奕,而眼中闪闪发光! 如果革命的思想竟然是与爱神对立的,那么还会有多少人愿意参加革命呢? ……"

保尔的脸不禁转向了朱赫来……

保尔:"朱赫来同志,这些话,您是从某本关于爱情的书上读到的么？"

朱赫来："不，是从丽达同志的头脑中吸收过来的。"

片刻的沉默……

保尔："请给我一支烟。"

朱赫来从桌上拿过烟盒，却犹豫着没给保尔……

保尔伸手夺了过去，点燃后，深吸起来……

保尔："这是我宣布戒烟后，第二次破戒。"

又是片刻的沉默……

朱赫来："保尔，在这一个晚上，我之所以要和你大谈爱情，是因为，我累了。我的工作，每天面对的是血腥和死亡。或者是同志的、战友的；或者是敌人的。我已经记不清，我究竟直接或间接地处决了多少敌人。也许二百个都不止了。尽管全是罪恶的敌人，但，那也是人啊！我有些厌倦了呢，保尔。而这样的话，只能对你说，在这样美好的夜晚，在洗得干干净净以后，吸着烟，与值得信赖的朋友讨论爱情，多使人心情愉快啊！……"

的确，黄昏已经过去，夜幕已经降临了……

朱赫来起身走到了阳台上……

朱赫来的背影……

保尔吸着烟，凝思着的脸……

电话急促地响了——朱赫来条件反射地急转身，大步跨到桌前抓起了电话……

朱赫来："对，我是朱赫来……"

朱赫来表情顿变……

保尔几乎一跃而起，本能地奔向衣架，接枪于手，以一种待命而发的姿态望着朱赫来……

朱赫来放下电话，沉痛地："是市委的同志打来的电话……

几分钟前,就在我们谈论爱情的时候,优秀的老布尔什维克、市委书记扬·利特克同志在家中被暗杀了……"

保尔震惊……

急促的哨音……

从楼内奔出的战士们……

卡车和朱赫来的吉普又从院子里开出……

旁白:在夺取了政权以后,大规模的战斗虽然结束,但是反革命恐怖事件几乎每天都在发生,革命的镇压行动也几乎每天都无法停止,从城市到乡村,血腥和死亡的阴影仍威胁着新生的苏维埃政权……

吉普车中的朱赫来和保尔——他们都一言不发,表情冷峻……

以上一集中,据说有些朋友们审阅后担心对于阶级斗争的残酷性表现得过了。

我觉得其实一点儿也没过。

所以在通稿时,我几乎没怎么修改。

至于这一集的这些内容是否真的拍摄在胶片上了,拍摄中做了哪些"手术",则是我目前既不知道,也左右不了的了……

作为编剧之一,我只能在最大程度上左右剧本。

旁白:朱赫来在前次肃反行动中失去了右臂,出院后他要求调到外省一座刚刚开始恢复生产的大工厂去。上级批准了他的要求,并委任他为该厂的工会主席……

镜头在旁白声中拉开朱赫来的办公室,大办公桌上摆着一排别在缎带上的勋章；朱赫来的空衣袖扎在皮带下，他正用左手不灵便地一枚一枚地往皮箱里收勋章……

朱赫来用一件衬衣盖住勋章，合上了皮箱……

朱赫来抬头四望——分明地，再也没有什么值得他放入皮箱带走的东西了……

旁白：这位在本阶级夺取政权以前戎马倥偬，为了捍卫革命的成果，又在肃反战线上几番出生入死的、忠诚而又卓越的老布尔什维克，像保尔·柯察金一样，全部个人财产，还装不满一只小小的皮箱，如果几件旧衣服和那些勋章也算个人"财产"的话……

朱赫来摸摸这儿，抚抚那儿，最后走到了列宁像前，仰望着……

朱赫来的心声：列宁同志，请革命理解我的要求。朱赫来不是心有余悸了，而仅仅是有些累了……

他缓缓转身，目光望向自己的单人床……

他走到床前，依恋地躺下，左手习惯地往胸前一放。那原本是双手叠放的动作，但因左手没碰到右手，使他奇怪地欠身看了一下，于是意识到自己永远没了右手，复躺下，闭上了眼睛……

敲门声……

朱赫来："进来。"没睁开眼睛……

进来的是保尔。

朱赫来："是保尔吧？"

保尔："是我，朱赫来同志。"

朱赫来："为什么站在门口呢？保尔，到床边来。"

保尔走到了床边，肃立。

朱赫来："保尔，丽达同志曾给我写过几封信，批评我不该把你调到我身边来。丽达同志认为,你对革命的忠诚,已经不需要再接受生死的考验。你为革命曾多次负伤,有资格开始过寻常人的生活。结婚,做丈夫,做父亲,并且,将你的老母亲接到身边,开始做一个好儿子。现在,我接受丽达同志的批评,打算在临走之前……"

保尔:"亲爱的朱赫来同志,我知道您打算怎样,但是我不会离开肃反战线的。"

朱赫来终于睁开双眼,注视着保尔,不解地:"为什么? 难道你连丽达同志的话也不听了么?"

保尔:"丽达永远是我所敬爱的同志,但是革命的敌人还存在着。"

朱赫来坐起,语重心长地:"革命的内外敌人,将在很长一个时期内继续存在着,不是保尔·柯察金一个人所能彻底消灭的……"

保尔拎起了朱赫来的皮箱……

保尔:"朱赫来同志,战士们在等着集体向你告别呢。关于这个问题,咱们以后在信中继续讨论吧!"

朱赫来无奈地摇头……

朱赫来随保尔离开办公室,他在门口驻足,转身,深情地望着他全身心地工作过的这个家一样的地方……

院子里。战士们早已列队……

朱赫来和保尔的身影一出现,立即有战士喊:"敬礼!"

朱赫来在战士们的注目礼下走到了队列前……

保尔拎着皮箱期待在吉普车旁,望着……

朱赫来:"小伙子们,请把手放下……"

却没有一名战士把手放下,每一名战士的目光中都充满了敬爱……

朱赫来从队列的一端走到另一端,依次用自己的左手将战士们的手压下……

朱赫来:"同志们,孩子们,朱赫来想说,谢谢你们对革命的忠诚和勇敢!我爱你们,就像一位父亲爱儿子。可每一次我率领你们执行任务回来,必有人负伤,有人牺牲……"

镜头摇上——布满阴霾的天空衬托着镰刀斧头雕塑(可用泡沫材料制作)……

朱赫来的声音:"那时,我心里悲痛极了。你们也许想象不到,在许多人眼里严厉无比的老朱赫来,曾为你们牺牲了的战友,多次插上办公室的门,像孩子一样伤心哭泣!并像教徒一样,为他们的灵魂的安息虔诚祈祷……孩子们,这一条战线,布满了敌人设下的阴谋和陷阱,随时面临着血腥和死亡,所以,我希望你们,不,我要求你们,多积累保存自己年轻生命的经验,为了爱你们的姑娘们,为了爱你们的父母们,为了爱你们的老朱赫来,尽量避免无谓的勇敢……和牺牲。因为,革命并不是赌命的事业……"

在朱赫来的话语声中,战士们齐步跑向院门,分列两旁……

"敬礼!"吉普车从两列战士之间缓缓驶出院子……

车内。

朱赫来:"保尔,我对战士们说的话,也是对你说的。"

保尔:"我记住了。您看,这个,我几乎忘了给您……"

保尔从兜里掏出朱赫来的烟斗——断处,用亮晶晶的钢圈扎上了,还换了一个亮晶晶的钢烟嘴儿……

保尔:"我带回工厂,请一位工人师傅修的,您还满意么?"

朱赫来接在手中,欣赏着,赞叹地:"多好的手艺啊!简直成了一件艺术品。保尔,一定要替我谢谢那位工人师傅……"

朱赫来将烟斗叼在嘴上，头往沙发后背一仰，闭上了眼睛，似小憩，又似陷入沉思……

朱赫来放下烟斗，自言自语："我是一个庄严地宣过誓，将生命毫无保留地奉献给革命的人。可是直到现在，革命才只要了我一条手臂。不知它什么时候，在什么情况下，才要走其余的部分。我疲惫，但是从没后悔过……"

保尔低声地："我也是。"

火车站。站台。

汽笛长鸣……

保尔深情地："敬爱的朱赫来同志，一路保重！" ——他伸出了自己的右手……

但是朱赫来已经没有了右臂，右衣袖扎在皮带内——他只能伸出左手，保尔略略一愣……

保尔索性不与朱赫来握手，感情冲动地张开双臂，紧紧拥抱朱赫来……

朱赫来："保尔，我以为你只想和我握一下手就算了呢！……"

保尔："我真想一直把您送到那个地方去！……"

列车员上前催促："首长，列车马上就要开了……"

二人彼此依依不舍地分开……

保尔目送列车远去……

旁白：外表冷静，有时甚至近乎冷漠的保尔，其实内心里是那么深情地珍视友谊。他对于自己所敬爱的同志，有一种绵绵的眷恋。每次与他们重逢，他都会感到幸福；而每一次分别，又会使他格外地忧伤。朱赫来的走，不但使保尔觉得忧伤，甚至还使他觉得自己像一个未成年的儿童失去了最可信赖的监护人一样……

保尔久久未去的背影——尽管已经看不见列车了……

在创作中,我有时更乐于表现男人和男人、女人和女人之间的深情厚谊。这往往能满足我比表现爱情更自觉更由衷的创作愉快。因为我常觉得,在生活中,男人和女人之间的爱情,几乎可以在四目相对之际已然发生。但友情却不能这样。

男人和男人、女人和女人之间的友情,在我看来,往往比男人和女人之间的爱情还得之不易……

肃反委员会——朱赫来的办公室。原先朴素得有些空荡的办公室已经改变风格,多了些人兽雕塑和风景画,窗帘也换成了华丽的样式。朱赫来坐过的椅子不见了,睡过的单人床也不见了,换成了高级的皮面沙发转椅和席梦思软床……

新任肃反委员,一个中年的、模样斯文而傲慢的家伙,正在对骨干成员们训话:

"对于你们,以及每一名战士,根本没有什么死亡,只有牺牲,光荣的牺牲。而光荣的牺牲,是不需要悲伤和眼泪进行安慰的!更不需要有人像教徒一样为牺牲者的灵魂祈祷!……"

即使在今天,在我们的现实生活中,也几乎无处不存在着这样的家伙——他们本能地贬低和攻讦别人。在政治的年代里,他们的行径体现于政治方面;在今天,他们的行径体现于另外更多的方面。真的,今天贬低和攻讦别人的方面更"丰富"了……

扎尔基打断了他的话:"请原谅我打断您的话,尊敬的尼古拉·瓦西里耶维奇,如果我没有理解错的话,您的意思是不是说,牺牲不但是光荣的,而且似乎是十分幸运的?"

众人听罢,亦庄亦谐。

瓦西里耶维奇:"扎尔基同志,你想取笑新任的肃反委员么?"

扎尔基:"啊不,您误会了。我只不过是有点笨而已,所以需要您的思想点拨。"

瓦西里耶维奇:"如果你敢第二次打断我的话,我就把你赶出去! 什么爱你们的姑娘,爱你们的父母,什么我爱你们,就像一位父亲爱儿子……多么富有诗意的论调啊! 但这统统都是销蚀革命斗志的论调! 我要像扫除垃圾一样,在我的权力范围内横扫这一种有害的论调! 我要提倡牺牲、牺牲、一往无前地去牺牲的精神! 我要……"

"住口!"

一声怒喝……

一阵肃静……

瓦西里耶维奇:"是你这么无礼地打断了我么,保尔·柯察金?!"

保尔霍地站了起来:"我抗议你对朱赫来同志背后进行的恶意攻击! 我们这些人都像敬爱兄长、敬爱父亲一样敬爱他! 如果你不停止对他的攻击,我会对你不客气的!……"

瓦西里耶维奇猛地拍了一下桌子,站起来,双手撑在桌上怒视保尔,气急败坏地:"你……你竟敢对你的新上任上级如此放肆! 如果你不立刻向我道歉……"

保尔冷冷地:"除非你当众收回你对朱赫来同志的攻击!……"

瓦西里耶维奇按铃,门一开,两名卫兵持枪闯入……

瓦西里耶维奇:"我命令,下他的枪!"

保尔迅速从枪套拔出枪,指向瓦西里耶维奇:"谁敢?!……"

两名卫兵不知所措……

瓦西里耶维奇:"难道,这这这里就没有一个人服从我的命令了么?!……"

扎尔基:"保尔,你冷静点儿,把枪收起来!"

保尔:"朱赫来同志为革命冲锋陷阵的时候,你不过是个只会到处刷刷标语的家伙!你看,你快把这里变成一个与女人幽会的地方了!……"

保尔一枪托朝一裸女雕塑的头部砸去——"她"的头齐颈掉了,被扎尔基双手接住……

扎尔基起身将那颗头往断处放了几放,没放住,遗憾地耸耸肩,双手捧着,当当正正地摆在办公桌上……

保尔悻然而去……

"这简直是造反!"——门将这句话关在了室内……

旁白:保尔因此受到了严厉的警告处分,但是由于他一向的忠诚,并没有被逐出肃反委员会,然而有一天……

保尔端着饭盒从楼上走下来——头一晕,他下意识地扶楼梯扶手。扶空,栽倒,滚下楼梯……

医院。

扎尔基等围在保尔病床旁……

扎尔基:"保尔,你把我们大家都吓坏了!你要还不醒过来,我们就准备向你的朋友们发讣告了!"

保尔:"我们那位新任的长官,还是那么自命不凡么?"

扎尔基:"同志们听到了么?他不问他自己怎么了,一开口倒问起那个自命不凡的家伙来了!"

另一名战友笑道:"他呀,已经被上级调往别处去了!不过这种善于溜须拍马的家伙,到任何地方都是不愁有官当的!"

保尔也笑了:"那,就让我问一句,我究竟又怎么了?"

众人一时沉默,相互看着……

扎尔基忧郁地:"保尔老弟,你的情况,不太妙呢!"

保尔的表情渐渐阴沉……

旁白:楔在保尔脊椎间的一块弹片,从此开始成为保尔人生中险恶的敌人,它使保尔不得不离开了肃反战线,又回到了工厂……

团省委。

一位组织干部在与保尔谈话……

对方:"保尔·柯察金同志,你为什么还要回到那座工厂去呢?那里的团委书记,已经另有同志担任了……"

保尔:"我回到那里去,并不是想当官。我喜欢工厂里的气氛,那里有我的许多工人朋友……"

对方:"可你去了,能干什么呢?"

保尔:"即使做门卫,我也是愿意的。只要我力所能及的工作,我都愿愉快地接受……"

旁白:保尔·柯察金,就这样成了他任过团委书记的那座工厂的门卫。对于他个人,此外再没有什么力所能及的工作了。对于人们,乃是出于对他的照顾。共青团员们依然非常敬爱他,一致通过,增选他为团委委员……

又下雨了。

穿一身旧工作服的保尔,在忠于职守地查看工人们的出入证,并不时与熟人们亲切地打招呼……

有一名工人的背影引起我们的注意——"他"几次从稀疏的工人行列中莫名其妙地闪出，似乎在等什么人同入，又似乎在等待什么机会似的。而且，不时看一眼手表……

终于，走来了几十名工人，"他"混夹在他们中间了……

保尔："出入证，出入证，出入证……"

保尔对陌生人的出入证查看得是那么认真，一边对自己的认真作歉意的解释："对不起，同志，以后我就认识您了。为了工厂的安全，我严格一点是必要的……"

那名有些莫名其妙的工人将出入证朝保尔一晃，企图快步通过。

保尔横伸手臂拦住了"他"……

保尔："不要急同志，我还没看清您的工作证……"

保尔接过工作证，看了片刻，要求地："同志，请转过脸来。"

"他"不情愿地向保尔转过了脸……

保尔："请把安全帽推高……"

"他"没照保尔的话做……

保尔："那么，我只得请您原谅了……"

保尔伸手，将"他"的安全帽往上推了一下，于是丽达清丽的面容暴露在保尔眼前……

保尔意外地："丽达?!"

丽达迅速从保尔手中掠回自己的出入证，将安全帽往下一拉，匆匆而过……

保尔："丽达!"

保尔不愿离开岗位，眼睁睁地望着丽达随人群远去……

车间。

在机鸣声中，保尔来到了安娜的刨床旁……

保尔:"安娜,丽达在哪儿?"

安娜:"大声点儿,我没听清!"

保尔:"丽达在哪儿?"

安娜:"丽达?她不是在莫斯科么?"

保尔:"可我刚才明明看见她了!"

安娜耸肩,满脸困惑地瞪着他……

保尔转身走向别处,问他人——被问者皆摇头……

保尔大步走向一幢机关楼……

保尔奔上楼梯……

保尔推开团委的门,闯入——接替他的团委书记茨韦塔耶夫正与一秘书模样的姑娘调情……

姑娘难为情地离去……

茨韦塔耶夫难堪而又一本正经地:"柯察金同志,难道您从来没有敲门的习惯么?"

保尔:"请告诉我,丽达同志被安排在哪个车间里?干什么工作?"

茨韦塔耶夫一怔……

保尔:"请不要对我说您不知道!"

茨韦塔耶夫莫测高深地一笑:"请坐。保尔·柯察金同志,也请不要激动,坐下。我会如实告诉您的。因为对于您,我有这个责任。"

保尔忍耐地坐下。

茨韦塔耶夫:"第一,我听别人讲过您与丽达的关系;第二,她目前的确就在我们厂里。不过,在我们这儿,她的名字不叫丽达,而叫芭芙柳莎;第三,有纪律要求,即使认识她的人,比如您,也不许叫她丽达,只能按她填写在出入证上的名字,叫她芭芙柳莎……"

保尔:"不错,她出入证上填写的是芭芙柳莎。那么,丽达同志她……"

茨韦塔耶夫纠正地:"芭芙柳莎……"

保尔:"她……她是来完成什么特殊使命的么?"

茨韦塔耶夫冷笑:"特殊使命?我们倒是对她负有特殊使命,那就是监督她进行思想改造。因为她的丈夫已经堕落成为反党集团的阴谋分子了,她本人的立场也值得怀疑……"

保尔:"你胡说,这不可能,这根本不可能……"

茨韦塔耶夫:"同志,什么事情都是可能的。丑陋的毛虫变成美丽的蝴蝶是可能的;美丽的蝴蝶变成丑陋的毛虫也是可能的。前一种可能发生在动物界,后一种可能发生在人世间……"

保尔猛地站起,隔着桌子一把揪住茨韦塔耶夫的衣领,几乎是咬牙切齿地:"我最近脾气非常不好,所以你不要惹我发火!快告诉我丽达她在哪儿,否则我把你从窗口扔出去!"

茨韦塔耶夫:"在……在……锅炉房后面的煤场……"

煤场。

正在筛煤的丽达停止了,她呆望保尔朝自己大步走来……

保尔走到距丽达几步远处站住,满怀柔情地望着煤尘垢面的丽达……

丽达摇头,艰难地:"保尔,亲爱的保尔,你不该到这里来……找我……这不好,非常不好……"

保尔:"丽达,你的事我已经……"

丽达:"保尔,快走吧,免得被别人看见你……"

一名负责监督丽达的青年工人走上前,干涉地:"茨韦塔耶夫同志有指示,不许任何人……"

保尔:"我知道。我已经见过可敬的茨韦塔耶夫同志了,现在我要与芭芙柳莎同志谈一谈……"

青年工人:"她不是同志!"

保尔将一只手搭在他肩上,搂着他转过了身,低声然而威胁地:"她究竟是不是同志,这个问题我比你更有资格下结论。至于茨韦塔耶夫同志,我已经给他一点儿颜色看了,如果你并不愿挨一顿揍,那么还是趁早离开的好!"

保尔将手从他肩上放下,拍着他的屁股又说:"听话小伙子,去吧,去吧!"

青年工人畏惧地倒退,一转身撒腿跑了……

保尔重新走到丽达跟前……

丽达:"保尔,你会受处分的……"

保尔从丽达手中夺下铁锹,扔往一旁……

丽达:"保尔,你要学得明智些,你要主动和我划清界限……"

保尔却紧紧地拥抱住她,吻她……

丽达躲避着他的吻:"保尔,保尔,不要这样,听我说……"

保尔:"就是革命,也不能阻止我吻你。"——他的语气那么地坚定!

分明地,保尔的话使丽达的心灵受到了极强烈的震动和感动……

丽达不再企图挣脱他的拥抱了——她那双明澈的大眼睛定定地注视着保尔,她的双臂情不自禁地搂住了保尔的脖子,她的双唇情不自禁地凑向保尔的双唇……

他们彼此拥抱着,彼此亲吻着,双双坠入爱的痴醉之境……

镜头渐渐升起,在四周的煤堆之间,他们的身影显得那么渺小,也显得那么亲密,那么难以分开……

他们倒在一座煤堆的缓坡上——丽达仰躺着,保尔伏在她胸上……

保尔:"丽达,你的头发今天将会很脏很脏……"

丽达嘴角微微浮现一丝笑意:"自从我是芭芙柳莎以后,我的头发和衣服,每天都是很脏的。晚上,我用三盆水才能洗净头发和脸。"

保尔:"自从我们在莫斯科分开以后,我几乎每天都思念过你……"

丽达理解地将手指压在他嘴上……

保尔掏出手绢,擦丽达脸上的煤尘……

丽达:"保尔,也许……在相当长的时间里,你必须忘记我是从前的丽达,接受我是芭芙柳莎这样一个现实……"

保尔:"不,在保尔·柯察金心目中,你永远是从前那个忠于革命的丽达·乌斯季诺维奇。"

丽达的嘴角又微微浮现一丝笑意:"你特别不喜欢我叫芭芙柳莎这个名字么?"

保尔:"不!让这个名字见鬼去吧!"

在保尔的一擦再擦之下,煤尘渐尽,丽达的脸重新变得明眸皓齿,那么清秀了……

丽达:"我倒是很喜欢呢!芭芙柳莎,挺好听的名字。我倒有些感谢他们给我起了这么一个挺好听的名字呢!"

保尔:"丽达,亲爱的丽达,难道你的乐观是任何情况下都不能被改变的么?……"

丽达:"我的父亲,被革命的敌人杀害了;我的姐姐,也被革命的敌人杀害了;我是因为对人生充满乐观精神,才成为一名布尔什维克的,而不是成为布尔什维克以后才学会乐观的。我的乐观和我的尊严一样,是天生的,任何人也夺取不去的。如果说,丽达·乌斯季诺维奇对革命有过一点点贡献的话,那就是,在革命夺取政权的艰苦岁月里,她以她的乐观精神,影响和鼓舞过许许多多红军的指战员……"

保尔双手捧住了丽达的脸,庄严地:"其中一个,叫保尔·柯察金。"

丽达:"也许是这样吧……"

保尔:"绝对是这样。丽达,保尔·柯察金不只爱你,而且,他非常非常地……永远地……敬爱着你。虽然,你已经是别人的妻子了,但是他所渴望获得的,只不过是……一点点……"

丽达的手指,又压在保尔唇上……

保尔拨开丽达的手,嘴唇吻下去……

两唇又深吻在一起……

丽达一睁眼,突然抱着保尔向一旁滚去……

凌空一斗煤泻了下来……

二人站起,丽达格格大笑……

保尔仰脸瞪着卸斗生气……

开吊斗车的司机向下探出头大声解释:"对不起,保尔·柯察金同志!我不是成心的!我没有想到您居然会躲在这样一个地方和女人……亲热!保尔,保证不再打扰了……"

吊斗从他们头顶徐徐移去……

丽达调侃地:"保尔·柯察金同志,这下你一向严肃的名声可完了,而且是和一个叫芭芙柳莎的女人鬼混,看你如何替自己辩解!"

保尔也很窘地笑了。

丽达捡起了铁锹："保尔,现在你必须离开了! 瞧,我今天得筛完这一大堆煤。你不愿我天黑以后仍在这里筛吧?"

保尔也捡起了一把锹……

保尔:"我要帮你完成今天的任务!"——言罢,开始扬起煤来……

丽达无奈地摇头,也扬起煤来……

那一大堆煤筛完了。

二人不能不分开了——但他们实际上又彼此拥抱在一起……

保尔:"记住怎么走,才能找到我住的那一节旧车厢了么?"

丽达点头……

保尔:"明天晚上,我将一直等着你。"

丽达:"保尔,你也要再一次答应我——千万别四处寄信替我辩护,更不要写信要求朱赫来同志这样做。那样只会使事情走向反面,明白么?"

保尔点头。

丽达轻吻保尔一下,匆匆离去……

保尔暂住的那节破车厢。

保尔打开皮箱,从最底层,双手捧出了丽达的日记,像捧出极贵重而又易碎的器皿一样……

保尔一手展开红绸,丽达的日记呈现……

保尔凝视,沉思……

丽达的画外音:亲爱的保尔,你是一个心中只有战旗飘扬的革命战士。但是革命本身,不可能像你所理想的那么纯洁无瑕。当革命取得胜利以后,曾为革命并肩战斗过的人们,往往也会为了权力和地位而互相倾轧,甚至互相打击。你要对此有充分的认识和估计。否则,你还不能算一名思想成熟的革命者,也不能正确对待革命本身的错误和幼稚……

保尔抬起头,目光望向一排排书……

保尔的心声:书啊,我所喜爱的书啊,你们哪一本,你们哪一本能告诉我为什么?……

保尔双手捧着丽达的日记,仰躺在自己的单人床上。

从四处钻进车厢的风,抚得烛苗一阵阵忽闪……

翌日。早晨。

保尔又在忠于职守地检查证件……

丽达随人流出现——她已不再将安全帽低低地压在头上……

四目相对……

丽达主动地,默默地将出入证递向保尔……

保尔未接,不动声色地:"请吧,芭芙柳莎同志,如果我连您都不认识了,那么我就连自己也不认识了。"

丽达嘴角浮现着微笑通过……

丽达身后是一名老工人,他向保尔挤挤眼睛,打趣地:"保尔,你什么时候也学会对女人甜言蜜语了?"

工人们笑……

保尔也一笑……

老工人身后是安娜。保尔当然也没看安娜的工作证,而亲热地说:"早安,安娜!"

安娜:"早安,保尔。"——她通过后,转身又关切地说,"保尔,你的脸色不好,要爱护身体呀!"

保尔亦庄亦谐地:"师傅,我会的。"

煤场。

昨日支着一面筛子,今天却支着几面筛子了……

"丽达"在筛煤……

保尔走来,从煤堆上拔下一柄锹,一锹锹扬起煤来……

"丽达"的背影朝保尔望了一眼,轻轻将锹插入煤堆,蹑足绕到了煤堆后——原来她不是丽达,在煤堆后还有几名女工,正在分吃土豆……

那女工朝保尔背影指了指——别的女工们这才发现保尔,她们溜到了保尔身后,勾肩搭背围成半圈,彼此做鬼脸儿……

保尔转过身,一时困惑之极……

那名被保尔和我们误认为是丽达的女工,笑嘻嘻地:"亲爱的保尔,欢迎您来义务劳动。可是,如果累坏了您,我们全都会心疼的啊!"

于是女工们一阵笑……

保尔待她们笑罢,问:"丽达呢?"

"丽达?"——那名女工回头望大家……

众女工异口同声:"没听说过!"

保尔:"就是……就是芭芙柳莎……"

众女工:"也没听说过!"

保尔在女工们的哄笑声中,弃了锹,有点儿失落地离去……

一名女工朝他背影喊:"亲爱的保尔,回来吧! 我们都愿做您的'丽达·芭芙柳莎'……"

保尔在厂区内到处寻找丽达,不时向男女工人询问……

团委门外,保尔几经犹豫,终于敲门……

一个声音传出:"请进!"

保尔推开了门,见室内数人讨论什么……

茨韦塔耶夫:"柯察金同志,我们正在开会,你有什么重要的事么?"

保尔:"请原谅,我敲错了门。"

茨韦塔耶夫:"我以为您又打算来揪我的衣领呢!"

保尔隐忍地关上了门……

晚。

保尔在"宿舍"里期待丽达……

小闹钟的指针——从七点,到八点,到九点,九点多……

敲窗声……

保尔一跃而起,大步走到门前,推开了门——车厢下站的不是丽达,而是安娜。从门内散出的马灯的光,映在安娜年轻的脸上……

安娜嗫嚅地:"我……我是想告诉你,芭芙柳莎今晚不会来了……"

保尔踏下车厢,走到安娜跟前……

安娜:"因为……因为已经由我负责看管她了……"

保尔两手扳住安娜双肩,注视着她的脸,低声地:"听着安娜,她不是什么芭芙柳莎,她正是……保尔·柯察金深深敬爱的丽达……"

安娜的脸侧向一旁,讷讷地:"这……这我也知道了……"

保尔:"那么,你不要以为我们是一对男女的赴欢幽会。革命这样对待她是不公正的。我希望能帮助她,我必须从她口中了解情况……"

安娜:"可是……可是我保证过,我不能违犯纪律呀!……"

保尔失望地将手从她肩上放下了……

保尔望着她,像望着根本不打算理解自己的陌生人似的,一步步退后……

保尔一转身踏上了车……

"保尔!……"

保尔没回头,但是双手撑着车门框,站立在踏板上了……

安娜:"两天以后……两天以后,她被允许在我的陪同下洗一次澡……也许……也许那时我有机会让她来……"

安娜说完,一扭身跑了……

白天。

工厂大门旁的传达室内,保尔和一位姑娘在分报,分信……

姑娘:"保尔,你的信!"

保尔接信后,表情异常激动,急切地撕开,抽出信纸,坐到一旁默看……

朱赫来的画外音:亲爱的保尔,听说你由于健康情况,又回到了工厂里,我真为你的身体忧虑。我郑重向你发出邀请,希望你能到我这里来疗养一个时期。我这儿远离城市,风景十分优美。莫斯科方面的战友来信,告诉我丽达同志由于受她丈夫的政治罪名的影响,被遣送到什么地方思想改造去了。这使我非常气愤。在阶级斗争方面,我经受了许多严峻的考验,但是对于党内的路线斗争,我却几乎是小学生。尽管如此,我还是以一名忠诚的老布尔什维克的名义,给党的中央委员会写了一封信,证言丽达和她的丈夫,是和我一样对革命无比忠诚的战士。因为我是那么了解他们,因为他们都曾是和我并肩浴血奋战过的战友。昨天中央委员会已经回信了,我的证言生效了……

(此一段画外音较长,再压缩也短不到哪儿去,故镜头须从既定场景拉开。)

画外音中,保尔离开工厂,走在附近一条街道上。街道一侧是河……

保尔走上小桥,伏栏望着冰封的河面——一个男孩儿在河面上撑爬犁……

那男孩在保尔的幻视中,变成小时候的保尔自己……

母亲遥远的呼唤声:"保夫留沙,保夫留沙……"

保尔脸上的表情开朗了——分明地,朱赫来的信,使保尔郁闷的心情大为释然……

浴室。

水帘中,丽达和安娜的身影……

丽达头顶的喷水停止——她发现安娜的一只手放在喷水开关上……

丽达的目光,从安娜的手移向安娜水淋的脸……

安娜:"你不能再洗下去了……"

丽达无言地扭长发,盘在头顶,一副不卑不亢的样子……

安娜:"出去,穿衣服……"

更衣室。

安娜已经穿好衣服,坐着,望丽达穿衣的背影……

安娜:"丽达……同志……"

丽达不禁停止穿衣,转身……

安娜："我是……保尔的朋友……今晚他在等你……"

车厢。

保尔坐在旧椅上。显然刚刚到来的丽达,坐在床上,臂肘支在桌上,一手托腮,斜身望着保尔……

蜡烛燃于丽达脸旁——丽达的湿头发,一路结了冰,此时经烛焰一暖,往桌上滴着水……

这一细节,也是我"偷"来的——我的一位知青战友曾对我讲过,当年爱他的姑娘,为了见他一面,刚一洗完头发就迫不及待地奔向幽会地点。她站在他面前时,零下三十几度的严寒,已将她的头发冻成了冰盔……

从此,一位姑娘的那么一种样子,经常浮现在我脑际……

爱在禁止它的情况之下发生,每使我心愀然,大受感动……

丽达环视着,幽默地:"保尔·柯察金同志,您打算让保尔夫人以后也住在这里,小保尔先生将来也出生在这里么?"

保尔笑……

丽达:"俭朴是我尊敬的品质。但是作为一个女人,心中时时也会产生奢侈的要求。比如当她头发湿着的时候,她就会想象如果有一条干毛巾多好……"

保尔猛省地:"有的,有的……"——起身打开皮箱,取出一条没用过的新毛巾递给丽达……

丽达一边擦头发,一边继续调侃:"是革命者打算传给下一代的财产吧?"

保尔窘窘地:"丽达,你真是一个……不可思议的女人!明明自己正受着不公正的对待,却还照样喜欢开别人的玩笑!"

丽达:"因为我现在只有拿一个叫保尔·柯察金的男人开玩笑的权力了。而这种权力即使节约也不会升值……"

丽达用毛巾包裹了湿头发,这使她的样子看去尤其秀丽。

保尔:"朱赫来同志来信了……"

丽达一怔……

保尔从一本书中取出信递给她,声明地:"但我可并没有违背对你发过的誓……"

丽达看罢信,还给保尔……

丽达:"我们亲爱的朱赫来同志,作为革命者,之所以受到许多人的敬爱,还在于他具有一种十分正直无私的品质。正直,这是在某些女性看来,男人值得去爱的魅力。我就是某些女性中的一个,而你,保尔·柯察金,具有和朱赫来一样的宝贵的品质……"

保尔:"如果我不正直了,我会是首先讨厌我自己的人。"

丽达将一只手放在保尔手上,轻轻攥着……

丽达:"保尔,一定要在回信中替我谢谢朱赫来同志。转告他,丽达·乌斯季诺维奇永远感激他。我不能亲自回信表达我对他的感激,那是出于某种原因的考虑……"

保尔点头……

保尔向丽达双手捧还她的日记:"丽达,你的日记,我全都读过了。事实上我不只读了一遍。每当我思念你的时候,我就读。我也十分感激你给予过我的友情……"

丽达:"保尔,亲爱的,难道我给予你的仅仅是友情么?"

保尔低下了头……

丽达:"请坐到我身边来……"

她扯保尔的手,使保尔坐到了床上,而她自己则将上身仰躺下,注视着保尔……

丽达:"但愿中央委员会的公文迟一点儿转到这里来,因为我十分珍惜我们又有在一起的机会了……"

保尔:"我尤其珍惜这一点。对保尔·柯察金来说,这是幸福。"

丽达:"亲爱的保尔,你对幸福的要求为什么总是这样低?无论男人还是女人,只有友情是不够的。难道你真的与别的男人那么不同么?……"

丽达的手,轻轻抚摸保尔脸颊……

丽达:"如果我曾经给予你的,只不过使你认为是友情,那么正如你所说的,这也是丽达·乌斯季诺维奇犯的一个错误。我现在愿意收回我的几本日记,而给予你与友情不同的东西。有些错误很难纠正,但应该得到弥补……"

她将保尔扯倒在自己身上,闭上了双眼……

保尔却没有吻她,仅仅欣赏地俯视着她的面容……

丽达睁开了眼睛……

丽达:"丽达·乌斯季诺维奇作为一位严肃的女性,以及别人的妻子,如果她此刻不因自己的行为感到丝毫的羞耻,那么,保尔·柯察金同志心里也是不必有什么罪过感的。革命者不必非要求自己是圣徒……"

保尔:"丽达,还有什么话希望我在回信中转告朱赫来同志么?……"

丽达微微摇头:"保尔,不要岔开我的话。也许,我回到莫斯科以后,仍不能给你写信……尽管我那么愿意和你通信……"

保尔:"我能接受我应接受的一切现实……"

丽达:"也许,我们永远再也没机会见面了……"

保尔:"我想到了……"

丽达:"仅仅想到了这一点?"

保尔:"丽达,不要逼我承认,此刻我的心情很忧伤……"

丽达:"我也是。我爱我的丈夫。是的,我非常爱他……保尔,你是否明白,只要他活着,我将永远是他的妻子……"

保尔望向了别处,低声地:"明白……我想,你很快就会回到他身边去的……"

保尔欲坐起——丽达却用双手捧住了他的脸……

丽达凝视着他,柔声地:"保尔,我已经说了,革命者不必非要求自己是圣徒。如果连上帝都会原谅的事,革命的道德也会原谅的……"

保尔伸出一只手,想抚摸丽达的脸颊,但手指刚一触到她头发,便又缩回去了……

丽达热烈地吻保尔……

保尔双手无措,不知该做什么……

丽达拥抱住了保尔……

保尔也不禁地拥抱住了丽达……

车厢仿佛晃动起来……

车厢仿佛开走……

(闪回)

保尔护送丽达乘火车去开会的片段……

叠印彼此亲吻着、爱悦着的保尔和丽达……

蜡烛——静静地发着光晕的蜡烛……

红绸包着的丽达的日记……

挂在壁上的枪套里的枪……

落在地上的丽达的夹克外衣……

画面如同一幅幅静物照片……

音乐——圣歌般的音乐缓缓铺入……

桌上,一把洋铁皮暖瓶上,映出保尔和丽达亲吻的头影……

枪声……

音乐戛止……

保尔和丽达同时坐起,吃惊地望向窗外——火光……

枪声……

喊声:"有人纵火了!救火啊!油库着火啦!"

丽达在前,保尔在后,向火光处跑去——此时,丽达曾是女战士的那种矫健,又以她奔跑中的身姿向我们呈现刚柔相兼的风采……

他们跑至油库前,见人群远远地围观着……

保尔严厉地:"为什么都不救火?!"

人群中,一个声音怯怯地:"敌人在油库里安放了定时炸弹……"

保尔一指:"但那是保证我们工厂全年生产的油!……"

有人犹犹豫豫地往前走了几步,又畏惧地退回了……

丽达从一名工人头上摘下安全帽,往自己头上一扣,冲向前去……

保尔:"丽达!……"

丽达已冲至库前,从消防架上取下大斧,挥之狠劈库门……

门开,丽达冲入……

保尔:"共青团员、共产党员跟我来!……"

一些人跟随保尔冲入油库……

丽达在库中冒火寻找炸弹……

丽达:"保尔!我找到了!……"

保尔欲扑过去,丽达一手将圆盘炸弹平托胸前,一手直伸出去阻止保尔:"别过来!"

丽达就那样子一小步一小步走向外面……

丽达就那样子出现在外面人们的视野中……

她背后,火势已经受到控制……

她前边,人们在后退,后退……

丽达:"任何人也不许靠近!"

保尔冲出油库,他头一晕,扶住了一棵树……

保尔身上这里那里烧着小火苗,他顾不上扑打,屏息敛气地望着丽达的背影……

丽达走着,走着……

爆炸光闪耀……

保尔一下子抱住了树,声音绝望地低低地:"丽达……"

爆炸光反复闪耀……

在此衬底上,画面出现各个时期、各种风采的丽达……

爆炸的巨响……

画面一片漆黑,丽达的一切身影随之消失……

漆黑的画面开始有小小的、亮晶晶的东西闪耀——随之变为星罗棋布的夜空……

一种单纯的,童稚意味儿的,铜铃摇晃撞击般的音乐,随着那些小小的、亮晶晶的东西变为满天星星时有时无着……

搂抱着树的保尔,头抵树干,一动不动,宛如雕像……

我承认,在《钢铁是怎样炼成的》这一部书中,我真爱的人物,既非保尔,亦非冬妮娅,而是丽达。

从少年时期至青年时期至今,我对丽达的爱不曾改变。

以至于,一切在脸形上颇似丽达的女性,都会使我的心怦然一动。

如果让我形容她们,我头脑中产生的第一个联想必是——多像丽达啊!

我按照弗氏的性心理学原理分析我自己——我将保尔和丽达的情爱关系推至性爱的发生,未尝不也是满足我自己从少年到青年到至今的情人梦的间接的实现。

在关于爱,关于婚姻,关于家庭的理念方面,丽达对保尔说过的话一直深深影响着我——那就是,我在爱情方面亦并非一个"拘泥于形式"的人。我不认为婚姻拥有一位丈夫或一位妻子婚后的每一次吻,每一次拥抱,每一次性关系的专利权。

如果婚姻被认为是如此垄断的,那么,在我这儿只能遭到诅咒——该死的婚姻!丑陋的婚姻!

但我也不允许——不,不是不允许,而是不可能在爱情方面玩世不恭。

形成我这个男人的全部的物质和精神的细胞,决定了我不是一个游戏爱情也能获得快乐的人。

我使我的"爱人"牺牲了,我真的为此难过了一些日子……

安娜靠在保尔身旁,保尔的一只手臂搂着她的肩。更确切地说,是保尔依傍安娜而立。似乎,如果不这样,他那虚弱的身体会倒下去。从他脸上看得出——丽达之死,对他的情感世界造成的创伤是无法形容的,也许远胜过他身体上的每一次创伤……

他们都呆呆地望着前方——目光中有同样的悲伤,不过保尔目光中的悲伤显然更深……

安娜:"保尔,如果你想哭,你就哭吧……"

保尔搭在安娜肩上那只手,痉挛似的在抖……

安娜:"保尔,就是你放声大哭,也没有一个人会笑话你的……"

保尔:"……"

镜头拉开——他们背后,一片人群;他们前方,是丽达的雪塑——如她牺牲之际那样,一手横于胸前,托着炸弹;一手伸出于前,阻止人们的靠近……

旁白:工人们自发地哀悼丽达。只有极少数的人知道丽达的真实身份和真实姓名。他们像保尔一样,曾经是丽达的亲密战友和朋友,他们连夜为丽达塑了一尊雪像……

有人低声唱起了一首歌(这首歌的词与曲,应像南斯拉夫电影《桥》中《再见吧战友》一样深情,须专门创作)。

工人们都随之低声唱了起来……

只有保尔一人的唇连动都没动一下,相反,抿得紧紧的……

摄影机旋转着仰拍丽达的雪塑……

茨韦塔耶夫匆匆而来……

(现在看来,他的身份仅仅是团委书记似太低了些。修改时似可考虑改为工厂负责政治思想的领导人。)

茨韦塔耶夫:"同志们,安静,安静!现在,我要严肃地告诉大家,昨天夜里牺牲的,不是一名普通的、叫芭芙柳莎的女工,而是共青团中央委员会委员、莫斯科团市委副书记丽达·乌斯季诺维奇同志……"

一片窃议之声……

茨韦塔耶夫:"安静!同志们请安静!丽达·乌斯季诺维奇同志,是来进行团的工作的考察研究的。为了对莫斯科团市委负责,我们对丽达同志实行了周密的保安工作。丽达同志的牺牲,是非常壮烈的。在我内心里所造成的悲痛,是巨大过你们所有人的！因为,她曾是我最亲密的战友之一,也是我最敬爱的人之一……"

安娜:"真无耻!……"

保尔:"安娜,扶我走吧。我实在无法忍受他的表演了!……"

于是安娜扶着保尔离开……

在他们背后,茨韦塔耶夫慷慨激昂的声音继续:"雪塑的人像,在春天到来以后就会融化,但是丽达同志和她的英雄精神,却会永远地活在我们心中……"

我觉得,在我们的现实生活中,像茨韦塔耶夫这样的家伙,仍比比皆是。当我写到保尔时,我觉得我改编的剧本离现实很远;当我写到茨韦塔耶夫们时,才觉得又触摸到了现实的改编意义……

机关楼内。

保尔扶着楼梯扶手,一步步上楼……

保尔驻足于茨韦塔耶夫的办公室外,他平定了一下喘息,推门而入……

善于卖弄风骚的女秘书正在整理桌上的文件,保尔的出现使她意外而又略显不安……

女秘书:"柯察金同志,茨韦塔耶夫同志可不高兴他不在的时候,别人擅自闯入他的办公室……"

保尔盯着她走到了她跟前,冷冷地:"放下手中的文件。"

女秘书聋子似的望他……

保尔:"放下!"

女秘书吓得浑身一抖,怯怯地放下文件,退开了……

保尔开始翻看那些文件……

保尔拉开抽屉,取出另一些文件翻看……

女秘书:"你!……你疯了?!茨韦塔耶夫同志知道了会大发雷霆的!……"

保尔转身指着档案柜:"打开。"

女秘书:"不……这不可以的……"

保尔:"可以的,娃莲·基洛夫耶夫娜,在某些时候,这是可以的……"

保尔又指着墨水瓶说:"如果您坚持不,我会把它摔碎在墙上。那么一来,茨韦塔耶夫同志就会更愤怒了。"

女秘书乖乖打开了档案柜……

保尔开始翻柜内的文件夹……

女秘书:"您一定是疯了!您一定是疯了!……"

她惶惶而去……

茨韦塔耶夫在女秘书的陪同下匆匆上楼……

茨韦塔耶夫趋前一步至门外,正了正领子,抻了抻衣襟,敲门……

他忽然意识到:"这是我的办公室!……"

女秘书:"对对,您完全没必要敲门,茨韦塔耶夫同志……"

他气势汹汹地推开了门,见到的情形使他呆在门口——室内几乎到处是文件,连地上也有,保尔坐在沙发上瞪着他,手中拿着一页纸……

茨韦塔耶夫转脸看秘书:"不错,他确实是疯了,确实是疯了!……"

保尔镇定地:"把门关上。"

茨韦塔耶夫自然未动……

但秘书却变得十分听从保尔的话，悄然退出，轻轻关上了门……

茨韦塔耶夫挥舞手臂："你怎么敢……你怎么敢把我的办公室搞成这个样子?! 而且命令我的秘书?! ……"

保尔："我不是让您的秘书关门，而是让您自己。"

茨韦塔耶夫几步跨到保尔跟前："这太放肆了! 太放肆了! 保尔·柯察金，你知道这是什么性质的问题? 你以为我尊敬你，你就有权力这样么? 这叫无法无天，你给我站起来!"

保尔站了起来……

茨韦塔耶夫朝门一指："出去! 给我立刻滚出去! ……"

保尔："请不要激动，茨韦塔耶夫同志。据我看来，您是一个除了您自己，和比您职务高的人，再谁也不尊重的家伙。您能向我解释一下这是怎么回事么? ……"保尔将手中的一页纸拍在桌上……

茨韦塔耶夫拿起看……

字幕：接到本通知公文后，请当即向丽达·乌斯季诺维奇同志宣布，团中央撤销对她的错误处理，并致以革命的歉意，并请火速返回莫斯科，接受新的任命……茨韦塔耶夫表情开始有些不自然地："这怎么了? 这不过是一份你没有资格看到的文件……"

保尔："为什么这份文件在你手中压了三天，你没有按要求当即向丽达同志宣布? ……"

茨韦塔耶夫："那又怎么样? 我每天要看许多份文件! 而三天并不是很长的时间……"

他说着，在他的椅子上坐下了……

女秘书恰在此时将门推开一道缝，往内偷看……

保尔一拍桌子——女秘书吓得缩回了头……

保尔:"但正是由于你的卑鄙行径,丽达同志牺牲前仍受到看管!对于她的牺牲,你有不可推卸的责任!……"

茨韦塔耶夫:"你怎么敢说到我时用卑鄙两个字?!那是敌人进行破坏的原因造成的!所以我要求你收回你侮辱性质的话,并且郑重向我道歉!……"

保尔冷笑:"道歉?丽达在她的日记中多次谈到过你——你一直嫉妒她的工作能力,嫉妒她在同志和朋友中所受到的普遍敬爱,你一有机会,就中伤她,背后向上级陷害她!而丽达同志以她的高度的人格修养,一次次地原谅你!你向她道过歉么?你在她直接领导之下的时候,她打击过你么?报复过你么?她没有!你这个卑鄙的小人!我要向团的中央委员会揭发你!……"

茨韦塔耶夫:"保尔,亲爱的保尔·柯察金同志,你不能那样做!你不能毁了我!你当然明白,我升到这个位置上是多么地不容易!以我的资历,难道我不应该也被调到莫斯科去吗?……"

保尔:"或许,你以为,丽达同志的职务,早就应该让给你去担任了吧?……"

茨韦塔耶夫:"是的是的……啊不不,我根本没有这种野心……"

保尔:"你这个心中只有官位高低的可怜虫!不过,既然你不当官就仿佛活不成,我又何必非要毁了你不可呢?……"

茨韦塔耶夫脸上露出了卑贱的,仿佛很感激的笑容……

门又被无声地推开了,女秘书的头又探了进来——她望见保尔拿起桌上的红墨水瓶,往一只杯里倾倒……

保尔将"酒杯"从桌上轻轻推向茨韦塔耶夫……

保尔:"请当成一杯祝你高升的美酒喝下去。只要你喝下去,我就不向团中央写信……"

女秘书关上了门——门外已聚了七八个男女——女秘书:"噢上帝,噢上帝……"

她不停地在胸前画十字……

人们七嘴八舌地问:

"怎么回事? 他们为什么不吵了?"

"他们握手和好了么?"

女秘书:"我不能说! 我什么也没看见,什么也没看见……"

室内。

保尔:"不愿喝下去吗? 茨韦塔耶夫同志,还犹豫什么呢? 难道官位对您不重要了么?"

茨韦塔耶夫:"你发誓。"

保尔:"如果我骗您,我也是卑鄙小人。"

茨韦塔耶夫眼瞧着保尔,一手拿起杯,缓缓饮下了那一杯"红酒"……

保尔:"谢谢,茨韦塔耶夫同志,您总算还给了丽达同志一点儿公道……"

保尔转身离开了办公室——女秘书和门外的人们,都有些畏惧地四散开来……

保尔来到了丽达的雪塑前——他仰望着"她",目光是那么深情……

保尔的心声:丽达,亲爱的丽达,我知道,对于我所采取的方式,您是绝对不会赞赏的。但是请原谅保尔这个从小就是野孩子的男人吧。作为您的同志,他永远也难达到您那种人格的修养啊! ……

保尔靠近雪塑,将自己的前额抵了上去……

冰消雪融……

汹涌的春汛……

河面一片圆木随流而下……

旁白：随流而下的圆木，对一座水电站的大坝构成巨大威胁。工厂里的工人们，在保尔的率领之下，奉命前往打捞圆木……

骑在马上的保尔一马当先，率工人们逆流而上……

保尔策马往来于岸，不断指挥……

水浪中，紧张而不无惊险的劳动场面……

吊车将圆木吊上岸……

工人们齐力将圆木用纤绳拖上岸……

保尔的马缰突然被人扯住——原来是一名士兵……

士兵："下来！下来！我们首长的吉普车坏了，我现在要征用你的马给首长骑！……"

工人们不满，围住士兵指责：

"什么首长！这不是论身份的时候，让他见鬼去吧！"

一名工人指着保尔说："他还是我们的首长呢！嘿！凭什么我们的首长要让马给你们的首长骑？！"

"士兵，躲开，否则我们对你可不友好了！"

但那士兵紧紧抓住马缰，仿佛非逼保尔下马不可……

保尔举起一只手，工人们安静……

保尔低头问："士兵，你们的首长是什么人？"

士兵："警备司令部二师七团八营三连，中尉连长阿基诺夫同志……"

保尔："那么好吧，请转告你的首长，原红军一师四团六营副营长保尔·柯察金,非常愿意把这匹马让给他骑……"

在工人们的默默注视之下,保尔下马……

士兵将马牵走……

保尔向工人们无所谓地笑笑:"同志们,这没有什么。在你们面前,保尔·柯察金独自一人骑在马上,本来就觉得很羞愧……"

保尔欲向前走,但刚迈了一步,身体便摇晃……

一名工人立刻扶住了他……

另一名工人将一杆钩子的钩端垫在圆木上,一斧头砍断,交到保尔手中——于是保尔将它当手杖拄着……

旁白:从此以后,保尔拄上了手杖……

下雨了。

风雨中,保尔拄杖而立,充满自恨心情地观望着人们紧张的劳动……

他的衣服早已如人们一样湿透……

安娜从背后将雨衣披在他肩上……

保尔回头羞愧地:"安娜,难道保尔·柯察金真的成了一个多余的、无用的人了么?我站在这里看着,算是什么样子呢?可我的两条腿仿佛不是我自己的了……"

安娜亲吻了他一下,安慰地:"不要这样想,亲爱的保尔。这儿没有人会谴责你什么也不干。是你带大家来的,只要你站在这儿,大家就齐心!……"

保尔苦笑……

安娜替他扣上两颗雨衣扣子后,离去……

几名工人在离保尔不远处,试图将一根圆木拖上岸,但因地滑,难以成功……风雨中,保尔弯下腰,一手拄杖,一手挥舞,大声地替工人们喊号子——那是他那一时那一刻，唯一能做的了……

于是号子声在风雨中此起彼伏……

圆木终于被拖上岸了——工人们这才发现，出力的还有两名军人——那名向保尔"征马"的士兵和他的"首长"……

中尉阿基诺夫走到保尔跟前——立正、敬礼，羞愧地："保尔·柯察金同志，中尉阿基诺夫向您……向您……总之，请允许我将马还给您……"

工人们都友好地笑了……

保尔也笑了……

敏感的安娜，观察出保尔笑得异样，关切而不安地："保尔，你没事吧？"

经她这么一问，人们的目光都注视在保尔脸上，随之注视在他挂着钩杆的手臂上——他的手臂僵硬地伸直着，而钩杆已深深地插入地下！

几个人不约而同地，失声地："保尔！……"

保尔的双腿在剧烈地颤抖……

保尔的一条腿终于支持不住地跪了下去……

保尔的脸上，仍异样地笑着……

人们一下子围了上去……

安娜费了很大的劲儿，才将保尔那只握着钩杆的手掰开……

旁白：保尔·柯察金又一次住进了医院。与他上一次出院，仅相隔两个多月。楔入他脊椎的那一块弹片，使他双眼的视力下降到接近失明的地步……

工厂。

安娜在写信——保尔的朋友们围着她，七言八语：

"写上,我们作为保尔的朋友,求求他了!"

"还要写上,只有他——朱赫来同志的话,才能使保尔像孩子一样服从……"

"再加一句,我们都不愿保尔早早地离开我们……"

泪水滴在信纸上……

安娜忽然伏在桌上哭泣……

医院。

一位样子有些像布哈林的矮小老医生,一边为保尔量血压,一边和蔼地问:"孩子,你认识一个叫朱赫来的人么?"

保尔:"认识。他是我所敬爱的人之一。"

老医生:"他给市团委书记写了一封信,建议您去疗养。而我作为医生,完全同意他的建议。"

老医生量完血压,收血压计。

保尔抓住了他一只手……

保尔:"医生,告诉我实话,我的视力还能恢复么?"

老医生:"孩子,某些人的生命是很顽强的。它从不向命运低头。我认为,你就是这样的一个人。"

保尔沉默片刻,低声地:"我明白您的意思了。"

老医生同情地:"孩子,千万别灰心。"——起身开了门,又说,"请进来吧,同志们。"

保尔循声望去,有些激动地:"安娜,是你们吗?肯定是你们!……"

一名士兵进入,向保尔敬礼:"保尔·柯察金同志,我们奉命护送您去疗养。如果您不同意,我们得到允许,有权强制性完成任务……"

保尔神情不禁黯然……

保尔苦笑:"那么,我服从……"

某海滨疗养院。春天已经来临——树新绿着,花初开着,年轻的女护士们来来往往,已着裙子……

临海的大阳台上——保尔的远景、背影……

保尔的中景、近景……

海风掠起他的头发……

海浪拍岸……哗!……哗!……

海鸥时时掠过,声声鸣叫……

火红的落日,半浴在海中……

保尔沉思的脸……

一个语调浪漫而沉郁的声音在他一旁说:"活着,尽可能地创造着,并且享受着一切生活中的美,多好呵!"

保尔循声望去——高尔基伏栏于他近处……

这当然是原著中根本没有的情节。

高尔基——保尔·柯察金,我怎么竟会产生让他们在一起,让他们进行交谈的念头呢?

一个是文学人物,而另一个是真实人物啊!

这是否有点儿"戏说"的意味儿了呢?

而我们所改编的,乃是一部现实主义的小说呀!

但此念一经在我头脑中产生,就使我无法排除,只能听命于冥冥之中仿佛支配了我的那一种奇特的感觉。

事实是——《钢铁是怎样炼成的》这部小说出版并产生巨大反响以后,奥斯特洛夫斯基非常盼望能听到高尔基的评价,哪怕是只言片语之评。

他在给朋友的信中曾写道——据说高尔基将要发表评论,这消息还不太可靠,如果真能那样,我认为我的确有理由感到骄傲了……

但另一个事实是——高尔基并未对《钢铁是怎样炼成的》发表任何方式的评论。

为什么?——我们不得而知。没有什么可靠的史料留下过能向我们解惑的根据。

我想,大概只有一个原因——高尔基并不怎么欣赏这一部旨在诠释一名年轻的忠诚得近乎偏执的革命者人生观的书。所以他在一片赞誉声中,保持他矜持的沉默。

但我还是"专制"地将他们摆放在一起了。

就像人们关于爱情常说的那样:"既然爱上了,又有什么办法?"

既然念头那么固执,我又能拿自己怎么办?……

　　保尔:"您是谁?我的视力已变得很差,我看不清您的脸……"

　　高尔基:"知道,我知道这一点。自从你来到这里以后,就引起了我的关注。我经常向医生们询问你的情况……"

　　高尔基朝保尔转过身来……

　　保尔:"谢谢,可您究竟是谁呢?"

　　高尔基:"和你一样,一个被送来疗养的人。"

　　高尔基走到保尔斜对面的一把藤椅前,缓缓坐下,望着保尔问:"年轻人,现在你能看清我的脸了么?"

　　保尔摇头……

　　保尔:"但是我从您的声音听出,您是一位老人。"

　　高尔基:"当然。当然是这样。不过,依你的想象,我有多老呢?"

　　保尔:"很老。很老很老。"

　　高尔基:"这真使我忧伤。"

　　保尔:"请原谅。也许,您不见得那么老。可您到现在还没作自我介绍呢！”

高尔基：“我想，不，我听人说，保尔·柯察金忠于友谊，因而有许多朋友。那么，你不妨设想我是你的朋友中的一个吧！既然你看不清我的脸，我是他们中的任何一个人，不都是可以的么？你在这儿已经坐了一个下午了，我猜你正在想念他们。”

保尔：“是的。那么……我可以想象您是一个叫朱赫来的人么？”

高尔基：“可以。那么我就是朱赫来吧！”

高尔基开始吸烟斗……

保尔：“丽达呢？”

高尔基：“那么我就是丽达吧！你的语调告诉我，你爱她，是么？”

保尔犹豫片刻，诚实地：“是的。亲爱的丽达同志，能告诉我周围是怎样的景色么？”

高尔基：“我们脚下的阳台，建筑在悬崖之上，探出于海面。落日的大部分，已经沉入到海里去了。它的余晖，染红了一片海面，就像少女的羞晕，染红了她们的脸颊……”

夜幕垂下来了……

保尔和高尔基仍在交谈……

旁白：心情寂寞的保尔，向那位语调亲切的、很老很老的老人，讲述了自己的童年、少年、战士生涯和不成功的爱情经历。老人一直耐心地很受感动地听着，几乎没打断过他，并建议他视力恢复以后，争取将他的经历写成一本书……

翌晨。

保尔又像昨天一样坐在阳台上……

一位年轻的女护士走来，轻轻问："保尔·柯察金同志，要不要披上一件衣服？"

保尔摇头……

保尔："护士同志，昨天和我谈了很久那一位好大叔，怎么不到阳台上来了？"

护士："大叔？"

保尔："也许，按他的年龄，我应该叫他老大爷吧？"

护士掩口"吃吃"笑……

护士："他是尊敬的高尔基同志！"

保尔："高尔基？哪一位高尔基？"

护士："还能是哪一位高尔基！作家阿列克赛·马克西姆·高尔基！他今天一早已经离开疗养地了……"

护士转身离去……

护士走了几步，回头望着保尔又说："对了，他让我转告你，别忘了你答应过他的事！保尔·柯察金同志，你答应他什么事了？"

保尔喃喃地："高尔基，高尔基，唔上帝，为什么你安排我和他面对面地坐在一起，却不让我看清他的脸？……"

保尔陷入沉思……

高尔基的画外音：年轻人，我接触过许多革命者。他们为革命奋不顾身的精神，是非常令我钦佩和尊敬的。但是你必须明白这样一点，革命的目的，并不是鼓励人漠视生命，并不是鼓励人将生命仅仅当成革命的普通物资。恰恰相反，年轻人，你的生命是革命的财富啊！你要像爱护革命的财富一样，爱护你年轻的生命啊！因为它实在还太年轻了，不该被搞到目前这么糟的地步……

保尔的心声：高尔基同志，保尔·柯察金从前的确认为，他的生命是不足惜的。并且曾因为自己这么想而傲慢过。现在,您朋友式的批评已经使他开始意识到这仅仅是一种狂热的献身精神罢了,虽然晚了一点儿。我向您保证,一定要把我的经历写成一本书……

女护士又走来,依然轻声地:"保尔·柯察金同志,您该打针了。"

保尔:"护士同志,您多大年龄了?"

护士:"二十二岁。"

护士搀保尔起身,扶他走……

保尔:"我才比您大七八岁,可我已经是一个需要由您搀扶的人了……"

护士在给保尔打针……

保尔:"请告诉我,每天,需要为我花多少钱?"

护士:"这么说吧,保尔·柯察金同志,您在这儿疗养一个月的全部费用,相当于一个四级工人一年的工资……"

保尔面露愧色……

护士:"但是保尔·柯察金同志,其实是不可以这样相比的。因为您是为革命付出很多的人,您有权享受革命的回报……"

保尔沉默……

旁白:几天后,保尔·柯察金坚决要求离开疗养地,回到了他的家乡小镇……

保尔家——正是明媚的上午,阳光照进屋里,照在母亲身上……

母亲望着对面形销骨立、头发很长、眼戴墨镜、脸腮呈现黑胡茬、手挂手杖的保尔,似认出了是儿子,又似不敢相信是儿子,难以置信,疑疑惑惑地:"保尔?是我的小保尔又回来了么?……"

保尔的主观视角——由于戴着墨镜,由于视力严重下降,他看不清母亲的脸,甚至看不清母亲穿什么颜色的衣服——只见面前有一瘦小的老妪的形体轮廓,在阳光中,周身发出光环(此后直至保尔失明,他几乎始终戴着墨镜。并且,看阳光下的人,几乎全有光环……)。

保尔:"亲爱的妈妈,是我,是你的小保尔又回来了……"

母亲:"孩子,你的腿……"

保尔请求地:"妈妈,我的腿没什么问题……只不过……只不过走路慢些罢了……"

母亲:"那……你的眼睛……"

保尔:"妈妈,我的眼睛也没什么问题……只不过……只不过看东西模糊些罢了……"

母亲并没立刻扑上来拥抱保尔,相反,母亲一侧身,抽泣了——她显然伤心极了……

保尔:"亲爱的妈妈,别难过,别难过,我这次回来,也许会在您身边住很久的,您难道还不应该高兴么?……"

保尔一边说,一边拄杖走向母亲,但由于视力问题,他向母亲伸出的一只手,从母亲身旁伸过去了……

母亲拉住了保尔那只手:"孩子,妈妈在这儿,在这儿……"

于是保尔将瘦小的母亲拥抱在胸怀……

旁白:从此,在家乡小镇的街道上,人们常见到保尔·柯察金的身影……

早晨。

理过了发,刮过了脸的保尔,步履蹒跚地拄杖走在人行道上……

一位扫街的女子迎面扫了过来……

保尔听到扫街声,驻足……

那女子抬头看保尔——她是冬妮娅!

在保尔的眼中,冬妮娅周身光环——她手中的扫帚,仿佛神杖,也发着光……保尔用手杖探点路面,欲迈上人行道去,却一脚踏空……

冬妮娅弃了扫帚,及时扶住他,将他搀上了人行道……

保尔:"谢谢……"

冬妮娅本能地放开手,退后几步,四顾——见附近无人,才又将目光定定地望向保尔……

与保尔的又一次相见竟是如此的情形之下,冬妮娅百感交集,嘴唇抖抖地说不出话……

保尔:"我是保尔·柯察金,玛丽亚·雅科夫列夫娜的小儿子,从前这座小镇上出了名的野孩子,现在是一个享受一级伤残抚恤金的人,您是谁呢?……"

冬妮娅眼中渐渐热泪滚涌……

保尔:"在我眼里,您就像一位女神一样,周身发着祥瑞的光环……做一个健康的人多么幸福啊,哪怕扫街也是美好的啊!……"

冬妮娅的眼泪淌在脸上……

保尔的口吻带有请求意味儿地:"您为什么不说话呢?跟我说几句话吧,家乡人……连在自己的家乡,我都似乎是一个多余的人。人人都有自己的工作、自己的生活,人人都在愉快地忙碌着。我呢,却不但显得多余,而且……内心寂寞……你需要一个扫街的助手么?如果需要,我愿意以后与您共同扫街,不计报酬。虽然,我的眼睛快瞎了,但我想,扫街还是行的……"

冬妮娅咬着手背,竭力克制着不哭出来……

保尔沮丧地挥了下手:"算了,我不请求您和我说话了,也许您十分厌恶我这样一个残疾人。但我还是要感激您耐心听我像老人一样絮叨了这么多……"

冬妮娅捡起扫帚,一扭身跑了……

保尔听着脚步声远去,呆立原地……

保尔用手杖探点着,坐到了长椅上……

保尔的心声:保尔,保尔,你瞧,你现在似乎成了一个可怜的、乞讨同情的人……

从童年到少年到是红军战士的保尔——各个时期的保尔从画面上叠过……

那些保尔是那么地充满难以被驯服的野性,充满旺盛的生命力和战斗的激情!(现实)

保尔从衣兜掏出了手枪……

保尔将枪口对向了自己的胸膛……

保尔的心声:将背叛了自己的肉体消灭掉,怎么样?朝心口开一枪,就完事了,这很简单。保尔,你何曾想到你会有今天?……可,你真是彻底的废物了么?你完全没有勇气再与命运搏一个回合了么?……

"保尔!"——母亲的声音……

保尔扭头,见母亲的身影来到他身旁——现在,对保尔来说,一切面对面的人,都只不过是身影了。只不过有时候别人的身影有光环,有时候没有……

母亲:"保尔,你为什么要带着枪?为什么要用枪对着胸口?你可千万不要做蠢事……"

保尔:"妈妈,别怕,枪里没子弹的。我出门带着它,只不过是习惯……"

母亲:"那把枪给我。"

保尔乖乖地将枪交给了母亲……

母亲严厉地:"以后你需要带着它时,再向我要!"

保尔请求地:"妈妈,亲爱的妈妈,坐下吧,陪您的儿子坐一会儿吧!……"

母亲缓缓坐在了保尔身旁,用披巾包上了枪……

保尔:"妈妈,什么是人最宝贵的东西呢?"

母亲:"儿子,这还用问么? 当然是生命啊!……"

保尔陷入沉思……

母亲:"保尔,你在想什么? ……"

保尔的心声:妈妈,亲爱的妈妈,你的保尔在想——人最宝贵的是生命。生命对每个人只有一次。人的一生应当这样度过:回首往事,他不会因虚度年华而悔恨,也不会因卑鄙庸俗而羞愧;临终之际,他能够说:我的整个生命和全部精力,都献给了世界上最壮丽的事业——为解放全人类而斗争……

母亲不安地:"保尔,我问你在呆呆地想什么……"

保尔侧转身,轻轻拥抱住了母亲,语调热烈地:"妈妈,亲爱的妈妈,我爱您! 我爱生活! 我爱我们的苏维埃国家! 我是在想——我还能为它做些什么? 我相信我还能为它做些事情!……"

家中。

母子二人吃饭。

保尔:"妈妈,我今天遇到了一件怪事——我向人行道上迈时,险些摔倒。幸亏一个扫街的女人扶了我一下。我感激她,我想与她交谈,可她一句话都不跟我说。妈妈,那个接替了你扫街的女人是谁?……"

母亲的双手抓住了保尔的一只手,爱抚着……

母亲低声地:"孩子,自从你回来以后,我几乎每天夜里都在想,究竟要不要把她的事告诉给你……在这个小镇里,除了妈妈,再也没有人比她与你的关系更……不寻常了……"

保尔敏感地:"冬妮娅?……"

保尔呆住……

母亲:"在你哥哥和谢寥沙的姐姐被推上绞架那一天,白军为富人建的观望台,就搭在她家的院子里。她和她母亲,就坐在白军军官的两旁。人们因此而憎恨她。但我想,这一定是有原因的。因为她前一天曾偷偷跑来对我说,她一定要设法救阿焦姆和瓦莉娅。我在她家里也做过佣人,我了解她的父母,他们虽然是富人,但不是恶人……"

保尔:"妈妈,您向人们说过您的看法么?"

母亲:"说过。孩子,我怎么能不说呢?可人们都认为我太善良了,认为我老糊涂了,都不相信我的话……"

保尔:"妈妈,您也向镇苏维埃委员会的同志们说过么?"

母亲:"说过的。说过的……可他们认为,革命的忠诚战士保尔·柯察金的母亲,不该说这些没有阶级立场的话……"

保尔:"冬妮娅……她现在住在什么地方?"

母亲:"住在镇郊一所破旧的小房子里。她的母亲后来也病故了,而她自己也做了母亲。她的丈夫却秘密逃亡到国外去了——这使她又多了一条罪名:叛国者的家属……"

保尔沉思……

晚。

冬妮娅住的小房子里——一岁多的孩子在冬妮娅怀抱中啼哭；冬妮娅轻拍之，哼唱哄之，在狭小的空间走来走去……

敲门声……

冬妮娅："请进……"

保尔推开门，用手杖探点着进入……

冬妮娅愣住……

孩子仍在啼哭……

保尔："冬妮娅，即使你不欢迎我，我也还是要来到你这里……"

冬妮娅抱着孩子退坐床上……

保尔："孩子想必是饿了。听他的哭声，他一定还在吃奶的年龄……"

冬妮娅："革命者保尔·柯察金，我的确不欢迎你的光临，请你马上走吧。"

保尔："冬妮娅，你还是先喂孩子喝完奶。之后我们好好谈谈，行么？"

冬妮娅："革命者保尔·柯察金，在这个小镇里，牛奶是凭票供给的。你们的苏维埃政权发给我的儿子的奶票，仅够他喝半个月的。另外半个月的奶需要我这位母亲自己解决。因为我被你们划为敌人，我的儿子不是你们的后代，这一点你懂么？！……"

冬妮娅一边说，一边放下孩子，往奶瓶里兑水，打开一个小纸包往奶瓶里弹入一点儿糖，接着晃奶瓶——再接着重新抱起孩子喂奶……

保尔："那么，你现在正喂他什么？"

冬妮娅："这不关你的事，请走吧！"

保尔："亲爱的冬妮娅，我来，并不是要惹你生气。我想当面问问你——那件事,就是关于观望台的事,真实情况是怎样的?……"

冬妮娅抱着孩子猛地站起,走到保尔对面,激动万分地:"保尔·柯察金,我——冬妮娅,以及我的父亲和母亲,没有什么对不起你的地方,也没有什么冒犯过革命的地方!事实上我们全家都同情过革命!但你和你的革命,怎么对待我和我的家庭的呢?你还要我说什么呢?走吧!走!我什么也不愿对你说!走啊,你!……"

保尔呆呆地听冬妮娅大声说完,默默转身退了出去……

屋里,传出冬妮娅的悲哭声……

第七章

我希望电视连续剧中的保尔·柯察金,使观众由衷地感觉到他更是一位值得经常怀念的朋友。即使他有某些缺点,那也是由于性格、爱情和人生经验以及思想方法的不成熟造成的,而非自以为是又自恃"唯我独革"这类令人反感的缺点。

于是,便有了另一个达雅,另一种保尔·柯察金与达雅之间的爱情……

现在,我们终于接触到保尔和达雅之间的人物关系了。

在原著中,达雅"遭遇"保尔的命运是从这样的文字叙述开始的:"母亲嘱咐保尔,一定要代她去老朋友家看看。因为她们已经整整十五年没见面了。"

于是保尔离开疗养院后返回家乡的途中去了——于是认识了达雅一家。

那一家"殷勤地接待了保尔,只有老头子用不友好的戒备的目光仔细打量了客人一番"。

那一家有那一家的家庭问题:大女儿由于不堪忍受丈夫的虐待离

婚了,地位屈辱地住在娘家;儿子乔治考大学没考上,却仍不改浪荡习性,住在叔叔家里接二连三地打电报催逼母亲寄钱给他;十八岁的达雅在做徒工,据保尔的眼看来是家庭中既默默奉献又逆来顺受的受气包;户主丘察姆老头子脾气不太好,在家庭中挺专制,也不欢迎保尔这位客人……

凭什么非得热烈欢迎不可呢?

不欢迎的原因除了不愿家中忽然来了一个大男人白吃白喝白住,似乎还因为这个叫保尔的大男人是党员……

是党员又怎么样?

党员就一定应该在一切别人的家里理所当然地被礼待为贵客?

老头子还对现实不满,每在家中,甚至在保尔面前口吐"反动言论":

"今天的报纸读了吧?你们的领导在火并呢。就是说,别看他们是高层的政治家,跟我们平头百姓不一样,暗地里却都在拆对方的台。真热闹。先是季诺维也夫和加米涅夫整托洛茨基,后来这两个人降了职,他们又联起手来对付那个格鲁吉亚人,哦,叫斯大林的。

"嘿嘿,还是有句老话说得好:老爷们打架,小人们遭殃。"

"你说的老爷们指谁?"——在遭到保尔"两眼冒火,一字一句的叮问"后,居然又说:"随便说说罢了。我是个非党人士,这些事跟我不相干。年轻时候当过一阵子傻瓜,一九〇五年扯扯淡,蹲了三个月班房。后来看清了——得多替自己着想,别人的事管不了那么多。谁也不会白给你饭吃……"

如果一九〇五年是一九五〇年,如果这老头子是中国人,那他"扯扯淡"的下场,可就不是只蹲三个月班房了。因此掉头也是极可能的。

保尔就在这样的一个家庭,以白吃白喝白住的客人的身份,与人家的户主展开针锋相对的"政治斗争",并且要拯救达雅和她的母亲和她的姐姐。

至于拯救的方式,保尔认为——"出路只有一条,就是拆散这个家庭",就是"发动一场家庭革命"。

这确乎是革命者的典型的革命的思维逻辑——正如他所投身的革命要拯救国家,只有摧毁原先的国家机器。

但,倘平心静气地想想,达雅家那样的人家,在当年的苏联,恐怕比比皆是。

哪一个家庭没有它的苦恼呢?

哪一个家庭没有它内部的矛盾和不公平呢?

由两个和保尔一样的革命者组成的家庭,就肯定地一概地没有什么家庭内部的矛盾和不公平么?

那么是否需要千千万万个保尔一样的革命者都去发动"家庭革命"都去"拆散"之呢?

和丘察姆老头子一样"思想反动"的人也不少吧?

思想往往是社会现实的反映。

那老头子是否也说出了某种政治现实呢?

如果真是某种政治现实,那么证明老头子的眼睛比保尔的眼睛更能看清楚,证明老头子的头脑比保尔的头脑保持着更难得的清醒,证明保尔眼睛的看不清楚、保尔头脑的不清醒"只缘身在此山中"。

即使非斗争不可,那么也先别做白吃白喝白住在人家的客人!

有一个星期日,这个家庭的其他人都到亲戚家串门去了,只达雅一人在家。

保尔和她谈起了她的婚嫁问题。

保尔"想起夜里考虑过的几个方案,决定试探一下,看看她的反应"。

那"几个方案"当然是发动"家庭革命",拆散那家庭的方案。而具体拯救达雅的方案,则又当然是使她成为自己的妻子。

保尔不是曾充当过革命的出色的宣传鼓动者么?

革命不是主张团结一切可以团结的人么?

何不尝试团结团结那老头子?

仅仅从想要使人家的女儿变成自己的妻子这一点上讲,尝试也是必要的吧?

这使人想起了《红旗谱》中的老驴头。

丘察姆很像老驴头。

老驴头有一个女儿叫春兰。具有革命思想的本村农民的儿子严运涛爱上了春兰,与之在瓜棚幽会,被老驴头得知,提着铁锨赶去,差点儿一锨拍死运涛。运涛跑了,便将春兰往死里打……

就那样,严运涛也没动拐了春兰私奔的念头,更没动员过春兰和老驴头脱离父女关系,而是央了朱老忠去批评老驴头,说服他同意他们的婚事……

所以严运涛不失可爱。

与之相比,客人保尔在别人的家里似乎变成了保尔上帝……

"好在你还没有疑心我在向你求婚。不然的话,我可就真下不来台了。"——保尔上帝"用冰凉的手亲切地抚摸了一下这位感到难为情的姑娘的手"。

这是否也是试探一下反应的步骤呢? 是否也是方案的组成部分呢?

而达雅小声说:"你们这样的人找对象,是不会找我们的。我们对你们有什么用呢?"

达雅的自卑,听来令人心疼。

倘若达雅并不如此自卑(这当然是保尔一踏入她家的门就感觉到了的),家庭还是那个家庭,保尔还会贸然试探么?

保尔的类乎上帝,是否也由达雅的自卑使然呢?

倘有这一因素,保尔实际上利用了达雅的自卑。

保尔上帝第二次住到达雅家,干脆寻找机会握住达雅的手对她说:"我既然卷入了这场斗争(家庭革命),咱们就把它进行到底。你我两个人的生活都不痛快。我决心放一把火,让它燃起来。你明白这是什么意思么？你愿意做我的朋友,做我的妻子吗？"

这番话仔细地分析起来多么地阴阳怪气呢!既然希望人家做自己的妻子,却不首先承认"卷入"了爱情,而言什么"卷入了这场斗争"——还要"把它进行到底"。

真有点儿不达目的,誓不罢休的意味儿。

因为自己的生活"不痛快",就在别人家里"放一把火"没商量,"放一把火"有理么?——何况还一直白吃白喝白住别人家里呀……

这番话,是在保尔打算自杀,最终没有自杀的情况后说的。

此时的保尔,在任何方面需要达雅,都超过于达雅对他的需要。更与"拯救意识"关系不大。

甚至可以反过来说——保尔渴望达雅对他自己的拯救。

二十四岁的保尔·柯察金,生平第一次主动地、坦白地表达了对爱情的渴望和需要。

由此我们完全可以反过来认为——是保尔以极其简单的方式闯进了达雅的生活,长驱直入地"侵略"了达雅的家,恩赐地、上帝般地将自己的爱楔入在达雅心里了……

但其渴望和需要若按原著所描写的那样,似乎出发点更是为了别人的人生的考虑。但我觉得,无论怎么通过改编诠释,都是难免会留下伪作的痕迹的。

正是从那一个夜晚开始,达雅不再插她和保尔之间的一扇门。

而从此,保尔不但夜夜与人家的女儿偷睡在一起,还要继续与达雅的父亲展开针锋相对的"政治斗争",还要继续自己在别人家庭里的"革命"……

这些内容,也是我对原著非常不喜欢的内容。

如实地忠于原著地改编,将会使保尔大不可爱。

改编和重拍,当然不是揭示一个大不可爱的保尔给今天的中国观众看。可能有人对这一种似乎的深刻感兴趣。

但我不感兴趣。

我希望未来电视连续剧中的保尔·柯察金，使观众由衷地感觉到他更是一位值得经常怀念的朋友。即使他有某些缺点，那也是由于性格、爱情和人生经验以及思想方法的不成熟造成的，而非自以为是又自恃"唯我独革"这类令人反感的缺点。

在原著中，由于保尔和达雅的爱近乎偷欢，所以达雅"常常感到苦恼，她觉得自己的爱好像是偷来的。有一点儿响动，她就要哆嗦一下，总觉得是母亲的脚步声。她老是担心，万一有人问她为什么每天晚上要把房门插上，她该怎么回答呢？"

保尔看出了她的心情，温柔地安慰她说："你怕什么呢？仔细分析起来，你我就是这里的主人。放心睡吧，谁也没有权力干涉咱们的生活。"

无论怎样宽宏大量地分析起来，保尔都不是"这里"的"主人"。保尔并无任何资格认为自己是。达雅是。而且也仅仅是"主人"之一。但保尔不是。他是客人。

作为客人，他背着一位母亲一位姐姐包括一位父亲，而和那家庭的一位女儿同居了，这一行为不管多么地振振有词、理直气壮，都是让人喜欢不起来的。

何况，那家庭的母亲，是他自己的母亲的好友。

她有权干涉自己的女儿，更有权干涉保尔的行为。而不是没有权力干涉。

丘察姆老头子作为父亲，也有最正当的理由干涉，甚至有最正当的理由将保尔逐出家门。他如果真那样，不是他的错，是保尔的错。即使保尔是人人公认的革命者，老头子是"思想反动"的人，也是保尔的错。

达雅是保尔所爱的最后一位女性。达雅奉献给他的爱，也是他可能从女性那儿获得的最后一份抚慰。这对他是急需的和极需的，因而也是极为重要的。

故我愿他和达雅的爱是另一种性质，另一番过程。它应是明朗的，而非是隐昧的。它应是较单纯的男女之情,而非仿佛是政治觉悟启蒙者和被启蒙者之间的肉体关系。

故它应首先是与普遍的爱情性质上相同的爱情。

在保尔所处的时代,他似乎始终将爱情当成他的革命思想的“副产品”。

故他不可能不两次失去爱情。一次是推开性地失去了;一次是避开性地失去了。一次的行为根据是他只能“首先属于革命”;一次的行为根据是“牛虻式地处理个人问题”。

而说到底,其实都可归结为他那种男人的、有点儿自我崇拜的傲慢和偏狭的自尊。

再不给他一次明朗的而不是隐昧的,单纯的而不是自己搞复杂了的爱情,他就再也没有机会获得了。

因为他的身体已离瘫痪于床不远了。

因为他的人生已没有多少时日了。

因为我是在改编此剧的最后两集。

于是便有了另一个达雅,另一种保尔·柯察金与达雅之间的爱情:

镇苏维埃委员会——冬妮娅的家。

某办公室里——一位中年职员将一摞文件放在一位姑娘面前,以指示的口吻说:“今天打完。”

姑娘噘起了嘴:“这么多?!”——拿着极不情愿地走到打字机那儿坐下,质疑地问,“书记同志只交代保管好,并没交代重打一份。”

中年职员:“要比书记同志考虑得还周到,这正是我的职责。再说你正闲着。达雅,在机关工作,要求培养起机关的工作作风,那就是……”

他发现了站在门口的保尔,不再说下去……

保尔:"同志们,打扰了!"

中年职员:"是您?快请坐,快请坐!……"

保尔却一时什么也看不见,不知该往哪儿坐——达雅立刻起身,引他走到一把椅子那儿,扶他坐下……

达雅:"您的眼睛……"

保尔:"我的眼睛快瞎了。"

达雅顿时一脸同情……

中年职员:"达雅,知道他是谁么?"

达雅摇头……

中年职员:"他是保尔·柯察金!本镇全体公民的共同骄傲!……"

达雅肃然起敬地:"保尔·柯察金同志,打字员达雅向您致敬!……"

保尔:"为什么?"

达雅:"因为……因为您似乎是英雄,各种报上都宣传过您的事迹,许多人都知道您的名字……"

达雅的声音很温柔,有些怯怯的,像爱害羞的少女的声音。

中年职员:"似乎?什么话!对我们尊敬的保尔·柯察金同志这么说,是应该打屁股的!"又转对保尔说,"亲爱的保尔同志,您回到家乡来了,可我们一直还没安排出时间去看望您,这真是我们工作的极大疏忽!请问,我们现在能为您做点儿什么呢?"

保尔平静地:"牛奶,同志们。保尔·柯察金需要牛奶,每天两瓶。"

中年职员:"这……本镇的牛奶一直供应不足,但我们很快就会改善这种局面的!您的这个要求,就包在我身上好了!"

保尔:"还有一个要求,我需要一个助手。一个值得信赖的,像朋友一样可靠的助手。当然,是短时期的,几天之内。因为,我要调查一件重要的事情的真相……"

达雅:"我!保尔·柯察金同志,我愿意为您效劳!……"

中年职员:"安静,达雅,请安静。保尔·柯察金同志说了,他需要一个值得信赖的,像朋友一样……"

保尔举起一只手打断了他的话。

保尔:"那么,就是达雅同志吧!我由于健康的情况,常无缘无故地发脾气。我觉得达雅同志的声音,能使我的心情平静下来……"

达雅无声雀跃。

达雅:"我们什么时候开始呢?"

保尔:"如果没人反对的话,我们现在就走吧。"

达雅:"当然没人反对,当然没人反对!"——将那一摞文件往桌上一放,对中年职员挤挤眼睛,"那么,这个光荣的任务,就只好交给您了!"

她扶起保尔,搀他离开……

冬妮娅住的小屋。

母亲将两瓶牛奶放在桌上……

母亲看了睡在床上的孩子一眼,欣慰地:"冬妮娅,从今天起,你的孩子不会再缺奶了。每天两瓶,我想对小家伙足够了……"

冬妮娅心里明白,以不无感激的目光望着母亲……

母亲:"孩子,你的委屈,也许就要结束了。保尔,他已经决定为你进行调查了解……"

冬妮娅不禁扑入母亲怀中哭了……

冬妮娅:"他昨天晚上来过,可……可我把他赶走了……"

母亲无言地爱抚冬妮娅的肩……

保尔家。

保尔和达雅对面坐在桌旁……

笔记本翻开着,达雅仍握笔注视着保尔——显然,她刚刚停止记录……

保尔:"达雅,我已经毫无隐瞒地全都讲给你听了,你有什么要问的么?"

达雅:"保尔·柯察金同志,如果这件事,对于您内心的感情世界影响巨大,我愿尽量做得使您满意。"

保尔:"达雅,这件事,并不完全是保尔·柯察金与一位叫冬妮娅的女人之间……纯粹的个人感情问题。也许,我们是在共同为革命纠正一个错误。"

达雅:"可镇委书记同志经常教导我们——革命一贯是正确的,犯错误的永远是人。"

保尔:"这当然是一种最为聪明的说法。但革命者一旦犯错误的时候,革命也就不可能一贯正确了。"

达雅钦佩地:"我第一次听一个忠诚的革命者这么说——当年的一些白军俘虏,分散关押在几个不同的地方,要是能有一辆车就好了……"

保尔:"车?……可,我不能太得寸进尺,要求了每天两瓶牛奶和一名助手以后,再要求一辆车……"

达雅:"车是一定要有的。我来解决好了!镇委书记开会去了,他的车闲着。而且,我完全可以充当一名很棒的司机……"

保尔:"这可不好!……"

达雅调皮地笑了:"这没什么不好的。这很好!对于保尔·柯察金同志,有些事情可以换一种想法!"

傍晚。

一辆吉普车开出小镇……

车内,达雅一边驾驶一边问:"听说,您有苏维埃中央委员会签发的疗养许可证,是么?"

保尔分明在想事,心不在焉地:"是的。"

达雅:"听说,您那样的许可证,您可以到我们国家内任何一处疗养地去免费疗养?"

保尔:"是的……你问这些干什么?"

达雅:"好奇。保尔·柯察金同志,好奇而已。那,您为什么不到处去疗养,而偏偏要回家乡这个目前连牛奶还要凭票供给的小镇呢?"

保尔:"人心是很奇怪的——有时它向往很大的世界,有时它又怀念很小的地方。家乡就是又小又经常使人怀念的地方啊!"

达雅:"真没想到。"

保尔:"没想到什么?"

达雅:"像您这么严肃的人,有时也会说出令人怦然心动的话!"

保尔一笑。

达雅:"肯定还有另外的原因吧?"

保尔:"是的,另外的原因是——那我以后的生命,将要花去我们国家许多的钱。那些钱都是人民的血汗换来的。保尔·柯察金并不认为他有特殊的资格……"达雅不禁向他投去崇敬的一瞥……

行驶的车……

保尔和达雅在一处监狱询问犯人……

吉普车在不同的时间行驶在不同的环境中……

保尔和达雅在不同的地方询问不同的犯人——照例是保尔问,达雅记录……

下雨了。

荒郊野外,吉普车陷住……

达雅跳下车,从后备箱取出一柄工兵锹,奋力挖泥……

达雅上了车,一甩头发,水点甩了保尔一脸……

保尔伸手摸她——她的衣服全都湿透了……

保尔:"达雅,真对不起,让你受了这么多苦。"

达雅:"您别这么说。您这人非常特别。和您在一起,即使再苦再累,人也心甘情愿!"

达雅由于冷,话说得颤抖不止。

保尔开始脱上衣……

达雅:"您这是干什么?"

保尔:"你必须脱下你的湿衣服,穿上我的。否则你会冻病的!"

达雅:"你疯了?! 我怎么会当着男人的面换衣服呢?"

保尔:"别忘了,我是一个特殊的男人——此刻我眼前一片黑暗,什么也看不见……"

达雅一怔——默默接过了保尔的上衣……

端坐如像的保尔……

换衣服的达雅……

雨夜中继续行驶的吉普车……

家乡小镇——镇苏维埃委员会……

那名中年职员探头窗外,大惊小怪地:"书记同志,他们终于把您的车开回来啦!"

书记跨到窗前——见吉普已驶入院子。车身遍是泥浆……

书记:"我的上帝!他们好像是去探险了……"

车上先后下来同样遍体泥浆的保尔和达雅,达雅扶保尔踏上台阶……

布告。

围观者中,有人低声读:"关于纠正前林务官 XXX 一家政治身份的通知——鉴于保尔·柯察金同志的亲自调查,在证据翔实的情况下,镇苏维埃委员会决定……"

冬妮娅住的小屋。

桌上——两排空奶瓶……

冬妮娅坐床上,低头喂孩子奶……

保尔挂手杖站立门旁,另一只手拿着一封信……

保尔:"冬妮娅,在许多种委屈留下于你身上的伤痕中,肯定有一道是保尔·柯察金造成的,这也未尝不是我自己的一道伤痕。如果你能原谅我,就请收下这封信……"

冬妮娅缓缓抬头看他,但身子未动……

保尔:"这封信是写给朱赫来的。在基辅,他曾主动与我谈起过你。你给他留下很好的印象。他现在是一座大工厂的负责人。我建议你带着我的信去找他。保尔·柯察金为了纠正自己在你身上犯的错误,已经尽了最大的能力了。但朱赫来,却肯定愿意,而且能够给予你更多、更大的帮助……"

冬妮娅放下孩子,轻轻走到保尔面前……

冬妮娅:"保尔,我收下你的信,也……接受你的建议。"

保尔感到信被从手中接去,如释重负地微笑了……

冬妮娅:"保尔,告诉我实话——你因曾爱过一个叫冬妮娅的少女而觉得羞耻过么?"

保尔:"这世界上,恐怕没有一个男人因他的初恋而觉得羞耻。冬妮娅这个名字,事实上,是我少年时期最值得回忆的部分。"

听了保尔的话,冬妮娅泪如泉涌……

冬妮娅:"保尔,我还可以吻你一次么?"

保尔:"冬妮娅,这应该是保尔·柯察金的请求啊!……"

他伸出双手摸索冬妮娅的脸……

冬妮娅将脸凑去……

保尔捧住她的脸,俯头在她额上庄重地、轻轻地一吻……

冬妮娅流泪的脸……

音乐……

保尔家窗前。

保尔居中,达雅和母亲左右分立——三人的背影……

音乐延至……

从保尔的视角望去——院外、街上、马车及车上怀抱孩子的冬妮娅的轮廓——那轮廓仿佛光环四射……

马车动起来了……

冬妮娅的带光环的身影,向保尔们一次次抛送飞吻……

音乐延续……

带光环的马车远去——仿佛童话里的马车,正驶入太阳中去……

手——敲老式打字机键盘的手,达雅的手。

背朝镜头坐在窗前的达雅——她停止了打字,呆望窗外。此时已是黄昏,夕阳的余晖洒在几簇树叶上,树叶在窗外静止着。

镇苏维埃政府那一间我们已经熟悉的办公室内,我们同样已经熟悉的中年职员巴塔夫刻板的声音:"同志们,在过去的一年里,我们各方面的工作都取得了很大的成绩……"

巴塔夫一手背在身后,一手拿着几页纸,一边缓缓地来回踱步,一边继续念着:"这些成绩,是不容怀疑的,是令人欢欣鼓舞的。在新的一年即将开始的时候,我要求……"

他那样子,仿佛是列宁或斯大林本人,或起码是莫斯科市之市委书记……

巴塔夫终于意识到了什么,向达雅转过身去……

巴塔夫:"达雅,你今天究竟是怎么了?为什么又停止了?……"

达雅的背影一动不动,仍呆望窗外。

巴塔夫:"达雅!"

达雅扭头看他一眼,起身离开打字机,走到窗前,继续向窗外望……

巴塔夫大步跨到窗前,也顺着达雅的目光向窗外望去——街道的斜对面,一株大树下的长椅上,笔直地坐着保尔。他双手拄杖,微低着头,似乎陷入永恒的沉思——由于视线的距离,我们看不清保尔脸上的表情……

巴塔夫:"原来你一直在望着他!"

达雅:"半个月以来,他几乎每天都会出现在那儿。而今天,他已经呆呆地在那儿坐了三个多小时了……"

巴塔夫:"可是这关你什么事?!"他跨到打字机前,扯下一页纸,扫了一眼,生起气来,"错字连篇!你瞧你都胡乱打了些什么呀?!……"

达雅仿佛根本没听到他的话……

巴塔夫又跨到窗前，将达雅扯开，用自己的身体挡住她的视线，挥舞着拿纸的手臂叫嚷起来："他，保尔·柯察金，现在只不过是一个年纪轻轻就残疾了的人！一个可怜的家伙！眼睛快瞎了，也快瘫痪了！生活和工作，已经快和他根本没有任何关系了！他不值得你……"

达雅："住口！您当面对他不是比谁都尊敬吗？想不到在背后竟这么评说他，您没有觉得这种做法很可耻吗？巴塔夫同志！"

巴塔夫眨了眨眼睛，手臂垂下了，不无醋意地："难道你仅仅陪他出去了几天，就荒唐地爱上了他？"

达雅："即使你说得对，我也不必向你汇报。"

巴塔夫恼羞成怒了："但我现在却有权要求你，不，有权命令你立刻坐到打字机那儿去，重新开始我们中断了的工作！……"

达雅："你？……有权命令我？您当您是谁了，巴塔夫同志？是列宁？是斯大林？是捷尔任斯基？是镇苏维埃委员会的书记？您不要想象自己是什么了不起的人物呀，亲爱的巴塔夫同志！在这个小镇里，您和其他许多人一样，也和我一样，只不过是一名普普通通的苏维埃机关公务员啊！您为什么总是在我面前摆出一副权威人物的架子，而且时时刻刻想要压我一头呢？这究竟会给您带来什么良好的感觉呢？……"

巴塔夫被抢白得一句话也说不出来，只徒自张了几张嘴……

达雅从他手中夺下了那几页纸，拍打着："这只不过是镇委书记同志在去年圣诞节联欢晚会上的发言底稿！它能成为历史文件么？不能！镇委书记同志要求打印过么？没有！可您为什么要把它翻出来折磨我呢？这也算是工作么？这样的工作又有什么实际意义？……"

达雅看一眼墙上的挂钟，郑重地："现在，已经超过下班时间一个半小时了，对不起，我不愿再陪您进行这种毫无实际意义的工作了！……"

达雅从衣架上取下自己的小挎包，拎着往外便走……

巴塔夫："你……你哪儿去?!"

达雅："这，我也同样没必要向您报告！……"

达雅离开了办公室……

巴塔夫听着她下楼的脚步声自言自语："毫无实际意义的工作？……"

他推开了窗子，探出身去——恰见达雅走到院子里……

巴塔夫："达雅！我要向镇委书记同志汇报你近来不安心工作的表现！"

达雅抬起头望着他，无所谓地："随您的便吧！"

达雅匆匆走出了院子……

达雅匆匆跨过街道……

达雅望着保尔的侧影，向他走去……

达雅的脚步不知为什么放慢了，踟蹰不前了……

她驻足望着保尔，脸上呈现着内心矛盾的表情……

几个男孩子突然从一条横街冲出，争踢足球——一男孩飞起一脚，足球向保尔射去……

达雅吃惊……

男孩子们呆住……

足球击中保尔的手杖——手杖被击出几步远……

保尔吃惊，一时不明白发生了什么事……

达雅快步向保尔走去……

达雅捡起足球,抛还给不知所措的男孩们,男孩子们一齐转身跑了,消失在街口……

保尔:"谁?……"

达雅:"我……"

保尔:"达雅?……刚才发生了什么事?谁夺去了我的手杖?"

达雅:"不是谁夺去了您的手杖,是几个孩子在踢足球,足球撞飞了您的手杖。他们不是故意的,您不会生他们的气吧?"

达雅捡起手杖,归还保尔手中……

保尔苦笑了:"天色一晚,我的眼睛就几乎什么也看不见了。我还以为是有人在存心捉弄我呢!……"

达雅:"我……我可以在您身旁坐下么?"

保尔:"请坐下吧,达雅。你能陪我坐一会儿,我很高兴。"

达雅注视着保尔,在他身旁缓缓坐下了……

保尔:"达雅,我们是同一代的年轻人,可你为什么有时对我说话,像女中学生对严厉的校长说话似的呢?……"

达雅表情不自然地:"这……也许……也许因为您不是一般的人……"

保尔用一只手制止达雅说下去……

保尔:"达雅,我知道你接着会说些什么。自从我回到家乡以后,除了我的老母亲,所有的人都用'您'来称呼我。我听到最多的,是人们对我表达的敬意。有的敬意是真诚,有的并不那么真诚,有的甚至很虚伪。而我恰恰最不习惯接受的是——真诚的敬意。我常常暗问自己——保尔·柯察金,你有什么了不起的?你究竟有什么资格接受人们那么真诚的敬意?多少人为革命牺牲了自己的生命啊!和他们比起来,你有什么更配获得别人敬意的地方呢?……"

保尔将脸转向了达雅……

天色已明显暗下来——二人彼此注视,一个看得见对方的脸,一个则看不见……

保尔真挚地:"达雅,好姑娘,保尔·柯察金请求你,在我们之间,让什么敬意见鬼去吧! 保尔·柯察金多么需要一个用'你'称呼他的朋友啊!"

达雅情不自禁地将一只手按在保尔拄杖的双手上……

达雅:"保尔·柯察金,达雅非常愿意做一个你所需要的朋友……"

她将"你"说出特别强调的意味儿……

保尔笑了……

达雅也笑了……

达雅:"亲爱的朋友,你已经在这里坐了许久了,是不是该回家去吃晚饭了呢?"

保尔:"是的。妈妈心里一定又要不安了。可我的双腿……它们似乎在跟保尔·柯察金闹情绪,拒绝站起来……否则,我是不会在这儿呆坐几个小时的……"

尽管保尔说得轻松又幽默,但达雅的表情立刻为之忧郁……

达雅:"那么,让你的朋友扶着你站起来吧!"

保尔:"让我再做一次努力……"

保尔拄杖的双手……

保尔几次试图站立起来,都没达到目的……

保尔:"达雅,你看你有一个多么糟糕的朋友啊……"

虽然,保尔仍是以自嘲式的、轻松而又幽默的口吻说的,但我们不难听得出,他的语调中其实充满了对自己的沮丧和悲凉。

达雅起身搀扶保尔……

达雅眼中盈满同情之泪……

达雅低声地："亲爱的朋友,让达雅帮助你站起来,让我们一起回家……"

天色已完全地黑下来了——二人搀扶着走在回家路上的背影……

抒情的音乐悄悄插入……

小镇的街上寂静无人,水银般的月光洒在他们身上,保尔的皮夹克在月辉下不时反光——他们走得很慢,摄影机不远不近地与他们随行……

达雅："保尔,你为什么总喜欢坐在那一张长椅上呢?"

保尔："因为从那里可以望到我所熟悉的院子和房子……我为革命出生入死过,我也真诚地爱过。我忠于革命的原则,也自认为忠于爱的原则。革命成功了,可我的爱情却一次接一次地失败了,我希望能想明白这是为什么。……"

达雅："想明白了么?"

保尔："没有。"

达雅："这使你很忧伤,是么?"

保尔："是的。"

达雅："保尔,亲爱的朋友,不要忧伤,你还会重新获得美好的爱情的。"

保尔："达雅,好姑娘,谢谢你的安慰。但还有哪一位姑娘再会爱我呢? 良好的品德,坚强的意志,健康的身体,我以为,只有同时具备这三个条件的男人,才值得一位好姑娘爱。而保尔·柯察金,却像一辆刚出厂不久就被撞坏了,并且永远也修复不好的破汽车……"

达雅的脸——保尔忧伤的话语,早令她泪流满面。那不只是同情的泪水,分明地,还包含着爱怜的成分……

保尔微微一笑，又用乐观的语调说："但我觉得自己毕竟还是幸运的。不是所有像我这样的人，都能得到一位好姑娘的真挚情感……"

保尔的话使达雅感动得紧咬下唇——否则她一定会失声哭起来的……

这时他们已经走到了保尔家的院门——母亲瘦小的身影，一动不动地伫立守望……

母亲迎上前来，责备地："保尔，你去哪儿了，怎么现在才回来？我已经出门找过你几次了！……"

达雅转身拭去泪，替保尔解释："大娘，保尔早就想回家了，但他……"

保尔暗中使劲儿握了达雅的手一下……

达雅："但我今天心里很烦，碰见他正走在回家的路上，就请求他陪我到河边去坐了许久……"

母亲："达雅，大娘也要谢谢你陪保尔回家。大娘已经做好了饭，留下来和我们一起吃吧！"

达雅："不了，大娘。我想，我该回家了……"

保尔："达雅，就请接受我母亲的诚意，留下来吧！妈妈，做汤了么？"

母亲："做了。怎么会不做你喜欢喝的酸辣汤呢？"

保尔："达雅，我母亲做的西红柿土豆汤好喝极了，我非常希望你品尝品尝！"

达雅以微微一笑接受了母子二人的挽留……

保尔家。

餐桌上无非面包和汤而已……

母亲："达雅，再喝一碗吧？"

达雅把碗递给了母亲:"大娘,您做的汤确实很好喝。"

保尔:"妈妈,不要都盛给了夸赞您的客人,还要给我留一碗哟!"

三人皆笑。

母亲一边盛汤一边说:"够你喝的,够你喝的!达雅,保尔他曾经向我许诺,等革命成功了,家家的饭桌上都会有奶油、蜂蜜、果酱,可现在革命已经成功了,奶油在哪儿呢?蜂蜜和果酱又在哪儿呢?还有比棉花团更白的白面包,都在哪儿呢? ……"

母亲絮叨地说时,达雅将目光望向了保尔——灯光下,保尔的脸由于瘦削而更加棱角分明,宛如雕像……

保尔:"妈妈,沙皇统治之下的俄国,几个世纪以来,向人民许诺的好东西更多,可是从来也没有兑现过。那是因为它根本就不打算兑现。但苏维埃是诚心诚意打算兑现的。所以,人民要耐心地给予革命一段起码的时间……"

母亲:"瞧,保尔又开始教导我们!当一个革命者的母亲,真是件吃亏的事!她必须时时刻刻想到自己是一个革命者的母亲,而且还必须时时刻刻准备接受革命者儿子的教导。达雅,这可真有点儿难为我呢! ……"

达雅一笑,情不自禁地用自己的手握住了保尔放在桌上的一只手……

达雅:"保尔,你说得真好!"——又转脸对母亲说,"大娘,保尔的话是对的。"

母亲的目光落在他们手上,一时表情大为欣慰……

母亲:"达雅,好姑娘,希望你今后能经常到我们家里来。"

达雅点头……

保尔:"妈妈,您一定要相信,在今天,在这个时候,农村的妇女和姑娘们,刚刚回到家里——她们挤的牛奶和摘下的果子,不久就将变成我们饭桌上的奶油和果酱!……"

保尔吸了吸鼻子:"嗯,我已经闻到烤面包的香味儿!听,是不是有脚步声走来了?或许便是面包师用托盘托着比棉花团更白的白面包给我们送来了吧?……"

母亲和达雅都笑了……

母亲将达雅送出院门……

达雅:"大娘,我在战地医院服务过,可以说是一名很称职的护士,家里也保留着一些药品和药针什么的,如果保尔有什么不妥的情况,无论白天还是夜晚,您都可以去找我……我们已经是好朋友了!……"

母亲默默点头……

达雅依依离去……

母亲望着达雅的身影消失在夜色中……

屋里。

保尔双手撑着桌子,欲起身站起,但站了几次,没站起来……

院子里。

母亲听到屋里"扑通"一声,急转身奔到屋里,见保尔摔倒在地……

母亲将保尔扶起……

母亲扶保尔走到床边……

保尔坐下后,仰起脸,歉疚地:"妈妈,亲爱的妈妈,保尔给您添麻烦了……"

母亲的眼泪夺眶而出,将保尔搂在怀里……

夜。

母亲被响动声惊醒,起身走出自己房间,走到保尔床前,见保尔口中咬着枕角,满头大汗,身体不停发抖——显然在忍受极大痛苦……

母亲极度惊慌,俯下身,双手捧住保尔的脸,不知所措地:"保尔,保尔,亲爱的孩子,你怎么了,妈妈怎样做才能减轻你的痛苦呢?……"

母亲从保尔口中拽出了枕角:"你说话呀孩子!……"

母亲哭了,眼泪滴在保尔脸上……

保尔顽强地:"妈妈,别……哭……没……什么……我能……忍住……您……回到……自己屋里……去吧……免得看我这……样,您您心里……难受……"

保尔抬起一只手,替母亲抹去脸上的泪……

母亲:"孩子,我得去找达雅,一会儿就回来!……"

母亲起身,眼望保尔,倒退离开……

保尔:"妈妈,不……不要,疼痛一会儿就会……过去的……"

但母亲已急转身冲出了家门……

母亲脸上淌着泪,奔跑在夜晚的街道上……

顽强地忍受着痛苦折磨的保尔——他双手伸向头上方,抓住了床头的铁条……

保尔大汗淋漓的脸……

保尔的双手——铁条被渐渐拉弯——"铿然"一声,一根铁条竟被拉得脱离了穿孔……

奔跑着的母亲……

达雅家。

达雅双手枕在脑后,难以成眠……

从第一眼见到保尔以后,不同情况下与自己相处时的保尔,幻灯一样从达雅面前闪过……

保尔的画外音:

我为革命出生入死过,我也真诚地爱过。我忠于革命的原则,我也忠于爱的原则。革命成功了,可我的爱情却一次接一次地失败了……

良好的品德,坚强的意志,健康的身体,我认为,只有同时具备这三个条件的男人,才值得一位好姑娘爱。而保尔·柯察金,却像一辆刚出厂不久就被撞坏了,并且永远也修复不好的破汽车……

但我觉得我还是幸运的。不是所有像我这样的人,都能得到一位好姑娘真挚的友情……

促而急的敲门声……

母亲的话:"达雅! 达雅! 请快开门! 我是保尔的妈妈! ……"

穿睡衣的达雅一跃而起,匆匆开门……

母亲扑入,双手抓住达雅的两条手臂……

母亲:"达雅,保尔他……他正在忍受着痛苦的折磨,我不知道该怎么办才好……"

达雅:"大娘,别哭,别哭,我立刻就跟您去! ……"

达雅急忙在自己的睡衣外穿上了一件白大褂……

达雅翻出一只医药箱,打开盖,检查里面的药品及针头……

保尔家。

保尔仰面躺着——母亲在煮针头;达雅端着一碗药汁走至保尔床前……

保尔:"达雅,真对不起,这么……晚了,你还……"

达雅竖起一只手制止他说下去……

达雅:"保尔,亲爱的朋友,不要这么想。否则,人需要朋友干什么呢? 你必须把这碗药汁喝下去。喝下去了,你的痛苦就会减轻,肌肉就会松弛。只有那样,我才能为你打一针,明白么?"

保尔的头在枕上动了一下,表示明白……

达雅一手端碗,一手持小勺喂保尔饮药——但因保尔全身僵搐,上下牙齿咯咯相错,药汁难以入口,一勺药全洒在枕上……

达雅一边用纱布拭保尔脸上的冷汗、枕上的药汁,一边俯身注视着保尔,柔声抚慰:"我亲爱的朋友,别急,千万别急,我们总会有办法的! ……"

达雅起身,团团转了一圈,忽有想法……

达雅自己饮了一大口药汁,再次俯下身去,用自己的嘴将药汁哺入保尔口中……

煮针头的母亲扭头朝他们望去——但见达雅一次次将药汁哺入保尔口中……

母亲虔诚地画十字,喃喃着:"慈悲的上帝,哦,那善良的姑娘对我的儿子是多么好啊,您应该能够看到这一点的,求您也保佑我可怜的儿子吧! ……"

保尔的头在枕上左右躲闪。

达雅双手抱住了保尔的头,使他的头躲闪不了……

达雅的头最后一次俯向保尔的头——她将最后一口药哺入保尔口中……

保尔咽下口中的药……

四目相视……

达雅的唇没有立刻离开保尔的唇——相反,她深吻起来……

母亲的脸缓缓转了过来……

达雅仍抱着保尔的头,将自己的脸颊贴向保尔脸颊,由衷地:"保尔,保尔,我亲爱的朋友,你配获得的,应该比友情更多……"

达雅一时沉浸于那一种超越了友谊之境的感情,流出了眼泪……

药瓶被敲碎……

针头插入了药瓶里……

针头刺入保尔胳膊上的血管里……

彼此注视着的保尔和达雅……

保尔低声地:"达雅,我将怎么感激你呢?"

达雅轻轻抽出了针头……

达雅也低声地:"我亲爱的朋友,一会儿,你就可以毫无痛苦地入睡了,而这就是对达雅最好的感激……"

熟睡的保尔……

达雅搂着母亲的肩,与母亲并坐于保尔床边——她们都用充满爱的目光望着保尔,像望着共同的孩子……

阳光照在保尔身上,脸上……

保尔睁开了眼睛——见达雅伏在自己床边,侧脸睡着……

在保尔的主观视线中,达雅的样子是有些朦胧的——仿佛一个一头金发的仙子……

保尔久久地注视达雅……

那么睡着的达雅,仿佛变成了冬妮娅,变成了丽达,变成了安娜……

保尔情不自禁地想要伸手去抚达雅的金发……

达雅醒了……

达雅坐直身体,朝保尔嫣然一笑……

保尔有些窘地缩回了手……

达雅:"早安,革命者保尔·柯察金同志。"

保尔:"早安,好姑娘达雅。"

达雅站了起来,伸了伸腰,又说:"尊敬的革命者保尔·柯察金同志,你昨天夜里经历的痛苦,显然是由于受创伤的神经所导致的,那是一种常人难以忍受的痛苦。估计这种痛苦今后还会与你为敌。所以,你今后还会需要好姑娘达雅的护理,你认为你昨天夜里表现得好么?……"

保尔:"这,恐怕只有你来评价才客观了。"

达雅:"一方面,你一声也不呻吟,表现得很顽强;而另一方面,你却表现得不好,很不好。为什么当我不得不用嘴喂你药时,你的头要躲来躲去呢?……"

保尔表情不自然地:"也许,也许由于男人的自尊吧……"

达雅:"你的回答证明你对朋友很诚实。诚实是令人尊敬的优点。但是,如果你还能丢掉一点儿你那种男人的自尊的话,你就不但令人尊敬,而且会使姑娘们觉得可爱了。你肯为我这样么?"

保尔:"我肯。"

二人都笑了……

母亲回来了,带回了两瓶牛奶和几个纸包……

母亲:"保尔,你可不要责怪我……"

达雅:"责怪您,为什么?"

母亲:"保尔他不许我用他的优待证去买东西,他不愿给任何人留下自己很特殊的印象。但我想,我的儿子应该受到这种照顾。"

保尔制止地:"妈妈!……"

母亲:"瞧,他已经忍不住要责怪我们了。"

达雅:"保尔,我不许你再因此而责怪你的母亲!在我看来,她是一位多么好的妈妈啊!你是一个应该受到特殊照顾的人,我支持你的母亲!"

母亲一一打开那些纸包——里边包的是肠、奶油、两个红红的苹果……

母亲稀罕又惊喜地:"达雅,还有两只苹果呢!多红的苹果呀!"

达雅走过去,拿起一只苹果,回到保尔床边,递给了保尔……

保尔将苹果放在鼻子底下闻着……

达雅:"你如果要吃,我现在就给你削皮!"

保尔摇头——他摸索到达雅一只手,将达雅引到了自己身旁,并将苹果揣进达雅白大褂的兜里……

达雅欲掏出——保尔的手按住了那兜,摇头……

保尔轻声唱起来:

"红红的苹果

甜甜的苹果

好像姑娘

漂亮的脸庞……"

达雅羞涩地笑……

母亲:"达雅,过来,吃饭吧!"

达雅看了一眼旧钟,叫起来:"哎呀,糟糕,我上班要迟到了!……"

她说着,匆匆吻了保尔一下,往外便走……

母亲抓起一个苹果,追到院子里,硬将苹果塞进她兜里……

镇委员会。

换上了短袖衫和裙子的达雅跑进院子里……

达雅奔上台阶……

达雅踏上楼梯的双脚……

达雅工作的办公室——门突然被推开,达雅微微喘息地出现在门口——她下意识地向墙上的挂钟望去……

巴塔夫将目光从她身上收回,也向墙上的大挂钟望去……

巴塔夫:"亲爱的达雅,你迟到了整整四十五分钟!在我们这儿,从来没有人迟到这么长的时间!"

达雅一边向打字机走去,一边说:"第一,请不要叫我亲爱的达雅,我从来也没觉得我们的关系亲爱过;第二,我迟到是因为有特殊的情况,而不是由于睡懒觉。所以我并不觉得羞耻!……"

达雅走到打字机前,放下挎包,端端一坐,举起一只手臂伸向脑后:"拿来吧!"

巴塔夫:"什么?"

达雅:"难道你今天竟会饶过我,不逼我重打那些所谓的文件了么?"

巴塔夫三娘教子的声音:"在没有工作的时候,我们需要自觉地去发现有意义的工作,这才是好同志……"

一摞厚厚的,看去相当陈旧的纸,重重地放在了达雅那只手上……

达雅将那摞纸单手托到面前,翻看,生气,在桌上一放,倏地站了起来:"全镇的共青团员们早就希望开展一些有意义的活动了,我们为什么不主动去帮助他们组织? 不识字的妇女们有学习文化的愿望,我们为什么不去教她们? 农民们中有许多对政策不理解甚至不满的人,我们为什么不到农村去了解情况?! 难道这些反而不是工作了么? 反而没有意义了么?! ……"

巴塔夫啧啧连声,摇头,讽刺地:"但请别忘了我们是苏维埃机关工作人员,我们的日常工作是在这儿! 而且,永远只能在这儿! ……"

达雅:"你! 你虽然不是什么官员,但你这叫作严重的官僚主义作风!"

达雅更加生气,一挥手臂,桌上那摞纸和她的挎包同时被扫落地上,红苹果滚出挎包,朝巴塔夫脚边滚去……

巴塔夫低头盯着红苹果滚来……

他弯腰捡起它,像研究一个稀有之物似的看着,掏出手绢擦拭着它……

巴塔夫:"在这个季节,你居然能弄到苹果,你什么时候成了一个受优待的人物了? ……"

他张开大口就要啃那只苹果……

达雅奔过去及时夺下了苹果……

门恰在此时开了,镇委书记出现在门口……

镇委书记皱眉道:"同志们,这是怎么回事? 需要我帮助整理么?"

达雅迅速将拿着苹果的手背在身后……

达雅:"书记同志,是风……风将文件吹了一地……"

镇委书记望望关着的窗子……

达雅："窗子是我刚刚关上的……"

巴塔夫："撒谎！她撒谎……"

他一边弯腰捡地上的文件，一边幸灾乐祸地说："不是风吹的，是达雅故意扔的！……"

达雅狠狠地朝巴塔夫瞪去……

镇委书记："达雅，到我办公室来一下！"

镇委书记办公室。

达雅拿着苹果的手仍背在身后……

镇委书记："达雅，随便坐吧！"

达雅惴惴不安地坐下，也有些困惑镇委书记对她的温和态度……

镇委书记："达雅，现在，我要交给你一项特殊的工作——中央委员会要求对青年们开展英雄主义教育，所以，我希望你能说服保尔·柯察金同志，为我们镇的青年做一场报告……"

达雅："可是……可是……为什么非得是我呢？"

镇委书记："巴塔夫同志说……说你们经常幽会，说他经常独自坐在对面的长椅上呆望你办公室的窗口，而你那时则会……"

达雅："他胡说！"

镇委书记："达雅，爱情并非一件可耻的事。保尔·柯察金也是一位非常值得爱的革命青年，你大可不必红了脸否认……"

达雅："可是我们确实没有！……"

镇委书记一时默默望她……

达雅低下了头，嗫嚅地："我们只不过算是朋友……他需要我对他的友情……"

镇委书记："好了，我们先不讨论爱情或友情的问题，还是接着谈请他做报告的事吧！在我们这个镇,有谁比保尔·柯察金更有资格做关于英雄主义的报告呢？"

达雅渐渐抬起了头,望着镇委书记,为难地:"我觉得,他一点儿也不愿意被人视为英雄,他肯定会拒绝的……"

镇委书记:"是啊是啊,我也这么觉得,我也估计到了这一点,所以才决定由你去动员他。我知道他的健康情况很糟。像保尔·柯察金这样的人,理应受到我们苏维埃政权更多方面的关怀。如果你能完成我交给你的任务,我批准,你以后只工作半天就可以了,你将会有更多的时间代表镇委员会去照顾保尔母子俩的生活……"

达雅喜出望外地:"真的？"

镇委书记郑重点头:"真的。"

晚上。保尔家。

保尔指着床头拉弯的铁条问:"妈妈,这是怎么回事？"

母亲:"孩子,是你在忍受痛苦的时候,用双手拉弯的呀！"

保尔自言自语:"简直不可思议,想不到我还有这么大的力气！"

达雅来了……

达雅走到床边问保尔:"我亲爱的朋友,你今天白天过得怎么样！"

保尔微笑地:"很好。昨天夜里发生的事,像是一场梦。"

达雅:"那可不是梦。保尔,你必须作好准备,那一种痛随时会向你扑来。所以,我要经常逼你吃药,给你打针……"

达雅一边说,一边动作麻利地消毒针头,接着为保尔进行静脉注射……

保尔:"达雅,你为什么不报考医校？"

达雅："我曾有过许多愿望——当一名出色的护士,或一名中学语文教员,还梦想过当一名演员,可命运最后还是牢牢地把我按在这个寂寞的小镇!……"

他们说话时,母亲端了一盆土豆,走到院子里,就着窗前的灯光削起来……

屋里,达雅收起药针,坐在保尔床边,吞吞吐吐地："保尔,有一件事,我想求得你的帮助……"

保尔:"如果真能给你什么帮助,那将使我非常高兴。"

达雅:"只要你真的愿意,你一定能!"

保尔:"我愿意,真的!"

达雅高兴地笑了:"谢谢你!"

她在保尔面颊上吻了一下……

母亲从窗外看到了这一幕……

母亲在胸前画十字,祈祷:"上帝啊,你如果真是仁慈的,将达雅这位好姑娘赐给保尔做妻子吧!……"

屋里。

保尔脸色渐渐严肃,冷冷地:"报告? 让我讲什么?"

达雅:"讲讲你不平凡的经历,你的经历中不是充满英雄主义的色彩么?"

保尔:"谁这么认为?"

达雅:"许多人。许多人都这么认为。"

保尔沉默。

达雅:"我……我已经答应了……"

保尔:"不,我不会去做什么报告的。我个人并不认为我的经历中有什么不平凡之处。我也从没有认为我是一个英雄。"

达雅急了："可是……镇委书记同志说，如果我能说服你答应这件事，我以后可以只上半天班，批准我经常来照顾你……"

保尔有些生气地："这算怎么回事？一种条件么？又把我当成了什么？当成一个革命孤儿？"

达雅也有些生气了："你为什么要这样想呢？为什么要偏偏拒绝人们对你善意的关怀呢？难道连人们关怀你也错了么？"

保尔："但是我不愿意的事情，谁也休想说服我！"

达雅瞪着保尔，眼中渐渐涌满了委屈的泪……

院子里。

母亲停止了削土豆，从窗子不安地望着保尔和达雅……

保尔的声音："达雅，如果你替我在别人面前答应了，那么，是你犯了一个错误。而不是我——保尔·柯察金自以为了不起！……"

达雅猛地起身，从屋里冲出……

母亲站了起来："达雅，达雅你别走！……"

达雅头也不回地跑出了院子……

母亲走进屋里。

母亲："保尔，你为什么要那样对待达雅？"

保尔："妈妈，您听到我们的话了？"

母亲："我全都听到了！"

保尔："妈妈，如果我不拒绝，我将会显得多么可笑？人们会说，看那个保尔·柯察金，他多么自以为了不起啊，到处做报告宣扬自己是英雄！"

母亲："即使有人会那么说，那也只不过是某些人，不代表所有的人……"

保尔:"即使只不过是有些人那么说,我也不高兴!"

母亲注视着保尔,逼问地:"儿子,那么,你自己认为你是英雄么?"

保尔:"我从来也没有这么说过,更不愿听到别人这么说!"

母亲:"但是你内心里早已认为自己是英雄了,但是你却希望别人心里也这么认为,对不对? 如果你并不是这样的,为什么怕遭到议论? 难道朱赫来对革命赤胆忠心的事,不值得你告诉青年们么? 还有丽达,还有谢寥沙,难道他们死得都不壮烈么? 他们的事都不值得你讲一讲么? 还有你亲爱的哥哥和瓦莉娅,他们死得都不够英勇吗? 他们都是为了你所忠诚的苏维埃而死的呀! 而你却拒绝告诉更多的人这一点,仅仅是由于你在乎别人的议论! 你已经开始像小白鸽爱惜自己的羽毛一样爱惜自己的形象、自己的声誉了,而这是多么自私的表现呀,我的儿子! ……"

保尔冲动地:"妈妈,你怎么能这么看我?!"

母亲:"如果你不打算向达雅郑重地道歉,并答应她所希望的事,那么,我只能这么看你了!"

母子二人默默地,长久地对视……

晚饭已经摆在桌上了——照例有一盆保尔爱喝的酸辣汤……

母亲坐在桌旁,侧身呆望窗外……

保尔靠床头坐在床上,凝视着母亲……

显然,母子俩谁也没心思吃晚饭……

保尔终于打破了沉默:"妈妈,请您坐到我的床边来……"

母亲的头缓缓转向了他……

保尔孩子般的语调:"妈妈,求您了!"

母亲起身坐到了他床边,仍一言不发地望着他……

保尔:"妈妈,还在生保夫留沙的气么?"

母亲:"你怎么不想想,达雅此刻会多么伤心,多么委屈,多么生气?"

保尔握住母亲一只手,将母亲的手按在自己脸上,之后吻着……

保尔:"妈妈,我承认,您批评的有些道理,尽管太夸大了我的错误想法……"

母亲:"保尔,你可千万不能变成一个只虚心接受自己母亲批评的人啊!……"

保尔:"妈妈,我向您保证,永远也不变成那样一个人……妈,陪我去向达雅道歉好么?……"

母亲表情为之舒朗,捧住保尔的脸,在他额头上吻了一下……

母亲:"这才像我的保夫留沙……"

母亲搀扶着拄杖的保尔,缓慢地行走在夜深人静的街上——保尔的手杖点在地面上,发出清晰的响声……

旁白:别人们都是搀扶着自己的老母亲行走,而自己却由老母亲搀扶着行走,这使保尔内心极为愧疚。并且,他明白,自己心里的这一种愧疚是不能对母亲说出来的,因为说出来将更加重母亲的忧愁……

保尔:"妈妈,让我自己走……我自己能走……"

母亲:"儿子,你不要逞强,你自己不能走。"

保尔:"妈妈,我能。你看我能不能……"

保尔摆脱母亲的搀扶,拄杖向前走去……

母亲站在原地望着他的背影……

保尔拄杖的手——从那只手可以看得出,他须用多么大的拄力,才能向前迈出一步啊……

旁白:经历了昨天夜里那一次猝发的病痛的袭击,保尔的身体虚弱极了。但是,他一旦意识到自己错了,恨不得立刻就能当面向别人道歉。而这正是保尔·柯察金性格中可贵的一面。何况,达雅的友情,对他是那么地重要,那么地宝贵,他怕拖到明天,就得不到原谅,失去了友情……

在以上旁白中,保尔吃力地一步步拄杖向前走……

保尔拄杖的手臂在发抖……

保尔站住了,一步也走不动了……

保尔淌下汗来的、表情悲哀的脸……

母亲跑上前来,重新搀扶住他……

保尔苦笑了一下,自嘲地:"妈妈,您可千万别笑话我的不自量力啊!……"

一句话,说得母亲顿时泪涌满眶……

达雅家。

达雅穿睡衣蜷卧床上,目光瞧着摆在桌上的红苹果……

达雅:"我恨你!我再也不做你的朋友啦!"

仿佛,红苹果便是保尔……

达雅赌气用手一拨——苹果向桌子另一端滚去……

达雅赶紧赤足跃下床,在桌子的另一端用睡衣兜住了苹果……

达雅兜着苹果又上了床,拿起苹果,痴痴地呆呆地瞧着……

街上,母亲将保尔搀扶至达雅的家门前……

母亲:"孩子,错了的是你,不是我。所以,承认错误的也只能是你自己……我在那儿等你……"

母亲说完转身离去……

屋里。

达雅听到了敲门声……

达雅:"谁?……"

保尔的声音:"我……保尔……"

达雅愣了愣,语调冷冷地:"保尔是谁?……"

门外静了片刻,保尔的声音自责地:"一个自从失去了健康以后,反而过分地在乎自己形象和声誉的家伙。这家伙是诚恳地向你来承认错误的……"

屋里,达雅一时心情矛盾地沉默……

保尔的声音:"达雅,如果不是母亲搀扶着,我根本走不到这儿来。母亲她正站在不远的地方望着我。如果你不开门,我会在门外一直等到天亮。母亲她也会的……"

达雅终于拿着苹果下了床,开了门,让进保尔。接着退到床边,又上了床,蜷坐床上,不望保尔,目光只瞧苹果……

保尔:"达雅,我什么也看不见,都不知该往哪儿坐……"

达雅却狠狠咬了一口苹果……

保尔:"达雅,都不愿请一个当面来承认错误的朋友坐下么?"

达雅又咬了一口苹果……

保尔:"达雅,你走后,母亲严厉地批评了我一顿。她认为我怕人们议论的思想是自私的,恰恰证明了我心中有某种虚荣……经过反省,我觉得母亲的批评是对的……"

达雅咬苹果,流泪了……

保尔:"你在吃那只苹果,是么？它甜么？"

达雅流泪吃着……

保尔轻声唱了起来:

"红红的苹果

甜甜的苹果

好像姑娘

漂亮的脸庞……"

达雅终于将苹果放在了桌上……

达雅望着保尔,又赤足下床,先从保尔手中拿走手杖,挂在衣架上;接着牵保尔一只手,将保尔引至沙发前……

但是却没请保尔坐下。她仰望着保尔,突然双臂一展,环抱住了保尔的脖子……

保尔的双臂也不禁拥抱住了达雅……

达雅热烈地吻保尔……

母亲从窗子望见了他们互拥互吻的剪影……

"红红的苹果"之旋律,抒情而温馨……

铺雪白桌布的桌子的一角,摆着一枚用炮弹壳改制的"花瓶",其内插着一簇盛开的野花。

保尔的声音:"我爱他们,就像爱我的兄弟姐妹一样……"

摄影机平稳移动,"花瓶"旁是麦克风,麦克风旁是水杯……

坐在桌后的保尔两肘呈"∧"形支在桌上,下颌抵在双手上,目光凝视台下,表情是那么庄严……

在他背后是鲜红的团旗……

保尔:"他们中,有人是我正确的革命思想的引导者。保尔·柯察金当年只不过是我们这个小镇上的一个野孩子,他对革命的理解曾经简单又肤浅;他们中,有人教我尊重人性的种种美德,以及爱情在生活中的重要位置;他们中,还有人为掩护我而牺牲了自己宝贵的生命,否则我今天不可能坐在这里……朋友们,保尔·柯察金说'我爱他们'时,内心里对他们的感激是无法形容的……"

保尔的手杖靠在桌子的一端——摄影机正从这一角度"注视"这个行动离不开手杖的人……

掌声——热烈的掌声……

青年们的脸……

保尔站起,达雅走上台……

达雅一将保尔扶下台,他们立刻被青年们围住……

一个声音在喊:"保尔,给朱赫来写信时,代我们问好!……"

保尔循声望去……

又一个声音在喊:"保尔,我也爱丽达!……"

保尔扭过头去……

一个姑娘激动的声音:"保尔,我也爱冬妮娅!……"

这句话使全场顿时肃静……

保尔循声向那姑娘望去……

达雅和许多人的目光都向那姑娘望去……

在肃静中,那姑娘有些惴惴不安起来……

达雅悄语:"保尔,你应该回答一句什么。"

保尔向那个姑娘走去,众人自然分开,让路……

那站在窗台上的姑娘,表情更加不安地跃到地上——保尔已走到了她跟前……

保尔:"刚才那句话,是谁说的?"

姑娘怯怯地："我……"

保尔："保尔·柯察金,郑重地谢谢你的话。如果她给我写信,我一定在回信中告诉她,在她的家乡,有一位好姑娘,被她对保尔·柯察金痴情的初恋所深深感动……"

人们笑了,达雅和那姑娘也笑了……

严肃的气氛化解了……

保尔："爱冬妮娅的姑娘,肯定也是一位和冬妮娅一样可爱的姑娘……"

那姑娘突然双手捧住保尔的脸,踮脚深情地吻了保尔一下,之后双手捂面,转身即跑……

青年们唱了起来:

"红红的苹果

甜甜的苹果

好像那姑娘

漂亮的脸庞……"

这一首歌的音乐荡漾在河边……

达雅搀扶着保尔,缓缓行走在河边白桦林中……

达雅趋前一步,转身面对保尔站住……

达雅柔情地："保尔,我爱你!"

保尔表情一怔,似听明白了,又似没听清楚……

达雅大声地："保尔·柯察金,我刚才说的是我爱上你了! ……"

保尔："达雅,这可不好。很不好。"

达雅："为什么? 我觉得好。很好。如果你也爱我,那就更好了!"

保尔欲言又止……

达雅："那么保尔,请告诉我,你也爱我么?"

保尔沉默……

达雅:"说呀!"

保尔:"达雅,你难道不清楚保尔·柯察金随时会双目失明,随时会全身瘫痪,甚至,随时会……"

达雅将一根手指轻轻压在保尔唇上……

达雅:"如果你要说的是这些,那就不要再说下去了……"

保尔将达雅的手臂拨开,严肃地:"达雅! 你必须认真考虑! ……"

达雅:"我考虑过了,无非就是我将会成为你的仆人和护士,但只要我同时还成为你的妻子,只要我们的心是彼此相爱的,那么达雅就不但心甘情愿,而且会感到幸福……"

保尔:"可我还有一些始终难以克服的缺点,比如我……"

达雅又将一根手指轻轻压在保尔唇上……

达雅:"保尔·柯察金同志,我认为我对你的了解已经够全面的了。现在,请你也再多了解一下达雅吧! 我是孤儿。从小与外祖母一起在农村长大。我时常会耍小孩儿脾气,我爱吃零食,我有洁癖,这可能是许多男人都忍受不了的。我还爱哭……我最不愿承认的是如果哪一天白天太劳累了,我睡觉时会打呼噜。一个大姑娘睡觉居然打呼噜,多可笑哇! 就像这样呼……噜! ……呼……噜! ……"

保尔笑了……

达雅:"你愿接受这样一位妻子么?"

保尔:"我愿意。"

达雅:"那么,你就等于坦率地承认了你也爱我! ……"

保尔意识到失口,刚想再说什么,达雅双臂搂住他脖子,已开始热烈吻他……

保尔的反应,不由自主地由被动而渐变为主动……

手杖脱手,倒在地上,恰倒在一朵鲜艳的野花旁……

保尔和达雅的腿。达雅的鞋跟更高地踮起了一下……

摄影机升高,俯拍,旋转彼此拥抱而且亲吻着的保尔和达雅,他们仿佛随着摄影机的旋转在旋转……

手杖和野花,仿佛也随着摄影机的旋转在旋转……

"红红的苹果"之旋律轻柔而温馨……

保尔家。

在院子里晾完衣服的母亲一边在围裙上擦手,一边走入屋子……

母亲:"保尔,保尔你在哪儿?"

保尔在里间母亲的小屋里应答:"妈妈,我在这儿。"

母亲走入小屋,见保尔在用一把尺子量小屋的间距……

母亲:"保尔,你头脑里产生什么古怪念头了么?"

保尔:"妈妈,不是什么古怪念头,而是一个非常美好的打算。我要结婚了。"

母亲:"结婚?"

保尔:"是的妈妈。我的新娘将是达雅。妈妈,达雅爱我是那么地真诚。而我需要她的爱情,也像蜜蜂需要蜂房一样……"

母亲连连激动地画十字:"噢,我的上帝!保尔,看来是上帝被我的祈祷感动啦!"

保尔搂住母亲的肩头说:"亲爱的妈妈,如果我们要将这一间小屋当成新房,您一定不会反对吧?"

母亲:"那怎么行?那可不行!你们的新房应该是大屋!"

保尔:"不,妈妈,还是应该您睡大屋。大屋阳光充足,冬天温暖……"

母亲:"不行,不行!这间小小的屋子做你们的新房,太委屈你们了!"

保尔:"妈妈,就这么决定了吧! 您在大屋,就像我们的幸福守护神啊! 妈妈,即使不是因为结婚,我也打算占领您的小屋的……"

母亲缄口不言了。

保尔望着窗外的后花园又说:"妈妈,达雅是位非常喜欢花的姑娘,我们将共同在后花园栽满花,使它变得像一只花篮一样!"

工厂里。

工人们正午休,吃饭……

在保尔的报告会上出现过的一名小伙子走来,踏上高处,大声地:"朋友们,宣布一个最新消息。保尔·柯察金和达雅要结婚啦! 但他们不愿声张,甚至连婚礼也不准备举行! ……"

青年工人们嚷:

"不行! 我们反对!"

"我们要替他们筹办一场热热闹闹的婚礼!"

"我们大家都去参加!"

那个在保尔的报告会上喊"我爱冬妮娅"的姑娘兴奋地:"我们还要为他们送一件使他们意想不到的礼物!"

站在高处的小伙子:"对! 那咱们就这么决定了!"

热烈的手风琴旋律……

保尔家的院子,青年们在拍手、歌唱、舞蹈……

母亲坐在一把椅子上,保尔和达雅一左一右站在椅后,二人愉快地观看着……

突然肃静。原来巴塔夫出现了。他手捧三束鲜花……

人们的目光使巴塔夫的表情有点儿不自然,他走到保尔三人面前,深鞠一躬……

巴塔夫:"保尔·柯察金同志,镇委书记命我代表镇苏维埃全体机关同志,前来祝贺您和达雅的婚礼!"

他将一束花递给保尔……

保尔:"替我谢谢同志们!"

巴塔夫:"敬爱的玛丽亚·雅科夫列夫娜,您从来不曾以一位革命母亲自居,这束鲜花,是镇苏维埃全体机关同志嘱咐,一定要当面献给您的!……"

巴塔夫献花后,和母亲贴了贴面颊……

巴塔夫的目光望向了达雅,一根手指挠了挠面颊……

巴塔夫:"达雅,也许,由于我平时和青年们接触得太少了,也许,还因为机关工作的一些陈规陋习,总之,我的意思是……我也不知道我从什么时候起变得不可爱了……但愿这束鲜花,能改变你对我的看法……"

达雅微笑地接过了鲜花……

母亲:"巴塔夫,如果要使青年们觉得你可爱,那么就跟他们跳舞吧!跟他们跳舞吧!"

那名我们已经熟悉的青年上前道:"等等,等等,亲爱的玛丽亚大娘,现在,我们青年朋友们,也有一件礼物送给新郎!……"

他说完拍了一下手掌——曾喊"我爱冬妮娅"的姑娘,将什么东西用红布罩住推至保尔面前……

那名青年以夸张的、魔术师表演般的动作扯下红布,呈现的是一辆轮椅车……

青年:"新郎同志,这是我们共同为您赶造的。几乎每一个零件都是我们亲手做的,请坐上来试试它灵便不灵便吧!……"

于是,那推来轮椅车的姑娘和达雅同时扶保尔坐了上去……

姑娘翩翩起舞……

保尔的轮椅车绕着姑娘旋转……

热烈的手风琴声又响起来……

一些小伙子和姑娘们又开始拍手、歌唱、舞蹈……

达雅见巴塔夫被冷落一旁,似乎有点儿尴尬,便将鲜花塞在母亲怀里,双手叉腰,踢踏双足邀巴塔夫共舞……

巴塔夫顿时喜笑颜开……

一组欢乐的舞蹈镜头……

一切声音戛然而止。

保尔家的大屋里,母亲在水银般的月辉中祈祷:"仁慈的上帝哦,我替我的儿子保尔,感激您赐给他不同寻常的幸福……"

小屋里窗开着,保尔和达雅站在窗前……

达雅仰望夜空,幸福地自言自语:"多么美好的月色啊!月牙弯得多么可爱啊!……"

保尔将一只手搭在了达雅肩上……

保尔:"亲爱的达雅,虽然,我看不到月牙弯得多么可爱,但你就像我心中的月牙。而我的心像一个小精灵,正幸福地坐在弯弯的月牙船上……"

达雅扭头,朝他仰起了脸——月辉下,她的脸庞那么地白皙,那么地清丽……

保尔拥抱住她,俯头吻她……

某大工厂朱赫来宽敞的办公室……

朱赫来看保尔写给他的信……

保尔的画外音：朱赫来，我亲爱的老水兵和老钳工，非常非常地想念你！在这封信中，我要向你汇报三件事：第一件事是我在家乡舍佩托夫卡，为青年们作了一场讲述革命的报告，自然谈到了你、丽达和谢寥沙。没想到报告大受欢迎，青年们嘱咐我给你写信时，一定要代他们向你问好！第二件事是我结婚了。我的妻子达雅，是一个善良又可爱的姑娘。她嘱我在此信中替她捎上一句，她十分感激你多年来对我兄长般的爱护、关怀。第三件事是达雅建议我，应该将自己的经历写成一本书。通过书，进一步使许许多多为革命出生入死甚至牺牲了的好同志们的事迹，让更多的青年朋友们知道。达雅认为这是我非常应该做的，很有意义的事情。我也开始这么认为。但你知道的，我其实只有小学的文化。这样的事对于我简直意味着是一座大山。我一点儿自信也没有，很希望听听你的看法……

（以上画外音较长，故在画外音中，从信纸上叠印保尔与达雅婚后甜蜜生活的片段。）

朱赫来放下信，拿起保尔与达雅的结婚照注视——照片上的保尔和达雅，幸福地向他微笑……

朱赫来按桌铃，一名男秘书随即进入……

朱赫来："安德烈同志，请用我的工资，尽快去买一台打字机……"

秘书："可……厂长同志，我们并不缺少打字机呀，怎么能用您的工资……"

朱赫来一边在一页纸上飞快地写着什么，一边打断秘书的话说："我是要买了当作礼物送给一位朋友。无论多么贵，都要买最好的那一种。买到后，按照这个地址，寄给一个叫保尔·柯察金的人！"

秘书接纸退出,在门外自言自语:"保尔·柯察金,这个家伙会是什么人物呢?"

保尔家的大房间。

邮寄箱被锤子起开,达雅的手将带纸条的打字机捧出,轻轻摆在桌上……

达雅望着坐在轮椅上的保尔,喜不自胜地:"保尔,朱赫来给我们寄来了一份多么好的礼物啊!"

母亲:"还有一封信!"将信从木箱中拿起交给达雅……

保尔迫不及待地:"快念给我听听!"

达雅抽出信纸,蹲在保尔轮椅旁,而母亲则退开几步,坐在床上……

朱赫来的画外音:亲爱的保尔兄弟,亲爱的玛丽亚大婶,亲爱的达雅,首先,我衷心地祝福保尔兄弟和达雅结为夫妻。达雅,我,以及保尔另外的亲密战友们,将保尔拜托给你了!……

达雅:"保尔,听到了么?朱赫来用的是拜托这个词!……"

打字机摆在了新房靠窗的桌上,达雅细长的手指熟练地敲打着键盘……

旁白:在朱赫来的支持和鼓励下,在妻子达雅的密切配合下,保尔开始向他比喻为一座大山的文学创作攀登了。他的自信在此过程中,经历一次又一次严峻的考验……

旁白声中,达雅将打了半页字的纸无声地念给保尔听,保尔不满意地摇头……

达雅将那页纸撕了……

达雅双手交替揉揉手指,重新坐在打字机前……

纸篓里撕碎的纸和揉成团的纸快满了……

夹在打字机上的纸仍了无一字……

达雅伏在桌上睡着了……

仰躺在枕上的保尔，大瞪着双眼在回忆，在思想……

火车的汽笛声、教堂的钟声、母亲的呼唤声"保夫留沙！保夫留沙！……"

童年、少年、青年、爱情和战斗，快乐和死亡，亲情和仇恨，各个时期的各种画面，杂乱而急速地变幻不停，表明保尔思绪的纷繁和情绪的旋涡状态……

（最后的画面可考虑用电脑动画技术，展示骑在战马上挥刀冲锋陷阵的保尔，倏然连人带马变形为毕加索的名画《格尔尼卡》似的情形。）

保尔的大叫声……

达雅惊醒……

母亲冲入……

保尔双手抱头，陷入极度的痛苦……

母亲和达雅同时俯向他……

母亲："保尔，保尔，亲爱的儿子，坚强点儿，别吓着达雅！……"

达雅："妈妈，你先看护着他，我去拿药箱来！……"

达雅向保尔口中哺药汁……

药针缓缓从保尔的手臂上抽出……

安静下来的保尔满头大汗——连枕巾也被汗湿了一片……

达雅在收拾药箱……

母亲在用毛巾为保尔擦汗……

保尔凄笑地："妈妈，真对不起您，又让您受惊了……"

母亲眼中落下泪来……

保尔举手替母亲拭泪："妈妈，您能先离开会儿么？我有几句话想单独和达雅说……"

母亲起身默默望着保尔退出……

达雅俯向保尔,接替母亲替保尔擦汗……

保尔:"亲爱的,刚才……我的头又一次像要裂开了一样疼……"

达雅:"保尔,我恨不能分担你的痛苦……"

保尔的双手握住了达雅的双手……

保尔:"达雅,也许……我们结婚,对你来说,是一个轻率的决定,对我来说,甚至是严重的错误……你帮我纠正这个错误,还不算太晚……"

达雅:"保尔,我爱你! 你明明知道我有多么爱你! ……"

达雅流泪了……

达雅:"再也不许你用刚才那种话伤达雅的心……也许,是我不该向你提出一个不实际的建议……"

保尔:"不,你的建议并没有错。那是保尔·柯察金目前能做的,最有意义的事情。我们不但要做,而且,还要赶快做……"

达雅:"亲爱的,我们是否应该给高尔基同志写一封信,向他请教如何写作呢?"

保尔:"我也这样想过……但,如果我们没有初稿寄给他,他又怎么能够进行具体的指导呢? ……"

达雅一时沉默,显然认为保尔的话是对的……

旁白:保尔·柯察金要写书的消息不胫而走,几乎每天都有战友从四面八方寄来信,热情地给予他精神上的支持和鼓励。本镇的青年们,几乎每天都给他送来鲜花……

保尔床头柜上的鲜花……

保尔平静舒缓的声音:"……保尔在食堂里辛辛苦苦干了

两年。这两年里,他看到的只有厨房和洗刷间。在地下室的大厨房里,工作异常繁忙……最忙的时候,他双手托着盘子,脚不沾地地跑来跑去……"

背对保尔打字的达雅……

在击键声中,保尔的话语继续:

"保尔向生活的深处,向生活的底层看去,他追求一切新事物,渴望打开一个新天地,可是朝他扑面而来的,却是霉烂的臭味和泥沼的潮气……"

击键声停止,达雅的背影一动不动——此时天已微亮……

保尔:"达雅……"

达雅转身,望向保尔……

保尔:"依然很糟,是吗?如果真是那样,你不妨对我实说,我是完全能够承受得了的……"

达雅离开打字机,坐到保尔床边,俯身吻了他一下,欣喜地:"保尔,亲爱的,很好。简直可以说好极了!保尔,你一定能成功,我一定要配合你成功!……"

保尔:"不是在说假话安慰我吧?"

达雅:"亲爱的,请相信,你的妻子是不会用假话骗你的!……"

保尔笑了……

保尔坐在轮椅车上,达雅推着他在镇街上行走……

那些上班的青年工人发现了他们,围向他们……

一名男青年钦佩地:"保尔,我们都相信你一定会坚持写下去,我们都盼着你的书能早一天出版!……"

那名曾说"我也爱冬妮娅"的女青年羞怯地:"希望你也要把和冬妮娅的爱情写进去……"

保尔和达雅脸上充满感激……

达雅推着保尔行走在河边、林间……

家中。

达雅为保尔进行头部按摩……

傍晚。保尔家院子里……

青年工人们或立或坐,围着达雅……

母亲从屋里蹑足走出,告诉大家:"他睡得正香……"

那名曾说"我也爱冬妮娅"的女青年请求地:"达雅,那就再给我们接着念一段吧!……"

于是众青年也纷纷提出同样的请求……

达雅:"……由于伏罗霞被奸污了,保尔心里对堂倌普罗霍尔的仇恨更深更强了。他经常这样想:'我要是个大力士,一定揍死那个无赖! 我怎么不像阿焦姆那样高大,那样强壮呢?'炉膛里的火时起时落,火苗抖动着,保尔觉得好像有一个人在讥笑他、嘲弄他,朝他吐舌头……"

不知何时,院外聚集了更多的人。妇女和男人,老人和儿童,他们也都聚精会神地听着……

天黑了,台灯亮着……

达雅又坐在打字机前打字……

保尔:"……一个惊天动地的消息像旋风一样刮进了这个小城,沙皇被推翻了!……"

保尔说完这一句,陷入沉默……

达雅的背影一动不动,耐心期待……

保尔:"达雅,我们进行多少了?"

达雅:"亲爱的,我们已经完成一万多字了!"

保尔:"太慢了!"

达雅转身望向他:"保尔,但是对于你,应该说已经进展得很快了!……"

保尔:"给我纸和笔……"

达雅:"可是……"

保尔:"达雅,亲爱的,我不得不诚实地告诉你,口述这一种方式,似乎完全不适合我。如果我的手里没有笔,我的思路就会像一匹脱缰的马,往往会毫无目标地狂奔不止……亲爱的,还是让我用笔和纸来写吧!……"

达雅意外,愕然……

台灯熄了……

保尔和达雅躺在床上。保尔显然难以入睡。达雅的头偎伏于保尔胸膛,一边的肩从睡衣下裸出来,而保尔的手不停地、轻轻地爱抚着她的头发、她的肩……

保尔心情矛盾地:"达雅,对不起……我的话没有伤害你吧?……"

达雅:"亲爱的,千万不要这么想……只要你觉得还是自己用笔写好,那么我就一定会想出办法,使你能够那样……"

窗外,一缕纱似的薄云缭绕着弯月……

保尔睡着了……

达雅穿着睡衣悄悄下了床,离开他们的小房间,来到大屋里。她开了桌灯,怕灯光刺醒睡着的母亲,将灯罩朝母亲的床那边压得很低很低……

她轻轻拉开抽屉找什么……

她将一把椅子摆至老旧的衣柜前,踏上椅子,在柜顶继续翻找……

她失望地下了椅子,打开衣柜门,目光被一个方方正正的纸盒所吸引,将它捧了出来……

她将纸盒内的一些毛线团、布角什么的塞在衣柜一角,捧着空纸盒坐到了桌前……

母亲醒了,欠身低问:"达雅,你在干什么?"

达雅不回头地:"妈妈,您睡吧,我想做样东西……"

达雅说完,又拉开抽屉,取出直尺和剪刀,先用剪刀剪那纸盒盖儿,接着用直尺隔着,开始用剪刀刻划剪下的纸板……

母亲起身,脚步轻轻地走到达雅身后,低声问:"达雅,你要做什么?……"

达雅回头望着母亲说:"妈妈,保尔觉得他还是用笔写,思路才连贯。我想,也许是由于打字机的声音会使他心烦意乱……"

母亲:"那可怎么办呢?他的眼睛几乎完全看不见东西了啊!……"

达雅:"所以,我要做一种特殊的纸板,使他写在纸上的字能够让人看得清……"

达雅说完,拖过一把椅子,让母亲坐下……

母亲坐下后,望着继续刻划起来的达雅,情不自禁地:"达雅,你做保尔的妻子,太委屈你了……告诉我,你有时候后悔过么?……"

达雅头也不抬地:"妈妈,您说哪儿去了呀!爱,就永远不会后悔,而只会觉得自己为爱人做得太少……"

母亲一时不知再说什么好,无言地慈祥地注视着达雅……

达雅一边专心一意地刻划着,一边又说:"妈妈,我还是要替保尔将手稿打出来。但,为了打字声不妨碍保尔,我想明天把打字机搬到这一张桌子上来,等每天夜里保尔睡着了开始打……只是,怕影响您……"

母亲："达雅,亲爱的孩子,我会习惯打字声的,就照你的想法做吧!……"

达雅抬头对母亲一笑,接着立刻又低头刻划起来……

灯光下,达雅那一笑,达雅的侧面,那么地纯洁,线条那么地优美,仿佛圣女……

早晨。

一摞纸连同那刻划出行距的纸板夹在夹子上,保尔的手握着笔,顺着行距在写字,他写的是:"达雅,我爱你!"

保尔将夹子递给达雅,毫无自信地:"行吗?"

达雅:"行! 亲爱的,你写得很清楚!……"

保尔笑了:"达雅,我认为,你应该申请我们国家的发明奖!"

达雅也笑了……

母亲走入,将厚厚一摞纸放在桌上……

母亲："巴塔夫刚才又送纸来了。我想挽留他吃饭,可他不好意思留下。保尔,妈妈为了祝贺达雅的发明成功,去别人家讨了半瓶酒,你们有喝酒的好心情么……"

保尔："当然! 当然要祝贺!……"

三只小酒杯碰在一起,保尔凝视着达雅(由于他的视力已基本失明,所以看谁都像凝视对方),低声地:"达雅,我们进行得还能再快一些么?"

达雅肯定地点点头……

保尔的手在夹子上书写……

达雅的手在打字机上击键……

保尔手中的铅笔短了一截……

达雅的手指缠上了白胶布……

笔筒里的笔由多而少……

母亲的手从笔筒里取出最后一支笔削起来……

达雅的手将十几支铅笔放入笔筒……

夹子上的纸只剩下了最后一页,保尔手中的笔很快将它写满了字……

达雅的手又将一摞纸替保尔夹在夹子上……

母亲的手又在削铅笔,并将削好的笔递到保尔手中……

打字机旁,打过的文稿纸页在增加着……

保尔的床头柜上,花瓶里的花变换着……

伴随着以上画面的交替,白天和夜晚,晴日和雨天,以及窗外院子里的花、草、树,也在不停地变换着颜色……

坐在炉上的铁壶嘴,无声地吐着沸气……

窗玻璃上出现了霜花,外面的窗台上有厚厚的积雪……

凝思着的保尔……

细看保尔手稿的达雅……

小镇的冬景……

河边的春色……

镇广场上穿裙子的姑娘们载歌载舞,盛夏已经来临……

窗外院子里的草又枯了,树叶又黄了……

以上种种画面,始终伴随着音乐和主题歌。

字幕:两年以后……

保尔坐在轮椅车上,母亲将他推出了小屋……

站在桌旁的达雅,正将一摞厚厚的打字稿理整齐……

母亲将保尔推到了达雅身旁……

达雅侧转身,将打字稿轻轻放在保尔膝上……

保尔的手颤抖地摸索着打字稿……

保尔激动地:"这么多!……"

达雅蹲下,注视着保尔,同样激动地:"保尔,这是你将要献给人们的心血!……"

保尔:"也包括你的。《钢铁是怎样炼成的》这个书名好么?"

达雅:"好。亲爱的,很好。"

保尔朝后扭头问母亲:"妈妈,您认为呢?"

母亲张了张嘴,流泪了,用一只手捂住嘴,说不出话……

保尔:"妈妈,您怎么不发表看法?"

母亲:"儿子,关于书,妈妈一点儿也不懂。可既然达雅认为好,那一定是有道理的……"

达雅笑了,同时也流泪了……

保尔自言自语:"钢铁是怎样炼成的……那么,就这样确定了吧!达雅,你要亲自将它寄出去。"

达雅:"我会亲自将它寄出去的。"

保尔:"一定要挂号。"

达雅:"当然!"

达雅深情地吻了保尔一下……

旁白:母亲陪同达雅,将沉甸甸的文稿送到了邮局。保尔随之开始了一生中最焦急的期待,每天都在盼着出版社的信函……

保尔仰躺在床上,达雅轻轻走入屋里……

保尔:"达雅,是你么?"

达雅:"是我……"

保尔:"出版社有信来了?"

达雅声音极低地:"没有……"

保尔失望的神情……

旁白:两个月后,一个结果被各方面证实,文稿在邮寄过程中丢失了……

保尔家的院子里聚满了人……

保尔家的大屋里也聚满了人,人们皆无言地望着小屋的门。它关着……

小屋里保尔仰躺于床,深陷的双眼呆瞪屋顶……

达雅和母亲站在床左床右……

达雅手拿一封电报,低声地:"保尔,朱赫来拍来了一封电报……"

保尔毫无反应……

达雅抽出电报纸,念:"保尔,我的好兄弟,我实在无法用任何语言来安抚你。但我相信,我所了解的保尔·柯察金,一定会重新拿起笔来的……"

保尔仍毫无反应……

达雅扑在保尔身上,哭了……

人们中,那个曾说"我也爱冬妮娅"的姑娘轻轻将门推开一道缝,偷窥……

巴塔夫:"他还不开口说话?"

姑娘点头:"但是他伸出了一只手……"

巴塔夫:"他要什么?"

姑娘摇头:"不知道……"

姑娘又朝门内看了一眼,回头对众人说:"但是达雅将铅笔和夹板递在他手里了……"

巴塔夫:"他……是要那些东西么?"

姑娘再朝门内看一眼,带严门,蹑足走向人们,悄声地:"他又开始写起来了……"

于是,人们默默往外走……

巴塔夫走出后,对院子里的人们说:"他又开始写了,我要再为他送些稿纸来……"

人们目光肃然地望向保尔家的窗子……

笔筒里十几支削尖了的铅笔。母亲仍在一旁削着,她俯下身,仔细地削尖铅芯……

保尔的手握着笔,纸板框中的纸上,又写下了第一行字……

达雅从指上扯下旧胶布,缠上新胶布,又开始打字……

一页白纸上又出现了第一行打下的字……

保尔床头柜上的花瓶里,一簇花初蕾纤纤……

母亲苍老的手将几页保尔写毕的手稿放在打字机旁……

达雅的手取过一页打字……

再取过一页……

又取过一页……

刚取过最后一页,母亲的手又将一摞手稿送来……

在以上画面中,穿插那一族花由初蕾纤纤到花朵盛开到花瓣凋落到被另一簇花取代……

穿插黎明和夜晚;穿插室内室外四季变化……

旁白:保尔·柯察金后来甚至连笔也握不住了,他的身体已经虚弱得奄奄一息……

保尔的头仰躺在枕上,身子被雪白的被子覆盖着,双手无力地放在身子两侧,看去袖子仿佛是空的,被子底下仿佛没有身体……

保尔大睁的双眼呆瞪屋顶,他在口述。

保尔:"……暴风雪……像狼群一样猖獗的暴风雪和乌拉尔的严寒。狂风怒号,大雪铺天盖地而来,就在这样的黑夜里,由第二代共青团员们组成的突击队,从冰雪严寒中抢修那个举世闻名的钢铁厂刚建成的第一批车间……"

达雅坐在床边的椅子上笔录……

泪水滴在纸上……

达雅抬起头:"保尔……"

保尔毫无反应……

达雅扑向保尔:"保尔……保尔!妈妈,快拿药箱来,保尔又昏过去了!……"

冬季的小镇夜晚,风雪从无人的街道上呼啸而过……

旁白:文稿丢失以后又过了两年,就在这一个冬季……

保尔家。

院子里又聚满了人,大房间里也聚满了人,但小房间的门却敞开着,可以望到里边的情形……

仰躺在床上的保尔闭着双眼,实际上他已非常地接近着死亡了……

他枕旁是他的书,他左手握着一支铅笔,右手拿着那夹子,仿佛还要开始写……

朱赫来办公室。

朱赫来一边批阅文件一边听广播："从今天下午开始,一部新书在全国各书店发行。这本书叫《钢铁是怎样炼成的》。作者是一位老共青团员,也是一位年轻的共产党员,还是一个全身瘫痪双目失明的人。他的名字叫保尔·柯察金……"

朱赫来不禁向收音机扭过头去……

朱赫来起身走到收音机前,"下面,预告明天的天气情况……"

朱赫来急忙调别的台,没有再广播同样的消息……

他关上了收音机,按桌铃叫秘书进入……

朱赫来:"立刻去给我买一本书!《钢铁是怎样炼成的》!作者是保尔·柯察金!……"

秘书:"可,究竟应该到哪儿去买这样一本关于炼钢铁的书呢?"

朱赫来:"每家书店都有!并且,同时替我向保尔·柯察金发一封电报!祝贺他的成功!还愣着干什么?快去!……"

秘书退出——自语:"保尔·柯察金……这是个干什么的家伙呢?"

朱赫来走到窗前,背对镜头,望窗外大雪纷飞……

朱赫来的心声:保尔,保尔,亲爱的兄弟,好样的!……

一家书店。

男女老少从外面一直排到室内……

"《钢铁是怎样炼成的》。"

"我也买这一本书!"

"我买两本!……"

从排队买书的人们中,我们发现了冬妮娅,她头巾上和肩上都是雪……

售书员："对不起同志们,卖完了!……"

几只手同时夺向最后一本书……

冬妮娅："归我!应该归我!我已经交钱了!……"

冬妮娅将书夺在手中,捂压胸前,迅速挤出人群……

冬妮娅布置简单的家里,她坐在桌前看保尔的书,泪水一滴滴落在书页上……

少年保尔的声音:"捉住了,小鸟给捉住了!"

少女冬妮娅的声音:"放手,怪疼的!……"

冬妮娅伏在桌上,无声地哭了……

女儿溜下床,悄悄走至她身旁,扯她衣服,不安地:"妈妈,你为什么哭啊?妈妈别哭,别哭……"

旁白:冬妮娅看出,保尔·柯察金显然无法从心中将她的名字抹去,否则,他不会在整整七章中,以那么美好的描写回忆他们的初恋。同时,她明白,仍体现在此书字里行间对她的不公平的批判笔触,肯定不是保尔·柯察金由衷的本意。恰恰是这一种超阶级的爱,在一个被英雄化的年轻革命者心中那一种温馨又无奈的状态,感动到冬妮娅内心深处去了……

保尔家。

院子里,外间屋,聚着许多人——有我们熟悉的面容,也有我们不熟悉的面容……

里间屋,也就是保尔和达雅的卧室的门敞开着——保尔·柯察金躺在床上,达雅和母亲坐在床的一左一右,各握住保尔的一只手。

她们都以充满爱意的悲哀的目光望着保尔……

保尔嘴唇嚅动——母亲将耳俯向他的唇,却什么也没听到，对达雅摇头……

保尔凝聚了他生命的全部力量，终于一字一句地说清了这样的话："我……爱……过……"

达雅顿时泪如泉涌……

达雅："是的，亲爱的，你是爱过的……"

她伏于保尔身上，与保尔脸颊相偎，任眼泪默默流淌……

在门口的巴塔夫转脸低声告诉身后的人们："他说，他爱过……"

巴塔夫身后的人亦转脸告诉自己身后的人："他说，他爱过……"

"他说，他爱过……"

"他说，他爱过……"

这句话，在人们之间被低声地肃然地传告着……

一个姑娘忽然一转身伏在一个小伙子肩上哭了——她是那个曾坐在窗台上听保尔的报告的姑娘……

小伙子轻轻抚摸她的手、她的头发，低语："别哭，别哭娜嘉，我发誓，我会好好爱你的……"

保尔家墙上的旧挂钟——秒针颤动了一下，又颤动了一下，再颤动一下——它分明地仍要按照钟盘的圆周继续运行，却毕竟在颤动之后停止了……

笔筒里，保尔用过的长短不齐的笔……

墙角，工人们为保尔做的轮椅……

音乐——深情的，有宗教意味儿的音乐……

音乐声中，内景渐隐……

舍佩托夫卡小镇——它被照耀在一种橘黄的温馨的色调之中……

一切保尔熟悉我们也熟悉的地方——车站、街道、冬妮娅家的院子、钓鱼的河边……

一切地方都是那么寂静。

寂静中,母亲的声音远远地传来:

"保夫留沙……

保夫留沙……

保夫留沙……"

镜头高高地升起,舍佩托夫卡小镇全景呈现在乌克兰大地上……

旁白:当人将要离开我们这个世界的时候,回忆几乎都是一样的……

教堂的最后一下钟声中,画面定格……

全剧终。

第八章

一位导演,倘能在思想和想象两方面中的任何一方面对影视有所奉献,在我看便是大师了。

我进一步认为,只有这样的导演,才配有"导演中心"的意识。

将一部苏联的小说改编为电视剧,并且主要是为了拍摄给中国人看,于是过程变得较为复杂了。

首先必须将全部剧本译成俄文。这相当于翻译一部三十几万字的书。

乌克兰已从苏联独立出来。它有自己的语言和文字。

当然是将剧本译为乌克兰文为好。

因为剧本要在乌克兰这个国家拍摄,而不是在俄罗斯。因为演员将主要是乌克兰人,而非俄罗斯人。

我无法预知乌克兰演员们在自己的国家里接到手的是俄文剧本,并用俄语说出角色的台词,其心理究竟会是怎样的?

我向凯南提出了这一顾虑,主张译为乌文。

但是我们了解到,在北京,乃至在全中国,想要很快找到多位精通乌文的人,并不那么容易。在苏联解体以前,在乌克兰乃是苏联一部分的年代,乌文对于中国显然是一个没有多大必要培养翻译人员的语种。中国与乌克兰的一切交往,亦即等于是与苏联进行交往。故俄语才是双方交往中的共用语。故乌语翻译,在中国差不多是空白。

现在,乌克兰成了一个独立的国家。它的国语当然是乌克兰语。它的国文当然也是乌克兰文。中国的乌克兰语和乌克兰文翻译,是近十几年培养的,而且首先是为了外交和经济往来培养的。而且,人数当然不多。

既然一时难以找到乌文翻译,那么也只有将剧本译成俄文。

事实上我的顾虑是多余的。据前去选景和选演员的小蒋和莎娜回来讲,乌克兰人对于接到的是俄文剧本并没有什么心理障碍。又讲,在乌克兰,俄语仍是一种较为流行的语言。乌克兰国土上的乌克兰人和俄罗斯人,也仍和睦相处着,未因乌克兰的独立而相互敌视。小蒋和莎娜还说——与动荡不安的俄罗斯相比,乌克兰倒显得是一个局面平静的国家,尽管经济发展势头不高。

小蒋和莎娜带回的信息,使郑凯南很高兴,我也高兴。我们的高兴不仅仅因为摄制组在一个局面平静的国家完成拍摄任务将会很顺利,还是替乌克兰这个国家感到的。

乌克兰方面对此事很重视。在一集剧本都没有的时候,郑凯南就已经与乌克兰驻华使馆的文化官员们接触过几次了。并且,还受到了乌克兰驻华大使的接见。他们极为支持,极为欢迎。

乌克兰国家电影制片厂的负责人,挑选该厂艺术精英组成了一个合作领导小组,相当于中国以前各电影厂都有过的艺术委员会,首先对剧本进行可行性审查。毕竟,此剧本是由一位乌克兰英雄的著名小说改编的。奥斯特洛夫斯基仍是他们的英雄人物。首都基辅的奥斯特洛夫斯基纪念馆,至今不但仍存在着,而且仍有参观者。大多数乌克兰人虽然不再像从前的几代人那么由衷地崇拜奥斯特洛夫斯基了,但也不想不愿彻底地否定他。正如大多数中国人对雷锋和雷锋精神的态度。

乌方生怕中国同行们将《钢铁是怎样炼成的》改糟了。

站在他们的角度想，他们的严格审查是完全可以理解的。

但我们改编的剧本，真的能通得过他们的审查么？

我们的改编，意味着是多么严重的，简直大相径庭的"篡改"啊！

万一他们对我们的"篡改"非常反感，甚至都很生气呢？

我的自信，由最初的七分，减少到了五分。我希望我和万方和周大新的合作，有一个可见的结果，而不仅仅是纸上的合作。

预先我以为剧本的终审权只在万科影视公司方面，具体说只由我和郑凯南的共同感觉而定。我没有想到还要最后由乌方裁决剧本的生死。我以为他们只不过是"协拍"。

倒是郑凯南显得比我的信心更充足些。

她几次对我说："我们并没故意将保尔、冬妮娅、朱赫来和丽达等人物改得不可爱了呀！"

她的话对我起到了定心丸的作用。

制片小蒋和莎娜又到乌克兰去了。那时已经是一九九八年的十二月份了。而我仍在加紧对打印本进行某些情节和细节的修改。

郑凯南一听我说哪集何处还要修改，已经开始皱眉头了。

因我每改一处，她就得付钱重打一遍，还得付钱重译一遍。

她甚至对我说："差不多就行了吧！再改，也还是中国人改人家外国的原著，无论多么认真，那也是一厢情愿。反正人家乌方的编剧要修改的。也得让人家有事可做啊！"

我听了心里就委屈。

没有第二位编剧，会因自己的认真而不讨好。

有一次我忍不住说了一句："我是怕人家笑话中国编剧！"

直至开拍后，我还和郑凯南商议，有两处应该补充什么情节，见她不以为然，我才快快作罢……

小蒋和莎娜从乌克兰传来了不妙的消息——似乎乌方对剧本很不满意。似乎演员们都拒绝演。似乎拒绝演的理由是没法儿演。似乎没法儿演的理由是——没法照剧本去说台词……

当然,也没法儿按照剧本进入角色……

他们看到的,是没经压缩也没经重写的剧本。

但即使那样的剧本,也不至于使他们没法儿照剧本说一句台词啊!

我坚决地不相信会是这样!

郑凯南也有些茫然起来。

发传真向小蒋和莎娜问究竟——他们回传真解释不清。电话里也回答不清。说只能将实际情况作实际的反映。

我埋怨郑凯南不该将第一稿剧本就那么翻译了那么带去给乌方演员们看……

我说:"我明明在修改,你急的什么?"

但站在她的角度想一想,埋怨她也是不公正的——连剧本都不带,小蒋和莎娜怎么去选演员? 如果已经十二月份了,他们还不去选演员,冬季怎么按时开机? 剧本中有大量冬景,如果不能按时开机,延误了季节,难道一九九九年冬季接着拍不成? ……

我也埋怨郑凯南找的可能不是专业的俄语文学翻译者们——纯粹由于翻译水平,乌方演员们才看不懂剧本,不会说中国同行们写出的"那样"的台词……

她说她找的都是有水准的俄语文学翻译者们。

我又怀疑可能是外语打字社打得一塌糊涂。

郑凯南发誓说她是送到一流水准的打字社打印的……

于是轮到我安慰她了。

我替郑凯南写了一封信,传给小蒋和莎娜,命他们呈交乌方的"艺术小组"。

该信申明以下几点:

一、双方非是"合拍"的关系,而是"协拍"的关系。我们不是为乌克兰观众拍一部电视剧,而主要是为中国观众拍一部关于一个叫"保尔·柯察金"的乌克兰文学人物的电视剧。

二、既然"保尔·柯察金"非是真人,而是文学人物,今天对其进行的人物形象再塑造,当是艺术规律允许的。在苏联已经根据原著成功地拍了一部曾在中国影响很大的电影,在近年乌克兰又根据原著拍了一部六集电视剧的情况之下,我们的重拍则就必须有极大内容的再创作。否则,完全没有了重拍的意义。

三、若我方的改编中,有什么使乌方同行反感,甚而伤害乌克兰民族心理之处,敬请指出,我方一定遵从乌方同行意见,或删除,或修正。

四、若我方对原著人物之命运和人物关系之再创作,也是乌方同行们可以接受的,那么在大前提上,我们双方其实已经达成了艺术共识,其他一切问题,便概属艺术枝节问题了。若在大前提上,乌方同行们不能接受,并且持坚决主张原著不可变改的态度,则实际上等于迫使我方放弃拍摄。因为我方除了放弃没有别的选择。

五、我方改编者,乃中国成熟的作家和编剧。也是一流的。现呈送乌方"艺术小组"审议讨论的,只是初稿。只呈现人物命运和人物关系不同于原著的另一种走向。为使乌方同行们有初步的了解,修改稿不日即至。渴望乌方同行继续提出具体的、宝贵的意见。并欢迎乌方同行参与,共同修改……

信后,我替万方和大新作了创作实绩的介绍……

此信传出,不久获得小蒋和莎娜的反馈,乌方同行们态度明显转变。演员们也开始表现出积极的参与热情。

据说起重要作用的,是乌方"艺术小组"从莫斯科请到乌克兰的一位有才华的俄罗斯编剧。此人是中年人,莫斯科电影制片厂的职业编剧。

他发表了如下的意见——中方同行对原著人物命运、人物关系的变动和丰富,以及再创作部分的内容,不但艺术上可以理解,可以接受,而且是必要的。

他们逐步了解了中国同行对这一件事的严肃认真的态度以后,他们一方的严肃认真的配合,也就非常令我们感动了。

我想,小蒋和莎娜是功不可没的。他们前期两次去乌克兰,为剧组后期的到达以及顺利拍摄,作了卓有成效的感情铺垫……

对于二稿剧本,乌方同行们指出了两点意见:

一、丽达因受丈夫的政治牵连,被"下放"到保尔所在的那个工厂接受"思想监督改造",不符合当年苏联的实际情况。据他们讲,苏联当年的实际情况是,对于政治涉案犯,要么枪毙,要么关进监狱,其实并不实行什么"下放",接受"思想改造"。

但据我接触到的历史资料和回忆录显示——其实也是那样干过的,和中国当年没什么两样。不少当年的政治犯和政治涉案犯,包括他们的亲眷,被成批地赶往西伯利亚去伐木、修铁路,或在大工厂里,在被监督的情况之下做苦工。

既然乌方同行们认为不可能有那样的事,我们也就相信不可能有,任由乌方同行们去改。

二、冬妮娅由于受丈夫牵连,和革命政权的误解——在家乡的小镇成了一个扫街道的女人,乌方同行们认为也是不符合当年苏联的实际情况的。是中方同行们的想当然。是典型的中国式的"反右"情节和"文革"情节。具体说,是我本人的想当然。

我自己也觉得那情节太"中国化"了,也太一般化了。但究竟该让冬妮娅做什么呢?她已经不是革命前父母宠爱的娇小姐了,她总得干点儿什么养活自己养活孩子呀!曾设想让她做图书管理员。但那么好的工作能轮到她这个资产阶级的女儿、叛国者的妻子么?如果她的命运并不很惨,保尔的内疚也大不到哪儿去呀!写时实在是文思枯竭了,姑且让冬妮娅扫马路。这太"中国化"和太一般化的命运安排,也只能由乌方同行们另作处理了……

我们知道的，主要是以上两点意见。

我见到了饰演保尔那位乌克兰演员的照片。

那是一位很有气质的乌克兰小伙子。不英俊，但有一张显示个性的脸——瘦削而棱角分明。目光冷峻、坚决、缺少柔情。挺像苏联电影《保尔·柯察金》中的大保尔。在我的记忆中，苏联那部电影中的保尔，是由少年和青年时期的一小一大两位演员饰演的。

在乌克兰能选到那样一位演员饰演大保尔，亦算是幸运了。

我立刻想到的是他的身高。问莎娜，她说他身高一米八四。

我不禁脱口而出的一句话是："太高了。"

因为我随之想到的是——如果青年时期的保尔一米八四，那么饰演少年时期的保尔的演员，又该多高呢？

从原著看，在家乡与冬妮娅初恋时期的保尔，即少年时期的保尔；而到了红军的队伍里以后，即为青年时期的保尔了。实际上原著告诉我们，两者之间的年龄差距并不大，十六七岁与二十多岁。这也是男性从气质到形体发生大变化的阶段。说"女大十八变"，男性也是这样的，故换演员有合理的前提。即使二者差别较大，观众一般也是能够接受的。

但问题是——倘时空跳跃三四年，观众才接受。苏联的电影，在换演员时就是采取时空跳跃的方式处理的。而我们将要拍的是电视连续剧，观众几乎是眼看着保尔一岁接一岁从少年成长为青年的。其间年龄跨越的时空可能性最长为一年，而非三四年。我们的剧本根本没给保尔留出可跨越三四年那么长的年龄空白……

在短短的一年里，一个人会从少年变成一米八四的大男人么？

即使生活中不乏这样的情况，观众的视觉习惯能接受么？

所以按我想来，青年时期的保尔，应向少年时期的保尔靠拢。而不是反过来。

也就是说——少年时期的保尔，他首先必须是少年。他不需要太高的身材，以保证他的一切角色言行，包括他的初恋，确乎是少年的言行少年的初恋,确乎有少年的最明显的特征。如果他居然是一米八四的大个子,则演员无论有多么优秀的演技,都是很难将角色演出少年色彩来的。而如果他确乎是少年,那么在一年间他看去仿佛长了五六岁是难以令人接受的。

简言之,饰演青年保尔的那位乌克兰演员,看去像二十六七岁,至少像二十四五岁。他比一个少年至少大七八岁。

于是我向郑凯南谈了我的想法——演员看去是好演员,但是他将为选择少年保尔增加难度。

郑凯南当时未对我的想法说什么,我也就对她内心里的真实想法不得而知了。

后来确定了导演,便是电影学院的韩刚。

郑凯南陪他到我家里来了一次,我又当面问,对于这样的问题他们是怎样考虑的——从哪一集开始换演员?

我建议从第五集开始换——从保尔闯入丽达帐篷那一集开始。

为了使观众易于接受少年保尔和青年保尔之间太大的反差,我主张在第五集的开始,增补这样的画面与旁白:

保尔的脚在秋天的泥泞中行走着……

他的两排脚趾几乎全从破鞋子中露出来了——分明地,那双离开家乡时穿的鞋子对他是太小了……

保尔在河边坐下,脱下脚上的脏鞋放在身旁,又从腰上解下一双捡来的鞋放在脏鞋旁——那双捡来的鞋比那双脏鞋可大多了……

保尔洗净脚,穿上那双捡来的鞋——那么大的一双鞋,他穿得似乎还很费劲儿。难怪,都是右脚鞋……

保尔捧河水洗脸——河水中映出一张连他自己都很陌生的脸……

保尔猛回头:"谁?! ……"

身后自然无人……

保尔凝视水中自己的脸……

保尔的心声:保尔,保尔,难道这是你么? ——你怎么一下子变成了一个大人?!

保尔不禁地摸自己脸……

旁白:保尔离开家乡以后,在流浪经历中长了两岁。也在流浪经历中失去了他最宝贵的东西——少年。不但冬妮娅不能一下子认出他来,连敌人,恐怕也不能根据他两年前的样子逮捕他了……

保尔站起,默默转身走了……

河岸那双脏鞋,仿佛是少年时期的保尔最后的,也是唯一的证明……

接下来天黑了,他闯入了红军营地,闯入了丽达帐篷……

但是韩刚导演说,不打算换演员了。

郑凯南显然同意并且支持他。

我知道不少导演不愿将一个人物分由两名不同的演员饰演不同的年龄阶段……

但他们的决定还是使我惊讶万分。

前四集剧本中的保尔可明明是少年保尔呀! 可明明是少年的言行、少年的初恋呀! ……

不换也就意味着,将由看去二十四五岁、一米八四的大个子饰演少年了?!

这么大型号的保尔,还会受一个堂倌的欺负而没有反抗的能力么? 还要由他的哥哥去替他打那堂倌一拳么? 这么大型号的保尔,他的哥哥对小弟弟那一种冷中有热的爱还怎么演呢? 这么大型号的保尔,他对洗盘子女工那种对长姐般的感情不是变味儿了么？在河边钓鱼时与富家纨绔子弟们的打架，不是也太是大人之间的拳脚较量了么？与冬妮娅的爱不是也就没有了少男少女之间初恋那一种天真烂漫了么？朱赫来不是干脆可以叫他"同志"而不视他为一个孩子了么？……

前四集剧本中的一切情节、细节还能照用么？

于是我联想到了小蒋和莎娜说的——他们认为没法儿照剧本演……

本是为少年保尔写的剧本，大人看了却说能演而且能演好，岂非咄咄怪事了么？

前四集剧本根本就不是为一个看去二十四五岁、一米八四的保尔写的呀！

实际上，万方改编的七集中的保尔，感觉年龄更小些。我在将其压缩为四集时，有意识地在言行方面将年龄特点提高了两岁。

即使我有意识地那样做了，也还是根本不适合一个饰演青年保尔的大型号演员兼演得了的呀！

我真是惊讶极了……

我如实谈出了我的顾虑。

但是他们似乎主意已定，不为我的顾虑所动。

当郑凯南也去了一次乌克兰回来以后，我又一次向她谈到了我的顾虑，又一次建议少年时期的保尔还是另由演员饰演的好……

她对我的建议仍未正面表态。

她对我的话不以为然时，她就根本不回答。好像没听到我说了什么……

摄制组已于元旦后就去了乌克兰。

二十集左右的电视剧，至今已拍了半年多了。如果八月底才能停机，那么就整整八个月了。

在中国，这也许是创纪录的长周期了。

我看得分明的问题，以及由此产生的顾虑，也许是杞人忧天、庸人自扰。

但愿是吧。

我不认为导演万能。不认为一种不见得多么高明的决定一旦做出了,能在紧张的拍摄过程中,使整整四集剧本的内容,轻而易举地就可以扭转向自己的决定,并且比原剧本强出多少倍。

此决定在没开始拍摄前倒是可以被尊重的。

而如果已经开始拍摄了,这个险真是冒大了!

我也不认为乌方的同行们万能。

不认为他们不但能完全顺应导演的意图去创作,而且最善于在拍摄中追赶着拍摄进度去创作,并能正常发挥创作水平。

我不明白为什么一个少年时期的保尔就硬是不可以由一名少年演员去演?

不明白这在艺术规律上究竟有什么可怕的?

不明白由一个看去二十四五岁、身高一米八四的演员去演在言和行两方面少年特征都很鲜明的角色究竟有什么好?

虽然在乌克兰拍戏的是他们,但身在北京的我,一替他们想到这些,真的非常庸人自扰,非常杞人忧天……

但愿他们真的能解决得相当满意,起码令自己们相当满意。

或者,其实已经改变了当初的决定,已经改由少年演员在饰演少年保尔了……

最好能这样。

开机后,郑凯南又去了一次乌克兰。

她回来后告诉我——片头改了。

我问改成什么样的了?

她说——一双女性的手在敲打一台老式打字机的键盘。当然是达雅的手。

又说——这么改也好,使达雅的形象提前出现了。

达雅是最后成为保尔妻子的姑娘。

在原著中,她是最后一位出现在保尔生活中的人物。当她与保尔发生人物关系时,小说已经快结束了。

我们的改编,承袭了原著中人物出现的先后顺序。

记得当时我和万方、大新讨论到了这一点。

一致认为没有任何必要改变原著这一点。剧本中达雅直至倒数第二集才出现。究竟一种什么样的考虑,非让一个倒数第二集才出现的人物,非得在每集的片头都亮一次相呢? 或者仅仅她的双手?

我不禁问: 这样的片头我们不是一起讨论过么? 后来你我二人不是又单独讨论过一次片头的么? 不是考虑到这样的片头比较常见,也比较一般化而否定了么?

她说: 现在我们又决定还是这样的片头好了。

我又问: 怎么好呢?

她不说话了。

你们是谁们呢?

她仍不说话。

我觉得问得也实在多余——当然是她自己、导演、乌方的编剧。

我并不是一个在创作上敝帚自珍的人。

恰恰相反,凡与我合作过的导演(他们大抵是从未拍过影视的年轻导演,我的剧本使他们有了影视处女作),几乎都承认我的随和。遇有几种艺术选择的情况下,我总是鼓励他们——导演定,别由我来定。只要导演自己将来不后悔就行。

我考虑的是——本剧的片头有些特殊。因为它涉及本剧的旁白。旁白在本剧中是不可缺少的因素,决定着风格的一方面。已确定在剧本中的片头,又决定了旁白的客观性。当时我们在讨论中达成一致共识,客观性的旁白比主观性的旁白更适合本剧。因为通过客观旁白,可以在必要时通过文学语言的功能剖析剧中不同人物的心理及人物关系。而片头一变,客观性旁白必亦将随之变为主观性旁白,并因而导致不少情节的变更……

没有任何剧本中的任何情节是不可变更的。艺术的普遍规律恰恰在于——不同的人有以不同的方式驾驭任何情节,增减任何情节的艺术主动性和能动性。

但影视作品的顺利完成又有其特殊的规律。投资者、导演、编剧、演员,以及其他艺术职能部门的艺术主动性和能动性,针对剧情和风格而言,最好是发挥在剧本创作的过程间。

最好——不是只能。

例外是有的。

某些影视作品,不是在拍摄完了以后,还须在剪辑台上调整情节结构么?不是还要补拍镜头和情节么?

但那都是不得已而为之的事。

在拍摄过程中,某些改动具有连锁性。不说是牵一发动全身,也是连动多处。

如果,剧本不停地处于这样的状态不能相对稳定,拍摄的顺利又从何谈起?

非动不可,当然另当别论。

但不就是片头么?

片头真是非这样而不能那样的么?

我实在是看不出“一双打字的女性的手”这样的片头,怎么就比剧本中提供的好?

在拍摄的过程中,对于某些具有连锁性,而又不见得是必需的改动,我的从业经验告诉我,动起来是要格外慎重的。除非,将势必连锁到的每一处怎么改动都胸有成竹地设想在前了……

我替拍摄的顺利与否感到担忧。

我越来越清楚这样一点了——对于此剧,郑凯南是需要一个艺术方面的"主心骨"的。在完成剧本的过程中,我充当了她的"主心骨"。不管我的艺术感觉多么平庸,有一个大原则我是非常明确的——那就是不能搞出和原著大致相同的东西。因为那样一来,的确使拍摄成了多此一举的事。

那么在拍摄过程中,谁还是"主心骨"?

是她自己?

对于此剧她缺乏主见。否则就无需我在完成剧本过程中充当她的"主心骨"了。

是导演?

导演在拍摄前不久才拿到剧本,才进入情况。而且,只不过在刚刚看了几集的情况下,在我家里和我见过一面,简略作了一个小时左右的沟通。一星期后他就赴乌克兰了。可能刚刚看完剧本。到乌克兰不久,便投入了拍摄……

再有才华的导演,在这么仓促执导的情况之下,对许多情节,能比一个在数月间全身心投入的编剧考虑得更周全?

郑凯南曾转告我——导演认为拍十二集就够了。

我当即反问——四集少年时期的经历,加两集瘫痪以后的内容,再加四集和丽达的爱情,还加上两集修铁路的情节——你当初要的是这样的东西么?

于是又回到了当初的话题——仅仅以上那些情节和内容,苏联的电影和乌克兰的六集电视剧早已无所不包地表现过了。没有新内容、新情节、新人物的补充,又拍它干什么?

再有才华的导演,一边执导,一边驾驭剧本这改那改,这增那减,才华够用么?

真能做她郑凯南的艺术"主心骨"么?

那么是乌方编剧?

我隐隐地感到,我们煞费苦心力求要和原著有所区别的初衷,似乎正被一部分又一部分地在实拍中扳回原著的框架去……

而我已对那初衷完全失去了坚持的可能性。

我困惑极了。不明白是哪一方面的,谁的,究竟一种什么样的更高明的艺术见解,主导了事情会是这样地进行下去……

当然,这只是一种预感,也许并非如此。

《还珠格格》在电视里播得正火——被采访的演员说:"台词一个字都不许改。导演这样要求演员,琼瑶阿姨也这样要求导演。"

那一时刻我恰无意中听了一耳,不禁地感触多多。

剧是琼瑶的家族公司所投资,故她有"不许改"的特权。

那么一部连起码的表演都被淹没在闹腾里的电视剧,竟"一个字都不许改",仿佛在拍摄影视化的《圣经》,真令国内编剧羡煞慕死!

其实,当我作为影视编剧时,从来都没有"不许改"的要求。

在我这儿,觉得"不许改"接近着编剧的无理。

怎么可以"不许改"呢?

"不许改"——导演的分镜头剧本还有一丝一毫的"二度创作"可言么?导演的才情又怎么充分发挥和体现呢?

何况,除了尊重导演才情的能动性,一部影视作品的产生,在拍摄制作过程中往往还受其他客观方面的影响——外景地临时迁变,剧本要改;天气无常变化,剧本要改;资金发生危机,剧本要改;周期延长,剧本要改;演员合理建议,剧本要改;导演突发奇想,剧本要改……

总之,在国内,情形普遍是这样的——剧本还没产生的时候,编剧的存在意义是不受怀疑的。剧本剧本,一剧之本。投资方、制片、导演、演员……组建成一个摄制组的一切人员都这么承认,不能不这么承认。

而一旦剧本产生了以后,又几乎等于编剧将一个孩子"过继"给别人了。仿佛从法律上已不属于自己了。别人无论怎么对待,几乎都是理直气壮天经地义的了。

投资方从投资与回收的角度考虑,有权改;制片以成本预算为理由有权提出改;导演可按照自己的心思改;演员可要求按照自己的现场感觉改……

有时编剧被要求改。倘编剧终于改烦,自然来个三十六计,脱身为上。

那么,到时候认不得自己的孩子,也就休怪他人了。

有时并不劳编剧辛苦,似乎也不必象征性地征求一下,导演亲自动手。结果自然是编剧看片时"友邦惊诧"——是按我写的剧本拍的么?!

国内有些导演有剧本创作的才情,你可以这样或者那样评论他们的剧本创作水平,但是你难以彻底否认他们剧本创作的才情。

有些导演没有这种才情,但完全可凭丰富的、资深的经验,对剧本提出最有价值的最宝贵的修改建议。编剧与这样的导演合作是一种幸运。

有些导演在分镜头剧本上所下的功夫,几乎不亚于认真的编剧对待剧本的态度。分镜头剧本每每比文学剧本有明显的提高。他们对文学剧本的改动往往也较大。他们无私地将好的情节、好的细节、好的对话奉献在分镜头剧本中。编剧幸逢如此可敬的导演,那就只有由衷地说"谢谢"了。

但国内也有些导演,一并无编剧的才情,二并无什么影视艺术方面的经验,却极端地自以为是,自我中心。也不知为什么极端地轻视甚至轻蔑编剧,如同习惯于野蛮宰杀的屠夫,将一头整猪整羊砍得七零八碎,还沾沾自喜,自我感觉好得不得了。

目前积压的几千集电视剧中,大约一半是由于编剧的平庸,另一半是由于那样一些导演的自以为全能所造成的。

我的专职是影视编辑和编剧。所以我写小说之余,也得进行影视剧本创作。在我这儿,主次是颠倒的。

作为编剧,我觉得我是较为幸运的。

我将影视创作仅仅当成与专职发生直接关系的事，虽像写小说一样认真，但并不在乎导演的名气。我在这一点上随便得不能再随便。而且，若默默无闻的导演，甚至从未有过实践机会的导演，经由执导我的剧本开端了他们的事业，我是特别高兴特别欣慰的。倘影视作品拍得还不错，我会对媒介说提高了我的剧本；倘拍糟了，我一般也会对媒介说是我剧本写得没水平。

至今我已为儿童电影制片厂创作了四部剧本，皆已拍摄。

第一部是《那一年的冬天》。根据我三千字的短篇小说《鹿心血》改编——讲述一只在中苏两国发生边境军事冲突的年代，来往于冰封的黑龙江两岸的小狗的故事，传达两国人民对和平与博爱的向往。此剧当年深受儿童片评委们的好评。完成它的拍摄的是曾执导过《创业》的长影老导演于彦夫。彦夫老师几乎百分之百地忠实于剧本。因为那剧本自身实在也没什么毛病。评委丁荫南同志曾力主将最佳编剧奖颁给此片。但因我的名字前边还"携带"了另外两位编剧，经多方考虑，评委们将编剧奖空缺。同年，我国领导人访问苏联，此片被译成俄文拷贝，作为我国领导人赠给苏联领导人的礼物……

第二部是《带锁的日记》。是由我们童影厂的两位摄影联合执导的。他们是我的朋友。我创作此剧本，一是为了完成我作为编剧的任务，二是为了鼓励我的两位朋友进行导演实践。我真的一向认为导演一点儿也不神秘。何况童影厂缺导演。将我创作的剧本供他们去实践，在我是一件值得的事。剧本讲述这样一个故事——一名石油工程师四年没探家了，他的儿子不幸死了，人们敬爱工程师，怕他经受不住打击，四处物色了一个极像他儿子的孩子冒充他的儿子，打算骗过他一个星期之后再寻找机会告诉他真相——而那像他儿子的孩子，其实是一大款的儿子……

创作这个剧本，我企图将悲情题材用大人孩子之间的喜剧情节加以表现，以使悲情题材更好看些，以使喜剧表演背后有温馨的反衬。

这初衷也许不错。

但这剧本极为失败。

两位朋友当时提出质疑种种,我还特固执,特自信。

他们也像彦夫老师一样几乎没对剧本作任何改动。因为他们事实上并不喜欢它,尽管接受我鼓励他们做导演的好意。他们是我们儿童电影制片厂最有经验的两位摄影,影片在摄影方面是有一定水准的。

影片拍成后,各方评价综合起来是四个字——假、冒、伪、劣!

它遭此贬低责任百分之百在编剧。

现在回想起来我依然感到对不住我的两位朋友。尽管我的出发点是那么地无私、那么地好。唯一值得安慰的是——其中一位朋友,确实如我所愿,从那以后改行做导演了。如果有幸接受了一个较好的剧本,相信他会导得不错……

第三部影片是《吾家有女》。讲述一个从小深受父爱种种的有点儿任性的少女,有一天忽然面临这样的现实——父亲非是她的亲父亲,并且为她一直未婚。她的生母从美国回来认她了,并打算接她去美国定居。她经历了感情的大波动后,平静地做出了感情真挚的选择——做不是她父亲,与她一点儿血缘关系也没有,但为她付出了人生牺牲的男人的女儿,留在中国……

此剧本也是为了完成我是童影编剧的任务而创作的。艺术委员会讨论后定为重点剧本,打算聘请外厂的有一定水平的导演执导。但在我的建议之下,最终给了我厂一名由美工改行为导演的青年。他当时还没有单独执导的实践经验。唯一的资格是与人合导了一部影片。

我想,任何一位导演都同样需要单独执导第一部影片的机会。我是童影厂的编剧,我创作的剧本,不首先考虑给予我们童影厂的年轻人机会,岂非太自私了么?那么一部剧本,再有名再才华横溢的导演,也是不可能将它拍成经典的。这是由剧本所决定的。剧本不俗,但也只能说不俗,并不具备丝毫经典性。反之,再笨的人执导,只要不将剧本改得面目全非,也不至于使它遭到《带锁的日记》的下场。这也是由剧本所决定的。因为那剧本的亲情基础,具有不可能被完全扭转向反面的品质。

这样的剧本,正适合做新手的"第一部"。

它获得了当年的童牛奖(儿童影片奖)、政府奖。

我因而获得了最佳编剧奖。

年轻人的"第一部"总是想法多多的。正如初恋总是心思多多。

他们对剧本做了他们认为更好的删改。

他们对他们的删改也很自信。为了表示对我的尊重,他们不厌其烦地请示——这里删行么?那里改可以么?加两处我们设计的情节同意不同意?……

三四次之后倒是我不耐其烦了。

我笑道——"你们呀,倘我说不,你们必反复申诉你们的理由。我看咱们达成这样的共识吧——你们只管去删去改去加,想怎么就怎么,只要能最后剪辑成一部合乎标准长度的影片就算完成拍摄。我不再对你们的想法置评,你们也不许再来问我……"

其实我心里有数,难道那样一部剧本,他们还能改得南辕北辙不成?真改成那样,也需高水平。他们显然还没那么高水平。只要保留三分之二的情节是我剧本的情节,影片就不至于很差。

其实我对他们的删改有我的看法。那些删改和加添对剧本根本不具有提高的意义。但我想,他们对他们的第一部多么地亢奋啊!这很好。这难得。不必限制他们,由他们去。到影片完成了,再召集他们开个座谈会,来个事后诸葛亮,告诉他们哪些自作主张是无用功,甚至是自以为是,达到帮助他们总结经验之目的……

但后来影片获奖了。

他们都高兴。

也许还想,如果不是他们提高了剧本,影片岂能获奖?

我也就不愿扫他们的兴,也就压下了初衷,什么都不再说,由他们高兴去。

一切人一切方面的实践、经验和教训都不可能是一次性的积累和总结。以后总还另有机会彼此交流的……

第四部影片便是《成长》。本届政府奖的获奖影片。同时是上海电影节的获奖影片。

而导演是宁静武——前边提到的,"万科"委派了做我责编的小宁。

我和小宁在艺术上比较谈得来,比较容易达到相互理解和沟通。实话实说,比和郑凯南之间的艺术理解和沟通轻松愉快。

小宁是电影学院导演系的硕士研究生。我读过他被收在一本电影理论研究书籍中的论文——是论二十世纪三十年代中国诗性电影导演之代表人物费穆的艺术风格和成就的。

一名当代导演系的硕士生,对三十年代中国的诗性电影情有独钟,这一点令我刮目相看。

当得知他还没有获得过一次导演实践机会,我不禁诧异,继而替他扼腕叹息。

我问他想不想导一部电影?

他说怎么不想?做梦都想啊!

当时我的剧本《成长》已通过审议,于是向厂里力主由小宁执导。

多谢我们的厂长特别能明白我的心,也很乐于给年轻人机会,于是小宁夙愿得偿。于是我的责编变成了我创作的剧本的导演。

小宁为此付出了代价。

他被郑凯南解聘了。

我对她这样做是颇想不通的——倘小宁是什么大牌导演,我的动机也许包含有私心。但他明明不是大牌导演啊。他连一次导演实践机会都没获得过呀!给他一次机会,不也等于是梁晓声、是儿童电影制片厂给予了万科影视公司的一名员工一次实践机会么?"成长"着的也是"万科"的人啊?何必太绝情?况且我们童影厂付劳务费。用那劳务费,尽可以再临时聘一名编辑。况且对于我这样的编剧,编辑的工作也无非就是服务性的,打印校对而已……

小宁对剧本做了不少处删改。

他有他自己的风格追求。

我没横加干涉,也几乎是由之任之。

小宁由《成长》而获政府奖、导演新人奖。

我为他备感欣慰。

他目前又在拍第二部儿童片……

我觉得,正因为我非是那类"不许改",也没有资格"不许改"的编剧;正因为我有时不仅不反对,而且是特别支持和鼓励导演"二度创作"的编剧,所以我可以指出这样一种影视制作现象进行批评,那就是——某些导演太过的傲,一种不知由何资本而使然的,仿佛天生的骨子里的傲。他们之对剧本的不尊重,每每是令编剧难以忍受的。仿佛一切的编剧在他们眼里都只不过是影视学徒,仿佛他们自己是影视的上帝。仿佛剧本一旦交到他们手里,就等于是一匹布交到了天字第一号的裁缝手里,剪成什么样式,便是他们的特权了。那时他们对待编剧的态度,意味着这样一句潜台词——上帝在此,你还操的什么心呢?

事实却一而再,再而三地,一次次地证明——剧本对于任何一位导演都不仅仅是一匹布。

不,不是一匹布。

剧本是一剧之本。

据我看来,中国目前还没有一位导演,同时可以被公认是一流的编剧。

恰恰正是那些自以为是上帝的导演,正是那些不自量力地仅仅将剧本当成一匹布的导演,使影视的拍摄过程危机四伏。

而某些二百五型的投资者对他们的愚昧的默许,也每每自食苦果……

近一二年,影视界对剧本的重视态度有所端正。电影方面比电视剧方面尤其重视一些。归根结底,编剧在影视制作过程中的地位是不足论道,也根本没必要喋喋不休地企求的。但如果剧本在影视制作过程中似乎微不足道了,那是既不能出什么好导演、好演员,也不能出好影视作品的……

我看影视的眼光,首先以内容为主。亦即首先看剧本质量的基础。其实也就是看编剧试图通过内容向观众传达些什么,以什么风格传达的。

继而看表演。表演哪怕仅仅在一场戏一个情节中有出色之处,演员便会给我留下深刻印象。我不见得会长久地记住那演员的名字,但某一场戏某一个情节,会因他或她的出色表演,在我的记忆中形成难以磨灭的经典性。

接下来我看的才是导演才情的体现。

中国几代导演中,优秀者不乏其人。但据我的眼看来,也不过仅仅是优秀,迄今并无大师出现。尽管媒体曾不遗余力地想要推出几位大师。

倘平静地想想,优秀也是不低的公认标准了。

我觉得中国影视中缺两种东西——思想和想象。

中国导演,包括优秀的导演们,与国外的同行们在影视中的角色作用颇为不同。

在国外,某些深刻的思想,或者某些极为细致的思想,无论关于政治的、人文的还是人性的,往往首先是导演本人的思想成果。导演头脑中产生了它,于是指导和要求编剧充分理解它,将它最艺术地体现在剧本中。

在此过程,有思想的导演与体现导演思想的编剧之间的合作关系,似乎是一种思想导师和思想弟子的关系。

在国外,某些异乎寻常的、令人惊奇万分的想象,也往往是首先从导演的头脑中产生出来的。剧本只不过是完成和完善导演天才想象力的载体。

一位导演,倘能在思想和想象两方面中的任何一方面对影视有所奉献,在我看便是大师了。

我进一步认为,只有这样的导演,才配有"导演中心"的意识。

否则,剧本摆在那儿了,资金筹足了,演员选定了——倘还都是一流的,你居然拍不出像样的"产品",你自己可算是个什么呢? 即使拍出了还比较像样的"产品",那思想和想象的成果是编剧的;那表演的魅力是演员;那优美的画面是摄影的;恢宏的场景是美工奉献的;音乐是作曲奉献的——那么究竟还剩几分是导演才情奉献给观众的成分呢?

所以,在中国,感觉过分良好的导演是相当可笑的。比感觉良好的画家、作家、歌唱者和演员更加可笑。因为支撑后者良好感觉的,毕竟还是自己的思想、自己的想象、自己的画技、自己的嗓子、自己的表演魅力,而属于前者自己头脑里的东西,在影视作品里简直少得可怜、可悲。

我的导演朋友很多。中国较优秀的导演差不多皆与我有过友好的接触。而他们之所以优秀,我觉得,恰恰是由于他们特别重视剧本。他们并不怎么自我中心。他们明白这样一个简单的道理——如果我头脑中缺少的东西,那就一定要千方百计从编剧的头脑中挤出来。因为有些东西导演的头脑中其实也可以没有,但是好的影视作品中却不可以没有……

倒是某些明明自己头脑空空如也的导演,特别地自我中心。他们一那样,剧本的下场就惨了。编剧就只有自认倒霉。必然地,影视作品也好不到哪儿去……

构成戏剧冲突确是常规的编剧法,但绝非唯一的经验。"编戏"实在并不多么难。一部电视连续剧戏太满了也不一定就是艺术上的好事儿。满则溢,结果像大馅饺子。馅少皮厚,自然是乏味儿的饺子。但馅太多,弄得皮快鼓破了似的,也不是经得起煮的饺子。觉得那样的饺子才算好吃,是中国人三年自然灾害时期的胃口特征。爱看一场戏紧接一场戏、矛盾不止冲突不断的戏,也是精神上的暴食现象。

细节、细节、细节!——这乃是我偶尔也涉足影视时感到的最难之处。

在影视中,精当而又自然、令人过目不忘回味无穷的细节,往往使语言亦即对话显得完全多余,完全没有意义。在小说中此类细节即使存在着,也要靠读者的想象产生魅力。在影视中却那么地不同。摄影机会将它光芒四射而又格外强调地加以表现,它又会使演员如获至宝。因为他或她无需任何人提示便清楚地知道,那类细节最诚实可信地向观众证明着角色究竟是怎样的人,以及在规定情境之中究竟怀有怎样的心理、怎样的感觉和感情,甚至怎样的潜意识……好比风吹散笼罩山头的变幻流云,显示出一块令人叹为观止的岩石,或一株给人以深刻记忆的树……

是的,黄山的许多奇石和许多异松,便是黄山的那样的"细节"。

峨眉山的佛光现象,也是峨眉山的那样的"细节"。

如果我自认为头脑中还储存着一点儿细节,我在进行影视创作时信心就比较充足。倘细节太少,甚至全无,那时我对影视就不免敬畏起来,不敢进行创作……

而在我因细节难求而冥思苦想之时,谁若跟我说"有戏""没戏"之类的话,我是特别特别反感的,有时甚至欲拍桌子,欲骂人。

影视作品中没有细节只有"戏",那叫什么玩意儿?那又是什么意义上的"戏"?

我惭愧的是——我注入"钢铁"中的好的细节,未免太少,太少……

关于保尔和丽达之间的情爱关系,确切地说,关于他和她之间那唯一一次性的关系(那是在丽达牺牲之前发生的),一些朋友们对我那样改编表示困惑,似乎都不太理解我为什么要让他们那样一次;一些朋友表示了反对,指责我一石双鸟,不是同时用情节维护了两个可敬人物的可敬品质,而是同时损害了他们的品质。

我说"一些朋友",是指这样一些人——影视界文学界乃至报刊界以外的人。他们有的也爱读书,有的也爱对看过的电影或电视剧发表话语评论,但他们与我的交往不是以我的职业为前提的。他们是些纯粹意义上的读者或观众,甚至是些纯粹意义上的非读者非观众类型的人。不仅不读书,而且除了新闻不看电视不看报,几乎拒绝一切欣赏,远离一切娱乐。他们总觉得时间不够用。事实上也确乎那样。他们的时间和精力差不多全被一个"钱"字盘剥了去。但他们绝不是财迷。是他们所过的困窘的日子将他们改变了的。他们是些每月想多挣一百元钱必须起早贪黑终日忙碌的人。是的,我很有一些这样的朋友。他们之中有的只有初中文化,有的还受过大学教育。到我家里来和我聊天,讲述他们自己的命境,乃是他们的轻松一刻。他们有的是我的同代人,有的是我的上代人。连他们都仿佛熟知保尔似的,足见保尔·柯察金当年在中国家喻户晓人人知道的闻名程度。

"为什么要让保尔和丽达发生不正当的性关系呢?那不等于是保尔乘人之危了么?"

"丽达是有夫之妇啊!她丈夫不是还没死么?你那么写不好,很不好!"

"要不你改一改,让丽达的丈夫已经在政治迫害中死去了吧!她丈夫如果已经死去了,她就可以随便一次了……"

"梁晓声,我挺喜欢保尔和丽达的,你别往他们两个人身上同时泼污水!……"

他们的话使我感到,他们在这样一点上很有代表性,那就是——越是活在社会基层的人,似乎在道德的和伦理的观念上越趋于正统和保守。头脑中似乎越本能地固守着一种接近卫道士的意识。也许他们自己并不打算以身作则,但却非常地希望有别人们替他们实践道德伦理的自我完成,替他们成为代表他们道德的和伦理的观念的社会示范。我至今也还没有太深入地想明白,正统和保守的观念在全社会的分布中,为什么越往基层越体现得真挚?

我对他们说不至于的吧?

他们说如果我坚持不改,那他们从此就再也不会尊敬保尔和丽达了。

两个苏联的文学人物,六十多年以后,在某些中国人心目中,仍似乎是精神的偶像——文学的特殊影响真深!它一旦被由衷地接受,竟能像重大的历史事件一样,在人的头脑中烙下难以磨平的印痕。

我向他们做如下解释——我说在我这儿,一次拥抱,一次亲吻,一次性的行为,甚至由几次性的行为演进的男女关系,倘确实发乎真情,不但是我完全可以理解的,而且是我替人性能够逾越观念桎梏的现象感到欣慰的。反之,替人性感到难过和悲哀。

他们中有的人就久久瞪我不语——仿佛才发现我骨子里是一个放荡不羁的男人。

而有的人则反问:"那你以什么界线来分清是发乎真情,或不是发乎真情?"

我说:"像保尔和丽达的关系,在当时的规定情境之下,便肯定是双方发乎真情的呀!"

"照你这么说,只要发乎真情就对了?就是很值得赞许的了?一切婚外的性关系,十之八九都是发乎真情的。甚至是发乎浓浓的真情,不浓不真那一时那一刻,双方的性关系能顺利发生么?那么都是你感到欣慰的?……"

结果我被反问得一愣一愣的。

我又说据我所知,苏联所有的民族,包括乌克兰民族,在性的观念上,与中国人相比,开放的时代要早得多。他们六十多年前性观念的开放程度,也许比我们中国人今天的性观念还要少禁忌。

我说连丽达自己在写给保尔的信中,不是都坦言她不是一个在感情上"拘泥于形式的人"么？

朋友中有人又反问："但丽达不是最终靠理性战胜了对保尔的感情么？"

我说此一时彼一时，丽达就不可以抛弃一次理性，让感情自我放逐一回啦？那样她在你们心中就不可敬啦？我不愿我的丽达是一头理性的动物。有情人已然不能终成眷属，我为什么不可以用笔给予他们一夜缠绵的机会？那我不是也接近着一头理性的动物了么？何况我又做了自认为足够的情节铺垫。何况我将他们之间的性关系写得很含蓄，基本上是暗处理。何况，那件事也许根本没来得及发生外边就起火了，两人便救火去了……

"反正丽达是有夫之妇……"

某朋友仍驳辩有理……

所幸郑凯南并没提出疑义。非但没有，她似乎很赞成那样。

我曾问她："要不，我们让丽达的丈夫死了吧？"

她就奇怪："为什么？那不太人为了么？"

反而轮到我自己表现出不自信了："可……在道德伦理方面……"

"这不是一场感情戏么？顺应道德伦理的感情戏值得大书特书，反叛一下的也值得大书特书啊！我倒是觉得你写得还不够有激情……"

说这番话的郑凯南，显得很权威，也显得很可爱。

说真的，我也觉得我写得还不够有激情。事实上我曾写过正面表现的一稿。那一稿里有赤裸的男人和女人的上半身镜头；有身体直接和身体的拥抱；有彼此充满柔情的爱抚；有长久的深吻；有默默无言的相互流露感激的注视……

那些镜头大约有五分钟。

那是符合我所参与的这一次特殊的改编初衷的。

记得我曾对郑凯南说过——我愿在这部二十集的电视剧中，除了铁血环境和钢铁般的意志和坚韧的性格，还有美的性爱的片段……

而且,这初衷本就是留给保尔和丽达两个人来体现的。

它不可能体现在保尔和冬妮娅之间。

因为那是一种少男少女的初恋美好纯情。

它也不可能体现在保尔和达雅之间。

因为那时的保尔已旦旦夕夕受着病魔的侵袭,身体方面是一个极虚弱的男人。

它只能体现在保尔和丽达之间。而且注定了仅有一次机会……

我希望让保尔和丽达在那注定了仅有的一次机会中,是纯粹的男人和女人,头脑里和内心里只充满了爱,再什么都不去想。尤其对于保尔,他的头脑和他的心留给爱的空间太小太小了。而这一点其实不应成为被尊敬的理由。这对于他是终生的遗憾。对于任何男人和女人亦然……

依我想来,保尔在生命弥留之际说"我爱过"——虽当然包括他与冬妮娅之间的初恋,包括他与达雅之间的夫妻感情,但主要当指他与丽达之间那仅有的一次性爱……

因为,那乃是一个男人短促生命中仅有的一次啊!

这一种满足同时是遗憾;这一种遗憾同时是满足——因为仅一次,故不应被漠视。

故应通过镜头强调出它对于一个人的生命的极特殊极宝贵的意义……

郑凯南当时百分之百地支持我的初衷。

她觉得我写的"还不够有激情",显然,是觉得我落实在稿纸上的,还不如当时一个画面一个画面讲给她听的好。

当时我还对她讲到了画面的色调;讲到音乐,轻轻铺入画面的宗教意味的音乐,伴以女声的圣歌般的无词吟唱……

讲到落在地上的保尔和丽达的衣物,也如具有生命一样一件覆一件,传达出爱的相吸意境……

但是我后来考虑到审查的原则,自行地将那几页稿销毁了……

听了我那些朋友们的话后,我反复看后来定稿的情节——觉得它已简单得不能再简单。甚至,因过分的简单和故意的回避而那么地别扭,那么地不自然,竟而有些做作了似的……

至于丽达已是有夫之妇,依我想来,那并不妨碍她遵从理念重新回到丈夫身边去做一位爱她丈夫的妻子和爱她女儿的母亲——如果她接下来不牺牲的话……

因妻子或丈夫的一次婚外的性行为而解体了的家庭,依我想来,是感情结构不牢固的家庭。

爱延伸到了婚外的事件,依我想来,也不可以全做道德角度的评说——保尔和丽达就是应该双双获得赦免权的男人和女人。

丽达是保尔的"上帝"。

她主动"赐予"的是她自身。

她使保尔的命境中也有了销魂一刻。

而保尔是一个从各方面都配她主动"赐予"自身的男人。

丽达的主动"赐予",依我想来,对于保尔们那样的男人,意味着是爱最最诗化和圣化的成分。

倘爱的这一种成分彻底地被一切婚姻和家庭关系垄断了,倘世上的一切男人和女人都以承认那一绝对垄断权为至高理念,则人性其实就空洞了一半……

而我的那一些朋友们,他们若果然因我使保尔和丽达的品行"堕落"了就不看此剧了,那么随他们的便吧!

更多的人也因此而不看了,看了而生气,也随便吧!

我按我爱的丽达塑造丽达,而绝不按任何别人们的标准。

其实,我又何尝不生自己的气!

我干吗既按初衷写了而又自行地销毁了那几页初稿?!

但愿导演们能将我的暗处理改拍成正面表现……

就在我校对这部书稿的日子里,某天逛早市,从书摊上发现了一本很旧的书是《奥斯特洛夫斯基传》——光明书局出版社一九五三年版本。两位合著者分别是文格洛夫、埃甫洛司。中文译者是孙肇偡先生。合著者和译者的名字,对我来说都是极其陌生的。即使他们当年刚刚三十几岁,而今又都在世的话,也该都是年近八十的老人了。我如获至宝,立刻用五元钱买下了它。

这本传记性的书告诉我——奥斯特洛夫斯基出生在乌克兰罗福诺省一个叫维里亚的村庄。他的父亲阿列克赛是酿酒厂里的季节工,一年中只能干几个月。其余时间到邻村去当木工、帮农人下地,或到地主的庄园里去当短工。他的母亲叫渥尔加,是位勤劳善良、治家有方、教子得法的女人。他的爷爷直到老年仍是沙皇的一名炮兵,曾替沙皇政府与英、法和土耳其的海军在黑海要塞勇猛地战斗过。他的父亲也当过沙皇的炮兵,曾多次参加俄国与土耳其的战争。

看来,在奥斯特洛夫斯基的血管里,流淌着两代兵的血液。

他有两个姐姐和一个哥哥。哥哥正如他在他小说里所写的保尔的哥哥一样,在舍佩托夫卡镇的发电厂里做电工。不一样的是,他与哥哥的感情似乎挺深。不像小说里的保尔那样后来很瞧不起他的哥哥。他的两个姐姐成年以后,一个嫁到了彼得堡,一个嫁到了现在乌克兰的首都基辅。

这本书中写他家的生活当年挺困难。如果仅靠一位在酒厂做季节工的父亲挣钱养家糊口,生活自然会很困难。但从他们1908年所摄的全家照上看,他和哥哥姐姐及父母的衣着都相当整齐。又不像是日子过得太穷的人家。那时他才4岁。书中还有他家所住的房子的照片。那是一幢相当大的房子。从外观上看,也不像是太穷的人家住得上的。两位姐姐能够嫁到彼得堡和基辅那样的大城市去,似乎也能说明他家当年的经济状况并不见得多么糟。

父亲是酒商,和父亲是酒厂的季节工,哪一个父亲更真实呢?

书的合著者在前言中这样写道："我们所利用的材料,除了他的小说外,还有他的演讲、论文、书简等。从这些文件中,可以找到这位杰出的苏维埃布尔什维克作家的生活史的真实反映。"

看来,主要依据的,还是奥斯特洛夫斯基的话语或文字自述,以及他的小说中保尔·柯察金这一文学人物的"文学身世"。

那么证明了一点,当年的苏联读者和中国读者,包括为他作传者,都不同程度地将保尔·柯察金与作者本人的人生档案相提并论了。

认真读了这一本传记性的书,我还是觉得,他的父亲可能正是酒商,而非酒厂季节工。因为仅靠一位是酒厂季节工父亲的收入,大约是难以维持一家六口的生活的。他和他的哥哥姐姐们大约也上不起学了。书中有奥氏是小学生和中学生的照片,照片上的他穿着很新的甚至可以说是很亮的长筒皮靴。书中还有他小学和中学的成绩单,证明他从小学到中学一直是成绩优秀的学生。他酷爱读书。他们一家都崇敬的人物是乌克兰民族诗人谢甫琴科。而对奥氏人生影响最深的一本书是《牛虻》。当他十六岁成为苏联红军的一名战士以后,几乎时刻要求自己处处像牛虻那样。他少年时喜爱的书,除了《牛虻》,还有《大尉的女儿》《塔拉斯·布尔巴》《无头骑士》《加里波第》等。这些书中的男主人公,几乎无一例外地是人生目标单纯又坚定、性格理念刚强又有尊严的农民起义的领袖、时代的"造反派"。他们的爱情也几乎一律地以破碎的悲剧告终。奥氏在少年时期像海绵吸水一样从那些书中吸取英雄主义。对于书,他是一个"偏食主义者"……

但毕竟,少年时期的贪婪的阅读,培养了他后来的文学想象能力。

当然,即使他的父亲真是酒商,显然也不会是什么大酒商,而肯定地,只不过可能是酒厂的代销员吧？这会使他家的生活过得比一般农民好些。似乎也与照片上所体现的生活水平更相符些,而从前,推销员即商。正如按中国从前的成分划分——开间小店铺的即小业主。

其实,我并没有对奥氏的出身做专门研究的兴趣。希望别人也没必要有。

我想揭示的是——奥氏在病床上创作他的小说的时候,头脑中曾有哪些避讳和顾虑么? 倘根本没有,小说又会以怎样的面貌问世? ……

传记性的书告诉我——两个姐姐出嫁以后,奥氏家里的生活真的困窘了。父亲已不做酒厂的季节工了,而是一处官家的森林的管林人了。母亲也不得不去给富人家做女佣。而哥哥则不得不给一名德国占领军的尉官当勤务员……

这本书里没有记载什么少年的维特式烦闷。但写到了少年奥氏与姑娘们的交往。他和一个比他大三岁的叫蜜丽娅的高两年级的女同学因为都爱看书成了朋友。他觉得和她在一起的时光互相有说不完的话,很愉快。那么,她后来是否成了他小说中谢廖沙的姐姐瓦莉娅呢? 十四岁的奥斯特洛夫斯基也暗暗喜欢上了一名女同学。她在学校的演出活动中十分活跃,并有一些表演的细胞。她是舍佩托夫卡火车站站长的女儿。她家住的房子在十四岁少年的眼看来很豪华。

传记性的书中是这样写的:"柳巴很高兴把书借给他看。他也时常带一些什么书给她看。如果柳巴的家庭状况平凡一些的话,他就可以经常到她家里去了。他喜欢看见这个梳着两条长辫、个性快乐的女孩。放学时,他们常一路回家。有时候他也带她到老远的池塘边去玩。他弄到了一支手枪,带她到森林里去,教她打枪。"

显然,正是这个柳巴,后来在他的小说中成了林务官的女儿冬妮娅。至于他们的友好交往是否如小说中那样发展为初恋,果然的话,又是什么原因使恋情破裂,就是除了奥氏自己无人知晓的事了。

这一本关于奥氏的传记性的书,使我意识到我在前边对他的家庭出身及他少年生活的推测也许太是主观的臆断——他的家庭即使并不怎么穷困,但也不是我以为的富裕的酒商之家。他父亲肯定做过销酒的生意,但还远够不上是我们今天认为的商。我恐怕也大大地低估了奥氏的文学想象力。像他那么自幼喜欢文学的人,当会具有比较优秀的创作潜质。保尔和冬妮娅的爱情,当正是他对自己和柳巴之间的一段友好交往的文学性想象,而非另外一个别的少年的初恋故事……

这一本传记性的书,对于今天的中国读者来说,其最有参考意义的价值在于以下两方面内容:

一、《钢铁是怎样炼成的》出版以后,德国法西斯向苏联发动了全面的进攻。奥斯特洛夫斯基这个名字和他的书,以及他书中的主人公保尔·柯察金,成为激励广大苏联人民,特别是广大苏联青年踊跃参军,在前线英勇与德军战斗的精神力量之一种。许多前线战士给奥氏写信,表达他们誓死捍卫祖国的坚定决心。在卓娅的墓碑上,便刻着奥氏小说中那句名言。卓娅生前把它抄在她的日记里——此内容,有助于我们今人理解《钢铁是怎样炼成的》这一部书,曾在怎样的正面作用上,在多么巨大的程度上,成为苏联青年的"革命圣经"。以及进一步理解,政治号召、国家意识,某时某种情况之下,需要借助并充分利用一个英雄人物的名字、一部书的影响,去完成它发动人民、领导人民的任务,又是多么自然的事。而这使我们今人不得不承认,一部书能在一个国家卓越的反法西斯战争中起到正面的作用,它就真的不愧曾是名著了!奥斯特洛夫斯基本人,也就真的不愧曾是英雄了!何况,奥氏的名字和他的书还曾激励几代苏联青年,在其后的国家建设中,发挥出积极热忱的能动性。类似的时代已经注定了不可能在人类以后的进程中重现,一部书也肯定不可能再起到同样的影响作用,我们不必为此惋惜,却仍应该保持评价时的公正性和尊重的态度……

二、这一本传记性的书中,还详尽地列出了奥氏短促一生的年表。年表向我们证明,一个人凭了意志力,在所剩很少的生命阶段里,居然还能奇迹般地做到什么事。而此种意志力,确乎是能令我们肃然的。

故我建议本书的责编,将《奥斯特洛夫斯基传》中的这两部分内容,印在我这一本书的后面,以供人们正确评价《钢铁是怎样炼成的》时参考。

　　我有根据地告诉这一本书的读者——奥斯特洛夫斯基本人,其实并不像他笔下的主人公保尔·柯察金那样,似乎"心中只有革命和红旗"(丽达语)。依我想来,他是一个相当热爱生活也热爱生命的人。他为了能集中精力完成他的下一部小说《暴风雨中所诞生的》,独自住到莫斯科去以后,曾在给他妻子达雅的两封信中,很是具体地谈到他们在舍佩托夫卡的旧房子的维修问题。并且详细地嘱咐门窗应该请手艺好的木工怎样改造,漆成何种颜色,而室内外墙壁又该刷什么颜色,前后小院应种什么花,栽什么树……对于一个双目失明的人,这不能不证明他对生活是多么地眷恋。住在那儿的时候,他每天早晨都被抬到室外一次。一到了院子里,他往往就不再想回到屋子里去。他久久地感受阳光的照耀、风的吹拂,享受般地呼吸新鲜的空气,欣赏音乐似的倾听鸟儿的叫声……他最多的照片是躺在病床上被拍下的。他的病床旁总围着人,亲人们或来访的青年。而他总是穿得非常齐整。更多照片上的他穿的是军装。连军装的风纪扣都扣着,使军装的领子能卡起他那尖瘦的下颌。显然,他是那么地爱穿军装。显然,他希望自己在别人眼里永远是一名战士……

　　苏维埃国家给予了他很多荣誉和很高规格的待遇——乌克兰苏维埃奖给了他一幢漂亮的别墅;莫斯科市在最好的地区拨给了他一套房子;为他配派了护理医生;列宁勋章;颂扬和鲜花等等,等等。

　　他并不认为这一切来得太迟了,或者多余了。他曾对他的妻子欣慰地说:"我的人生看来也不很糟。这一切难道不是幸福么? 这幸福是我完全靠自己的能力获得的! 我对自己居然还能获得这些感到很满意! 在我这个年纪,我为我自己感到骄傲……"

　　以上方面,他都不太像他笔下的主人公保尔·柯察金。保尔也许会拒绝接受别墅;保尔也不会分心去嘱咐自己的房子的维修问题;保尔漠视几乎一切可谓之为情调的感受;保尔只在很特殊的场合才注重一下自己的形象……

但另一方面,他比保尔·柯察金更具有革命的激情。他的那些演讲,充满了火热滚烫的口号式话语,如同诗人马雅可夫斯基那一首首具有旋风般煽动力的革命阶梯句式的诗……

也许,保尔·柯察金是他希望成为的那类英雄人物。他成功地将他心目中的文学化了的革命英雄人物,树立在了几代苏联青年,包括当年的中国以及世界上其他社会主义国家的青年们面前,并感动他们,使他们崇敬……

是的,他成功地做到了这一点——在他所处的时代。

因而他也成功地塑造了自己短暂又不幸的一生的形象。

他的成功,其实也是当年世界上最大的,第一个社会主义国家的社会主义文学的巨大成功……

郑凯南印象。

读者肯定会从我这本书的某几段文字中,品味出了我对郑凯南的不以为然和不满。是的,我无法否认这一点。否认这一点是不诚实的。在投资方和主要创作者之间长达半年多的磨合关系中,双方不产生些矛盾倒是咄咄怪事了。矛盾有时是由于影视艺术感觉的差异引起的。有时——说来惭愧,也是由于我这一方面,具体地说,是由于我自己感到付出的心血多了,所得经济利益少了引起的。我在这方面一向并不斤斤计较。但由于确实是最投入的一次影视创作,自觉辛劳,也就难免产生过从稿费方面找平衡的俗念。惭愧……

客观地,实事求是地说——我们双方总的合作还是友好的,总过程是愉快的。

她从没对我闹过情绪。

倒是我对她急赤白脸过。

我那样,她颇善忍。

也有几次我以教训的口吻和她很大声地说话,她默默听着,并不怫然而去。

但我觉得我发点脾气也是正常的。因为我最初只不过仅仅想当编辑,后来写两集,写六集,写八集,通稿——通稿又是创作者最不情愿之事……难免会烦躁,但又不可甩手不管,她又常催——务必再往前赶几天!还得往前赶几天……

我生气是她很少对我道辛苦。仿佛她付稿费了,我就是被雇佣了。

所以有一次我冲她嚷:"你以为我指望着挣你们'万科'这一笔稿费么?我自己的电影剧本电视剧本小说稿放在家里顾不上,你是知道的!我生病都顾不上看你也是知道的!……"

我觉得她是位有气量、有涵养的女性。

她事业心很强。

有很强的公关能力。

她的性格是一事既决,那就轻易不会动摇,百折不挠地一做到底!

这一点也是我很钦佩和敬重的。

八个月这么漫长的境外拍摄,她面临的压力种种,是我现在不难想象的。

现在,我因我前边字里行间那些不以为然的不满而感到暗窘——那不是男人的态度。

当我校稿时,数次搁笔自问——是否对凯南有心怀误解,偏失公正?

然已白纸黑字矣!

即或是误解,让她知道我曾怎样地误解过她,也好……

我也不想涂涂改改了,就那样吧。前边是真实的写作心态的流露,这会儿也是。

真实的文字,还是让它们保留着的好……

书,是以我个人名义出版的。每一个字,也都确乎是我笔下写出的。

但——二十集的电视剧,却当然是我和我的两位同行周大新、万方合作的产物。

他们创作的部分,或被我自作主张地压缩了,或由我重写了。我"依权任意"的结果,却未见得是好的。总体风格,追求,表现方式,我们是讨论过的,一致的。

没有他们的参与,根本不可能有二十集电视剧的产生。

故此书的整理出版,也是为着我们的合作留下一份文字的纪念。

也是献给大新的。

也是献给万方的……

附录

《钢铁是怎样炼成的》一书的影响

一九四二年六月二十二日，索契奥斯特洛夫斯基纪念馆里，像往常的星期日一样，挤满了来宾。其中有一群大学生。六七年以前，他们还都是些童年小学生。他们和别的孩子们一样，那时就写信给奥斯特洛夫斯基，为了他把保尔·柯察金介绍给他们而表示感谢。那些孩子们曾经坚决向他保证，万一法西斯匪徒侵犯我们祖国，他们将站在苏联的全部国境上作战，就像他们的父兄当时作战那样，像保尔·柯察金当时作战那样。

大学生们激动地读着斯大林同志发给第一骑兵军团司令员关于向波兰白军进攻的命令；在那次进攻中，奥斯特洛夫斯基也参加了作战。他们仔细地看着那份发给战斗员奥斯特洛夫斯基，授权他在资产阶级的住宅中搜集书籍的证明书。

在纪念馆的静寂中，扬声器突然发出了莫洛托夫的讲话声。苏联人民委员会副主席向全国广播，告诉人民：法西斯匪徒已开始向我国作可恶的挑衅。

莫洛托夫确信地结束他的演讲词说：

"我们的事业是正义的。敌人必将被打垮。胜利一定属于我们！"

纪念馆里，人走空了。大学生们当时立下决心——立即上前线，大家匆匆赶回疗养院去了。其中有一个在来宾题字册上留下一句话："尼古莱，我们向你起誓：我们一定要像你作战时那样，跟那些无耻的敌人斗争到底，直到心的最后一跳。"

过了几天，索契和莫斯科两地的奥斯特洛夫斯基纪念馆里，就有许多司令员和红军战士来到。

他们要求在出发之前送他们几本《钢铁是怎样炼成的》和《暴风雨所诞生的》让他们带在身边。

上尉谢林写信给奥斯特洛夫斯基夫人拉伊莎说：

"作战中，只要一有间断，你就可以听到琅琅的读书声。我恳切向您要求，请您再给我寄几册来，要不然我要给那些战士闹死了。他们说：'我们读了一遍，要读第二遍，还要再读第三遍。'这样子的读者，我一生中还是第一次碰到。"

这之前，保尔·柯察金曾经帮助许多工人和集体农庄庄员加紧地建设工厂，努力地争取丰收，积极地搞好工作。如今，他又到了战斗行列里的红军士兵们的身边，和他们一起挺身保卫列宁的城、斯大林的城，在伟大的卫国战争的整个广大的前线上作战了。

一九四二年的十月里，斯大林格勒有一个红军中士纳托洛辛，在一所炸坍的大学宿舍里找到一本烧焦了的《钢铁是怎样炼成的》的破书，把它带到防空洞来。就在守卫这地区的危难时刻里，斯大林格勒的英勇保卫者们在奥斯特洛夫斯基的书里找出适当的地方，高声地读起来了。

上尉巴斯欣回忆当时的情形说：

"那时一切都渐渐静息下来，一个真实的、活生生的保尔·柯察金在我们中间活起来了，好像在跟我们讲话，号召我们坚持抵抗。"

斯大林格勒保卫战的著名英雄崔可夫将军称他的战士为柯察金的新生代。同时，在斯大林格勒前线的好几个地区里，指挥员们管那些战绩卓越的兵士叫柯察金。这个称号,是要在战斗中取得的。

一个红军士兵,有一次跟着他的一连从敌人的包围圈里冲出来,他说:"哦,好热烈呀! 我简直就觉得奥斯特洛夫斯基正在我们的右翼上,伏在机关枪后面,帮着我们,把我们救了出来。"

四十个年青的共青团员战士从另一战线用相仿的话语写信给渥尔加:

"当我们冲锋的时候,我们总觉得,在我们的战斗序列的右翼上,保尔·柯察金正端着枪奋勇前进,像打内战一样地打击着那些恶劣的法西斯匪徒。"

莫斯科的奥斯特洛夫斯基纪念馆里,有一册《钢铁是怎样炼成的》和费多尔·费多托夫的一张染满血迹的团员证陈列在一起。这位共青团员英雄,直到他生命的最后一刻,始终没有离开过那本书。

有一艘战舰上的海员,把一本奥斯特洛夫斯基的书送到海军博物馆去陈列。书上染有班长苏联英雄库洛比亚特尼柯夫的血迹。

这艘战舰上的英勇的船员们,曾经在众寡悬殊的情况下坚持和三十架法西斯轰炸机作战。船身中了一千五百发枪弹。船上人员已伤亡过半。可是船员们终于完成了战斗任务。为了纪念这些海员英雄的功勋伟绩,这一本描写保尔·柯察金的书就送到博物馆去陈列,因为它跟那些海员一起作过战。

当苏维埃军队经过奥斯特洛夫斯基住过的、或工作过的几个城镇的时候,他们更以绝大的憎恨来打击敌人。在诺伏罗西斯克城下,一个炮兵连接二连三地发着排炮。长官的命令是:"为了奥斯特洛夫斯基——开火! "

索契的纪念馆里,墙上挂着近卫军医务队队长静娜·土斯诺洛波娃的照片。 她二十岁时就上前线了。她从战场上救出了一百二十三个伤员。在有一次战斗中,静娜自己也受了重伤;她的四肢都截掉了。她失了很多血,全身都被绷带包住,在医院里待了好几个月。在她的眼前是一片绝望和对未来生活的无限恐惧。

在那些痛苦的时日里,静娜看完了《钢铁是怎样炼成的》。看的时候,她用嘴把书一页页衔过去。

这个英勇的少女在给渥尔加的信上说道:

"我真惭愧:我实在不够勇敢。从此以后,谁也看不到我的眼泪了。"

静娜住在斯维尔德洛夫医院里,听说一家工厂遭遇到许多困难,她决定出一点力。她就在无线电里向青年工人们演说。那些年轻人受了这少女的勇气的感动,起誓保证在制造坦克的原定计划上超额完成五辆。自从这一次以后,静娜决心当一个无线电报告员。她在库滋涅茨煤矿区的列宁斯克城的无线电委员会里工作。

静娜在从列宁斯克寄到索契来的信上说:

"我的朋友很多,但我所最最敬爱的一个朋友,是奥斯特洛夫斯基。"

莫斯科的纪念馆里陈列着年轻的游击队员林娜的一封信。她的信上说,他们的一队不论到什么地方,总是随身带着一本《钢铁是怎样炼成的》。有时,那本书跟着战士们一起在雪里躺了两天。后来放在柴堆旁边烘干的。

年青的游击队员们中,如果发现有人意志不振,只要说"想一想保尔!",胆怯的人就会感到惭愧,他就自动去参加最危险的战斗行动去了。

游击地区里的孩子们,把最最胆大勇敢的队员叫作保尔·柯察金。

还是在一九三五年,奥斯特洛夫斯基就对别列兹尼克的团员们说明过他写《暴风雨所诞生的》小说的目的。当时作家已经知道,法西斯匪徒正准备和苏联开战。

奥斯特洛夫斯基在当时就写道:

"我要叫没有见过宪兵和地主真面目的年青的一代,能够认清敌人的嘴脸。这一代,终将跟他们发生冲突,并且一定要把他们永远消灭。……到了必须拿起武器来的时候,你们得用不朽的光荣来被覆你们自己,用你们的手把红色的军旗插在柏林。"

全苏列宁共产主义青年团中央委员会书记米哈依洛夫同志在对前方青年将士谈话时,就用这几句话来提醒他们。他热烈地说道:

"我们要对得起保尔·柯察金和他的战友,我们要向他们学习憎恨敌人,热爱祖国!"

保尔·柯察金的这种爱和憎,不但教育了前一辈的共青团员,同时也教育了他的一群最年轻的读者。卓娅[1]、奥列格·柯歇伏依[2]、莉莎·恰依金娜[3]、舒拉·契卡林[4]——他们都把柯察金在被处死刑的瓦莉娅的墓畔所想的话记在他们的日记本里,作为自己的誓言。

奥列格的母亲[5]写了一封信给奥斯特洛夫斯基的母亲。她信上说,任何书都没有像《钢铁是怎样炼成的》那样给奥列格那么强烈的印象。奥列格在六年级的时候,就看完了那部小说的乌克兰文本。他总是一直到深夜也不肯放手。

奥列格对母亲说:

"在任何一方面,我都要学保尔的样。不过,他所创造的东西,我大概是创造不出来的。我们这些个少先队员,都没有经历过那种艰苦的生活,我们是在幸福的环境里长大的。每一所学校的大门都为我们敞开着,我们可以自由地替自己选择任何一种职业。要是敌人竟敢侵犯我们的祖国,企图从我们苏维埃人手里抢去一切我们所应用着的东西、斯大林所给予我们的东西的话,那么,我就要像柯察金那样为保卫这一切而斗

---

① 原名卓娅·柯斯莫吉米扬斯卡亚。——译者
② 《青年近卫军》一书的主角。——译者
③ 苏联卫国战争中敌后作战的青年游击队员,共青团员,荣获"苏联英雄"称号。
④ 苏联卫国战争中敌后作战的青年游击队员,共青团员,荣获"苏联英雄"称号。
⑤ 奥列格的母亲,《我的儿子》的作者,叶琳娜·柯歇伐雅,是苏联尽人皆知的光荣母亲。她以最大的努力支持在敌后的克拉斯诺顿的青年游击英雄。也是《青年近卫军》书中的人物。——译者

争,不管我是多大年纪。"

一九四二年的春天,奥列格又把《钢铁是怎样炼成的》重新看了一遍。

母亲叶琳娜在信上写道:

"奥斯特洛夫斯基的书,是奥列格给自己处理一切难以解决的问题时的一本参考书。只要同志之间有谁表现消极或者意志颓唐,奥列格就从书架上拿下那本《钢铁是怎样炼成的》,每次总把书中适合于当时情况的话找出来。……"

奥列格总是补充说道:

"如果还需要打气的话,我劝你向那位不朽的奥斯特洛夫斯基去讨教,去请求帮助:奥列格房里,书架上,顶上一格,就是小说第一卷!"

奥列格的母亲在信上讲道:

"这时德国兵到了克拉斯诺顿。奥列格想起保尔在德寇占领下怎样受苦,怎样和敌人斗争。他就踏上了坚决斗争的道路,踏上了柯察金的道路。奥列格把一班朋友团结在自己的周围,第一次集会就是阅读奥斯特洛夫斯基书里的几段插话。我时常听到他凭着记忆把《钢铁是怎样炼成的》书里他所喜爱的地方讲给朋友们听。"

"人最宝贵的东西是生命。人的生命只有一次,所以人应该这样度过他的一生:要做到,没有岁月虚度的悲痛;……而且要做到,在临死的时候能够说一句:我的整个生命和全部精力,都已经献给了世界上最壮丽的事业——争取全人类解放的斗争。"

在卓娅的黑色大理石纪念碑上,就刻着这几句话。苏联的年青英雄的一代,就拿这几句话作为他们的誓言。

奥斯特洛夫斯基的预言成了事实。我们的军队凯旋,回到了祖国。

有一个年青战士在奥斯特洛夫斯基纪念馆的来宾题字册上写道:

"古里亚,上回我上前线的时候,曾经来向你告别。这回我凯旋了,我认为我有义务再到馆里来一次,来拜会一下在战斗中鼓励我取得胜利的人。"

奥斯特洛夫斯基的著作,很早就流传到国外的许多国家了。

资产阶级是害怕保尔·柯察金的。在瑞士,一家出版社因为出版了小说《钢铁是怎样炼成的》,它的经理竟遭拘禁,印刷所也给封了门。工人们拥护保尔·柯察金,宣布罢工。

一九三九年间,当红军协助立陶宛人民从资产阶级政权下解放出来的时候,我们的战士在一所农屋里发现一个重病青年。原来,在苏联军队到达的前一天,宪兵在他家里搜到一本《钢铁是怎样炼成的》,就把他打个半死。

法西斯匪徒攻陷法国后,把奥斯特洛夫斯基作品的译者费尔德曼教授拘禁起来,接着把他枪毙了。

在美国,在这个标榜着"民主和自由"的国家里,看奥斯特洛夫斯基的书的人,时常会受到撤职的处分,甚至还要坐牢。

可是,在各个国家里,尽管警察和检查机构横施迫害,进步的出版社还是不断地把《钢铁是怎样炼成的》印出来。各地的工人报纸都有关于保尔·柯察金的文章发表。英国有一个著名作家,在看了这部小说以后,高声喝彩道:"这一部书,使我们为戴有人这个称号而骄傲!"

在许多人民民主共和国里——在捷克斯洛伐克、波兰、保加利亚、罗马尼亚、匈牙利、阿尔巴尼亚——在这些由英勇的苏联红军从法西斯魔掌下解放出来的国家里,现在正有几百万个新读者热爱地读着保尔·柯察金的一生事迹。

希腊民主军的战士们,随身带了保尔·柯察金的书向他们的敌人——在美英军队支撑下控制着政权的希腊法西斯匪帮进行战斗。

希腊的爱国人民提到少女阿芬·托斯克的名字时总是特别起敬。她为了祖国的自由,在战斗中作了壮烈的牺牲。她向敌人的机关枪扑过去,用自己的身体封锁了枪火。在她遗下的行军包中,有一本希腊文的《钢铁是怎样炼成的》。

在中国，保尔·柯察金的形象也帮助了人民解放斗争。

当中国人民解放军在解放一个个县城、节节向前挺进的时候，在一次激战中，战斗员姚杰（译音）受了重伤。他的眼睛瞎了，医生无法挽救。姚杰想自杀。在医院里，别人把《钢铁是怎样炼成的》念给他听。这本书，终于挽救了他的生命。他时常高声背诵书中的整整几章。

后来，姚杰被任命为山东省一所医院的政治指导员。这位盲指导员就亲自把保尔·柯察金的一生经历讲给受了重伤的战斗员们听。姚杰总是拿保尔·柯察金的一生做榜样，向他们灌输勇气，鼓舞他们的热情：去归队，去为祖国战斗到最后的一口气。

在莫斯科的奥斯特洛夫斯基纪念馆里，陈列着一本中文版的《钢铁是怎样炼成的》。这本书，是中国新民主主义青年团总书记冯文彬赠给纪念馆的。他在这本书的封面上写道："中国人民解放军的战士们曾经带了这一本书进行解放战争。"

在朝鲜人民英勇反抗美国侵略、争取祖国独立解放的轰轰烈烈的斗争中，保尔·柯察金的不朽形象也帮助了他们。

一九四六年十二月二十二日，是奥斯特洛夫斯基逝世十周年纪念日，苏联人民举行了盛大的纪念活动。在这腊月天的夜里，许多工厂里的年青工人配置了"柯察金值班"。各地的"柯察金小组"，到现在还在积极活动。

奥斯特洛夫斯基当初做过电气装配工人的基辅中央铁路工厂，现在已改为车厢修缮厂。好几年来，这里的"共青团员——柯察金小组"每个月都超额完成他们的计划。

在列宁格勒，斯大林工厂和基洛夫工厂里的"柯察金小组"，工作也非常有成绩。红色维堡人工厂里的共青团员们，受到索契奥斯特洛夫斯基纪念馆赠送他们的奥斯特洛夫斯基的书，作为最优秀的青年小组的优胜旗。

我们今天，全世界上争取和平的斗争愈益广泛地展开了。地球上一切正直纯朴的人,紧靠在伟大的和平旗手斯大林同志的周围,联合了起来,一致向万恶的美英帝国主义——新世界战争的煽动者们作斗争。

因此,奥斯特洛夫斯基的热烈的话语,在今天听来,有着一种新的力量:

"我们大家是在和平劳动的环境里,我们的旗帜就是和平。我们要求和平,我们要建筑一座共产主义的水晶宫。……如果法西斯这条疯狗,竟敢侵犯苏维埃联盟的神圣国境,那么,全国人民都将起来捍卫自己的边疆,千百万的青年战士都将握起武器。"

今天,千百万爱好和平的苏维埃人已越来越高地筑起共产主义的雄伟建筑。根据伟大的斯大林的英明计划,在不倦的布尔什维克党的领导下,他们正在建造史无前例的大发电站,筑起宏大雄伟的堤坝,开辟绵延数千里的大运河,把几百万顷的荒野变成集体农庄的耕地、牧场,使瘠土化为沃野。

无数工厂里的敞亮的新车间,在不断扩充。各地集体农庄的丰盛的庄稼,在哗哗作响。

防护林带上的幼树,在日益长大。无敌的苏维埃国家变得越来越强大了。

当我们看到报导那些舍身忘我的共产主义建设者们的事迹的时候,当我们读到描写我们国家里的卓越人物的文章的时候,在今天的苏维埃人的形象上,我们看到了保尔·柯察金的面貌。

奥斯特洛夫斯基生平与事业简明年表

一九〇四年九月二十九日（新历）——尼古莱生于乌克兰前伏伦郡（现归罗福诺省）奥斯特罗格县维里亚村一个酒厂工人阿列克赛·伊凡诺维奇·奥斯特洛夫斯基的家中。

一九一〇至一九一三年（六至九岁）——在维里亚村乡村教会小学读书。

一九一四年（十岁）——夏季，和父亲一同住在土利亚村。第一次世界大战爆发后，从边境上撤退至舍佩托夫卡。

一九一五年（十一岁）——进舍佩托夫卡两年级制小学。春季，在神学教师的坚持主张下，被学校开除。

九月——进舍佩托夫卡车站食堂当烧水工人。

一九一七年（十三岁）二月——被食堂老板辞歇。到车站材料库锯火车用木柴。

八月——重入两年制小学读书。与布尔什维克工人林尼克（后任舍佩托夫卡革命委员会主席）和贝列德雷楚克认识。

一九一八年（十四岁）——在发电厂里当火夫助手。同时在高级小学二年级读书。舍佩托夫卡被彼德留拉匪军占领；革命委员会转入地下，尼古莱与革命委员会发生关系。张贴传单。

一九一九年（十五岁）——冒生命危险，救出被捕的革命委员费多尔·贝列德雷楚克。

七月二十日——加入乌克兰共产主义青年团。

八月九日——随同开出舍佩托夫卡的红军部队上前线。

一九二〇年（十六岁）——在科托夫斯基旅里参加与波兰白军的战斗。

六月——归入骑兵第一军团队伍。

八月——进攻里伏夫。腹部和头部受重伤。

十月——因伤重被解除兵役。

一九二一年（十七岁）——在乌克兰肃反委员会基辅组织里工作。后受团省委指派进西南铁路中央工厂工作。当电机装配工助手，被选为团支书。同时在电机工程学校就读。

秋季——参加波雅尔克站铁路支线的铺轨工作。患肠伤寒症及风湿症。

一九二二年（十八岁）——回基辅进铁路工厂做原来的工作。又进电机工程学校读书。

八月至九月——到别尔强斯克接受泥浴治疗。

十一月——参加第聂伯河畔抢救运木的工作。害病，回到舍佩托夫卡。医疗委员会认为他已是残废。

一九二三年（十九岁）一月——乌克兰共青团舍佩托夫卡地委派奥斯特洛夫斯基为贝列兹夫多团组织书记。同时被任命为普及军训第二大队的政委。

十月二十七日——团区委书记奥斯特洛夫斯基，作为一个"最刚毅、最坚定的共青团员"，被批准为乌克兰共产党（布）的候补党员。

一九二四年（二十岁）——被调为依扎斯拉夫里团区委书记。

五月二十一日——被选为乌克兰共青团舍佩托夫卡地委委员。

六月二十五至二十八日——以代表资格参加伏伦郡第八届团员大会。被提名为郡委委员候选人。

八月九日——被批准为乌克兰共产党（布）党员。同时兼任舍佩托夫卡团地委书记。

九月——病势加重。

一九二四年九月至一九二六年七月——在各地医院及疗养院治疗（斯拉佛扬斯克、哈尔科夫、耶夫巴多里）。

一九二六年（二十二岁）七月——到诺伏罗西斯克。与拉雅·玛秋克结识，旋即结婚。

九月——到哈尔科夫和莫斯科去。

十月——回诺伏罗西斯克。

一九二七年（二十三岁）——卧床不起。担任宣传员工作，在家中领导党的几个团员小组的学习。忙于自我教育。

六月至八月——在克拉斯诺达尔附近的温泉疗养所接受硫黄浴的治疗。

秋季——回诺伏罗西斯克，写作关于科托夫斯基旅战绩的回忆录。

十二月——参加斯维尔德洛夫共产主义函授大学广播班（至一九二九年结业）。

一九二八年（二十四岁）——将追述科托夫斯基旅战士战绩的原稿寄至敖德萨，征求战友们的意见。获得赞许的评价。但原稿（未留副本）并未收到，在邮递中遗失了。

六月——在索契老玛切斯塔第五疗养院治疗。住院期满后仍住在索契。

十一月——双目失明。

一九二九年（二十五岁）十月——到莫斯科治眼病。

从一九二九年十月七日至一九三〇年四月四日——在莫斯科第一国立大学病院治疗。

一九三〇年（二十六岁）三月二十二日——割除副甲状腺；手术极痛苦，但未奏效。

四月——迁入莫斯科静寂胡同 12 号屋。

五月——到索契重受玛切斯塔浴治疗。

十月——回莫斯科。开始写作小说《钢铁是怎样炼成的》。

一九三一年（二十七岁）十一月——《钢铁是怎样炼成的》上卷完成。

一九三二年（二十八岁）二月——小说稿受到《青年近卫军》杂志编辑部的赞许。

三月二十八日——小说在作家俱乐部被提出讨论。

四月——小说上卷开始发表在《青年近卫军》杂志上。奥斯特洛夫斯基被批准加入莫斯科无产阶级作家协会。

六月二十七日——动身去索契，进红色莫斯科疗养院。开始写下卷小说。

十二月——《钢铁是怎样炼成的》上卷出版。

一九三三年（二十九岁）六月——小说下卷杀青。

一九三四年（三十岁）六月一日——被批准加入苏联作家协会。

九月——《钢铁是怎样炼成的》下卷出版。

十二月——开始写《暴风雨所诞生的》。

一九三五年（三十一岁）四月——《暴风雨所诞生的》前五章，发表在索契真理报上。

五月十六日——联共（布）党索契市委在奥斯特洛夫斯基寓所中听取其创作工作的报告。

六月二十六日——《钢铁是怎样炼成的》两卷合订本初版签字付印。

五月至九月——编写《钢铁是怎样炼成的》电影剧本。

七月至十月——《暴风雨所诞生的》前几章发表在第七至第十期《青年近卫军》杂志上。

十月一日——苏联中央执行委员会宣布授予奥斯特洛夫斯基以列宁勋章。

十月二日——函致斯大林同志，为党与政府赐给殊奖热烈致谢，并向祖国、党、伟大的领袖和导师表示热烈的敬爱和忠诚。

十月十二日——乌克兰诸城（基辅和舍佩托夫卡等）为亲爱的作家举行联合广播。奥斯特洛夫斯基发表关于他写作《暴风雨所诞生的》小说工作的广播演说。

十月二十三日——在索契党积极分子会议上发表广播演说，题目为

"我国的作家应该是怎样的"。

十月二十七日——乌克兰政府决定在索契赠与奥斯特洛夫斯基的住宅举行奠基。

十一月二十四日——接受列宁勋章。

十二月六日——在亚速海—黑海边区的作家会议上发表广播演说。

十二月九日——动身去莫斯科,收集资料,以便继续写作《暴风雨所诞生的》。

十二月十一日——到莫斯科,安顿在当局指定给他的住宅,在高尔基街四十号(今国立奥斯特洛夫斯基纪念馆)。

一九三六年(三十二岁)一月——写完《暴风雨所诞生的》最后两章。

工农红军政治部承认奥斯特洛夫斯基为战地记者,并授予旅政委的职衔。

一月七日——舍佩托夫卡共青团组织推选奥斯特洛夫斯基为第九届全乌克兰团员大会代表。

二月一日——维尼察省团员大会推选奥斯特洛夫斯基为第十届全苏列宁共产主义青年团大会的代表。

四月六日——在第九届全乌克兰团员大会上发表广播演说。

四月十七日——拟好在第十届全苏列宁共产主义青年团大会上的演讲稿。由于病势转剧,未发表演讲。

四月二十八日——父亲阿列克赛去世,时年八十六岁。

五月十七日——回索契。住在新屋中。

八月十七日——《暴风雨所诞生的》第一部写完。

十月二十二日——动身去莫斯科。

十一月十五日——苏联作家协会理事会在奥斯特洛夫斯基的莫斯科寓所开会,讨论《暴风雨所诞生的》。

十二月十一日——结束《暴风雨所诞生的》第一部的整编工作。

十二月十六日——肾病转剧。

十二月二十二日下午七时五十分——尼古莱·阿列克赛维奇·奥斯特洛夫斯基离世。

十二月二十五日——遗体火化。

十二月二十六日——下葬之日,《暴风雨所诞生的》初版问世。

图书在版编目（CIP）数据

重塑保尔·柯察金 / 梁晓声著 . — 青岛 : 青岛出版社 , 2014.12
（梁晓声文集 . 长篇小说 ; 12）
ISBN 978-7-5552-1319-2

Ⅰ . ①重… Ⅱ . ①梁… Ⅲ . ①长篇小说—中国—当代
Ⅳ . ① I247.5

中国版本图书馆 CIP 数据核字（2014）第 283752 号

责任编辑　　石相杰

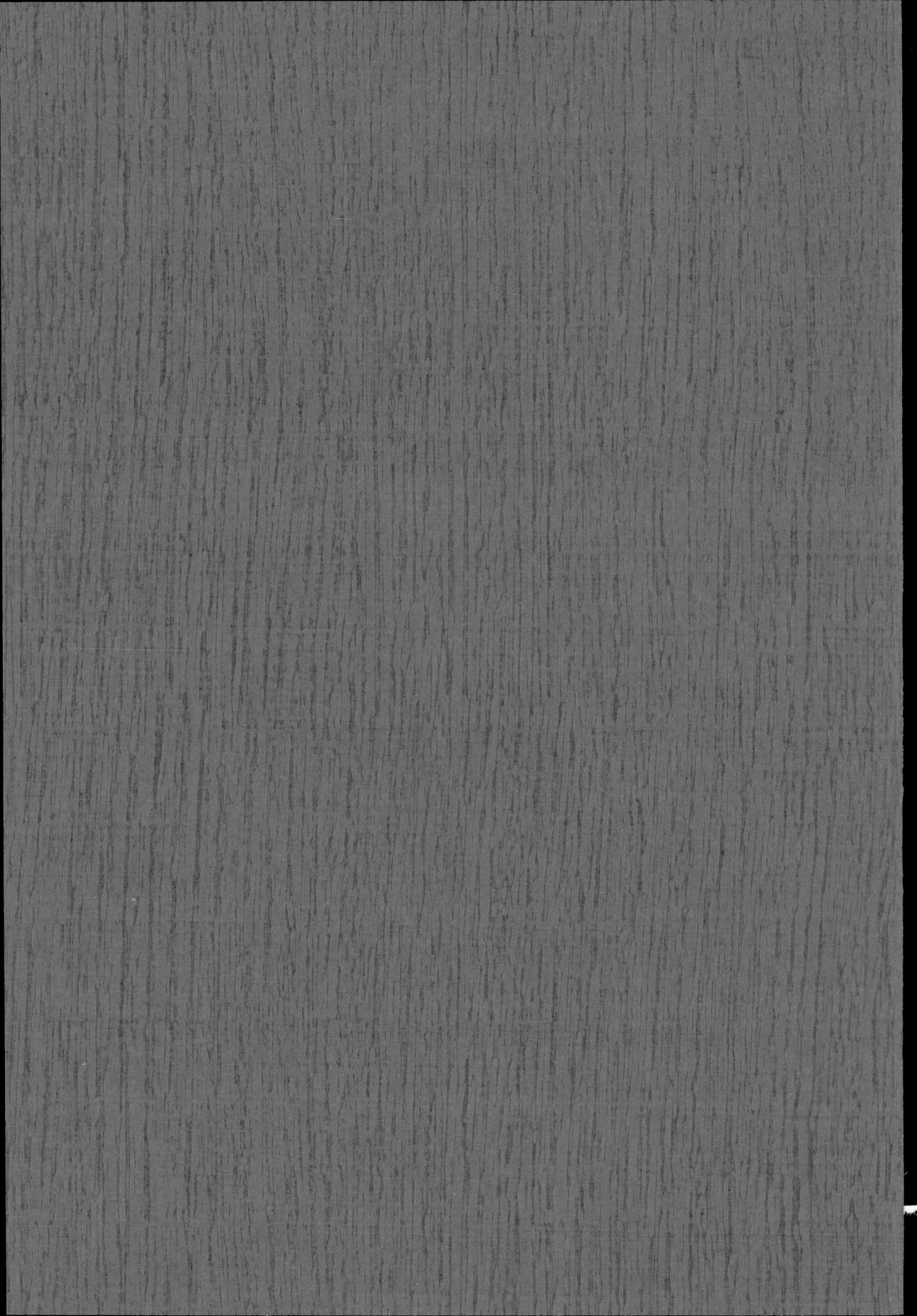